二十岁的林清野 鲜衣怒马，不凡，风月无边。

可阿喃朝别人笑一下，他就不屑一顾却嫉妒发狂。

——加醋鱼

有爱的青春陪伴者

狂恋你

甜醋鱼 著

江苏凤凰文艺出版社

图书在版编目（CIP）数据

狂恋你 / 甜醋鱼著. -- 南京：江苏凤凰文艺出版社，2021.7（2021.12重印）
ISBN 978-7-5594-5898-8

Ⅰ.①狂… Ⅱ.①甜… Ⅲ.①长篇小说 – 中国 – 当代
Ⅳ.①I247.5

中国版本图书馆CIP数据核字(2021)第086004号

狂恋你

甜醋鱼 著

责任编辑	李龙姣
特约编辑	欧雅婷
责任校对	彭　佳
出版发行	江苏凤凰文艺出版社
	南京市中央路165号，邮编：210009
网　　址	http://www.jswenyi.com
印　　刷	长沙鸿发印务实业有限公司
开　　本	880mm×1230mm　1/32
印　　张	10.5
字　　数	423千字
版　　次	2021年7月第1版
印　　次	2021年12月第3次印刷
书　　号	ISBN 978-7-5594-5898-8
定　　价	45.80元

江苏凤凰文艺版图书凡印刷、装订错误，可向出版社调换，联系电话025-83280257

目录

第一章·001
刺槐乐队，林清野

第二章·022
嗯，我想你了啊

第三章·048
我瞧着你最近姻缘不顺

第四章·084
阿喃，你给我文个身吧

第五章·122
逐梦前女友

目录

第六章 · 156
他深埋多年的秘密被发现了

第七章 · 191
之前在一起过，现在在追她

第八章 · 223
那你也拿个冠军吧

第九章 · 259
你的生日礼物我赢回来了

第十章 · 294
我也爱你啊

第一章

刺槐乐队，林清野

六月份的梅雨让整座城市都闷沉沉的，雨刚停，地面湿漉漉的。

"身体发肤，受之父母，不敢毁伤，孝之始也。"坐在桌子前的少女声音很清澈，"我建议你再考虑一下，这个文身文上后，你以后会后悔的。"

这家开在平川大学对面的刺青店，每天都有很多大学生光顾，只不过大多数人的目的并不是刺青，而是刺青店的店主——许知喃。

刺青店门口的木板牌上只写了"刺青"两个字，没有店名，外面砖墙墙沿摆着一排几十个空酒瓶，上面都是些英文符号。

店内以灰白黑三色为主调，墙上画着许多龙飞凤舞的图腾，一面CD墙，一张沙发床上摆着些乱七八糟的东西，工作桌旁的架子上则是些刺青颜料，以及密封包装的线圈式和旋转式文身机，还有几本非常厚重的书。

没有多余修饰，野蛮张扬，非常男性化的装潢。

只是店主却和这店内的环境很不贴合。

许知喃长得漂亮，而在这漂亮之上最突出的就是纯，将艳丽和清纯两种矛盾融合得极好。

高马尾，巴掌小脸，一双清澈的鹿眼，皮肤白皙，这会儿穿着条简单的纯棉连衣裙，露出线条优美又利落的锁颈，底下是一双匀直纤细的长腿。

她面前摆着一张纸，是对面那个男生带来想让她在自己肩膀上文的内容。

内容很简单，正是她的名字——许知喃。

字体很漂亮。

又一个借着来刺青想追她的顾客。

这男生是体育生，一身发达肌肉，听她那串"身体发肤受之父母"跟听咒语似的。他笑了声,侧着身子坐在她对面,吊儿郎当的。

"哎,我真是认真的,哪有上门的生意还不做的啊。"

许知喃抬眼,看着他,认真提醒道:"这是我的名字。"少女声音软糯又清澈,眼尾延伸开,微微上翘,莫名地勾人。

男生不由得失神,盯着看了片刻,才侧头轻轻咳了一声:"可这就是我想文的内容。"

"学姐,我是真喜欢你的,这文身就是我对你的心意!"他慷慨激昂,自我感动。

许知喃神色不变,起身给自己倒了一杯水,又走回木桌前:"我不会给你文这个的,你要是真想文就去找别的店文吧。"

这意思就是你爱文不文,反正我不给你文。

简直是冷酷无情。

偏偏还顶着一张又乖又纯的脸,让人发不出半点火,跟个哑炮似的。

那男生憋屈地走了。

刺青店门口的风铃响了又响,男生刚走,又进来个女生。

赵茜吹了声口哨:"阿喃,刚走出去的那大块头不是咱们学弟吗,又来找你干吗啊?"

赵茜和许知喃是室友,如今大三。据赵茜了解,这大块头比她们小一届,已经追了许知喃一年了。

"文身。"

赵茜挑眉:"文了?"

"没有。"许知喃觉得心累,"他要文我的名字。"

赵茜"嚯"的一声,竖起大拇指:"可以啊,看着挺憨,这操作搞起来还挺猛的。"

许知喃受不了地拍了她一下:"操作也很憨。"

赵茜鲜见她说这种话,这张脸说出这样的话有种难以言喻的违和感,顿时笑着瘫在沙发上。

许知喃回到座位,继续画一个客户微信联系她要的文身图,等赵茜笑完了才问:"你怎么来我店里了?"

"闲着没事儿呗。"

赵茜一点也不拘束,从小冰箱里给自己拿了听可乐,咕咚咕咚灌了一半,舒服地"哈"一声。

"对了,晚上去不去酒吧?"

许知喃拿着画笔的手一顿,抬眸:"去酒吧做什么?"

"听说今晚林清野会去。最近不是小道消息说他那乐队要解散了吗,正好他这马上就大四毕业了,听说有要进娱乐圈的意思。"

赵茜重重拍了下沙发:"他这种传奇人物,一进娱乐圈爆火以后可是想见都见不到了!机会难得啊!"

许知喃细眉微蹙,不知道在想些什么。

赵茜拉着她手撒娇道:"去吧去吧,陪我嘛。"

"姜月呢?"

"她这不是准备考研嘛,天天泡图书馆,不会出来的。"

许知喃便答应了。

平川大学有两个传奇人物。

一个是许知喃,靠脸,凭借这张脸一举获得"平川之光"的校花称号,美术设计专业,又因为顶着一张纯到极致的脸在校外开了家刺青店平添几分传奇色彩。

另一个就是林清野。

可他们这两个传奇压根儿不是一个量级的,林清野才是平川大学真正的传奇。

十六岁组了乐队,十八岁拿下金曲奖,却没意愿进娱乐圈,始终在酒吧驻唱,可依旧粉丝如潮,挡都挡不住。

如今正临近期末周,刺青店生意一般。

许知喃画完刺青图案后发给顾客,确定满意后约好了时间,便简单收拾了下跟赵茜一块儿出门。

外面天色已经黑了。

许知喃将店门上锁,跟赵茜一块儿往"野"走——林清野驻唱的酒吧。

她们到得早,酒吧里人还不多,放着舒心的轻音乐,两人挑了个看舞台视角不错的角落位置。

酒保往许知喃身上多看了两眼,将酒单递过去。

舞池 Queen(女王)赵茜酒量惊人,给自己点了 B52 轰炸机。许知喃不爱喝酒,只照着酒单点了杯低酒精度的鸡尾酒。

时间一分一秒地过去,酒吧里的人多起来,连着灯光音乐都开始变化,刺眼的激光聚光灯从高处劈开来,音乐声震耳欲聋,鼓点抵着胸腔一起震动。

真正的夜生活逐渐开始。

"走走走,我们去跳舞!"赵茜原地蹦起来,一听音乐就嗨,纤细的手臂笔直举过头顶。

许知喃求饶:"不行不行,你自己去吧。"

"咱们都大三了阿喃!"赵茜把最后一口酒灌下肚,眯眼,"真不去?"

"不去。"许知喃笑着摇头,坚持。

"你说你,在别人身上刺青那样子多帅啊,这会儿又乖得很。"

赵茜撂下这话,兴高采烈地踩着高跟鞋进了人群拥挤的舞池。没一会儿,许知喃便找不到她人了。

刺眼的激光灯在酒吧内来回扫，大家的情绪被轮番掀起。

许知喃窝在沙发上，抬手轻轻揉了揉耳朵。

虽然也不是头一回来酒吧，可还是觉得有些不习惯。

她模样长得好，在灯光下五官更显精致，气质还和这儿大多数的女生不一样。没一会儿，她就已经拒绝了几个前来搭讪的男人。

好在这酒吧正规，拒绝后不会再多做纠缠。

忽然间，方才被音乐占据的酒吧被高亢的尖叫欢呼声再次点燃，那群漂亮女孩儿纷纷抬着手臂拼命摇晃，看向舞台。

许知喃坐在角落，寻着大家的视线一同看过去。

干冰机将舞台弄得雾蒙蒙。

舞台后面走出来几个人，为首的穿着一件白衬衫，灯光穿透而过，勾勒出藏在里面的宽肩窄腰。他站在最前面，捏住话筒架。

他轻咳一声，话筒发出一些噪音，而后一个清冷的男声透过话筒传出来："刺槐乐队，林清野。"

尖叫声掀翻天。

许知喃的心怦怦跳。

不知是被音乐声震的还是怎么了。

尖叫声一直持续了十几秒才消停一些，台上少年又补完最后三个字："晚上好。"依旧冷冰冰的，倒像是例行公事。

许知喃从那些摇晃着的手臂间隙中终于瞧见了他的脸。

单眼皮，棱角分明，眉骨深邃，喉结凸出，从衬衫领口露出一段锁骨。

冷白皮，黑发，整个人在光束下泛着蓝，看上去清冷却痞坏。

前奏响起，他架起吉他，脚尖跟着节奏轻点地，一串好听的旋律从他嗓子里低低传出来，清澈干净，又有种韧性。

许知喃拿起桌前的那杯鸡尾酒，静静地听他唱。和周围那些蹦着晃动手臂的女生不一样，她更像个旁观者。

忽然，光束下的少年像是察觉到什么似的，目光直直朝她看过来。

两道视线越过中间众人，在空中交会。

许知喃一愣，迅速收回，故作镇定地喝了口手里的鸡尾酒，却又辣了嗓子，捂着嘴剧烈咳嗽起来。

台上的少年下巴一低，修长骨感的手指划出一道转音，嘴角往上提了提，模样很坏。

"啊啊啊啊啊啊！太帅了，太帅了！"赵茜不知从哪儿冒出来的，尖叫感叹着坐回许知喃旁边，"真的！平大有林清野一天，全校男生都得黯然失色！"

她激动得滔滔不绝："阿喃，追他！都是平大的人，肥水不流外人田！"

许知喃黑睫飞快扇动了两下："啊？"

"算了算了。"赵茜很快又自我否定，"这样的，咱们还是养养眼就好了，真被林清野盯上，估计最后连骨头都不剩。"她又往许知喃脸上瞥了眼，也不知道琢磨了什么，啧啧出声，"你这样的乖乖女啊，不可能是他的对手的。"

歌曲中间一段小高潮结束，林清野站在台上，张开双臂，仰着下巴，灯光打下来，他笑得很痞，心安理得地享受着底下的欢呼尖叫。

许知喃扯了扯赵茜的衣服："挺晚了，我们回宿舍吧。"

"行，我先去趟厕所。"

许知喃拿上钱包，先去吧台付钱。

"28号两位吗？已经有人给你付过钱了。"酒保看着单子说。

许知喃一愣："没弄错吗？"

酒保笑："错不了。"

"那……请问是谁帮我们付的钱？"

"我们刚刚换班，我也不清楚。"酒保合上酒单，"欢迎下次光临。"

赵茜上完厕所跑过来："怎么了？"

"没什么。"许知喃摇了摇头，"走吧。"

走到酒吧外都能听到里面澎湃的响声。

一曲结束，那些漂亮姑娘齐声喊着——

"林清野！"

"林清野！"

"林清野！"

……

已经晚上十点，天空零星挂着几颗星星，身后酒吧的夜生活正式开始，酒吧里外像是两个世界。

许知喃属于酒吧外面的这个世界，里面于她而言像是异世界。

忽然，她手机振动了一下，收到一条短信。

【清野哥：晚上来我这儿吗？】

这手机就是连通这两个世界的通道。

赵茜走了几步便发现许知喃没有跟上来，回头看去。

小姑娘低着头看手机，手机屏幕的光打在她挺翘的鼻梁上，透着点淡淡的粉蓝色，细眉微微拧起来。

"阿喃？"赵茜问，"怎么了？"

"没什么。"

许知喃将手机摁灭在胸口，脚步滞了滞："我突然想起来我店里还有个事儿，你先回宿舍吧。"

赵茜皱眉，不太赞同："这么晚了。"

许知喃随口扯了个理由："我早上的那个顾客，对刺青图案不太满意，我要重新去画一下，画板还在店里。"

"真不用我跟你一块儿去？"

"不用了。"许知喃笑了笑，"到宿舍后记得给我发条信息。"

"行。"赵茜跟她道别，"你早点回来，注意安全啊。"

六月初的天，下过雨，路面有些坑坑洼洼的小水坑。

许知喃的刺青店离酒吧不远，就十几米。她跑回到刺青店，开锁进店，才又重新捞出手机给林清野发信息。

【许知喃：现在吗？】

【清野哥：嗯。】

【许知喃：你不是还在酒吧吗？】

【清野哥：出来了。】

许知喃看着短信愣了会儿神，才又回了个"好"。

她捞起木桌旁一个水粉色的双肩包，装了本书还有个水杯进去，便重新锁上门出去了，再次往酒吧方向去。

远远地，许知喃就看见林清野站在酒吧侧门，身材挺拔。

夜风忽然大了，浓云后一弯冷清清的月亮。

林清野戴着口罩，头上压着顶帽子，肩上背着个吉他包，懒洋洋地倚在墙边。

许知喃静了静，抬手拨顺被风撩乱的头发，脚步慢下来。

林清野扯下口罩，露出一截冷白的手腕，上面青色脉络清晰，而后从兜里掏出烟盒，抽出一支叼进嘴里，两颊微陷，烟头火光猩红。

他呼出口烟，察觉到视线，侧头看过来，从帽檐下露出一双漆黑的眼睛，然后夹着烟的手往上抬了抬，示意她过来。

与此同时，天变，刚刚还放晴了一会儿的天忽然又开始下雨，雨点噼里啪啦地砸下来。许知喃来不及发愣，迅速跑过去。

酒吧侧门顶上有一块屋檐，很窄，两人挤在一块。

刚才拨顺的头发又被吹乱了，露出她光洁漂亮的额头，她抬手压着头发仰起头来，去找林清野的眼睛。

"清野哥。"她轻声问，"刚才那个酒钱是你帮我付的吗？"

"嗯。"他弹了弹烟灰，应得漫不经心，"来这里怎么没跟我说一声？"

"临时跟朋友决定过来的。"

夏天的雨下得又急又快，毫无预兆，许知喃出来得急，伞忘在店里了。

"你有带伞吗？"她问。

他笑了声，嗓音含着烟："没。"

"啊……"许知喃有点忧愁地看着从屋檐上成串坠下来的雨点。

"跑？"他问。

许知喃愣了愣，这么大的雨啊，跑回去估计都要湿了。

小姑娘看起来犹豫又犯愁。

林清野看她片刻，脱了外套。

他把燃到一半的烟咬进齿间，捏着她肩膀把人拽过来，外套披到她身上，垂眸，拉链拉到顶，而后直接拉上她的手腕就跑进雨幕里。

许知喃猝不及防，轻呼一声，要迈开腿才能勉强跟上他的步子。

没回林清野住的公寓，就近回了他的工作室，离酒吧不远，穿过一条小巷就能到。

只是这小巷路面凹凸不平，一路上踩了不知多少个小水坑。

积水飞溅起来，打在许知喃光着的小腿上，有些凉。

小巷穿堂风呼啸而过，许知喃身上穿着他那件外套，长度到大腿中段，倒也不会觉得冷。

林清野一直拉着她跑到工作室门口才停下，拿出钥匙开门，推她进屋，随即手一抬，摁下在她头顶上方的电灯开关。

他戴了帽子，身上湿透，脸上倒还好。

而许知喃则完全相反，脱掉他那件外套后，里面裙子没湿，头发却全湿了，黑发一绺一绺地贴在白皙的脖颈上，色调冲突明显。

林清野不甚温柔地直接捋了把她的头发，笑着："刚才忘把帽子给你了。"

这间工作室许知喃之前来过几回，弄得很有乐队风格，暗沉沉的壁纸做主色调，沙发上乱七八糟放着衣服抱枕，电子键盘、架子鼓一类乐器一应俱全。

一侧木架子上都是各种专辑唱片，国内的国外的新的老的都有。

林清野有时在酒吧喝得多了，或是要写歌，就干脆在这儿睡一觉。

他掀开茶几上的衣服，捞起遥控器打开空调，侧头看了眼许知喃："先去洗澡吧。"

他这里的浴室很干净，不像外面客厅乱糟糟的。

许知喃靠在门板上，轻轻呼出一口气，手机振动，赵茜发来的信息。

【赵茜：我到宿舍啦，你快结束了吗？】

与此同时，门外响起摁下打火机的声音，"咔"的一声。

【许知喃：我还要一会儿，你们要是困了就先熄灯吧。】

刚才跑来时踩了太多水坑，小腿上沾了好几个泥点。

洗完澡，许知喃重新套上原先那条裙子，吹干头发后走出浴室。

刚踏出去第一步，她就愣了下，缓慢地眨了眨眼。

林清野已经进了卧室，脱了湿透的上衣短袖，正背对她，坐在桌前，嘴里咬着烟，指间夹了支笔，时不时写下几笔。

听到声音，他扭头看过来，视线从上至下扫过她全身："怎么还穿着这件？"

"你这儿没有我的衣服。"

"穿我的呗，我那些衣服你都能当裙子穿。"

这就是在说她矮了。

许知喃虽不算高，可也不矮，只是在一米八八的林清野身旁大多数人都显矮。

她不动声色地撇了下嘴："哪有这么夸张。"

他低低笑了声，不再跟她争，继续低头在纸上写："那就不换。"

许知喃蹚到他身侧："你在写什么？"

"歌词。"

许知喃想起下午时赵茜跟她讲的——林清野乐队要解散了，正好大四就要毕业，听说有进娱乐圈的意思。

"清野哥，毕业以后你打算干什么？"她坐在床边问。

"不知道。"林清野这人懒散惯了，却偏偏又有举手投足间都能吸引人的本事，"最近有个节目制作人来找我，还在谈。"

"那乐队呢？"

"关池马上就结婚了，估计以后会继承家业，今晚说不定是我们乐队最后一场。"他说得漫不经心。

关池是刺槐乐队的鼓手，许知喃认识。

她"哦"一声，不知道说什么。

听这意思，还真有要进娱乐圈的意思啊……

林清野成名早，十八岁那年就因为一首《刺槐》拿到了金曲奖桂冠，成为最年轻的获奖者，原本风光无限，数不清的业内人士向他发来邀约，却都被他拒绝了。

可即便如此，他也依旧收获了一批粉丝。

许知喃不再吵林清野写歌，掀开被子坐到床上，目光落在他赤裸的背上，上面线条轮廓清晰，不过分壮硕，但又很有力量感。

她忽然笑了声。

"笑什么?"林清野头也不回地问。

"就是忽然想到之前看到的一句话,这么好看的背不拔火罐可惜了。"

"不给别人占这便宜。"他无所谓地笑了,随口一句,"下次把这'好看的背'借你文身练个手。"

"我才下不了手呢。"

"那你不够专业啊。"他取笑道。

许知喃顿了顿,问:"你想文个什么?"

"随便什么。"他也没认真想,笔端不停,继续写歌词,漫不经心一句,"文你的名字好了。"

他这人总是这样,漂亮话脱口而出,让人忍不住心跳加速,可再去看他他又还是那副云淡风轻的样子。

许知喃也不知道到底是中了他什么蛊。

白天来她刺青店的学弟也说要在身上文个她的名字,她还觉得太幼稚,可现在林清野说了一样的话,她又忍不住脸颊发烫。

明知道他只是玩笑话而已。

许知喃抿了抿嘴唇,没再说了,房间内重新安静下来。

她闲着没事干,便从包里拿出一本书。

书很厚,应该是被翻看过许多遍,封面已经被磨得光亮,纸张却没有丝毫损坏,可见被保护得极好。

这是一本佛经书籍,也不知是哪一版的,上面还有些佛像插画,图片底下是小小几行字。

许知喃静下心来,细细看。

许知喃和林清野的关系很奇妙。

很显然,他们不是一个世界的人。

许知喃从小到大都是乖乖女,普通家庭,成绩优异,对美术产生兴趣后努力钻研学习,一路名列前茅考上平川大学的美术设计专业。

而林清野和她完全相反,十六岁组乐队,十八岁获奖,风光无限时拒绝所有邀约,无拘无束,继续在酒吧驻唱,成群的漂亮女孩儿都喜欢他,始终活在聚光灯下,张扬恣意,倨傲顽劣。

就像刚才的雨天,许知喃会想要撑伞,而林清野则拉着她在雨夜中狂奔。

天差地别。

只是某次阴错阳差之后,她跟林清野就被一条线联系起来。

不算紧密，可又难以言喻。

她一边知道不能沉溺，一边又避无可避地被林清野吸引，也从不敢把他们的关系告诉其他人。

林清野写完最后几个字，歌词写在一张从本子里撕下来的纸上，上面字迹潦草却又好看。

他将那纸折了几下，变成一架飞机，飞进笔筒里。

许知喃看佛经正入迷，没注意到他这边的声音。

林清野靠在桌沿瞧了她一会儿，出声："阿喃。"

她一愣，抬起头："怎么了？"

他痞笑："办正事了。"

还没等她反应过来这句话，林清野已经抬腿往前跨一步，屈膝跪在床上，捞起她手中那本佛经，丢在一旁，页面哗啦哗啦翻动几下。

许知喃低呼一声，人被压着倒下去，被他笼罩住。

少年眉目凛冽，下颚弧线瘦削流畅，喉结突出，直来直往惯了，低头吻住她的嘴。

许知喃一颗心往下沉了几分，颤悠悠地抬起手臂环住他脖子，十指在他后颈交叠，试探性地主动跟他接吻。

好一会儿，两人才分开，林清野舔了舔嘴唇，直起背来。

闭着眼时倒还敢主动几分，可只要一睁眼，她就被他身上的气场压制，不敢直视他，只好往侧边看。

不看不要紧，这一看就发现那本佛经还敞着。

上面有一个神像和一行小字——

佛曰人生八苦：生、老、病、死、怨憎会、爱别离、求不得、五阴炽盛。

许知喃呜呜挣扎几下。

林清野扬眉，声音偏哑："怎么了？"

许知喃将脸埋进枕头，求饶似的："书，把书合上。"

林清野往侧边一看，肆无忌惮地嗤笑，还忙里抽闲地逗她一句："这是送子观音？"

什么送子观音。

观音菩萨明明不长这样。

他那语气简直坏极了，目中无人地亵渎神像，许知喃不太高兴，难得在他面前语气还染上几分情绪："才不是。"

只是这三个字从她口中说出来也软趴趴的，没什么威慑力，反倒像是在撒娇。

林清野合上书，丢到一旁，金灿灿的书脊依旧对着她。

许知喃闭紧眼睛,任由林清野支配,只觉得两面夹击,背德又禁忌。
外面雨淅淅沥沥地还在下。
她心跳如雷,始终紧闭着眼,像是把脑袋埋进沙漠里的鸵鸟,当床头那本佛经不存在。
顶上的电灯明晃晃地照着。
片刻后,烧灼在她头顶之上的光亮熄灭,紧接着,少年用那把好听的嗓子在她耳边低声说:"小姑娘,睁眼。"

卧室内窗户被打开,卷走些许暧昧气味。
林清野刚刚洗完澡,黑发湿漉漉的,顺着线条往下滑。
他靠在窗边吹风,抱着臂,模样很懒,看着床上躺着不动的小姑娘,被子裹得严严实实,侧躺着,从他这个角度看过去,连脸都看不见,黑发凌乱地糊着。
林清野餍足,那点烟瘾也没了,就这么看着,半晌笑了声:"有这么累吗,跟跑了马拉松似的。"
你知道什么。
许知喃脸埋在枕头里,心里腹诽,没说出来。
她费劲地撑了撑打架的眼皮,在被子里穿上衣服,终于坐起来,头发乱糟糟的,像个小疯子。
林清野嘴角翘了翘:"这么晚了,晚上回我那儿睡吧,不想动的话睡在这儿也可以。"
许知喃不敢夜不归宿。
虽然刚刚做了更过分的事,可她心底觉得那样不对,就更加怕做坏事会被抓住。
她鼓了鼓腮帮,轻声道:"要回去的。"
林清野先前也跟她提过别回去了,同样被拒绝,了解她的气性,便也不再多说。
"那一会儿我送你回去。"
"好。"
许知喃简单收拾了下,床头那本佛经不知什么时候页角翻了个小卷儿,她垂了垂眼,将卷边压回去,放回书包里。

尽管两人关系已经到了这一层,可许知喃对林清野的了解一直不多。
他是学校的红人,学校论坛上有很多关于他的传言,似真似假,其中一条便是提及林清野的父亲是堰城有名的人物,家境很好。
只是许知喃跟他相处的这段时间,能发现林清野身上没有一点少爷脾气,有时连公寓都不回,直接就在这狭小凌乱的工作室将就睡一晚。
他套上最简单的白衣黑裤,戴上口罩,拎过许知喃手上的书包:"走吧。"

011

"你这里有伞吗？"

"外面没下雨了。"

"你一会儿回来可能又会下的。"许知喃说，"这几天天气很奇怪，动不动就下雨。"

林清野顺从地从屋里翻出一把伞，长柄黑伞，上面都积灰了，可见许久都没用过了。

小巷很安静，没什么人。

中途遇到一个露天烧烤店，狭窄的过道上还摆了几张塑料桌凳，空气中弥漫着香味，烤串上吱吱冒油。店主见他们过来，吆喝一声："来点儿烧烤吗？"

"饿吗？"林清野侧头问。

许知喃刚想摇头，肚子就很不合时宜地叫了一声。

林清野轻笑一声："吃烧烤还是别的？"

"不吃了，要赶紧回宿舍了。"

"让你饿着回去不合适，吃点再送你回去。"

下午关店后就直接和赵茜去了酒吧，后来也只吃了点酒吧的小点心，这会儿她的确是饿了，听林清野这么说，便在烧烤摊前的凳子上坐下来。

因为雨天生意很差，只有他们这一桌，林清野把口罩摘下来。

许知喃生活作息很规律健康，这会儿都已经过了零点，犯困得厉害。

她单手支着脑袋，另一只手搓了搓脸。

林清野看她一眼："累？"

"嗯。"她乖乖应声。

"退步了啊。"他嗓音含着点戏谑的笑意。

许知喃一愣，随即反应过来他话里的意思，立马红了脸，热气一路直下，烧红了耳朵和脖子。

"不是。"她觉得难堪，低下头，小声说，"不是那个。"

说到底，林清野对这些都百无禁忌，可许知喃不行。

见她这反应，林清野大笑起来，评价一句："你这脸皮也忒薄了。"

许知喃这才明白他就是在逗她，抿了抿嘴唇，不再说话了。

店主已经烤完了肉，问："要辣吗？"

林清野记得许知喃不能吃辣，于是回话："一半辣，一半不要，麻烦了。"

"好嘞！"店主喊一声，动作娴熟地分了一半撒上辣椒面，将烤盘放到他们桌上，调侃一句，"还记得女朋友不吃辣，小伙子心挺细。"

许知喃捕捉到其中三个字，心脏重重跳了一记，抬眼去看林清野。

他神色如常。手机在这时响了，他接起来，"喂"一声。

许知喃再次垂下眼。

林清野语气平淡：

"这么晚了，有事儿？"

"什么时间？"

"再说吧，不一定有空。"

……

三言两语，他就挂了电话，手机重新丢在桌上，捞起一根串咬了口。

"你是有其他事情吗？"许知喃问。

"没，一个节目负责人。"

许知喃眨了眨眼："你要参加的那个节目吗？"

"还没定。"

"噢……"

两人很快吃完，赵茜又给许知喃发了条短信问她怎么还不回宿舍，许知喃不敢再磨蹭，跟林清野一块儿往学校方向走。

这个点校园路上几乎已经没有人。

林清野戴着口罩帽子，可许知喃还是有点担心会被人看到，不自觉加快脚步，走到他前面。

林清野了然，便也不跟上去，双手揣着兜跟在后面走。

一直走到宿舍门口，她才回头看了眼林清野，少年嘴里咬着烟，站在路灯下。

许知喃挥了挥手，跟他道别，而后刷卡走进宿舍园区。

"哎，这个同学，你等一下！"宿管阿姨从门卫室跑出来，"怎么这么晚才回来啊？大几的啊？"

"大三。"许知喃说，"有些事情，就耽搁了。"

宿管阿姨看了她一眼，了然地摆摆手："一个女孩子，下回别这么晚。"

"知道了，麻烦了阿姨。"

许知喃余光往宿舍外看了眼，林清野已经走了。

明天是周日，没有课，宿舍这群夜猫子都还没睡觉，灯已经熄了，这会儿正在聊天。

姜月决定考研，这个点还亮着盏台灯看书，赵茜则躺在床上一边玩着手机一边说话，宿舍另一个成员阮圆圆不在。

听到开门的声音，赵茜从床上探出脑袋，黑发垂下来。

她还没来得及说话，姜月一抬眼就见到她那头悬在半空中的头发，当即惊叫一声："赵茜，你吓死人了！"

赵茜也被姜月这猝不及防的尖叫吓了一跳："你才吓死人了！"

许知喃重新合上门，笑了一下："怎么了这是？"

赵茜说:"阿喃,你可算回来了,都这么晚了,你那什么客户啊,文身图案明天不能改吗,偏偏要让你开夜工,回来多不安全啊。"

许知喃放下书包:"圆圆也不在啊?"

赵茜哼一声:"她不回来才好呢。她要回来了我和月月聊天还得顾及她,聊得都不痛快。"

阮圆圆家住得离学校很近,周末经常回家住,也因为有公主病,之前跟赵茜、姜月吵过几次,相处得并不愉快。

许知喃也属于赵茜、姜月同一阵营,只不过她脾气好,倒从来没有对阮圆圆真正拉下脸过。

许知喃去卫生间简单洗漱了下,刚踏出卫生间便听到她们话题的核心——林清野。

林清野作为学校红人,现在大四要毕业了就更加成为话题,就连学校论坛里也飘着好几条关于他的高楼。

赵茜说:"我听说阮圆圆好像打算在林清野毕业之前跟他告白来着。"

姜月惊讶:"真的假的啊?"

"我也是听说,她不是喜欢林清野好久了吗,咱们刚大一那会儿她不是还说她选择来平川大学就是因为林清野。"

将近三年过去,姜月不记得这事:"啊?"

"嘿,你这脑子,平时考试成绩这么高,怎么这个都记不住。"

姜月不满道:"不是啊,她难道高中就认识林清野了吗?"

"废话,你也不想想林清野是什么时候火的,我看咱们大学的女生就你不知道了。"

姜月哼一声:"阿喃肯定也不知道。"

突然被点名的许知喃正整理完东西准备上床,握着爬梯的手紧了一下,而后才继续爬上床。

两人聊得正起劲,赵茜给姜月科普了一番林清野的成名史。

林清野十六岁组了刺槐乐队。

乐队一共四个人,除了主唱林清野外,还有鼓手关池、键盘十四、贝斯手季烟,三男一女。

他们四个都是堰城七中的,七中也是当地所有高中一本升学率最低的,以差乱出名,按理说,不可能有人能考上平川大学。

许知喃读的一中,90%以上的重点率。

十八岁那年,林清野因为一首《刺槐》突然爆火,但这个火也仅仅是因为歌,当时的娱乐圈,从来没有听说过林清野这个名字,也没人见过他,就连金曲奖颁奖典礼上,他都没有出现。

许知喃爱看书，知道国内外许多作家都会有代表作比作家名字更有知名度的例子。

当时的林清野就是这样。

《刺槐》火了，林清野的名字却无人问津。

直到有个娱乐记者去了"野"——刺槐乐队驻唱的酒吧，当时还是个名不见经传的小酒吧，在这样豪华的大都市，跟其他酒吧相比，生意很冷清。

那个视频拍下了林清野在舞台上唱歌的样子。

他跟娱乐圈内所有塑造的人设都不一样，他身上有股很独特的气质，能轻而易举抓住所有人的注意力。

张扬，恣意，痞坏，却又清冷如皎月，难以靠近，若即若离。

视频一出，瞬间火爆网络，在当时可以称作是现象级。

林清野有个微博，是当时颁奖主办方特意给他建的，还弄了实名认证，只是他自己从来不发那些内容。

那天之后，微博粉丝就从原本纯粹的九万歌粉飙升至百万粉。

偏偏那个微博至今都没发过一条内容，也算是一个奇观了。

连带着"野"也一举成为堰城最火爆的酒吧。

林清野的突然爆火，带动了圈内各种资本向他伸出橄榄枝，数不清的音乐制作人、节目制作人、经纪公司都来找他，可都失望而返。

他虽没答应进入娱乐圈，却因此进了平川大学。

金曲奖的奖杯很有含金量，也因为《刺槐》是林清野个人写词编曲演唱，平川大学的保送通知书也只发给了他一个人。

乐队的另外三人成绩垫底，后来索性没再读书，好在火了之后酒吧为了留住他们这些财神爷，报酬给得非常丰厚。

林清野依旧会有新歌出来，免费发在音乐平台上，每首播放量都是顶级，评论破10万，但从来不发专辑，也没参加过任何节目。

粉丝们对他越发好奇，又没有新鲜物料，于是去扒他的相关资料。

原本是想扒自家宝藏哥哥这清新高洁不沾染任何铜臭气的背后还有什么萌点，结果却扒出了成串的黑料。

还是实打实的黑料，洗不白。

因为是视频——

一段打架视频。

这段视频是在七中的贴吧里找到的。

除此之外，还有许多关于林清野的风言风语，总结起来就是虽然长得帅，但也是个狠起来不要命的可怕人物。

人红是非多。

林清野火爆网络还没半个月，又开始被许多人批评讽刺，可粉丝们不信茬。

用粉丝的话来说就是，当年的视频前因后果都不能了解，不能仅靠这些下断言，何况，她们哥哥都没有进入娱乐圈，所以也不应该那样被骂。

如今四年过去，林清野已经大四，依旧坐拥几百万粉丝，尽管批评嘲讽不绝，但也能称得上集万千宠爱于一身。

算是一棵百年难得一见的常青树。

不需要浇水施肥，始终果实累累。

"所以啊——"赵茜下了结论，"那会儿可是林清野最火的时候，阮圆圆就是那时候因为他填的大学志愿。"

姜月说："可是她这么告白人家能答应吗？虽然阮圆圆是长得挺漂亮的。"

"废话，当然不可能了！"赵茜翻了个白眼，不屑道，"再漂亮有我们阿喃漂亮吗？"

"那还自取其辱啊？"

"这叫不给自己留遗憾，毕竟以后可能都见不到了嘛。"赵茜说完这句，又忍不住笑了声，"不过林大佬能不能毕业也不一定。"

"怎么了？"

"我们那个近代史课，林清野之前应该是挂了，这学期跟我们一个班上课。"

姜月很茫然："那我怎么从来没见过他？"

"所以才说不一定能毕业嘛，压根儿没来过！要是再挂的话估计就要延迟毕业了，我估计这是咱们学校第一个因为近代史课不能毕业的。"

许知喃躺在床上，顿了顿，将被子拉过头顶，点开手机找到和林清野的聊天框。

【许知喃：清野哥，下周的近代史课要期末测试，你别忘了去。】

她又默读了一遍短信，发出去。

赵茜和姜月聊得越发深入，就连姜月也感慨一句："我觉得真正喜欢上林清野的女生也挺惨的，感觉他那个样子，没有女生可以抓住他。"

许知喃发完信息，等了十来分钟，他也没有回复。

她轻轻舒出一口气，摁灭手机放到枕头下，闭眼睡觉。

送许知喃回宿舍后，林清野便一个人往工作室方向走。

路上又接了一通电话，队里的女贝斯手季烟打来的。

"喂，队长，你在哪儿呢？"季烟问。

林清野叼上烟："怎么了？"

"你今儿怎么这么早就走了，咱们买了夜宵，现在在工作室呢，你来不来？"

"回来的路上。"

"行，等你啊。"

回到工作室，刚一打开门，林清野就被十四丢过来的抱枕差点砸个满怀，他接住，重新丢回去："干吗呢？"

十四哎哟一声："队长，你可算回来了，刚才想找你喝酒都找不到你人，干吗去了，这么神秘？"

刚才在烧烤摊看许知喃急着要回宿舍，林清野也没怎么吃，他踢开椅子，在桌子前坐下来，给自己倒了杯啤酒，仰头灌了半杯，淡声："送人回了趟宿舍，关池人呢。"

"这不是快结婚了，回家陪老婆去了。"十四顿了顿，随即反应过来，眉毛往上一抬，打趣道，"送你们平川之光啊？"

林清野似笑非笑地说："嗯。"

"不愧是咱们队长啊。"十四捏起酒瓶子跟他碰了下，"不过那个许知喃长得是真的漂亮，忒纯，跟那些浓妆艳抹的女人不一样。"

十四话刚说完，就被旁边的季烟踹了一脚："你骂谁呢！"

十四愣了下，随即笑了："谁敢讽刺你季大美女啊，别瞎对号入座又把锅扣我头上啊！"

季烟冷哼，白了他一眼。

林清野拿出手机，正好弹出个低电量通知，他起身走去卧室，插上充电器，又点开躺在微信里的那条信息——

【阿喃：清野哥，下周的近代史课要期末测试，你别忘了去。】

林清野扫了眼，又看了眼时间，没回复，重新摁灭屏幕，倒扣在床头柜上，走出去。

"对了，队长。"十四拎着酒瓶回头喊他一声，"刚才关池让我给你道个歉。"

林清野扬了下眉，烟盒摸出来丢在桌上，人往椅背上一靠："怎么？"

十四摆摆手："嘁，不就是要结婚这事儿吗，他现在总感觉自己跟叛徒似的。"

关池是乐队鼓手，只不过家里一直反对他干这些不务正业的，早早就给他安排各种相亲想让他回归正常的家庭生活。

后来遇到现在的女友，再继续这么下去也的确不合适，于是提出了退出乐队的请求。

虽然乐队叫作刺槐乐队，可实际上只有林清野代表了刺槐乐队，粉丝也是冲着他来的。

他们三人的家境也远不如林清野，加上逐渐长大了，更多要考虑现实生活，不只是关池，要不了多久十四和季烟也没法继续，于是才有了解散的念头。

林清野没什么反应："结婚挺好。"

季烟："队长，你以后有任何事都可以找我们的。"

十四附和道:"没错,没错。"

他们乐队这么多年相处下来,关系很不错,他们三人也的确非常感激林清野。

当初林清野获奖,有数不清的机会,只不过都是希望他个人的,林清野为了这个乐队便都拒绝了。

三人聊了会儿天。

他们这群人熬夜是家常便饭,也不觉得困,十四和季烟两人还越聊越精神,等离开时已经凌晨两点。

林清野懒得再回公寓,打算直接在工作室睡。洗漱完坐回床边,他一划开手机就是跟许知喃的聊天页面,刚才直接关了手机,没有退出。

他想起刚才许知喃忍住打瞌睡的模样,笑了笑,依旧没回复。

翌日一早,许知喃是被一个电话吵醒的,她眯着眼瞧了眼来电显示。

宿舍里赵茜和姜月还在睡觉,她轻手轻脚地爬起来,套了件外套轻轻推开阳台门出去,接起电话:"喂,妈妈。"

许母一顿:"吵醒你了啊,今天怎么这么晚起?"

"昨天睡得晚了。"许知喃靠在栏杆边,揉了下眼睛,"妈妈,你有事情吗?"

"也没什么,本来想问问你今天要不要回家的。"许母很快又补了一句,"不过你们快考试了吧,你要是忙的话就待在学校好好学习好了。"

许知喃笑起来,软着声撒娇:"我本来就打算今天回去看你的,我一会儿就回家,妈妈。"

挂了电话,许知喃又打了个哈欠,终于打赢了瞌睡,用力睁了睁眼睛,点开微信。

和林清野的聊天记录还停留在凌晨她发过去的那条。

他依旧没有回复她。

许知喃鼓了鼓腮帮,黑睫垂下,在眼底扫下一道弧形阴影,然后缓缓舒出一口气,收起了手机。

她拉开阳台门再进去,姜月正从床上爬下来,看到她差点吓一跳,问:"你怎么这么早就起了?"

"我妈妈给我打电话。"许知喃轻声说,"你要去图书馆了吗?"

姜月叹口气:"是啊,要做最勤奋的崽,不然怎么考上美院研究生啊。"

赵茜还在睡觉,两人没多聊。拿着刷牙杯进卫生间后,姜月才又问:"阿喃,你成绩这么好,没有再继续深造的想法吗?"

"没有哎,我不太喜欢理论上的东西。"

"也是。"姜月点点头,"那你以后就开着你那家刺青店啦?"

"应该吧,我还挺喜欢的。"

"那也很好,我看好多厉害的学长学姐毕业就是开个自己的工作室,跟你现在这样也差不多。"姜月感慨一句,"真好,你这连以后找工作都省了。"

许知喃是美术设计专业,开了个刺青店每天也需要帮顾客画不少设计图,勉强算得上专业对口。

两人洗漱完一块儿出门时,赵茜还睡着,姜月去图书馆,许知喃去东门搭地铁,在岔路口分道扬镳。

许知喃大一刚入校时就在迎新晚会上受尽关注,还被封了个"平川之光"的校花称号,学校不少活动都会请她一个美术系的去主持,又因为脾气好性格好认识了不少朋友。

去地铁站一路上碰上许多人打招呼。

平川大学位于郊区的大学城,而许知喃家在堰城的另一边。

中途换乘两趟,正好能赶上回家吃中饭。

"妈妈。"许知喃一推开家门便闻到一股菜香。

许母围着围裙从厨房出来:"阿喃回来啦。等会儿啊,饭马上就烧好了,最近忙不忙啊?"

"还好的,不是很忙。"

许知喃原本想进厨房帮忙,结果刺青店的一个女顾客忽然给她发来了信息,是一张萨摩耶的图片。

许知喃备注只留了个姓氏。

【陈:这是我家Lucky,我想在我手臂上文个它的文身,阿喃你帮我设计一下呗。】

许知喃喝了口水,回复客户。

【许知喃:大概多大的?】

【陈:不用很大,我胳膊也就那点粗细,10厘米那么长就行,可爱点儿。】

【许知喃:可以啊,您把设计要求跟我大概说一下,然后我们约下时间你来店里一趟。】

【陈:能快点吗?我下周约了摄影师拍照,也是临时起意,想文着我家Lucky一块儿拍。】

【许知喃:这样的刺青恢复就需要一周时间。】

许知喃轻轻蹙了下眉,又回复了句。

【许知喃:不然我先帮您把图片设计起来,满意的话我们下午就文,可以吗?】

【陈:可以啊!爱你!】

因为临时接了个活,吃完饭后,许知喃便拿出画板开始画画。

许知喃专业课成绩很好,设计这类图案不在话下,很快就画出一只可爱的萨摩耶,给那位陈小姐发过去。

【陈：呜呜呜呜呜呜，我家 Lucky 太可爱了！】

【陈：我已经迫不及待地要把它文到我身上了。阿喃你什么时候有空，我已经忍不住了！】

和顾客敲定了时间，没法再在家多留了，许知喃起身道："妈妈，我要回店里了。"

"怎么这么早就回去了啊？"

"有个客人临时要过来。"许知喃笑了笑，"马上学校考完试我就回来陪你了。"

"那你不是还得顾着店里吗？"许母拍拍她肩膀，"别太累了。"

"知道。"

临走前，许知喃走进家里侧门的小间，木桌上供奉着水果糕点，中间是一张黑白照片。

穿着警服，眉目俊朗，正是许父，几年前去世了。

许知喃往香炉里新插上一支香，看着相框里的父亲，轻声说："爸，我改天再回来看你。"

到刺青店门口时，那位陈小姐已经在了。

烈日炎炎下，对方打了把伞，吊带配工装裤，一段漂亮的花臂，也是从前在许知喃店里文的，是老顾客了。

"您等很久了吗，抱歉啊我来晚了。"许知喃快步过去。

陈小姐摆摆手："也没，本来能坐车里等你的，只不过让人先拿去修了而已。"

许知喃从包里摸出钥匙开门，才发现门把手里卷着一张宣传单。

她拿下来看了眼，红黑两色主调的宣传单，上面几个大字——刺青设计大赛。估计是活动主办方沿街找刺青店统一发的。

她将宣传单重新卷成筒状，打开门锁："您跟我进来吧。"

宣传单被随手丢在桌上，许知喃戴上手套和口罩："我先在您手臂上构个图。"

陈小姐将手臂伸出去："你别说，我发现这刺青真的挺容易上瘾的，明明我上回来的时候还差点疼哭了，现在又忍不住想文了，怪不得他们那些男人全身上下都是文身。"

许知喃笑说："来我店里的很多都是回头客，毕竟选择刺青的人还是少数。"

她迅速画完，拿出文身机做完消毒准备工作，接通电源。

听到发动机发出的噪音，陈小姐皱了下眉："哎哟，可我听到这声音还是有点怵。"

"来，您手别动，我开始给您文了。"

小姑娘戴着口罩挡住半张脸，在阳光下还能看到细细的绒毛，安静又专注，黑睫拢着，看着带墨水的针头一下一下刺进皮肤，眼睛一眨都不眨。

看上去有种说不出来的酷。

这玩意儿,刺青师技术好的话起先是不太会有痛觉的,到后面才会被扎得又麻又疼。

陈小姐这会儿还没什么太大感觉,瞧了她一会儿,忍不住笑道:"阿喃,你怎么会当刺青师啊,我看你长得可真不像是干这个的样子。"

"以前跟一个师父学的,后来读大学以后就在这儿开了家店。"

"那你高中就学了啊?"

"嗯,那时候我父亲去世了,本来是想赚钱的,没想到后来还挺有兴趣的。"

陈小姐愣了下,没想到还有这层故事,说了声抱歉后便换了个话题:"不过你怎么自己身上一点都没,我看人家刺青师都是大花臂的。"

"我没什么特别想文的。"许知喃笑了笑,声音轻柔,"不想以后文了后悔。"

"也是也是,听说洗文身还特疼是不是啊?"

"嗯,比文身要疼多了。"

这样的小刺青耗时比较短,一个小时左右就能结束,许知喃摘了手套,拉下口罩勾在下巴上,将陈小姐那一截手臂用保鲜膜裹起来。

"三个小时后就能揭掉保鲜膜了。"

话音一落,手边的手机屏幕亮了。

【清野哥:许老师,给我辅导一下?】

是回复许知喃昨晚上那条短信的。

可现在都已经下午三点了。

陈小姐打趣道:"男朋友的信息啊,笑这么甜。"

许知喃一顿,抬眼看旁边摆着的镜子,嘴角是上扬的。

"你俩感情很好吧,看得出来你特别喜欢他。"陈小姐一副过来人的模样。

是啊。

就是很喜欢他啊。

喜欢到,收到一条迟到多时的短信都能这么高兴。

第二章

/

嗯，我想你了啊

送走陈小姐，店里重新恢复安静。

因为最近天气闷热潮湿，如果文大图案的话恢复起来比较麻烦，再加上期末周，生意没有其他季节好。

【许知喃：怎么辅导啊？】

【清野哥：晚上来学校接你？】

许知喃一个人坐在安静的刺青店里，双手托腮，手机就摆在面前，眉心微微蹙起来一点，看上去很苦恼的样子。

要是辅导专业课倒还行，可近代史这样的课，她也没有很认真听，就这么去辅导别人肯定是要闹笑话的。

她想了想。

【许知喃：过两天吧，我先整理一下知识点，我也还没复习过呢。】

林清野收到消息时人在传启娱乐公司，他笑了笑，收回手机，抬眼重新看向坐在对面沙发上的王启。

王启是白熊视频下的节目制作人，正在筹划一档关于歌手竞演比赛的节目，既需要那些知名歌手，也需要挖掘一些新面孔。

于是林清野便成了他最满意的对象，对于节目而言的确是新面孔，可林清野也有知名度和可观粉丝量，自从拿到金曲奖以来就一直成谜，身上商业价值巨大。

"小姑娘啊？"王启看着林清野的表情问。

"王叔。"林清野懒洋洋的，"别套话啊。"

林清野和王启还有层渊源，算是家族好友，平日里能称句"叔"。

王启大笑起来，拿食指用力点了点他，摇着头："你啊！真是谁都管不住你，不过以后你要真进了这个圈子，这些事要怎么处理自己都提前想清楚了。"

林清野淡淡"嗯"了声，也不知到底有没有放在心上。

"节目预告已经进入筹备阶段了，你一会儿没事的话，先跟我一块儿去录个Demo（小样）吧，我们会提前放出音频做预热。"

林清野在合同上签了字，起身："行。"

进了录音室，节目组选择了他的成名作《刺槐》。

王启戴着耳机坐在工作人员旁边，对录音室里的林清野说："准备好了吗？"

他比了个OK的手势，依旧是老样子，看不出丝毫第一次正式节目录Demo的紧张。

工作人员将按键往上推，前奏旋律在封闭的录音室内传出来。

林清野微抬着下巴，靠近收声话筒，半阖眼：

在我和世界之间
你是鸿沟，是池沼
是正在下陷的深渊
你是栅栏，是墙垣
是盾牌上永久的图案[1]

你是少女
我是匍匐的五脚怪物
暗夜交错中春光乍泄
你拿起枪我成为你的祭献
……

少年的声音低沉干净，唱得很轻松，却莫名抓住人心。

王启在外面看着，算是知道了为什么这几年林清野能够仅凭粉丝拍的酒吧驻唱视频就能持续吸粉这么多年。

有些人就是天生有这种不费吹灰之力站在聚光灯下的魔力。

许知喃从刺青店出来时已是傍晚，去食堂吃过晚饭后就直接回了宿舍。

先前近代史课的老师已经划过重点了，也交代过一些可能会考的重点问题，但没说明答案。

宿舍里没人，许知喃打开电脑，又过了一遍近代史课本，找到那几个问题的答案输进文档里。

"阿喃宝贝！"门口一声响，阮圆圆踩着高跟鞋推着她的银色小行李箱走进来。

阮圆圆经常周五回家，周日再回宿舍。

注：[1]出自北岛的《一束》。

许知喃侧头:"你回来啦。"

阮圆圆走到她旁边,探头看了眼她的电脑屏幕:"你在干吗呢?"

"啊。"许知喃莫名有几分心虚,"不是马上就要近代史考试了吗,我复习一下。"

"你也太认真了吧!近代史这种课你居然还自己做复习资料!"

"也没,反正这会儿没事情嘛,做一下也很快。"

阮圆圆问:"你做好了是要打印出来吗?"

"嗯。"

"那你给我也打一份吧。"

许知喃点点头,继续补充知识点:"好啊。"

她们宿舍四人,赵茜和姜月都不喜欢阮圆圆,好在这会儿两人不在,否则估计没聊几句就又要拌嘴吵架了。

阮圆圆蹲在地上把行李箱打开,忽然又问:"对了阿喃,过段时间他们大四毕业典礼是你主持吗?"

"是的,不过有好几个主持人,其他都是播音专业的。"

"典礼流程单已经出来了吗?"

"还没呢。"

阮圆圆笑眯眯地弯起眼,轻声道:"你拿到流程单后给我看一眼呗。"

这也不是什么需要保密的事,许知喃很快就点头说"好",只是忽然又想起了昨晚赵茜提过的。

她顿了顿,问:"你是要在那时候告白吗?"

"嗯。"阮圆圆诧异地扬了下眉,"看不出来,你消息还挺灵通啊。"

许知喃原本是想劝她的,但张了张嘴,又不知道该从何说起,只好作罢。

说来,许知喃认识林清野的过程很狗血。

那时候还是大一,正是许知喃入校受到最多关注的时候,她还加入了学校的艺术社。

周末的社团活动,大家一起去酒吧玩。

酒吧的不少酒都会做成汽水果汁的样子,很漂亮,可实际上酒精含量却很高,许知喃不知不觉就喝得过了量。

她感觉脸上发烫,便打算去卫生间洗把脸。

只是没想到,从卫生间出来后就被一个男人堵了路,对方嘴里不干不净地说着些什么。

酒精后劲儿一股股地涌上来,许知喃脸上浮起红晕,连路都有些走不稳,扶着墙站立,心扑通扑通跳。

"喂。"这时,一个男声在身后响起。

那是许知喃第一次看到林清野。

棱角分明，张扬嚣张却又好像云淡风轻，靠在一边，嘴里咬了支烟。

那男人显然也是认识林清野的，脸上神色一僵，僵持在那儿，问："怎么？"

林清野弹了弹烟灰，似笑非笑地说："她是我的人。"

许知喃知道这句话是为了赶走那男人用的，可她还是怔住。

许知喃不知道他们遇见的时机对不对。

说对，因为初见，他们的关系走向越来越难以捉摸；可说不对，他们也许就连认识的机会都没有。

林清野到底在这酒吧有些话语权，那个纠缠的男人走了。

她肩膀被一个微凉的手掌圈住，头顶传来一个声音："还能走吗？"

许知喃仰头看了他一眼，头越来越晕，一刺一刺地疼，她说不出话，听到头顶那个声音又问："想不想跟我回去？"

这之后发生的事等第二天醒来时她都不太有记忆，直接断片儿，当真是一夜荒唐，只能看着林清野呆滞了好几分钟。

他上身赤着，看着她淡淡问："打算怎么办？"是问她眼前这局面。

许知喃忍着因为无措而泛起的哭腔对他说："对不起，我会对你负责的。"

林清野愣了下，随即大笑着靠在墙边，点点头："行，记得对我负责。"

于是纠缠着，关系越发说不清道不明。

许知喃将近代史复习资料整理完后，赵茜和姜月也回宿舍了。

因为阮圆圆也在，打断了她们的畅聊，所以晚上没有举行"夜谈会"，十一点熄灯后就直接睡觉。

周一上午满课。

下课后，许知喃便跟赵茜一块儿去打印近代史的复习资料。

一人努力四人分红，许知喃将复习资料打印了五份。

"阿喃，你喝不喝奶茶？"赵茜问。

"不喝，我去买瓶矿泉水，跟你一块儿去。"

打印店楼下就是校内超市，里面另有一家奶茶店，有几种招牌奶茶很出名，算是平川大学的招牌，还经常有外校的人慕名而来。

刚走下楼梯，许知喃被人叫住。

赵茜看过去，幸灾乐祸地"哦嚯"一声，凑到她耳边说："要把你名字文在身上的学弟来了。"

学弟名叫范历，刚打完篮球，追许知喃追得尽人皆知，周围几个朋友一见到她就跟着哄打趣。

范历跑到许知喃面前："学姐，你怎么也在这儿啊？"

许知喃示意自己抱着的那沓资料："来复印东西的。"

"那学姐你喝奶茶吗,我请你喝啊。"
"我不是很爱喝甜的。"
一旁赵茜插了一嘴,眨眨眼,自荐:"这边这位学姐要喝。"
范历扬起笑脸:"好嘞,那我请你喝。"
许知喃打了赵茜一下,低声说:"你干吗呀。"
"我这是给学弟台阶下呢,不然人家那群朋友看着他连杯奶茶都送不出去多尴尬啊。"
两人交流完悄悄话,许知喃想着范历也算是因为她才请赵茜喝奶茶的,便还是笑着跟他道了声谢。

"哎,队长,那不是咱们平川之光吗?"关池和林清野坐在车里,朝另一侧抬了抬下巴。
林清野跟着看过去,便见许知喃面前还站了个男生,小姑娘笑容柔和恬静,也不知在跟对面那人说些什么。
他盯着看了会儿,眉眼间渐渐凝上些难言的情绪,然后直接拉开车门下车。
"哎——"关池吓了一跳,"队长!"
而自家队长已经头也不回地朝那边走去了。
关池摸了摸鼻子,嘟囔:"这么急,怎么连帽子都不戴,当心被人围观。"

超市的饮料区在最侧边,隔了一道墙,许知喃一进去就往饮料区走,而赵茜和范历则站在奶茶前台。
这会儿还是上课时间,又因为酷暑炎热,这个点超市里人不多,常温饮料货架这边就更没人了。
大部分矿泉水都被放进了冰柜里,就剩下货架最上层还有几瓶。
许知喃踮起脚伸长手臂去够。
她一边在心里默默吐槽这超市货架的设计太不合理,哪有弄这么高的,明明她也不算特别矮的呀。
伸长手臂还不够,还要伸长手指,眼见就要捞到了,另一只手臂从她头顶伸来,修长的手指捏住瓶身。
许知喃眨了眨眼:"谢……"
然后,她便看着那只手将矿泉水瓶推进货架更里侧。
欸?
以许知喃现在的视角,压根儿连矿泉水瓶都看不到了。
这是什么操作?
许知喃轻蹙眉,还以为是谁的恶作剧,结果一回头就对上林清野的脸。
她睁大眼,完全愣住,第一个反应便是左右张望一圈,所幸没其他人看到。

林清野瞧着她这反应，低笑了声："怎么做贼似的？"

本来就是。

喜欢他的粉丝这么多，要是被别人发现了，指不定会怎么说呢。

许知喃做贼心虚，再一联想自己跟林清野的关系，便更觉得心虚了。

"没人看见我进来。"他又说。

许知喃压低声音："你今天怎么来学校了？"

"辅导员找我。"

"噢。"她点点头，不习惯在这样的环境下跟林清野说话，生怕人看见，"那我先走了。"

林清野"啧"了声，拽着她领子把人扯回去，扣住她手腕抵在货架上："跑什么。"

许知喃极少在他身上感受到压迫感，甚至还能闻到他身上的烟味："我同学就在那边呢。"

他挑眉："水也不要了？"

许知喃忍不住抱怨："你自己放进去不给我的。"

"叫我一声就给你拿。"

从许知喃的角度，仰头就能看到他凸起的喉结，以及领口露出的一段锁骨，她试探性地乖乖道："清野哥。"

林清野长臂一抬，很轻松地将那瓶矿泉水拿了出来。

两人偷偷摸摸地躲在货架这儿，许知喃觉得脸上开始发烫，接过他手里的水又道了声谢。

完全生疏的样子。

林清野觉得好笑，又隔着矿泉水瓶握住她的手。

果不其然，许知喃立马像只炸了毛的猫，用力往回缩，可惜力气没林清野大，挣脱不开。

林清野捏着她手，淡淡地问："刚刚那是谁啊。"

许知喃被他这动作弄得心怦怦跳，对面就是全透明的玻璃，只要路过的人往里看一眼就能发现他们，她没心思去分析他话里的意思。

"什么？"

林清野拧起眉，片刻后："没什么。"

不再问了。

"阿喃！"超市里响起赵茜的喊声，"你在哪儿呢，买好了吗？"

"来了！"她飞快应声，再也待不下去了，推开林清野就直接跑过去。

林清野被她推得往后退了两步，掌心还残留着她的温度，他兀自勾了下唇，又给自己拿了瓶水便出去了。

027

许知喃付完钱就立马和赵茜一块儿出去了。

宿舍楼距离不远,范历手里也是一杯奶茶,一块儿走在旁边送她们回宿舍。

赵茜是个自来熟的,也不知怎么就已经和范历建立起了友谊,一路边走边聊,只剩下走在中间的许知喃如芒刺背。

明知道林清野就站在她身后,她还一点都不敢回头看,只能庆幸盛夏中午这条路上没什么人。

关池从车里探出脑袋,顺着林清野的视线看过去,挑了下眉:"平川之光旁边那男的看起来是喜欢她吧。"

林清野横过去一眼,从鼻子里哼出一口气,不屑又嘲讽。

关池愣了下,抬头看了林清野一眼,调侃道:"不过谁能比得上咱们队长啊,你拿下这平川之光不也是分分钟的事嘛。"

林清野依旧没什么反应,直接坐上车,拧开瓶盖灌了一口。

关池了解他脾气,无所谓地笑笑:"这都多久了,还不腻啊?"

林清野舔掉沾在嘴唇上的水珠:"挺乖的。"

在宿舍园区门口告别了范历,许知喃和赵茜一块儿上楼进宿舍。

天越来越热,出去一趟都跟火烤似的,身上汗津津。赵茜一踏进宿舍就打开空调:"不行了,我得洗个澡,难受死我了。"

她拿上换洗衣服和沐浴露,又问:"阿喃,你洗不洗?"

"我晚点洗,一会儿还要去趟店里。"

赵茜瞧了许知喃一眼,少女脸上白白净净,没有化妆皮肤都自带柔光,一点看不出刚才在烈日下走过。

原来这就是凡人和仙女的区别。

赵茜自愧不如,认命进浴室洗澡。

许知喃将打印的复习资料一份份拿订书机订好,分别放到室友书桌上,自己还留了两份,其中一份是要给林清野的。

啊,清野哥……

许知喃愣了愣,懊悔怎么没趁刚才把资料给他。

她又想起刚才林清野问的,当时她慌乱中压根儿没细想,现在倒是反应过来了,他问的那个"谁"应该是指范历。

只是,他问范历做什么。

许知喃手撑着下巴,看着前面书架上摆着的那本佛经。

金灿灿,明晃晃的。

顿了顿,她拿出手机,点开通讯录找到林清野的号码拨过去。

响了一会儿音乐后,便冒出来一个机械女声:"您好,请不要挂机,您拨打的电话正在通话中。"

赵茜已经迅速冲完澡裹着浴巾出来了:"啧,怎么这么凉。"

许知喃回头看了她一眼:"你怎么没擦干就跑出来,开空调了,你当心着凉啊。"

赵茜又嘶嘶抽了几口凉气,直到许知喃起身帮她收了外面挂着的浴袍进来,她双臂套进去,系上绳,又把浴巾从底下扯出来,终于喟叹一声:"啊,爽。"

"对了,茜茜,问你个问题。"

"什么?"赵茜开始往脸上拍爽肤水。

许知喃犹豫了下,说:"如果打电话已经听到音乐铃声了,然后才说正在通话中,是不是就是电话被挂了啊?"

"好像是吧。"赵茜双手捂着脸扭身看过来,"怎么了,有人挂你电话?"

许知喃鼓了鼓腮帮:"嗯。"

"居然还有人敢挂我们仙女的电话?哪个不长眼的啊?"赵茜吃惊地问。

许知喃没说话,坐回自己座位,下巴磕了磕桌面。

赵茜也没在意,继续说:"可能按错了,或是有事儿不方便接吧,你过会儿再打一下好了。"

"嗯。"

在宿舍又吹了会儿空调,许知喃便打着太阳伞去了刺青店。

她这店的业务不只是给人文刺青,还有人会单请她做刺青设计。毕竟是专业出身,她在大学专业课成绩也是拔尖的,刺青设计都能让人很满意。

这回有个顾客请她设计一个全背刺青,等全部弄完修改完已经是傍晚。

大片霞光迤逦而下,许知喃放下笔,坐在阳光里伸了个懒腰,捞起手机,提了口气,又给林清野打了一个电话过去。

这回倒是很快就接了。

他声音依旧很懒散:"还以为你不打算再给我打电话了呢。"

许知喃无意识地翻动画纸一角,片刻后说:"刚才我给你打过了,你在忙吗?"

"没忙。"

他笑了下,磁沉的嗓音透过来:"我生气,不想接,行不行?"

听声音也不像是生气的样子啊,许知喃抿了下唇:"你生什么气?"

"在超市里你跑什么呢?"

原来不是因为范历,许知喃垂下眼:"我同学叫我了呀。"

"那你就推我?"他那边传来细微撳下打火机的金属声,声音含着笑意,"我都给撞疼了啊。"

许知喃还算了解他说话的语气,这会儿就是在逗她玩,于是翘了下嘴角:"我又没有用力推你。"

"还想赖账？"

感觉林清野扯着这个话题不依不饶的，许知喃不知道该说什么，又听见他问："现在在哪儿？"

"店里。"

"有客人？"

"没有，刚刚画完图，最近生意不多，一会儿就回食堂吃饭了。"

他问："我来接你吃晚饭，来吗？"

虽然和林清野这样的关系已经持续挺长一段时间，可单独去外面吃晚饭是极少数的。

许知喃答应了，挂电话后又在店里等了会儿，林清野便到了。

店门外响起两声车喇叭声，他那辆惹眼的黑色跑车就停在外面，好在车窗贴了单向膜，倒也看不清里面是谁。

许知喃关上店门，上车。

"想吃什么？"林清野问。

"我都可以的。"许知喃顿了顿，又补充了句，"不要去人很多的地方。"

"怕被人看到，那就订了餐去我那儿吃，不是说还要帮我辅导功课吗？"

其实林清野的成绩不差，许知喃之前也了解过，他是被特招进平川大学音乐系的，各种乐器都很娴熟，乐理知识也懂，专业课成绩都是数一数二的，只不过其他一些通识课就是吊车尾了。

"对了。"许知喃从书包里翻出那沓刚刚打印好的复习资料，"这是给你的。"

林清野扫了眼："这么认真啊。"

"老师说的重点都在这里了，背出来应该就能过了。"

他无所谓地笑："行，谢谢许老师。"

这回回的不是那个杂乱的工作室，而是林清野住的公寓。

公寓很大，开门进去对面就是一面落地窗，望下去是堰城这座寸土寸金城市里唯一一处天然湖，家具简洁干净却又都价值不菲，一面墙上还放着许多各种各样的乐器。

许知喃换上拖鞋，还暗暗留意了下他鞋柜里的拖鞋，都是统一颜色大小的，没有女式拖鞋。

拖鞋很大，走起路有些拖沓。

刚才来的路上林清野就已经点好了晚餐，送到公寓。

没一会儿，晚餐就送来了，精致的雕花盒子，里面是各类小盘食物，还有一份松露巧克力冰激凌。

林清野去接她之前就已经吃过了，他对吃喝一类格外讲究，这样在木雕盒子里焖过，总归不如在店里的好吃。

他吃了几口就放了筷子，靠在椅背上看着她吃。

许知喃吃饭很安静，细嚼慢咽。

看着颇为赏心悦目。

林清野忽然想起第一次见到她时的样子。

她站在路灯下，浑身没有丝毫阴霾处，看上去骄傲纯粹不可攀。

察觉到林清野的视线，许知喃抬头："怎么了？"

"没怎么，你吃。"他给自己点了支烟，起身去隔壁吞云吐雾去了。

许知喃觉得在别人家里吃个不停总归是不好的，又吃了几口便放下筷子。与此同时，赵茜给她发来消息，连着好几条，手机叮咚叮咚响个不停。

她忙按了静音，点开微信。

赵茜给她发来了一条链接——

标题是：《我为歌来》里那位还没公开的神秘嘉宾不会是林清野吧？林清野居然要来参加节目吗？

【赵茜：啊啊啊啊啊啊啊啊绝了！好像真的是林清野！】

【赵茜：我听了节目官微发的那个音频Demo，好像真是他的声音哎！】

【赵茜：我们上回去酒吧太值了，现在看来可能真是他们最后一场演出！】

许知喃指尖一顿，点进赵茜发来的链接里，跳转到微博。

关于#我为歌来林清野#的话题已经上了热搜榜前排。

这些年来，林清野除了酒吧驻唱，从来没出现在大众的视线中，可即便如此也能一举就引起轰动。

点进热搜，热门微博底下已经有好几万的评论。

【真是活久见！！！我默默嗑林清野的颜好久了，可惜人不在堰城，没法去他驻唱的酒吧听他唱歌，现在居然要上综艺了！！什么时候播，我蹲！！】

【林清野这名字好耳熟。】

【不认识，但是声音好好听！】

【来，给大家看看我们林队长的颜，我真的可以！！！】

【唱的是《刺槐》，林清野的成名曲啊，这是实锤了吧！！！】

【我命令节目立马播出！快！我集资立马出！】

当然，底下也有不少难听的骂人的话。

【真的是互联网没有记忆，大家都忘了之前扒出来的黑料了吗？】

【粉丝的脑回路：我家哥哥长得帅就行了，打人的视频虽然都已经爆出来了，但你又不知道这其中的恩怨！】

【楼上说得对。】

大众对林清野的评价向来分为两级，只不过粉丝力量强大，那些批评嘲讽几乎可以忽略。

许知喃静静看下来。

之前她就看到过林清野和节目制作人打过电话，大概可以确定林清野的确要去参加这个节目。

可林清野从来没有跟她提起过这件事。

许知喃不知道她在林清野眼里到底算什么。

一直以来，对林清野而言，想要获得别人的喜欢都太容易了，不费吹灰之力，每次酒吧演出就有数不清的女生喊着他的名字，为他欢呼呐喊，嗓子都快喊哑了。

有时候许知喃会觉得自己对他的喜欢，对他而言，是不是也是一样的微不足道。

林清野跟她也不属于同一个世界，只是那一晚让她误闯了进去，而现在他又要参加节目，她知道，凭林清野的本事，会有更多的女孩儿喜欢他，他们的这两个世界会越来越远。

她也曾很自私地想，要是林清野不要受这么多人的关注就好了。

那么，是不是，他就可以真正注意到她了。

许知喃呼吸有些紧，看完热门评论后又滑上去，调好音量，点开那个音频视频。

黑屏，只有林清野的声音传出来——

……

你是少女

我是葡萄的五脚怪物

暗夜交错中春光乍泄

你拿起枪，我成为你的祭献

音频只有十几秒，很快就结束。

能够在十八岁就拿到金曲奖，他的确是有天赋，也有一副好嗓子。

许知喃按了重播键，身后忽然响起一声笑。

林清野不知什么时候已经站在她身后了。

许知喃摁灭手机，回头："这个是你吗？"

"连我声音都听不出来了？"他弯下身，反问。

"听出来了。"许知喃手指无意识地陷进沙发扶手，"我就是确认一下。"

林清野直起身，将烟蒂丢进垃圾桶："吃好了吗？"

"嗯。"

他将茶几上的餐盘简单收拾了，拎到一旁，又拿着她书包过来："不是说要辅导我近代史吗？"

许知喃将那些思绪暂时放到一边，从书包里翻出那沓近代史复习资料，又翻出一支蓝色的荧光笔。

"你这里有近代史的教材吗？"

林清野套着件白色卫衣，宽松又散漫，就那么站在一旁，一身少年气，表情有些痞。

意思也很明显，他怎么会有教材。

许知喃："没有也没关系的，这些应该就够了，反正考试过了就可以。"

林清野在她旁边坐下来。

许知喃坐在单人沙发上，他就坐在沙发扶手上，微微躬下背，身上还有被体温熨热的烟草味。

许知喃莫名觉得耳朵被头发弄得有些发痒。

她握紧荧光笔，将重点和关键词标注出来，轻声说："你要是懒得全部背下来的话，就记一下这些得分点。"

他一只手搭在许知喃肩上，看着被她圈出来的字，悠悠出声："洋务运动、兴办近代企业、建新式军队、创办新式学堂。"

从这样一个人嘴里听到这些字眼，还读得一本正经，听着反而有些不伦不类。

许知喃轻轻笑出了声，小姑娘一笑起来眼睛就弯起来，眼角微微上翘，眼睛聚起光，看上去精致又漂亮，像个洋娃娃。

林清野垂眼，视线落在她脸上，有片刻移不开神。

"嗯，对。"她弯着眼说，"记住这几个关键点就可以，然后是下一个老师提过的重点问题……"

话音戛然而止。

她跟触电似的，荧光笔在纸上用力划出一道。

林清野低头吻在她脖子上。

她喉咙发干，黑睫轻颤着："清野哥。"

"继续教啊。"说话间，灼热的鼻息全部打在她脖颈。

"第二个问题……是戊戌变法的意义。"她声音有些发抖，僵持片刻后还是没法在这样的氛围中继续说那些知识点，总觉得羞耻。

许知喃紧紧握住他的手，轻声唤："林清野。"

他轻笑："还学吗？"

到底是谁学啊，许知喃在心底说。

"不学了。"

他将她打横抱起，往卧室方向走，那沓复习资料从她腿上滑落，掉在地上。

卧室不如外面客厅明亮。

黑灰两色，厚重的窗帘紧紧拉着，没有一丝阳光穿透进来，只亮了盏小夜灯，发出一点昏暗的光。

许知喃被放在床上。

在林清野倾身靠下来之前，她忽然轻声问了句："清野哥，我们是什么关系？"

他笑得暧昧，将问题原封不动地抛回去："你说我们是什么关系？"

黑暗漆黑的房间暂时安静下来。

林清野的眸子黑压压的，静静地注视着她。

而许知喃的那颗心在这样的注视里缓缓下沉，又想起那条微博底下他粉丝的评论，在林清野俯身亲她时侧头别过了脸。

"怎么了？"他沉声问。

"我不想。"

"行了，阿喃。"林清野耐着性子摸了摸她下巴，半哄道，"不是女朋友吗？"

许知喃手机响了，有人打电话过来。

平日和几个朋友联系都是微信，一般很少会有人直接给她打电话。

许知喃推开他，挨着床沿站起来："我接个电话。"

她走到另一边，看了眼来电显示——顾从望。

"喂？"许知喃接起来。

那头的人说："许知喃，你上哪儿去了？"

许知喃没反应过来，眨了眨眼："什么？"

"我不是跟你说了我今天的飞机，你都不来接驾的啊，我现在一个人孤零零在堰城机场呢！"

"我知道你今天回来呀。"许知喃回头瞥了林清野一眼，压低声音，"你也没让我来接机呀。"

"我真是服你了姑奶奶，有你这么没良心的吗，你大哥我以前在国内的时候是不是上哪儿都带着你的！"

许知喃不跟顾少爷吵："那你现在怎么办呀，没人去机场接你吗？"

"我自己回来！"顾少爷气冲冲的，又丢下一句"去店里找你"就直接撂了电话。

许知喃把手机揣回口袋，走回到林清野面前："清野哥。"

他神色依旧不变，只是这会儿气场莫名有些压人，眉眼间延展开一些凛冽的意思，淡淡道："嗯。"

被方才那事闹了一通，尽管林清野说了是女朋友，可那态度实在是敷衍哄骗，许知喃被他那样子弄得脸上臊得慌，不愿多待。

"我先回去了。"许知喃轻声说。

顾从望跟她算是发小,从小一起长大。

只是两家差距甚大,许知喃父亲是警察,母亲是老师,普通家庭,而顾家在堰城是名门望族,顾从望算是天之骄子,含着金汤匙长大,顾家小太子,受尽宠爱。

她犹豫着该怎么跟林清野介绍顾从望。

就听他说:"行。"

许知喃张了张嘴,又闭上了,沉默着走出卧室,重新拿上书包,换回鞋子便走了。

工作室门"砰"一声巨响。

林清野沉着脸进来,乐队其他人都在。

"队长。"关池犹疑,唤了声,"没什么事儿吧?"

林清野没说话,拿上吉他,直接进了自己房间。

只剩下三人在外面客厅面面相觑,这是怎么了?

关池说:"什么情况啊,好久没见队长那个表情了。"

季烟蹙眉道:"是不是队长回家又跟他妈吵架了啊?"

"不像啊,这都好久没回去了吧。"

季烟横过去一眼:"不然还有谁能把咱们队长惹生气啊。"

十四说:"《我为歌来》那节目今天不是发了个音频吗,是不是因为看到底下骂人的那些评论了?"

他说完也觉得这猜测压根儿没可能性:"不对啊,队长也不像会关注这些的人啊。"

从林清野公寓出来后,许知喃便直接搭地铁回刺青店。

他的公寓在市中心,这个点正是晚高峰,地铁站人来人往拥挤不堪。

顾从望直接从机场打车过来,许知喃刚走出平川大学站就接到了他的电话,说已经到了。

"我也马上就到了。"许知喃说,"五分钟,刚出地铁站。"

"我还以为你本来就在店里呢,你最近挺忙啊?"

"还好。"许知喃加快脚步,抬眼往马路对面看过去,"我看到你了。"

顾从望就站在店门口,白色短袖和牛仔裤,很清爽。

他大学读了 2+2 模式,大三就去英国留学,现在刚刚结束本学期课程回国。

顾从望一见正穿过斑马线过来的许知喃便笑了,扬起手臂用力挥了挥,喊一声:"阿喃!"

许知喃性子软,天生嗓子细,说话声音不大,只笑着给他也挥了挥手。

她走过斑马线,问:"考得怎么样呀?"

顾从望摆摆手:"你还真是一开口就是我不想提的事儿。"

许知喃笑笑，从书包里翻出钥匙打开店门："外面热，你先进来吧。"
"你刚干吗去了，还坐地铁过来的。"
许知喃动作一顿，还没回答，顾从望又问："你吃饭了没？"
"吃过了。"她只回答了后一个问题。
"你这人，忒没默契，不仅不来接机，现在还要让我一个人吃晚饭？"
许知喃拿出手机："那我给你点份外卖吧。"
"要贵的。"
"好。"许知喃将筛选范围换成"人均从高到低"。
"算了，我自己点吧，你现在生意怎么样啊？"
"挺好的，这边是大学城，年轻人多，对文身好奇的人也多，就是最后真决定下来要文的不算多，主要还是些老客户。"
顾从望躺倒在沙发上，给自己点了份寿司拼盘："那你平时赚的够你吃吗？"
"够了。"许知喃笑了下，露出些小白牙，"我收费不算低。"

刺青店主要分为三种。
大店知名度高，手下客源也不少，宣传力度强，也有许多驻店刺青师，从业七八年以上，技术好客源多，按两三千一小时收费。
而小店则是技术一般，设计感也不强，属于最普通的刺青师，低价收费，客户目标多是些经济条件不好但又有刺青意向的。
许知喃的这家刺青店夹在中间。
起初刚开店时也有过难熬的阶段，比不上大店的知名度，又拼不过小店的收费低。
好在大一时她的照片在平川大学的校园论坛里走红，渐渐开始有人打听她，得知了她在学校外开了家刺青店的消息。
这一带又是大学城，许知喃被誉为"平川之光"后不少人慕名而来，渐渐地就做出了宣传效果。
而文身又主要有四种经典风格：传统、School、写实、图腾。
其中写实文身追求形似和极致的细节，需要很强的绘画功底才能做好。
能做好这种的刺青师在堰城并不多，许知喃算一个，而且的确技术好，能留住客户，原创设计独一无二的刺青收费也在每小时五百左右。

"挺厉害啊。"顾从望给许知喃比了个大拇指，"本来还想赞助你一下拿小爷我这金贵之躯给你做笔生意呢。"
许知喃坐下来："你想文的话，免费给你文。"
顾从望："别，太疼。"
这会儿正是下班高峰期，也是外卖点餐高峰时间段，等了好一会儿顾从望的外卖才送来。除了寿司拼盘外，他还点了瓶清酒。

许知喃最近正在练习水墨文身，在画稿里画了几个手稿图案，拍照发了条朋友圈。

她不爱发日常朋友圈，不过因为开了家刺青店的关系经常会发些新作品。

很快就有老顾客来问，相对于常见的文身风格而言，水墨文身比较少见，中国元素也更浓厚，很是特别。

她一边回复，一边瞧了顾从望一眼："你怎么刚回国还吃寿司，不是都说留学生最想念的就是中国菜吗？"

顾从望哪会亏待自己："我在那儿也经常去中餐厅吃，老板就是中国人，味道和国内没差。"

顾从望从她柜子里拿出两个玻璃杯，扬了扬手里的酒瓶："来点儿？"

许知喃不爱喝酒，自从那次酒后荒唐之后就更少喝了，只是一想起之前从林清野公寓出来时那场景就莫名有些闷。

于是，她点头："一点点就好。"

顾从望只给她倒了小半杯："你今天怎么要喝酒了，心情不好啊？"

"说不上来。"

许知喃浅浅抿了口酒，人靠到椅背上，偏头看向一旁书架上的那本佛经，缓声道："就是觉得自己在做一件错事。"

顾从望一愣："什么错事啊？"

许知喃跟顾从望的确关系好，可就是太好了，顾从望还认识她妈妈，她可半点都不敢跟他提林清野的事。

她摇了摇头，讷讷道："一切有为法，如梦幻泡影，如露亦如电，应作如是观。"

顾从望一听她说这些就头大："你又说什么鸟语呢？"

许知喃闷闷瞪他一眼，一本正经地纠正道："才不是鸟语。"

顾从望笑起来："行，那你翻译一下。"

"因缘和合而生的事物都是不真实不能长存的。"

尽管用白话翻译了一遍，可顾从望依旧觉得听不太明白，过了会儿，他问："你不会是失恋了吧？"

她喉咙一动，一口酒直接囫囵滑进喉咙里，呛了好一会儿："才不是！"

"那是什么？"顾从望眯了眯眼，上上下下扫她一通，"我还真是猜不出你这样的能做出什么错事儿来。"

是啊，她这样子的不管怎么看都不像是会和林清野扯上关系的人。

许知喃不再提这事，又有几个顾客来问她水墨刺青，她低头专心回复。

从那天之后，许知喃便再没有跟林清野联系过。

两天后，《我为歌来》官方微博官宣了参加节目的所有人，林清野也在其中，连带着那些消寂许久的粉丝也齐刷刷热闹起来。

平川大学的学校论坛也极其热闹,首页飘红的帖子都是关于林清野的。

其中一条帖子是这四年来大家拍的一些林清野的照片。在酒吧唱歌的、学校上课的、篮球场上的,都有。

【咱们平大校草就要带着平大走出大学圈,进军娱乐圈了吗?】

【哈哈哈哈哈哈,真的,咱们论坛里的帖子不少都会被粉丝搬到超话去。】

【这个固粉能力我是真的服,节目消息一出来超话排行直接冲上前十!】

【有一说一,虽然林清野之前那打人黑料实打实,但是这个脸是真的绝。】

【真论颜值,估计没有大学能打得过平大吧,男有林清野,女有许知喃,两大门面。】

【话说有林清野和许知喃的同框图吗?这能直接做画报了吧!快让我看看!】

【我也想看,可惜好像真没人见过他俩同框过,太可惜了。】

【大四老学姐说一声,我记得许知喃刚入校最火的那段时间,还有人打赌平大校草校花会不会擦出爱情火花的!】

赵茜靠在椅背里,捧着手机看论坛,笑个不停。

今天就是近代史考试了,许知喃昨晚熬了个夜,把那沓资料全部背了一遍,一边收拾考试用具一边问:"你笑什么呢,当心考试迟到。"

赵茜笑得停不下来:"论坛里说你和林清野呢。"

许知喃侧头:"什么?"

赵茜把手机给许知喃看。

许知喃看完,把手机还给她,没对此发表意见:"走啦走啦,考场在二教呢,挺远的。"

近代史课没有专门分考号进行考试,只要求两人之间隔开一个座位。

大家对这一类课都很随意,交头接耳密谋接下来的"互帮互助"环节。

她们到的时候最后几排的绝佳位置已经都被抢占了,只能选了前排角落的座位。

赵茜坐在最里的靠窗座位,凑到许知喃耳边小声道:"阿喃,你一会儿要是做得快的话,记得把试卷往我这边移一点,只要选择题就行了。"

"好。"许知喃看了眼讲台上的监考老师,又叮嘱,"小心点儿。"

赵茜比了个 OK 的手势:"我是专业的。"

"好了!安静一下!"监考老师喊,"大家互相看一下各自宿舍的同学都已经到了没,我们准备发试卷了。"

许知喃一顿,回头扫了眼教室,没有看到林清野。

不会是忘记今天的考试了吧……

她正犹豫要不要给林清野发条短信通知一下,考场前门被打开,林清野站在门口。

少年人高腿长,大概是还困着,眉心皱着,看上去有几分不耐烦。

底下立马爆发出议论声。

林清野这一学期都没有来上过课,近代史老师还没有点名的习惯,很多人压根儿都不知道原来自己这堂课和林清野是同学。

所有人都抬着头,只有许知喃垂着脑袋,很容易发现。

林清野扫视一圈,直直走过去。

许知喃余光里出现一双鞋,她屏住呼吸,心跳有些快。

上回在他公寓里离开得古怪,她也捉摸不清他们之间算不算是闹得不愉快了,可这些天的确是没有联系。

林清野什么都没带,就带了支黑色签字笔,丢在桌上,发出点细微的声音,紧接着便神色自若地在许知喃旁边坐下来。

而赵茜坐在另一边,人整个倾过来,拿手肘碰了碰许知喃的手肘。

许知喃脑袋越埋越低,只听到旁边赵茜压抑着激动心情的感叹声——

"居然!真的!同框了!"

"安静!安静!"监考老师喝止众人窸窸窣窣的交谈声,"接下来发试卷!大家最后再确认一下手机已经关机了没,身边所有纸质材料都要上交!"

许知喃再次确认了手机已经关机,放回书包。

在这样的场合下坐在林清野旁边让她觉得很不自在,好在很快监考老师就发下试卷,大家都安静下来,暂时把注意力从他们身上移开。

近代史老师知道这门课的听课情况,试卷出得还算手下留情。

40分的选择题,60分的主观题。

许知喃粗粗扫了一眼,大部分题目都不算难,还有许多常识题。

选择题做下来很快,许知喃做完后便抬头看了监考老师一眼。

收回视线时,她又不自觉看了眼另一侧的林清野。

他手很漂亮,修长骨感,手撑着脑袋,人懒洋洋的,眼皮耷拉着,看了会儿题目后写下个大大的"A"。

也不知是猜的还是做出来的。

要是这回这门课还不能过的话,他就得延迟毕业了。

许知喃是这回大四毕业典礼晚会的主持人之一,平川大学艺术系很厉害,晚会上有许多毕业生原创节目。

原本院方是想让林清野出个节目的,毕竟是最具代表性的学生,只是如今成绩没出来，他能不能按时毕业都不一定。

　　许知喃拿到的那份晚会节目单上关于林清野那栏旁边还特地标注了"暂定"两字。

　　想起节目单，许知喃又想起个忘掉的事儿。

　　阮圆圆先前就问她要过节目单，她还没给她。

　　许知喃走神想着旁的事，林清野已经抬了视线朝她看过来。

　　四目相对。

　　考场寂静。

　　许知喃大脑空白片刻，居然忘记移开目光。

　　林清野倒也悠闲，脸上玩味、戏谑都有，神色不变地稳稳接住她的目光。

　　直到监考老师用力拍了拍桌子，厉声道："干吗呢！懂不懂什么是考试啊！平常不听课，考场上倒是交流得起劲！"

　　许知喃"唰"一下侧回脑袋，低下头一动不动了。

　　其实底下偷摸作弊的人不少，监考老师指的也不是他们。

　　身侧响起一道笑声，不轻不重的。

　　从嗓子低荡出来，磁哑的，莫名有些撩拨人心。

　　许知喃只觉得这笑声像是直接打在她身上，如芒在背，脸也跟着红透，拿头发挡住侧脸，重新静下心来做题。

　　离收卷还有半小时就有很多人陆续交考卷。

　　近代史这门课，认真准备复习了的正奋笔疾书赶着写得分知识点，反而是临时抱佛脚的随便写了点就早早交卷。

　　许知喃属于前者，赵茜和林清野属于后者。

　　她之前还因为林清野分了会儿神，直到那排座位只剩下她，才能够真正静心做题。

　　"还有最后五分钟啊，没做完的同学抓紧时间。"监考老师提醒道。

　　许知喃检查完卷子，整理好东西交了试卷便走出考场。

　　手机一开机就有个未接来电跳出来。

　　顾从望打来的。

　　许知喃一手拿书包，一手拿水杯，两根手指夹着手机。

　　她把水杯拧紧了放进书包，背上后打算给他回拨过去时，顾从望也正好再次打电话过来。

　　她划开，还没喂出声，手腕就被一只手拽住，猝不及防下就直接被拽进了隔壁的空教室。

　　也不是空教室。

有人。

林清野。

就是他把她拽进来的。

教室里拉着窗帘，浅蓝色，在阳光映照下整个房间都显得泛蓝。

许知喃张了张嘴，刚要出声，又想起自己刚刚接通了顾从望的电话，他在手机那头喊："喂喂喂？听到没阿喃？"

林清野嗤笑一声，轻松从她手里抽出手机，扫了眼上面的来电显示。

"你还我。"许知喃压低声音，伸手去抢。

林清野抬高手臂，举过头顶。

许知喃蹦了几下也够不着，反倒跌到他身上。他倒是顺水推舟，手臂轻轻圈过她细腰，人也顺势往后坐在椅子上，许知喃跟着坐在他腿上。

这是在教室里，许知喃整个脊背瞬间就僵硬了。

那姿势也很奇怪，林清野长臂圈过来，连带手臂也被禁锢住，而后他将手机放到面前桌上。

他在她耳边低声道："许知喃。"

林清野很少这么连名带姓地叫她。

他恣意又狂妄，对很多人的喜欢都漫不经心，可也能够轻而易举将亲昵做到恰当，比如他一直都叫她"阿喃"。

"我发现你现在越来越能了啊。"他悠悠道。

许知喃脸通红，脖子都觉得发烫，用力挣扎几下却又挣扎不开。

偏偏手机还通着，就放在面前的桌上，顾从望的声音隐约传出来："许知喃！你干吗呢！你那边什么声音啊？"

许知喃脑袋都嗡嗡叫，还必须得压着声音："林清野，你先松开我。"

"哟。"他笑了声，勾起嘴角，痞里痞气的，"现在连哥都不叫了啊。"

许知喃受不了："你能不能讲道理呀。"

他一只手禁锢她，另一只手食指在桌上敲了敲，问得直白又过于自信："这人是谁啊？"

"我的朋友。"

许知喃话音刚落，他就轻嗤了声，很不屑。

整栋教学楼响起上课铃声，许知喃条件反射就要起身，又被重新拽回去，她就背对着林清野坐在他腿上。

随即，肩膀上一重，林清野下巴抵在她肩上。

"这教室这节没课，我刚才把门都锁了。"他声音有点沉。

可从门窗看进来还是能看到啊。

许知喃越想越急。

说来也奇怪，他们这关系明明是林清野占主导，可总心惊胆战怕被人看到的却是她，大概是居高临下者更加随意自由。

顾从望显然是听出来不对劲，也不挂电话，依旧在那儿喊："你搞什么鬼呢，旁边那人对你说什么呢，不会是被骚扰了吧，你现在在哪儿？"

许知喃用力想把手抽出来："你让我跟他说一句呀。"

林清野懒洋洋地往后倚着，歪了下头："声音这么小，说什么呢。"

许知喃没法，只能跟着往后靠，偏头在他耳边又重复了一遍。

林清野笑了声，终于松手。

许知喃立马拿起手机，放到耳边："喂？"

顾从望都没反应过来，愣了好几秒才低骂了句："刚才什么情况啊？怎么有个男人的声音？"

"没什么，路上遇到一个男生。"许知喃担心被他听出什么后会告诉她妈妈，只好随口扯了个谎。

林清野啧了声，抬手捏住她脖子，按了按。

刚才埋头写了这么久的试卷，许知喃还有刺青师的职业病，他这一捏脖颈顿时酸痛得让她倒抽了口气，"嘶"一声。

顾从望听到："又怎么了？"一个"又"字，摆明他压根儿不信她刚才的话。

林清野手臂一伸，再次拿走她手机，直接挂断。

许知喃这会儿是真被他弄得有些恼了，细眉蹙起，扭头刚要质问，下巴却被钳住。

他头一低，直接吻住她。

她一瞬间忘了自己刚才想要说什么。

喜欢一个人就是这么奇怪。

明明之前在他公寓不欢而散，明明这么多天都没有联络，明明刚才被他捉弄得窝火，可现在，许知喃却又一点脾气都没有了。

难过是他给的，可开心也是他给的。

"哪个教室啊！这都上课好几分钟了！"

"C区C区！走错区了。"

外面走廊忽然响起声音。

许知喃回过神来，又要躲，被林清野环过腿弯，改成侧坐在他腿上，随即更重地捏住她下巴抬起来。

外面的脚步声近了又远。

林清野贴着她的唇，闷着笑了声，而后才直起身，笑眼看她通红的脸。

手机再次响起，还是顾从望打来的。

不用说，顾少爷被挂了电话，肯定是要发飙了。

林清野的视线从她脸上再次移到手机上,许知喃怕他又乱来,忙抢过手机直接背到身后,而随着这个动作她不自觉挺胸。

许知喃长得纯,漂亮精致,没有一丝阴霾,柔和软糯,可身材也不输,只是她平常不穿显身材的衣服,倒也不显眼。

不过林清野却是清楚的。

他看着她的动作,食指挑了挑她下巴,漫不经心道:"这一天天的,桃花不断啊?"

从教学楼出来后,许知喃才给顾从望回电话。

刚才被林清野挂了电话,她很有先见之明的没有立马把手机放到耳边,而是等顾从望骂完才"喂"了声。

"你找我什么事呀?"

顾从望道:"许知喃,你别转移话题!"

她垂下眼睑,下意识地抬手抚上自己后颈,刚才被林清野捏了几下,这会儿还有些发烫,对于顾从望的质问就完全装傻充愣:"什么呀。"

"刚才在你旁边说话的那男的谁啊?"

"没谁,就是刚才有点事而已。"

顾从望顿了顿,不由得皱起眉,又想起刚回国那天在许知喃店里她说的什么做了件错事,这一联想就更加不对劲了。

只不过许知喃这态度摆明不想说,他也不好强迫,半晌憋出一句:"你要有什么事儿解决不了的话就跟我说。"

许知喃笑了笑:"真的没事。"

考完试后,赵茜和姜月都已经回宿舍了,许知喃刚一推门进去赵茜就爆发出一声尖叫。

"阿喃!"赵茜从椅子上蹦起来,"论坛里都在讲你和林清野哎!"

许知喃心跳咯噔一下:"讲什么?"

"就是刚才考试的时候啊,之前不是就有人问有没有你们的同框图吗,居然还真有人在考场偷偷给你俩拍了照发到帖子里了。"

许知喃刚刚悬起的心又重新落回原位。

她将书包卸下来,下巴在保温杯上轻轻磕了磕。

赵茜已经把那条论坛帖子链接给她发过来了——

《见证平大历史!!终于在校草毕业之前完成了校花校草合体同框!!!》

底下是拍到的从林清野进教室到走到许知喃旁边的好几张照片。

楼主抢占到了后排的考试位,那张照片也是从后方角度拍的,也因此清晰地

043

拍到了林清野的正脸。

【呜呜呜呜呜呜呜好配！这是什么小仙女和恶魔的既视感！！！】

【怎么回事？我怎么感觉林清野就是奔着咱们平川之光去的啊？？？】

【听你这么一说，好像还真有点！】

【大概论证了"不管多帅的帅哥也会盯着美女看"吧，奔着去倒不至于，林清野不是马上就要参加节目去了吗，哪会在这时候爆出绯闻来啊。】

【就林清野这性格吧，实在不像是为了参加节目就能约束的。】

【别说了，我室友都已经提前失恋了，本来还想趁着人家毕业前告白的呢，结果现在半路杀出个许知喃。】

【说得好像不杀出来个许知喃就能告白成功一样，林清野这脸上一共五个字，除了"帅"就是"生人勿近"好吧。】

【有一说一，之前跟平川之光说过话，又软又可爱，真·人间初恋，即便是林清野我也要保护我方仙女儿！！！】

【总感觉许知喃玩不过林清野啊。】

"大家想得也太多了吧！"赵茜感慨道，笑得肩膀都在抖，"居然都开始讨论你俩在一起以后的事了。"

"底下还一堆为你抱不平的，说仙女儿就要跟王子在一块，这种一嘴獠牙的恶魔会把仙女儿生吞活剥的。"赵茜越说越起劲，又瞧了许知喃一会儿，啧啧摇头，"我觉得还挺有道理的。"

许知喃没有参与这个话题，赵茜又和姜月热热闹闹地聊起来。

因为要准备近代史考试，前两天有个客户跟她约的水墨文身也被延后了，到现在才有空，许知喃给那位客户发了信息，重新敲定时间。

她将书包里厚重的一摞书拿出来放回书架，与此同时，一张红黑主色的宣传单从书中滑出来，轻飘飘地落在地面上。

许知喃拿起来看，是前段时间店里收到的一张刺青设计大赛宣传单，不知怎么就被夹带着拿回来了。

她重新放回书包里，出宿舍去刺青店。

这回店里来的客人是个膘肥体壮的男人，真实的左青龙右白虎。

不过这青龙白虎不是许知喃文的，这位徐振凡也是经别人推荐才来的。头一回来，他一走进店看到桌前坐着个精致柔软的小姑娘就蒙了。

徐振凡敲了敲门，声音如人，粗哑，倒还礼貌："您好，这店的店主在吗？"

"我就是。"

徐振凡更蒙了，啊啊一阵，顿时都觉得自己这么堂皇进店会不会踩脏了这地板，想起朋友介绍时提及的："阿喃？"

"嗯。"许知喃笑了笑,"是我,您就是徐先生吧。"

"对对对。"徐振凡摸着脑门儿走进来,"我上回看你朋友圈发的那些水墨刺青,忒好看,打算在我手臂内侧这儿也来一个。"

徐振凡肱二头肌巨大,做的青龙白虎栩栩如生,只不过和水墨刺青不太般配。

许知喃问:"您要做哪样的?"

"仙鹤。"徐振凡爽朗笑道,"大师说我今年本命年多灾多难,这不是延年益寿嘛!"

徐振凡又瞥到她桌上放着的那张刺青设计大赛海报:"哟,阿喃妹妹,你也要参加这比赛呀?"

许知喃被他这乍然的"阿喃妹妹"一哽,无奈道:"还没决定呢。"

"听说很多厉害的刺青师都会去,你看,给我文这青龙白虎的那个刺青师已经报名了。"

许知喃垂了垂眼,重新看向那张海报,目光沉了沉,不知道在想什么。

关池的婚礼就定在今天,奉子成婚,婚礼办得也急。

林清野一行人一到就引起注视,几个从前的狐朋狗友围聚一团,都听说了他参加节目的事,热闹调侃。

林清野也不插话,始终懒洋洋地靠在一边抽烟,随他们说。

后来也不知谁说了句:"今天这日子你怎么也一个人来,上回我去你酒吧,可看到你跟一个美女走了啊。"

这话一出,气氛更加热闹。

林清野夹烟的手一顿,笑了:"眼够尖的啊。"

"谁啊谁啊?"有人好奇地问。

"他们学校的那校花啊,叫许知喃的。"

话聊到一半,准新郎关池在另一边喊他。

林清野丢了手里的烟,跟其他人打了声招呼便提步先走了。

他这一走,大家便聊得更加肆无忌惮。

"平川大学校花啊?"

"对啊,超漂亮,惊为天人那级别的。"

"那不是很早之前秦棠就放话要追的吗?"

"那都多早之前的事啦,秦棠这种混混,人家校花压根儿都没正眼看过他好吧。"

又有人不满道:"说实话啊,野哥要不是特招进了平川大学,不也是个混混吗?"

"得了吧,他家这么有钱,不读平大也落不成个混混。"

"那后来那校花怎么又和野哥在一块儿了?被截和了啊?"

为首那人啧啧出声,摇头晃脑:"拉倒吧,你看林清野那样子,他知道什么叫认真吗?"

婚礼开始,乐队几人坐一块儿。

他们这乐队虽然经历了籍籍无名到爆火再到如今默默解散,按理这过程中很容易产生诸多误会,可他们几个关系却从来没变。

关池对自己率先退出乐队的事一直很过意不去。

敬完一圈酒后,关池又走到他们这桌,拉着林清野:"队长,以后再要聚,随时叫我,我肯定来。"

季烟笑着劝道:"你差不多了啊,别晚上喝得又不省人事,你老婆又得生气。"

关池眼眶都有点热,哎哎几声。

林清野拍了拍他肩膀,淡笑:"行了,你还准备哭一场呢。"

关池摆摆手,拿起酒杯:"来!喝酒!"

最后的结果便是喝多了。

等散席时,关池都已经吐了一轮了,撑着妻子的肩站在酒店门口一个个送客。

林清野酒量好,基本没有能喝得过他的,这会儿也已经染上些酒意,还没到醉的程度,不过人已经越发懒散了,嗓音也染上些慵懒。

他扬了扬手里的烟,走到另一边,拨通一串电话。

另一边,季烟和十四同样喝多了。

十四手臂松松垮垮地搭着季烟的肩膀,朝一侧的林清野努了努嘴:"欸,关池这都要早婚早育了,你怎么连告白都一点儿没动静?"

季烟化着浓妆,厚重的睫毛忽闪了下,平常也是直来直去的个性,却被这话问得哑然,装傻:"告什么白?"

十四嗤笑一声:"你可得了吧,你当我们都瞎的吗?"

季烟横了他一眼:"你不会猜不到队长现在在给谁打电话吧?"

"平川之光?"

"废话。"

"你说队长到底怎么想的啊。"

十四是真有些捉摸不透了,说认真吧,也没见林清野多真心对待,可说不是,这两人关系也已经持续挺长一段时间了。

"那你这是没机会了?"论私心,十四还是希望季烟能如愿的。

被连连逼问,季烟被捉住小心思的尴尬都没了,直接抄起一掌拍在十四后脑勺上:"谁跟你说我要跟队长告白的。"

顿了顿,她看向不远处站在路灯下的林清野。

这个季节小飞蛾正多,在路灯光下飞来飞去。

林清野人高腿长,背脊挺拔,昏黄的灯光打在他头顶,同样染上昏黄。

季烟长长舒出一口气,轻声说:"我可不敢招惹他,喜欢他——折寿。"

她低眸,轻笑着感慨:"我还是多活几年吧。"

手机嘟了好一会儿才被接通,林清野低声:"干吗呢?"

他模样很懒,喝了酒后整个人都漾出风流气,那头不知道说了句什么,他又笑,语气意味不明:"想你了啊。"

第三章

/

我瞧着你最近姻缘不顺

随着"想你了啊"带来的暧昧气氛并没有持续几秒,林清野立马就听到电话那头传来的杀猪般凄厉的喊声,"嗷"一声。

发颤的,带哭腔,还是男声。

他立马攒起眉:"阿喃?"

可惜许知喃已经没空回答他了。

"对不起,对不起!"许知喃忙不迭道,立马低下头去检查刺青颜料有没有出差错。

她刚才被林清野那一句话弄得恍了下神,手也跟着停顿了下,便在同一处地方落了两针,好在正是仙鹤头顶的红色处,加深了些,倒更显栩栩如生。

徐振凡那一声号也不单单是因为那一针的失误。

对于刺青来说,每个人痛觉感应不同,有些人面不改色,有些则痛哭流涕。

许知喃没有想到徐振凡属于后者,而且这还只是文在痛觉并不明显的手臂上,刚刚文身五分钟他就开始生理性流泪,然后就开始干号。

难以想象,他身上其他几处大片文身当时是怎样的惨烈景象。

"我说阿喃妹妹啊!你可悠着点吧!哥这皮肤虽然粗可也经不起这么造啊!"徐振凡边哭边说。

他的皮肤是健康的小麦色,这会儿在许知喃的文身针下两眼通红,眼眶周围都是湿润的,和这脸这身材非常违和。

许知喃看了他一眼,给他抽了张纸巾递过去,再次道歉:"抱歉啊。"

徐振凡摆摆手:"没事没事,你先接电话吧,让我缓缓。"

"好。"

许知喃摘了手套,走到另一边接起电话:"清野哥,我这边还有个客人,刚才在给他刺青呢。"

"快结束了吗？"

"快了。"

"我过来你这儿？"

"啊？我店里还有客人，你在酒吧吗，我结束了去找你吧。"她声音很乖。

"没，在庆丰路的州遇酒店门口。"

许知喃一顿："州遇酒店？"

他笑："关池结婚，婚礼在这儿举办，你想什么呢。"

她脸发烫，咬咬唇，换了个话题："今天的考试你考得好吗？"

"你再晚点儿问成绩都能出来了。"林清野调侃，"还行吧，谢谢许老师。"

"那我先去忙了……"

挂了电话，徐振凡还没缓过劲儿。许知喃重新套上手套，把他手臂拉过来，可惜徐振凡不配合，依旧使劲儿往回缩。

许知喃抬眸看他："你不要怕。"

徐振凡一愣。

虽然我是真的怕，但你不要说出来好吧！

我好歹是个男人！

徐振凡心一横，认命了，不再挣扎。

许知喃重新打开文身机，做最后的收尾工作，针头再次将颜料注射入皮肤真皮层。

徐振凡嗷一声，浑身一弹："妹妹啊！你太狠了！咱能温柔点儿不！"

十分钟后，收工。

许知喃一边叮嘱他文身完后的注意事项，一边把工作台面沾着他眼泪的纸巾团丢进垃圾桶。

"刚才那下对不起啊。"许知喃依旧有点好不意思，"要不我给你打个折吧。"

"不用！不用！"

他说一个不用拍一下桌，看过文身成果后非常满意，给她比了个大拇指："难怪我朋友极力推荐你呢，文得太好了。说实话，这一类刺青他们那些专做青龙白虎的还真做不好，下回我再有要文的还来找你！"

文身容易上瘾。刚才还一把鼻涕一把泪，手都不敢伸过来，现在就又开始想下回文身了。

许知喃收了钱："好啊。"

"行，那你抓紧下班吧。"徐振凡听到了些她打电话的内容，"不然男朋友该等急了。"

许知喃愣了下，徐振凡已经摆了摆手走了。

049

庆丰路就在邻街，走过去只要几分钟。

许知喃远远就看见站在那儿的林清野。

虽然还没正式进入娱乐圈，但节目的预热已经做起来了，何况这儿还离酒吧不远，为了防止被人认出来，他戴着口罩。

许知喃走到斑马线前等绿灯，却看见一个女生朝林清野走过去，她认出来，是刺槐乐队的贝斯手季烟。

马丁靴，包臀裙，黑色短袖下摆系进腰间，勾勒出窄腰。

距离隔得远，她只能看到季烟对着林清野张了张嘴，说了句什么。大概是没听清，林清野微微俯身，将耳朵凑上前。

许知喃垂下视线，很慢地眨了眨眼。

红灯跳成绿灯，车辆停在白线前。她走过斑马线。

正听季烟说话的林清野余光瞥见她，渐渐站直了身子。

季烟说："队长，你喝了酒怎么回去，要不跟我和十四一块儿走吧。"

林清野扬了下眉，抬下巴："来人了。"

季烟顺着他视线看过去，跟许知喃对上视线。她一顿，轻轻颔了下首算是打过招呼，不再打扰，转身跟十四一块儿走了。

许知喃走到林清野身边："清野哥。"

林清野淡淡应了声，抬手想揉下她头发却被她侧头躲开了。他便收回手，挑了挑她下巴："怎么，不高兴啊？"

"没不高兴。"许知喃抓抓头发，"出汗了，没洗头发，你喝酒了吗？"

她声音闷闷的，否认得不太有说服力。

林清野倚在墙上，这一片没被路灯照亮，光线偏暗，他双手揣着兜，视线轻飘飘地落在她身上。

他瞧了会儿，忽然俯身，凑近。

许知喃心脏倏地一紧，少年近在咫尺，额前的碎发耷拉着，眼眸冷清，却又噙着点不怀好意的戏谑，若即若离的。

然后，他钩下口罩，吻她。

唇舌被轻轻舔舐着，酒精传递过来。

片刻后，他终于退开些，嗓音低不可闻："尝到了吗？"

许知喃神志飘远，舔了下湿润的嘴唇："什么？"

"酒。"

她这才想起来之前自己问他的，你喝酒了吗。

这个吻是在回答她问题。

许知喃藏在头发里的耳朵发烫，连带着口腔中的酒精都像是着了火，喉咙发干。她空咽了下，乖乖回答："尝到了。"

他重新拉上口罩,捏了把她的脸:"笑一个。"

"啊?"

她不明所以,话说出口却已经不自觉跟着他的意思翘起嘴角,眼尾微微下坠,呈弯月状,漾开笑意。

林清野看她两秒:"还挺好哄。"

因为喝了酒,没法开车,林清野叫了代驾。

代驾师傅是个看上去三十来岁的男人,林清野将额前的碎发撩上去,压下帽子,将车钥匙丢给代驾。

"哟,保时捷啊,我这还是头一回开保时捷呢。"代驾接过钥匙看了眼,笑问,"你们去哪儿啊?"

"明栖公寓。"

豪车配高档小区。

代驾往两人身上瞥了眼,俊男美女,又在心底啧啧感慨一番。

上了车,许知喃和林清野坐在后座。

许知喃全程不怎么敢说话,虽然戴了帽子和口罩,可依旧怕林清野一开口会被人听出来嗓音。

林清野倒是自在,挨着她坐,半阖眼,抓着她的手放在自己大腿上把玩。

一般认识他的都是些年轻女生,像这个代驾这样的不用担心会被认出来,何况目前而言,他也只不过是个获过奖的地下乐团主唱罢了。

"累吗?"林清野问。

"什么?"

他捏了捏她肩膀:"刚才店里不是有客人。"

"还好,他那个图案比较精细,就弄得久了点。"

"电话里杀猪似的就是他?"

许知喃回忆起刚才那个场面,也忍不住想笑,翘起嘴角:"嗯,估计是挺怕疼的。"

"一男的文个身喊成那样。"他语气有些不屑。

"看人的嘛,有些人痛觉敏感就会那样。"许知喃手被他牵着,顺势捏了捏他手心,开玩笑,"说不定你对这个痛觉也很敏感呢,没试过之前都不知道。"

她就见过同行而来的情侣,女生全程无感,男生痛到龇牙咧嘴。

林清野淡嗤,随口道:"那下回试试。"

车开到明栖公寓楼下,两人走进电梯。

林清野摘了口罩帽子,随意捋了把头发,抬眼看跳跃的楼层数字,仰起的下颌线条流畅利落,喉结凸出,轮廓分明,刀凿斧劈般优越。

许知喃到这会儿才有些紧张。

她从前也有几次跟林清野回来过公寓，知道接下来会发生什么。

可不论有过几次，对那样的事，她依旧脸红心跳没法熟稔。

电梯"叮"一声，许知喃跟着他走出去。

走廊上的声控感应灯似乎是坏了，没有亮，许知喃打开手机自带的手电筒照路，林清野开锁进门。

他没立马开灯。

许知喃便就着手机的光线换室内鞋。

她今天穿了双凉鞋，脚趾漂亮圆润，细窄的，淡粉的指甲，修剪得很整齐。

林清野目光扫过，又不着痕迹地移到她脸上，垂手扣住她手腕。

她刚"嗯"一声，就被他压到墙壁上，手腕也被摁着，随即他低头封缄她嘴唇。

刚才马路上那个吻仅仅是蜻蜓点水，这个吻就带着他与生俱来浓烈的压迫性了。

"阿喃。"他含着她唇瓣低声唤，嗓音很哑，"上回还跟我闹脾气，害我这么想。"

许知喃在恍惚中又想起刚才他电话里那句"想你了啊"。

浴室水声停下，风卷起卧室里的窗帘。

林清野穿着白色睡袍走出来，许知喃已经洗完澡，这会儿躺在他床上已经睡着了，半张脸藏在被子里，眉心还微微皱着，看着睡得不太安稳。

林清野踱步过去，关了窗，电视柜上的手机振动，备注是林冠承。

是他父亲。

林清野拿起手机，走到外面客厅接起。

他没出声，坐进沙发里，捞起茶几上的烟盒，抽出一支咬进齿间，点燃，两颊微陷，又呼出一口烟。

林冠承听出来，语气不太好："又在抽烟？"

"有事儿？"

"我听王启说，你要参加他的一个节目？"

王启是《我为歌来》的制作人，也和林家是家族好友。

"嗯。"

"你怎么从来没跟我说过？"林冠承不满。

林清野觉得好笑，烟咬在嘴里一抖一抖的："你管得着吗？"

安静两秒，林冠承似乎是在压抑怒火，可惜失效了。

"林清野！"他含着火气，"你别用这个语气跟老子说话，你看看你这臭脾气把这个家弄成什么样了！"

林清野依旧那副插科打诨的样子："那，林总有何指教啊？"

"你这么能，以后遇到事可别求我来帮你！"

林清野笑了笑，直接挂了电话，丢到沙发上，弹了一下。

可惜天不让他清净，手机铃声再次响了，这回不是他的，而是卧室里许知喃那部手机。

他没立刻进去，许知喃大概是真精疲力竭太困了，没被铃声吵醒。铃声刚断，没一会儿又再次响起，于是，他掐灭了烟再次进卧室。

许知喃依旧保持着原来的睡姿没变，看着睡得很沉。

林清野拿起她手机，备注"茜茜"，一个女孩名。

第二轮铃声又断，紧接着，第三轮开始。

林清野"啧"了声，划开接听键，放耳边："喂？"

赵茜猝不及防听到个男声，第一反应就是拿下来看是不是打错电话了，可的确是打给阿喃的。

她将手机重新放到耳边："那个，你好，请问这是许知喃手机吗？"

"嗯。"

赵茜一怔。

这人什么毛病？

话题终结者吗？

"她现在在你旁边吗？"她又问。

一旁姜月闻声也看过来，做了个口型："怎么了？"

林清野的卧室里弄了个小吧台桌，他坐在高脚椅上，看向床上熟睡的许知喃，不打算将她叫醒。

"她已经睡了。"

赵茜一口气哽在喉咙里出不来，差点当场厥过去。

林清野声音很淡，像是不太耐烦："还有其他事吗？"

"请问你是？"赵茜问。

卧室内只一盏夜灯，光线很暗，将他那棱角分明的脸切割得明晦不清，林清野屈指敲了敲一旁的烟灰缸，淡声："她哥，阿喃今天不回宿舍了。"

挂了电话。

姜月问："没事儿吧？"

"没事。"赵茜摇了摇头，听电话里那男声称呼"阿喃"才终于放下心来，只是……

"阿喃她还有个哥哥吗？"

"不知道啊，好像没听她提起过。怎么了，她哥哥接的电话啊？"

"嗯，说今天晚上不回宿舍。"

明天没课，许知喃家就住在堰城，不回宿舍住很正常。

053

姜月皱起眉:"不会遇到什么事了吧?你确定那是她哥吗?"

"不会吧,我之前给她发信息的时候她就说有事,她哥哥也知道她小名是阿喃,而且——"赵茜顿了顿,"她哥哥的声音有点耳熟,可能以前我也见过,就是我现在怎么想都想不起来。"

闻言,姜月也放下心:"可能大一开学搬行李来学校的时候见过吧,阿喃爸爸不是不在了吗,你记性还真好,连声音都能记这么久。"

赵茜不再多想,笑道:"哪儿啊,阿喃她哥声音超级好听,简直是声控福利!"她啧啧两声,"太不公平了,阿喃妈妈也太幸福了,女儿和儿子都长这么好看。"

姜月说:"你怎么知道她哥哥也好看啊?"

赵茜一拍桌:"肯定好看!那嗓音就是帅哥嗓好吧!"

挂了电话后,许知喃手机先前的几条未读信息也都跳出来,正是赵茜发来的,问她什么时候回宿舍。

林清野扫了眼,摁灭手机倒扣在桌上,跟着上了床。

当天晚上,许知喃做了个噩梦。

梦见一个浓烟滚滚的火场,火光照亮她瞳孔,耳边是噼里啪啦木头被烧断破裂的声音。

火光的尽头一个高大人影,嗓子被浓烟浸染,沙哑地喊着"阿喃"。

她乍然醒来,腿一蹬,从梦境中脱离出来。

林清野被她的动静吵醒,手揽过她的腰,惺忪问:"做噩梦了?"

因为那个噩梦,她胸腔起伏,黑睫颤着,缓了一会儿才回答:"嗯。"

"梦见什么了?"

"我爸爸。"许知喃轻声道。

林清野手臂绕过来,环在她胸前,按着,感受心跳频率:"跳这么快?"

许知喃垂眸看着他的手,愣住。

他靠在她背后,轻笑:"怎么还越跳越快了?"

许知喃彻底清醒了,拉开他的手迅速坐起来,看了眼房间周围,认出来这是林清野的卧室。

昨天晚上……

洗完澡后,她原是想休息会儿,后来好像是睡着了。

林清野知道她在想什么,抬了下下巴:"手机在那边。"

她下床去拿,检查未读信息和电话。

林清野也下了床,随手拿了件T恤套上:"昨天你朋友给你打电话,我接了,跟她说了你不回宿舍了。"

许知喃也在通话记录里看到了赵茜,她一顿:"还说什么了?"

林清野有意逗她，语气轻慢，很不正经："说你在我床上睡觉呢。"

许知喃知道他没兴趣跟一个陌生人讲这样的话，但心里有鬼，还是吓了一跳，片刻后才抿了抿唇："你又骗人。"

"不能让你白叫我清野哥，跟她说了是你哥。"欣赏够了她脸红的样子，林清野才不紧不慢说了实话。

今天是周四，原本只有一节课，不过老师有事调课了，于是便全天没课。

许知喃没有换洗衣服，昨天穿了短袖和半身裙。

林清野从自己衣柜里拿了件白T出来，丢给她，基础款，不分男女，胸口一个小小的logo，就是有些太长了。

"穿我的吧。"他说。

她昨天出了汗，的确不想穿旧衣服。

她接过衣服，正想换，可林清野就站在一旁丝毫没有避开的意思。

她捏着衣服的手指紧了紧："我在哪儿换呀？"

林清野哼笑一声，有些玩味，提步走出卧室，给她带上门。

她迅速套上林清野的衣服，将下摆系进裙子里，倒也不会显得太过不合身。

走出卧室，林清野刚挂了电话，他扬了扬手机，说："考试过了。"

"近代史？成绩这么快就出来了吗？"

"先出了我的成绩，不然没法同批毕业了。"他扬了下眉，又喷了声，"辅导员给我打电话，让我准备毕业典礼上的表演。"

许知喃笑起来："之前流程单上你那栏还写了'暂定'。"

"你知道？"

"我是主持人。"

许知喃有点不太好意思。

大概是林清野太光芒万丈，总是站在舞台上，所以在他面前卖弄这些，总觉得雕虫小技不值一提。

"其中一个主持人。"她又补了一句。

他倒是没注意到她那些弯弯绕绕的心思，抬手揉了把她头发："这么厉害啊。"

"那你要去彩排吗？"

过两天就是正式毕业典礼晚会，之前已经结束了最后一次彩排，许知喃作为主持也要去走个流程，林清野那个节目一直是跳过的。

"不用，辅导员让我自己拍个演出视频给他。"他攒起眉，评价一句，"麻烦。"

毕竟林清野这个性格，辅导员也怕他会临时搞事。

"去哪儿拍啊？"

"酒吧，一块儿去？"他问，"早上人少。"

许知喃不擅长拒绝他，点点头，应了声"好"。

"野"是一家装修很有格调的酒吧。底下是吧台、卡座和舞池，楼上还有包厢以及小型观台。

一楼是散客以及学生党一类的聚集地，而二楼的最低消费标准要三千，多是些应酬或找乐子的。

许知喃跟着林清野走进酒吧后台。

酒吧老板以及季烟、十四都在，刺槐乐队解散，老板结给他们最后一批工资，然后又想方设法地挽留。

这家酒吧如今生意能这么好，完全是靠林清野的刺槐乐队，酒吧老板怎么也不想放他们走。

听到门口的动静，三人齐齐扭过头来，跟林清野打了声招呼，然后又捕捉到他身后的许知喃，一时愣怔。

"介绍一下。"林清野搂着她的背将她推上前，"许知喃。"

酒吧老板最先反应过来，打趣道："哟，你女朋友啊？这俊男靓女，简直走过来就是道风景线啊。"

林清野笑笑，没多说，向许知喃介绍："这是这家酒吧的老板。"

许知喃有几分害羞，浅浅笑了下，礼貌颔首："老板好。"紧接着又和季烟跟十四打了招呼。

许知喃从前在工作室就见过他乐队成员，但当时没有正式介绍，如今这是第一次。

她不知道如何让自己身边的朋友知道她和林清野的关系，是因为即便已经和林清野维持这样的关系挺长一段时间，可她依旧能感受到这关系的不正常。

她从前没谈过恋爱，不知道普通情侣是什么样的，但依旧能确定不会是他们这样。

他们从没有明确过关系，一路都是由林清野主导，变成了现在这样。

可现在林清野把她介绍给他朋友认识了。

许知喃觉得开心。

十四问："队长，你怎么现在过来了？"

林清野把学校要求的彩排视频告诉他们，酒吧老板当即同意："好啊好啊，你就直接在台子上拍吧。"

这个点酒吧放着轻音乐，零散有些人。

二楼白天是不开放的，观台正对舞台，视野绝佳。

几人一块儿从侧梯上二楼，林清野把自己手机给许知喃，让她一会儿录像。

而十四终于知道为什么觉得许知喃身上衣服眼熟了，他手肘撞了撞林清野，开口声音暧昧："欸，这衣服是你的吧。"

随着他这话，季烟也跟着看过来。

林清野揽着许知喃的肩，很薄很瘦，隔着衣服也能摸到瘦削的蝴蝶骨："嗯，她没带。"

十四啧啧出声："队长这漫漫长夜就是不一样啊，羡慕不来。"

他们这些人平时说话都习惯了，倒也没有丝毫故意想让许知喃难堪的意思。

可她从小到大都太乖了，高中时很多男生喜欢她，她也一点都不敢早恋，认真学习，遇到林清野后才一下子破了自己诸多戒律。

听了十四这话，许知喃低下头，不自觉含了点背。

林清野注意到，捏着她肩膀重新展平了，轻斥了句："注意点儿，别瞎说。"

十四又看了眼许知喃，笑道："哎哎，抱歉抱歉，嫂子你就当我放了个屁，啊。"

嫂子。

许知喃下意识地看了眼林清野，他依旧那副表情。

"没事的。"她乖乖应声。

到观台位置，林清野从后面拿了把吉他再次下楼。

舞台很高，他长腿一跨，直接跳上去。

酒吧老板很周到，原本的背景轻音乐已经停了，激光灯光打下来，在舞台上映出一个圆形亮光，林清野背着吉他走到亮处。

底下零散的客人闻声看向舞台。

知道这家酒吧的人都知道林清野的名字，也知道他要参加节目以后不在酒吧驻唱的消息。

如今骤然看到舞台上的他都很吃惊，紧接着纷纷拿出手机录像。

许知喃站在二楼，也点开录像键。

他坐在高脚椅上，单腿支着吉他，娴熟地拨弦。

他没有唱自己的原创，选的这首歌也很适合他，他嗓音低哑，带着鼻音，自由散漫，浸着男性荷尔蒙。

"每次都跟队长一块儿演出，我都忘记上回看他唱歌是什么时候的事儿了。"季烟说。

十四倚在栏杆边："怦然心动？"

"滚。"季烟笑骂一句，抬眉示意底下那些客人，"这么多年我都有抗体了，下面那些才是怦然心动的，简直造孽啊。"

"赌不赌？"十四搭住她的肩膀。

季烟："什么？"

"下面这几个姑娘里头，一会儿谁会最先上去拦咱们队长，今天这时机可难能可贵啊，唱完也不走后台，正好给机会搭讪了。"

"损不损啊你。"季烟啐他一句，又看向底下的姑娘。

观察一番后,她手一指,指甲很漂亮,亮片带闪,悠悠道:"吧台那个。"

其他人都在录像,只有那个女生静静听着,眼神都没移开过林清野。

"那个?"十四挺诧异。

"你赌哪个?"

十四指了离舞台最近的一个姑娘。

季烟嘲讽地"喊"声:"你输定了,你看啊,这种拿着相机录像的都是追星那一类的,真喜欢得紧的,往往是行为没那么疯狂的。"

两人站得离许知喃不远,声音就这么清晰地传到她耳边。

许知喃拿林清野手机录着像,听他们笑闹着讨论一会儿哪个女生会去搭讪。

而她现在身上穿着林清野的衣服,上面有他身上特有的清冽好闻的味道,几乎要将她浸透。

可她好像依旧离林清野的世界那么远。

最后还是季烟先良心发现,注意到许知喃还在那边,估计刚才他们那些玩笑话都已经听到了。

十四刚想再说,就被季烟拿手肘猛地撞了一下,当即倒抽一口凉气:"我……你干吗!"

"闭嘴。"季烟轻声说,朝许知喃那儿横过去一眼。

十四顺着她的视线看过去,小姑娘安安静静地站在那儿,认真地看着手机屏幕里的林清野,只是另一只手紧紧揪着衣服。

他恍然明白了季烟说的,真喜欢得紧的,往往是行为没那么疯狂的。

十四闭了嘴。

一首歌,三分半钟就结束。

唱完最后一句,许知喃按下录像停止键。

林清野将吉他重新放进吉他包里,丢给酒吧工作人员,从台上跳下来。

许知喃不动声色地扫了一圈底下的客人,那几个坐得离舞台近的姑娘正挥舞着手臂喊着林清野的名字,倒没有上前去。

然后,刚才季烟指着的那个女生从高脚椅上起身,直直朝林清野走过去。

酒吧内钢琴乐再次响起,淹没那女生的声音,大概是叫住了林清野,他停下脚步,扭头看过去。

季烟无声地搓了搓三根手指,示意十四愿赌服输,快点给钱。

林清野站在那女生面前,垂着头,脸上神色很淡。

那女生紧张又无措,从二楼的角度看过去,只能看到她嘴巴一闭一合,说了挺长一段话,样子也很诚恳。

然后,林清野浅笑了下,许知喃从他嘴唇看清他说的话——抱歉。

他漫不经心的，而后直接转身从楼梯上来。

"阿喃。"林清野站在楼梯口，抬了抬手，"录好了吗？"

"录好了。"许知喃走过去，将手机给他。

林清野划着进度条迅速看了一遍，给辅导员发过去，而后揽着许知喃的肩，跟另一旁的季烟和十四说："我们先走了。"

道了别，十四看着两人离开："哎，你说她刚才有没有听到我们说的啊？"

"废话。"

"那这平川之光脾气也太好了吧，完全当没听见。看刚才那样，好像也没打算跟队长闹别扭。"

季烟从他兜里摸出钱包，抽了张百元大钞，在他面前晃了晃："赌资。"

十四嗤声："就你这德行。"

季烟说："闹别扭也得队长会哄才行啊。"

十四睨她："你还挺有经验。"

季烟翻了个白眼："你以为队长不知道我从前喜欢过他吗？"

十四一愣，没说话，垂眸看她。

季烟耸了耸肩，自嘲地笑道："他又不傻，你都看出来了他还会不知道吗，可他就是不放在心上啊，所以我也放弃了，没可能。"

她转了转手中的玻璃杯，琥珀色的酒精液体贴着杯壁晃荡："我还真挺好奇，像林清野这样的人要是栽了，会是什么样的。"

她轻笑了声，恢复那幸灾乐祸的态度："也算是一报还一报。"

许知喃跟着林清野一块儿从酒吧侧门出去，而后林清野要去工作室，她便先回了学校。

一回宿舍，赵茜就冲过来："阿喃，你昨天好晚都不回来吓死我了！"

许知喃抱歉地笑笑："我昨天太困啦，一挨床就直接睡死了，没听到你的电话，让你们担心啦。"

"还好你哥哥接电话了，不然我和姜月估计都要报警了。"赵茜说，"对了，你什么时候有个哥哥的，我怎么从来没听你说过。"

许知喃放下书包，拆了瓶牛奶，喝了口，慢吞吞道："不是亲哥哥。"

"帅吗？"

"啊？"

赵茜说："听声音感觉是个大帅哥！"

许知喃笑着含混跳过这个话题，又问："姜月呢？"

"她当然是去图书馆了，前段时间一直忙着看考研书，现在终于反应过来来不及期末周的考试了。"

　　许知喃点点头,又忽然想起自己身上这衣服还是林清野的,怕被发现,拿上换洗的衣服忙进了浴室。

　　从浴室出来,阮圆圆也回来了,她的朋友圈不在宿舍三人中,站在门口和同行回来的道别,哼着歌走进来。

　　许知喃只洗了旧衣服,没洗林清野那件,怕被发现,出来后晾好衣服。

　　阮圆圆问:"对了,阿喃,你们那个毕业晚会的流程单,确定林清野会参加了吗?"

　　"会的,刚刚确定。"许知喃没瞒阮圆圆。

　　阮圆圆向来不隐藏自己喜欢林清野的事,在她看来,这么多女生对林清野望而生畏,阮圆圆敢于承认是件值得称赞的事。

　　"太好了!我鲜花都订好了!"

　　阮圆圆在床栏杆上绑了一个吊椅,晃悠着转过来:"他是毕业生表演的最后一个吧,我计划要上台告白的!"

　　赵茜早就看不惯她,闻言努了努嘴,没插话。

　　"嗯。"许知喃顿了顿,觉得应该提醒她一声,可又不知道如何开口。

　　许知喃和林清野如今的关系,她不愿意让别人知道,怕被看轻。

　　可也知道林清野不会把阮圆圆的告白当回事,喜欢他的人这么多,他早就已经习以为常了。

　　阮圆圆这么声势浩大地上台献花表白,很容易下不来台。

　　"上台的话,万一他拒绝你了,你打算怎么办呀?"许知喃问。

　　"这有什么的,我也没想过他会答应我啊。"

　　于是,许知喃闭了嘴,不再劝。

　　临近期末周,这学期好几门课都只需要交设计作业就可以,许知喃已经做完了,另外还有两门课需要考试。

　　她拿出教科书翻开,里面整整齐齐做了笔记,各色荧光笔做批注。

　　当时上课时就已经基本消化了这些知识点,期末复习起来很快,许知喃只背了几个生涩难懂的名词解释,其他只需要理解。

　　复习完,她把书合上,重新塞进书架里。

　　昨晚睡眠时间其实已经到了八小时,可不知是因为被林清野折腾累了,还是因为晨起时那个噩梦,总觉得脑袋有些疼。

　　许知喃坐在书桌前,手支着脑袋轻轻按了按太阳穴。

　　她又忽然想起那张刺青设计大赛海报,在书包里没翻到海报,估计是忘在店里了。

她打开电脑，凭借记忆输入报名网址，跳出来一个页面，色彩碰撞鲜明，和海报同色系，泼墨字样的"刺青设计大赛"六个字。

比赛报名、流程都有，一等奖还有两万奖金。

其实这类比赛奖金并不是最重要的，更主要的是行业名声。

许多刺青爱好者会关注这类比赛，然后去找获奖刺青师文身。

刺青师的收入悬殊，顶级的按小时收费，每小时好几千，而底层的则按图收费，几十到几百不等。

如果参加比赛能获奖，对许知喃而言是好事。

她简单浏览了一遍，刺青设计大赛主赛程正是在暑假，倒不会影响课业。

明天就到截止日期了。

许知喃填写好个人信息，以及电脑里存档的个人作品打包提交，完成报名。

周日，毕业典礼如约而至。

上午各类表彰流程结束，晚上就是毕业晚会。

平川大学艺术系很出名，不仅重实践还重理论，可以跟许多艺术类院校比肩，每一届的毕业晚会表演都是一大看点。

许知喃下午就去化妆了。

她平日里不常化妆，可天生生得唇红齿白，就连两弯眉也恰到好处，不浓不淡，极漂亮的野生眉。

舞台妆妆感偏重，由同台主持的一个播音系女生帮她化。

"阿喃，我发现你这个肤色超级适合化宿醉妆那一类的，你皮肤白，不会显脏显土。"她说着，拿着化妆刷唰唰唰在许知喃脸上打腮红。

许知喃看着镜子，手挡了下："会不会太红了啊？"

"不会不会，舞台妆都这样，台下看很正常的。"

许知喃皮肤白皙透亮，底妆打得不厚，腮红带着细腻的闪，在灯光下隐隐透出来，像颗水蜜桃。

化完妆，四个主持人又重新明确了下各自的部分。

之前彩排的时候，林清野的节目还没确定，也没分配他的那段介绍词由谁来说。

按顺序轮流下来，这一块应该由许知喃说。

"那这样，一会儿林清野要是来了，你记得提前去跟他对接一下。"负责老师说。

"好。"许知喃应声。

一旁的女主持撞了撞她的胳膊，半拢着嘴，凑到她耳边调侃道："要是被人看到你俩对接，估计学校论坛又得有人发帖说校花校草合体了。"

天色渐沉，馆厅内冷气很足，许知喃穿了条礼服长裙，后背开了条细岔，肌骨流畅，脊柱线凹陷。

毕业生们纷纷入场，在前排入座，而后抢到入场票的其他同学也结伴而入，坐在后面的座位。

后台准备就绪。

负责老师检查完首个表演的服装和妆容，又绕过来问："林清野呢？已经对接过了吗？"

有人回答道："还没呢，没见他入场。"

负责老师皱起眉："怎么回事？这都要开始了，早通知了有演出的学生都要提前到达的。"没人说话，她又评价了句，"这个人，性子太野，跟他名字一样。"

"对了，你们有没有他的联系方式，快打电话问问到哪儿了，今天可是全程拍摄的，别出差错！"

主持团都是大三的，纷纷表示怎么会有这号传奇人物的联系方式。

负责老师："那我先去联系他辅导员，你们继续准备着。"

"老师。"许知喃说，"我先去外面等等看，应该快来了。"

"好好好，你快去。"

许知喃放下主持卡，拿上手机从一侧下台。

她低头给林清野发信息。

【许知喃：清野哥，你到了吗？】

他这回倒是回得很快。

【林清野：到了。】

她环顾一圈，大家基本都已经进场，没找到林清野的身影，她重新低下头。

【许知喃：在哪儿？】

许知喃走出馆厅，想着林清野从公寓过来的应该是从另一个馆厅侧门进来，便又往那儿走。

侧门这儿没有其他人，很安静。

"在这儿。"身后响起一个熟悉的声音。

许知喃回头，烫了卷儿的头发漾开一个弧度，蓦然看见林清野。

他往后退半步，眼皮一压又一抬，视线扫过她全身。

她莫名有些紧张，抬手捂了下胸口。

他笑："你捂什么？"

那领口也不低，很中规中矩的款式。

听他这么说，许知喃反倒更不好意思了，又松开手，仰头看他："舞台负责老师找你呢。"

"什么事？"

"出场顺序要对接一下。"

他勾唇淡嘲："多事。"

许知喃抿了下唇，把流程单给林清野："这是节目流程单，需要提前两个节目到后台，你是压轴，就等合唱节目开始后过来就可以，然后……"

她将刚刚背出的关于林清野的那段介绍词重新背了一遍："我说完最后这一句后，你就从右边上台就可以了。"

"行。"他应得很敷衍。

交代完该交代的事，走廊重新陷入安静。

后面侧门还开着，阳光洒进来，像是随时会有人进来。

许知喃说："那我先回去跟老师说一声你到了。"

"急什么。"

他扣住她手腕，往自己身边一拉，微凉的手抚上她的脸，指腹蹭了蹭："怎么这么红。"

他手掌很大，许知喃一时有些慌乱，解释说："我朋友说，舞台妆就是要这么红的。"

"我看是你脸太红了，还烫。"

因为他这句话，许知喃只觉得脸上更烧了。

"今天嘴唇也很红。"

她脑袋都被掌控在他手心，动不了，睫毛忽闪得有些快，细声慢气道："涂了……口红。"

"自己化的？"

"不是，我朋友化的。"

"那一会儿让她再给你补一下。"

她没明白，刚诧异地要仰起头，就被他抬起下颌，随即落下吻。

在这样的地方，毕业晚会馆厅的侧廊，她和林清野在这儿接吻，甚至还能听到一墙之隔的馆厅内的喧闹声。

他勾着她唇瓣细细舔吻，难得的极其有耐心，又像是故意折磨她，掌心从她脸下移到她脖子，松松地箍着。

许知喃愣了十几秒，直到林清野手机响，她才恍然清醒，想推开他时林清野已经率先松开她。

他脸上带着痞笑，看着很坏，慢悠悠拿出手机，辅导员打来的。

估计是那负责老师等不来他联系的。

一接通，辅导员便直奔主题问他在哪儿。

"到了。"他回答。

辅导员："到了？那舞台老师怎么跟我说找不到你呢？"

"在门口。"

063

他捏着许知喃下巴再次抬起来,俯身又盖了个吻,完全无所禁忌,直起身,说完后半句:"现在进去。"

挂了电话,林清野饶有兴致地欣赏一番许知喃面红耳赤的模样,正想调侃几句,侧门外传来一阵喧闹声,几人结伴走进来。

瞧见他们这一幕,其中一个男人最先反应过来:"哟,打扰了,打扰了。"

男人旁边还站着几人,除了乐队那三人许知喃眼熟外,其他都是生面孔。

林清野回头看,丝毫不尴尬:"你们怎么来了?"

"亲友团啊。"男人玩笑道。

马上就到开场时间,许知喃扯了扯林清野的衣角,轻声说:"我先进去了。"

他摸了摸她头发:"行。"

许知喃穿着长礼服,拎着裙摆往另一侧走。

走了几步,她又莫名回头看了眼,刚才说话的那个男人看着很眼熟。

她渐渐蹙起眉,想起来。

那男人叫秦棠。

跟许知喃告白过的男生很多,秦棠是其中一个。

之所以这么印象深刻是因为那一段被追求的经历对许知喃而言不算愉快。

她性子静也软,像范历那样追到刺青店说要将她名字文在身上已经很过,而秦棠更夸张。

那时候还是高中,许知喃在堰城一中读书,秦棠不是一中的,许知喃也没刻意去了解过他是哪个学校的。

秦棠的追求可以说是骚扰。

每回下课放学回家,秦棠就在校门口等许知喃,许知喃不搭理,他也不需要许知喃搭理,就一路跟着她,像个痞子似的跟她搭话。

到后来许知喃受不了,终于是恼了。

那天放学,她手里还拿着一张市级作文获奖证书,准备回家时再次在校门口看到秦棠。

他蹬着辆自行车等她。

许知喃身边同学都已经认识他了,笑闹着走开,许知喃没理,直接往回家的方向走。

"哎,许同学,没看到我?"秦棠骑着自行车到她旁边。

许知喃脚步加快他也加快,放慢他也放慢,不紧不慢地始终跟着。

她停下脚步,蹙起眉:"你烦不烦呀,不要再跟着我了!"

秦棠嬉皮笑脸地说:"我喜欢你,不跟着你怎么跟你见面。"

"我不会喜欢你这样的人。"

阳光明晃晃地照下来,许知喃扎着马尾辫,后颈掉下来几绺零散的碎发,五官精致又漂亮,没有一丝阴霾,手上拿着的那本获奖证书上面的字金光闪闪。

她微仰着下巴,眉间皱着,神色冷淡又疏离,自己没意识到,但在秦棠看来骄傲得像只天鹅,拒人千里,打心底里瞧不起他。

秦棠看了她一会儿,倏地笑了:"你挺能的啊。"

许知喃不再理会,她从来没遇到过这样的男生。

临近期末,她不想被他打扰,转身继续往前走,没分给他丝毫多余目光。

"你别给脸不要脸。"秦棠站在她身后,冲她喊,语气恶劣,"清高个什么劲儿,我倒看你能装到什么时候。"

许知喃低低骂了句神经病,加快速度走。

秦棠没有再追上来。

再往后,许知喃也没再见过他了,从那天之后,他就没再纠缠她。

对于这件事,许知喃的态度就是松了口气,专心准备考试。

到现在她都几乎已经忘记秦棠长什么样了,只是他语调里的蔫坏不变,勾起她从前的回忆。

只是,林清野怎么会和秦棠认识。

以前也从来没在林清野身边看到过有这号人存在。

许知喃提着裙摆往后台走,还能听到身后那群人的调侃声。

而后传来秦棠的声音,玩味又不屑:"你也忒不讲究,口红都还沾着呢。"

许知喃脸热,抱起裙摆跑回后台,露出一小段白皙纤细的小腿,像块光滑的羊脂玉。

林清野收回目光,手背抹过嘴,淡淡哼笑一声。

搭档女主持见到跑回来的许知喃便问:"怎么样,林清野来了吗?"

许知喃还在晃神中,没回答。

那女主持伸手在她眼前挥了挥:"阿喃?"

"啊。"她回神,"怎么了?"

"你这是怎么了,马上就开场了啊。"女主持又重复了一遍刚才的问题。

她点点头:"已经来了,交接过了。"

"你口红怎么这么淡,刚才吃东西了吗?我再给你补一下。"说罢,对方便拉着许知喃到化妆台前坐下,重新补上,她示范着抿唇,"你这样一下。"

许知喃跟着抿唇。

许知喃的五官化上红唇后依旧不会带任何攻击性,很柔软,但更多的是明媚耀眼,让人移不开眼。

女主持打了个响指:"完美。不过啊,你怎么出去一趟跟丢魂儿了似的。"

"我没事。"许知喃按了按太阳穴,整理好主持卡。

临上场前,许知喃手机振动了下,是阮圆圆给她发来的信息,她强打起精神。
【阮圆圆:阿喃,晚会是不是马上要开始了!】
【许知喃:嗯,怎么了?】
【阮圆圆:范老太婆现在叫我过去弄什么期中那张设计稿,不去就直接让我挂科了,你知道林清野那节目大概会在什么时候吗?】
许知喃手指一顿,又想起刚才的事,总觉得心口发闷。
【许知喃:他压轴,应该在两小时之后。】
【阮圆圆:也不知道来不来得及赶过来,范老太婆怎么这么讨厌啊!】
【阮圆圆:阿喃,要是到时候赶不及你可一定要帮我拦住他啊!!!】
许知喃不知道该怎么回复,只回了个"你尽快吧",其他几个主持喊她,她关了手机放进包里,跟着一块儿上台。

学校对这次晚会很重视,全程拍摄。
灯光打下来,两男两女四位主持上台,一同致辞。
"哎,那个是不是许知喃啊?"底下同学抻长脖子。
"是啊,你没听说吗,早就说了这回主持团里有许知喃了呀。"
"她也太好看了吧,我之前还觉得她那样的脸,素颜会比化妆好看,现在一看,太绝了。"
底下议论声窸窸窣窣。
许知喃之前已经将稿子背得很熟,尽管心里有些乱,倒也没出丝毫差错。
她余光里就能看见林清野。
他没有跟大家一块儿入座,就在旁边站着,他那群朋友都在周围,笑闹着说话,随心又轻慢。
她又想起秦棠那句"你也忒不讲究,口红都还沾着呢",心尖儿一跳,看过去,想看看他擦干净没。
可刺眼的灯光从头顶铺洒下来,空气中飘浮着的浮尘都看得见,却看不见暗处的细节。
林清野注意到她的视线,跟着直视过来,懒洋洋抬了下手臂,跟她打招呼。
许知喃黑睫一颤,心里的沉闷散去些,垂眸看眼主持卡,介绍第一项流程。

先前就彩排过好几回,另三位主持都是播音专业佼佼者,整场晚会下来都很顺畅。
只不过到后期观众的热情就有些被消磨殆尽了,不再看节目,开始拉着身边的朋友自拍,毕竟马上就要毕业各奔东西了。

到最后一个节目。

许知喃给阮圆圆发了消息便上台，她负责报幕，说完介绍词后大家就已经猜到了是林清野，热情再次被点燃。

"接下来，有请音乐系大四毕业生林清野带来的表演。"

底下鼓掌尖叫混在一起，跟刚才那样完全不同。

林清野便踩着这些欢呼声上台，工作人员拿着立式麦架和键盘固定，和之前拍的那个视频不同，似乎是临时决定改的，没用吉他，改了键盘。

林清野会很多乐器，都能拿得出手，几乎可以说一个人就有组一个乐队的实力。

他手指修长，轻轻搭在键盘上，连着按了三个键弹出一段旋律，轻而易举地掌控住全场的目光。

乐点由轻至重，林清野额前的碎发落下来，在斑驳的灯光下染上色彩。

那首歌也被改编过，跟上回录视频时听到的不一样。

加了摇滚元素，许知喃不知道是之前就准备过的还是即兴。

"我们运气还挺好的。"另一个女主持和许知喃站在侧台近距离看林清野表演，低声说，"说不定这是最后一场能免费看的林清野的演出了，听说这边一结束，他马上就要去录节目了。"

他这个表演是时间最短的，只有一首歌的时间。

许知喃没法再去后台拿手机看阮圆圆到底有没有来了。

一曲结束，底下自发齐声喊着林清野的名字。

他总有这样调动人心的能力。

他穿着件白衬衫，一半被随意塞进裤腰里，在灯光下显出轮廓落拓的宽肩窄腰，而后他微喘着抬眼，似笑非笑的，顽劣痞气，嘴唇重新贴近麦架。

他嗓音低哑，懒洋洋道："毕业快乐。"

尖叫掀翻天。

几乎能预见一会儿的学校论坛里会是怎样的盛况。

由林清野带来的氛围一直到主持人们宣布晚会结束都没消散。

许知喃回了后台，换回自己的衣服。

负责老师拍着手走过来："这次晚会圆满结束！辛苦大家啦！"

她给每人都拿了瓶矿泉水。

许知喃接过，道声谢。

"阿喃，你不卸妆啊！"朋友叫住她。

"我回宿舍卸了，先走啦。"许知喃将东西囫囵塞进书包，刚要走又跑回来，"依依，我现在的妆好看吗？"

"你有什么不好看的时候吗？我这妆叫越夜越美丽，你现在好看炸了好吧！"依依眨了眨眼，狐疑问，"你很奇怪哎，交男朋友啦？"

许知喃笑笑，跟对方摆手："我先回去啦。"

她想着刚才林清野在台上光芒万丈的样子，就忍不住想见他。

大家已经陆续离场，馆厅内除了几个工作人员已经没其他人了。

许知喃拧开矿泉水瓶喝了口，说了一晚上她喉咙也有些疼。

许知喃从侧廊走出去。

"你够可以的啊野哥，我看她现在看你眼神都带光，服，我是真服。"秦棠的声音隔墙传来。

许知喃一顿，停了脚步，莫名没走出去。

林清野弹了弹烟灰，看他一眼，轻描淡写："说话注意点。"

林清野在高中时就见过许知喃，比许知喃见到他要更早。

他和秦棠一个高中，都是七中的，后来有一次周末他们一群人从网吧出来，见到在奶茶店排队的许知喃。

秦棠撞撞他的肩膀，抬了下眉，示意对面的方向："哎，那个妞，够纯的啊。"

林清野看过去，勾唇，不置评价。

"有点意思，要不去问问联系方式？"

林清野嗤声，很不屑："这样的能看上你？"

"我怎么了？我怎么了？"秦棠拱他一拳，"你可别自己身边多些花蝴蝶就瞧不起我，我这脸也不差的好吧。"

"不是。"林清野轻睐了下眼，看着阳光下的许知喃，"这女的太傲，不会给你联系方式。"

"傲？"秦棠又认认真真地打量一番，丝毫没从她身上看出来一点傲气，反而柔软又乖顺，看得心都痒了，"这不挺乖。"

林清野轻蔑道："那你追。"

秦棠不信邪，后来托人了解了下，知道她是一中校花，当即开始追求。

只不过没一段时间后，他就深切体会到了林清野所说的"傲"。

这种傲不是从脸上能看出来的，已经从骨子里浸透了，从小到大都是优秀的，成绩优异，性格好，身边朋友也同样。

她有自己的原则和目标，根深蒂固，没法理解像秦棠这样的混混，不屑，更不愿有交集。

后来秦棠真切体会到林清野说的"傲"就放弃了，虽然没表现出来什么，但的确是受伤了一阵子的。

后来，林清野被破例招进了平川大学。

再一年，许知喃也考上了平川大学。

当然，这件事秦棠是不知道的，自从他那点本来就没多少的自尊心被许知喃碾成渣渣后，他就没再多关注了。

直到偶然间在林清野驻唱酒吧再次见到许知喃。

她没再穿着那件中规中矩宽大的高中校服，只穿了件普通的连衣裙。

秦棠被林清野带的，即便这样也能立马感受到许知喃的傲。

确切地说，她周围那些平川大学的同学都挺傲的，毕竟是名校，都多少有些优越感。

他们自己没表现出来，其他人却能感受到。

秦棠晃着手中酒杯："野哥，看那边。"

"怎么？"

秦棠说："许知喃啊，那个一中校花，你不记得了？"

林清野灌了口酒："现在是平大校花。"

"你俩变校友了啊？"秦棠撇撇嘴，半醉，"哎，兄弟，打个赌你信不信，你别看这儿这么多姑娘都在偷看你，你要碰上那种清高自傲的，也没用！"

林清野靠着沙发，一只腿踩着茶几，咬着烟，火光照亮瞳孔，打量另一桌的许知喃。

收拢的眼尾狭长而锋利，像是盯上猎物的野兽。

闷热的六月，学校侧廊有很多小飞虫。

秦棠挥挥手拂开，乐呵呵地蹲在墙边："无往不利啊，你俩在一块多久了，要不是前段时间听胖子说，我都不知道你这就得手了。"

林清野跟秦棠的关系其实不算铁。

高中时还偶尔在一块儿，如今已经很少有联系，今天也只是听说后凑热闹来的。

见林清野不理，季烟替他回答："快三年了吧。"

"三……三年？"秦棠愣住，推算了下，"那不是那次酒吧之后就勾搭上了？"

林清野向上捋了把头发："差不多。"

许知喃和他们一墙之隔，将他们的话听得清清楚楚。

她整个人都怔住，思绪却异常清晰，莫名就无比确定秦棠口中的"那次酒吧"是哪一次。

大一社团活动，大家一起去"野"，她在那儿第一次见到林清野。

外面那群人聊起这件事像家常便饭。

许知喃忽然明白了。

为什么林清野去参加节目却没有跟她讲过。

为什么他能这样来去自如。

为什么他乐队的其他人可以在她旁边就毫无顾忌地聊起其他女生。

因为林清野不重视她,所以他朋友也压根儿不重视她。

其实她早就明白了,所以小心翼翼地瞒着身边朋友自己和林清野的关系,不肯让她们知道。

为林清野的吻而高兴,为林清野一句意味不明的"想你了啊"而高兴,也为十四随口的一句"嫂子"而高兴。

可别人看她却像个小丑。

许知喃捏着矿泉水瓶的手指发抖,紧咬牙关,牵扯着下颚,一跳一跳地钝痛。

秦棠暧昧打趣道:"三年,那肯定都睡过了吧?"

这语气弄得季烟也忍不住皱眉。

几年没见,这秦棠还真是越来越浑了,还蠢,不会看人脸色。

林清野冷下脸,周身气场都冷。

周围人看着他这反应,不敢造次也不敢玩笑,生怕他发火。

林清野平时虽然看着只是性格冷淡些,脾气不差,但真要发起火来,没人敢拦。

可还没等到林清野说话,许知喃便从侧门走出来。

众人寂了寂。

林清野靠在墙上,抬眸。

她眼底都被各种愤怒委屈的情绪烧得通红,走到林清野面前,笔直地看着他,然后将手里的矿泉水泼到他脸上。

黑发被打湿,睫毛上也挂着水珠,顺着眉骨鼻梁滑下来,最后聚在瘦削的下巴上,一滴一滴地砸在地上。

他脸色更加沉,唇线紧闭,眼眸漆黑。

许知喃看着他,外露的情绪重新收进去,面无表情道:"林清野,你就是个浑蛋。"

空气凝滞。

没人说话,季烟、关池、十四也都齐齐闭上嘴。

水顺着林清野的脸还在不停往下掉,砸在水泥地上,晕染开一个个深色圆点。

许知喃平静地跟他对视几秒,往后退一步,将空水瓶丢进垃圾桶,转身头也不回地走了。

到馆厅正门正好遇上急着赶过来的阮圆圆,还抱着一束花。

"阿喃阿喃阿喃!是不是结束了啊!你知不知道林清野现在在哪儿啊?"

天色已经晚了,她没看清许知喃脸上的不对劲,嘴上还一边骂着留她的那个教授。

许知喃努力稳住发颤的声音,给她指了个方向:"那边。"

"还在啊!"阮圆圆神色一喜,抱了她一下就直直跑过去。

季烟从包里翻出一包纸巾递过去,林清野看了眼,没接,抬手搓了把脸,湿透的碎发也被一并往后捋到脑后。

他棱角分明,五官凛冽,沉着脸时格外吓人。

阮圆圆就是这时候跑过来的,抱着那一束花,挡了视线。

倒不是没看见他身上以及衬衫领口的水迹,但怎么也不会把泼水和林清野联系起来,她只理所当然地以为是表演完洗过脸后弄湿的。

"学长。"她柔着声,将花束往前一递,"毕业快乐啊。"

他依旧维持着原来的姿势没动。

阮圆圆抿了抿唇,倒也不介意,继续说:"学长,我喜欢你好久了,你的每首歌我都会唱的,酒吧有你们演出我也经常赶过去看。"

"滚。"林清野说,声音冷得都带冰碴子。

阮圆圆没反应过来,蒙了一瞬:"什么?"

她又往前一步,将花往前递。

林清野打掉她靠近的手臂,居高临下地看着她,身上戾气热烘烘地压着人:"叫你滚,没听清吗?"

阮圆圆没抱希望这次告白林清野会答应她,只是不想给自己留遗憾罢了,但也没想到会是现在这样的局面。

她也知道外界对林清野各种褒贬不一的评价,可当她看到舞台上的林清野后就被蒙上眼睛,不再相信那些。

一直以来,林清野跟娱乐圈流量明星不同,他的粉丝跟那些流量粉丝也完全不同。

他没有"营业",也不存在所谓的"宠粉"。

只是在酒吧唱歌,喜欢的人就来酒吧听歌喝酒。

他恣意随性,缥缈不定,总让人觉得怎么都抓不住,可粉丝们就是喜欢这样子的他。

明明他只淡声说了那么几个字,阮圆圆却觉得像是被劈头盖脸羞辱了一番,花砸落在地,掩面跑掉了。

秦棠叹为观止,这不出十分钟,跑走了两个女生。

只是前后差别太大,这个细声细语告白被说滚,上一个直接把水泼林清野脸上却没骂出一个字来。

这么一揣摩。

秦棠心里咯噔一下。

他们周围这一群人也没有哪个敢像许知喃那样朝林清野泼水的。

"那个，野哥……"秦棠犹疑着开口，"嫂子是不是生气了啊，要不我去给她道个歉吧？"

季烟在一旁真情实意地冲他翻了个大大的白眼。

刚才嘴上还不干不净的，现在看情势不对，立马改口叫嫂子了。

果然是人不要脸天下无敌。

林清野抬眸扫了秦棠一眼，刀剜似的。

"管好你自己，用得着你到她眼前去晃悠？"他不给秦棠留面子了。

林清野丢下众人走了。

秦棠愣了愣，放平时他还能跟林清野称兄道弟的，可真让他恼了也不敢再去招惹，问季烟："现在这什么情况啊？"

季烟说话冲："你自己没长眼睛啊。"

"哎，你怎么这么说话呢。"秦棠皱起眉。

"我就这么说话，你爱听不听。"

"不是，姑奶奶，你脾气怎么越来越大了。"秦棠问，"野哥和那谁现在到底什么关系啊，不会是认真的吧？"

季烟说："你先准备着死吧。"

高中毕业后，他们乐队几个一直没散，但和其他那些混子都已经不常联系了。

季烟懒得再理会，拉着十四和关池走了。

夜色沉沉，方才喧闹的校园重新恢复安静。

其实季烟也不知道怎么回答秦棠那个问题，以前她也觉得林清野不认真，可今天看来，似乎又不一定。

"你们有没有觉得队长挺奇怪的啊。"季烟问。

关池说："怎么了？"

季烟也说不出个所以然，就是种直觉："队长会不会真的喜欢许知喃啊？"

"喜欢干吗刚才不去追？"十四理所当然道。

"他那个性格，怎么可能会去追。"

"那不就好了，已经有你刚才那问题的答案了啊。"十四耸了耸肩，又很没良心地笑出声，"我都没想到，她生起气居然敢拿水往队长脸上泼。"

许知喃走回宿舍。

推门进去前，她对着窗户玻璃照了照，眼眶有些红，其他倒看不出来什么。

馆厅位置有限，其他年级的人要去看毕业晚会节目是需要报名抢票的，阮圆圆那张应该是托了别人要来的。

而姜月被期末周弄得焦头烂额，对这类活动没兴趣，赵茜倒是有兴趣，许知喃也能帮她要来张票，可让她一个人孤零零坐几小时看节目也觉得别扭，于是最后都没去看。

好在整场晚会都在学校官微上实时直播。

甚至有些消息灵通的林清野粉丝早早候着。

这会儿整场晚会的重头戏——林清野演唱的片段已经被单独拎出来，先是学校论坛，再是林清野超话搬运，后来《我为歌来》节目组也转发宣传。

赵茜也已经看完了，又转发给姜月看了遍。

"我以前还觉得乐队里键盘手是最不起眼的呢，除了主唱，我就觉得鼓手也特帅。"赵茜说，"可是林清野玩键盘也太帅了吧！"

姜月看完问："他还会这种乐器啊？"

"废话，你别看林清野这回弄得差点毕不了业，专业课成绩超牛的好吧，我听音乐系的朋友说，他们系的老师都特喜欢林清野，好多乐器都是精通水平的。"

姜月有些吃惊："这么厉害啊。"

她原来还以为林清野不过是唱歌好听，不理解怎么会有这么多女生喜欢他。

与此同时，另一条帖子悄然登上论坛。

【1L：刚才跟朋友去商业街吃夜宵，正好碰上刺槐乐队另外那几人，结果在旁边偷听到他们说林清野被人泼了一脸水？】

【2L：？？？蹲瓜！】

【3L：说的是今天的事吗？晚会不是刚刚结束？（提起晚会我必须号一嗓子！好帅啊！）】

【4L：吃错瓜了吧，谁忍心往林清野那张脸上泼水啊。】

【5L：+1！而且谁敢泼他啊？】

【6L：简单分析一下，如果是男生干的，现在估计救护车都要进学校了，所以肯定是女生干的！】

【7L：如果是女生，问题又再次回到了四楼提出的，哪个女生舍得？】

【8L：也不会无缘无故做这事吧，难不成是什么情感纠葛？】

【9L：我来证明这应该是个真瓜，刚才在东门正好碰上林清野了，一个人，衬衫领口都是湿的，然后我经过馆厅，还在旁边草堆里看到了一束香槟玫瑰！现在估计还在呢！】

【10L：这帖子的走向越发扑朔迷离了……】

这一则帖子迅速盖起高楼，到后面两百多楼，还真有人拍到了那束掉落在草地上的香槟玫瑰。

花瓣凋落在泥土里,深蓝色的包装纸上也污迹斑斑。

人证物证俱在。

【234L:大佬买花求爱了?】

【235L:不会吧?我真的想象不出来!】

【236L:重点是,谁能在林清野献花告白的情况下,还把水泼他脸上啊?】

【237L:那我只能想到是前女友了……】

【238L:我们学校里有谁是校草前女友的吗?】

【239L:别啊,我还在嗑校花校草的神颜 CP 呢。】

……

论坛里议论纷纷,各种猜测都有。

可今天下午阮圆圆抱着花回过一趟宿舍,赵茜和姜月都能认出来那张照片上的香槟玫瑰的来源。

两人对视片刻,都愣住了。

赵茜:"所以,那个泼水的是阮圆圆?"

姜月:"不应该啊,她没理由那么干吧。"

赵茜皱眉:"阮圆圆那个公主病,难不成被拒绝恼羞成怒?"

"你之前不是说她告白只是为了不给自己留遗憾吗。"

"那倒也是。"

这时许知喃推门进来。

赵茜立马蹦起来,刚想去问她知不知道那个帖子到底是怎么一回事,可走近后就发现不对劲。

"你眼睛怎么这么红啊?"赵茜问。

"没事。"许知喃揉了下眼睛,这一路一直忍着,嗓子眼都发酸,还有些疼,轻声说,"可能眼线眼影之类的东西。"

姜月也转过身来,问道:"没事儿吧,我这儿有眼药水,你要吗?"

赵茜说:"先卸妆吧。"

许知喃平日里很少化妆,但类似晚会活动参加得多,卸妆水和基础护肤品都有。

她进浴室卸了妆,低头洗脸时有眼泪淌出来,掌心一半是滚烫的眼泪,一半是冰凉的自来水。

刚才的强撑在这一刻崩盘。

她指尖发抖,将卫生间的门反锁上,攀着洗手台缓缓蹲下来,连呼吸都觉得疼痛,可又偏偏没法就这么走出去,因为让她们看到自己这样,没法解释。

最后，许知喃在卫生间待了许久才出去。

赵茜刚想跟她说话，可一回头看到她的眼睛的瞬间闭了嘴——比进去时又红了一圈，那分明是憋哭憋红的。

"阿喃。"她声音很轻，试探地问，"你没事吧？"

许知喃摇了摇头，没敢看赵茜，只说："没事。"

她爬上床，放下床帘，挡住外面的光，属于她的小空间黑下来。

赵茜跟姜月对视了眼，无声做口型：怎么回事啊？

姜月摇头表示自己也不知道。

看许知喃那样摆明不愿提，赵茜平日闹闹哄哄的，可不知道怎么哄人安慰人，最后实在放心不下，又走到她床边："你要是有什么事就跟我们讲，啊，不想讲的话你就发信息跟我说，也可以。"

"嗯。"许知喃声音闷在枕头里，"我没事。"

那晚阮圆圆没有回宿舍，赵茜和姜月也没有聊天，早早熄了灯。

许知喃将脸埋进枕头里，到后来脑袋昏昏沉沉，头痛欲裂。

她第一次喜欢一个人。

人生第一次的悸动。

她母亲是初中老师，父亲是人民警察，正直正派，她从小是在这样子的家庭中长大的，耳濡目染，潜移默化，她温暖善良，即便是父亲殉职后也没自怨自艾，抱着本佛经默默祷告，给自己一个寄托。

林清野这样的男生，是本不该出现在她人生轨迹中的。

他自由不受束缚，她却稳稳每一步都有目标规划。

可是第一次嘛，人生中总有那几个第一次，产生诸多莫名其妙的情愫，躁动的，憧憬的，渴望的。

在这样的情愫中，于是所有小心翼翼、卑微靠近都有了合理的理由。

这三年来，她当局者迷，尽管理智让她瞒过了身边所有人自己和林清野的关系，却无可逃避地沉溺其中。

直到如今。

她被骤然从迷局中拉拽出来，像是当头一棒。

迷雾拨开后，那些她原本有意忽视的东西也就都看清了。

这一晚，许知喃一直没有睡着，干涸的眼泪弄得脸都紧绷绷的，直到一旁的手机屏幕一亮。

【妈妈：阿喃，最近学习忙不忙，你爸爸的忌日马上就要到了，你那天要是有空的话就回家来一趟吧。】

许知喃揉了揉眼睛，看了眼时间，已经过零点了。

【许知喃：妈妈，你怎么还没睡啊？】

【妈妈：我醒来上厕所，怕明天忘了就先跟你说一声，吵醒你啦？】

【许知喃：没有，我也还没睡呢。】

【妈妈：这么晚怎么不睡觉，学校里作业很忙吗？】

【许知喃：不忙，我就是睡不着。】

自从父亲去世后许知喃就很独立，连小姑娘对母亲的撒娇也不常有。

可今天她有些忍不住。

【许知喃：妈妈，我想给你打个电话。】

【妈妈：好啊，你打过来，别吵到你室友了。】

许知喃悄声下床，披上外套到阳台上，拨了电话过去。

许妈妈很快就接了，她声音带着笑，又像是哄："我们喃喃怎么啦，有心事睡不着觉呀？"

"妈妈。"她软着声，尾音却是抖的。

那头许妈妈顿了顿，耐着性子："妈妈在呢，有什么事跟妈妈讲啊。"

这种时候最听不得这样的话。

许知喃眼泪又要憋不住，一颗颗砸下来，又用手背抹去，哭腔也掩盖不掉："妈妈，我头好疼呀。"

"怎么突然头疼了？有发烧吗？"

"没有，可能因为今天主持晚会了，声音好响。"

听她这么说，许母才终于放心了些："我们阿喃这么厉害，还当主持人了，不过头疼了那更应该早点睡觉啊，明天起晚一点，多休息会儿。"

母女俩又聊了一会儿天，许知喃便跟她说了再见，挂电话后推开阳台门进了寝室。

赵茜和姜月都已经睡着了。

跟妈妈打过电话后，许知喃倒是终于睡着了。

翌日，许知喃难得睡到上午十点才起来。

头已经不疼了，可也不怎么清爽，大概是什么分手后遗症。

许知喃指尖一顿，又自嘲地勾了下唇，也许她和林清野之间连分手都算不上。

洗漱后，许知喃把几本考试要看的书塞进书包，去了刺青店。

因为临近期末考，她把几个大活约的时间都往后挪了挪，最近没什么活。

她重新背了一遍教材里的知识点，合上书，在大脑里搭框架重新巩固一遍。

刚背完，刺青店店门被推开，风铃发出清脆悦耳的声音。

只不过出现的这人就没有那么让人愉悦了——秦棠。

许知喃当不认识，公事公办："欢迎光临。"

他讪笑着："嘻，欢迎欢迎，那个……许同学，我是来找你负荆请罪的。"

"不用了,如果是这个事的话,你请回吧。"

"别啊,别这么狠心啊。"秦棠在她对面坐下,"昨天那真是我嘴贱,你都不知道,后来野哥那张脸有多吓人,我要是不来跟你解释清楚,我都得被活剥了。"

"不至于。"

的确是不至于,这一晚上林清野没有一条短信一个电话,反倒是来了个秦棠。

"哪能不至于!你是没见到他昨天那个样子!我现在都不敢去找他呢。"

许知喃下了逐客令:"你要是来文身的就留着,不然就快走吧。"

秦棠嬉皮笑脸:"那就文一个?"

许知喃静静地看着他,眉眼冷淡。

秦棠一哽,被她这神色又乍然想起了从前,以及林清野作为旁观者时的评价——这女的太傲。

真是,有什么可傲的。

秦棠点点头:"行。"

他站起来,往门口走。

许知喃不拦,甚至还送客到门边,他一走出去就打算把门关上。

秦棠拿手挡了下,最后还是说了句:"其实林清野吧,他对你挺特殊的,那么多女生喜欢他呢,以前也没见他正眼看过谁,你是第一个。"

许知喃浅浅笑了,露出两个漂亮的梨涡,一排整齐的小白牙。

秦棠有一瞬间走神。

然后就听她顶着这一张人畜无害的脸,平静道:"喜欢我的男生也不少,我不想也用不着求他对我青眼有加。"

门被关上,门把上的欢迎光临木板牌子差点砸在他鼻子上。

秦棠被她那话以及眼睛里的光给怔到了。

昨天看着馆厅外两人偷偷腻歪接吻,许知喃那一脸害羞的样子,他还真是挺佩服林清野的。

这佩服不在于林清野成功勾搭上了许知喃,对于许知喃,不能用"勾搭",得用"征服"。

而且还治得服服帖帖,看不到傲气了,乖巧温顺。

可如今看来,这小姑娘抽身得清醒又迅速。

到底是谁征服谁都说不准。

这两天一直断断续续地下雨,结束考试周第一门考试,许知喃踩着湿漉漉的地面从教学楼出来。

回宿舍简单拿了些换洗衣物,她便踏上回家的地铁。

今天是她父亲的忌日。

许知喃抬手握着地铁扶手,回忆起从前的事,神色稍淡。

从地铁站出来，回家一路上经过几户邻居，笑容满面地冲她打招呼："阿喃回来啦。"

许知喃一直很讨大家喜欢。

刚走进家门口，她就听到另一个声音："阿姨，你把东西放着吧，我来搬就好了。"

"顾从望？"她愣了下。

顾从望手里拿着几个果盘，扭头看过来："你可总算来了，我给你发信息，没看？"

"啊？"许知喃拿起手机看了眼，才发现刚才考试时关的机，到现在都还没开，"忘开机了。"

"你还真是。"顾从望失笑，手递到她面前打了个响指，"怎么觉得你最近恍恍惚惚的。"

"今天试卷有点难。"

"你可得了吧。"顾从望不太相信。

"你怎么过来了？"许知喃问。

"我闲着没事，今天不是……"他没说下去，摸摸头发，"阿姨一个人挺累的，我来帮个忙，谁知道来得晚了，阿姨都已经弄好了。"

妈妈在厨房喊她，许知喃忙应了声，进去帮忙。

等出发去墓园时已经是正午之后。

好在刚刚下过雨，不算太热。

许妈妈将带来的糕点贡品摆出来，跪坐在墓碑前。

墓碑上的照片里，许爸爸身着警服，浓眉大眼，长得很正气。

许知喃以前听奶奶提过，她爸爸从小就长得标致，又是警察工作，那会儿周围不少姑娘都倾慕。

可他工作太忙，也没空相亲，身边都是同龄男人，连个女孩儿头发丝都看不到。

直到后来被奶奶明令要求才终于答应去相亲一趟，遇到的便是她母亲，两人一见钟情，很快就定下来。

结婚那天大家看着俊男美女，一个人民警察一个人民教师，一个浩然正气一个温婉贤淑，纷纷惊羡不已。

在那时，也算是一段佳话。

谁能想到如今却成了这模样。

父亲刚殉职那段时间，母亲天天以泪洗面，生了场大病，过了一年多才转好，只是眼睛落下病根，如今到晚上就看不清楚。

许妈妈坐在墓碑前跟丈夫说话。

许知喃没打扰，跟顾从望走到一旁说话。

电视台录播室。

《我为歌狂》的第一期节目结束录制。

节目实行淘汰制，前期邀请了许多人，有已出道的实力歌手，也有外界评价不算好打算来正名的明星，还有少部分是从各地挑选出来的未出道歌手，林清野便是属于这一类。

后续会有投票支持率低的选手被淘汰，也有踢馆设置。

林清野虽然从没出道过，但看这一期观众席上的灯牌，粉丝的数量也不少。

也许是他这一款在娱乐圈从没出现过，固粉能力很强。

节目组的灯光和各种设备要比毕业晚会那场好许多，浸入式演唱，所有人唱的都是当初预告时的那一首歌。

林清野唱自己的成名曲，《刺槐》。

舞台底下粉丝们举着灯牌晃动，拉着手幅，手腕上挂着荧光手圈，随着旋律齐齐摇摆着。

比在酒吧时声势浩大得多。

只不过他却总觉得有哪儿不太对劲，以至于心口不畅。

然后，他便想起了不久前，他在"野"的最后一场演出。

许知喃也来了，坐在角落，安安静静的。周围不少男人都留意到她，也有直接上前搭讪的，都被她拒绝了。

而后隔着人群，他们四目交汇。

明明只是对视了几秒，她就觉得不好意思，低下眸子欲盖弥彰地喝了口酒，却被呛得红了脸。

清纯又可爱。

一曲结束，鼓声重重落下，台下许多人起立鼓掌。林清野原本直接就要离开，被主持人叫住。

他愿意参加节目出乎很多人意料，主持人照着台本问了几个问题。

可惜林清野始终很淡，声音淡，态度也淡。

主持人有几分尴尬，玩笑道："今天会不会就是我主持生涯的滑铁卢了，我感觉我要聊不下去了啊。"

底下观众哄堂大笑。

从演播厅出来，王启正跟工作人员说话，见林清野出来，喊住他："清野，你等一下。"

林清野停了脚步，也没走近，懒散靠在墙上，眉眼低垂，样子有点倦。

王启跟工作人员交代完工作，走过去拍了拍他的肩膀："一会儿跟大家一块儿去吃个开工宴？"

他刚要开口拒绝就被王启打断："行，就这么说定了，认识一下嘛，以后得一块儿几个月呢。"

林清野痞里痞气地笑，漫不经心："说不定这场我就被淘汰了。"

"你这个人。"王启拿食指点了点他，"想早点淘汰估计都挺难的，你台风甚至比那些个明星都好得多，现在小姑娘就喜欢你那种张狂劲儿。"

话虽这么说，不过王启心里又想起另一事。

他家里头那个女儿才十五岁，也不知从哪儿看到了网上林清野的照片，居然还喜欢上了，今天缠着他想来现场认识一番，被他拒绝了。

追星可以，可要是进一步发展到私人的感情可不行。他那傻女儿哪儿吃得下林清野这尊大佛。

"对了。"王启又问，"这节目一播出估计你那热度就要上去，私生活没那么容易藏，你跟你那小女朋友打算怎么办？"

他之前就看到林清野跟小姑娘聊天的样子。

虽没明确说是女朋友，不过他这么大岁数了，不难猜到。

林清野顿了顿："她性子静，公开出来会影响她生活，我也没打算让人知道我私生活怎样。王叔，节目组那边要麻烦你。"

"现在倒是肯叫我一声王叔了。"王启轻斥他，很快答应，"这个你放心，不会拿选手个人生活炒热度，也不会乱剪辑，都是白纸黑字写进合同里的。"

他淡淡"嗯"了声。

"不过啊，节目这边我能控制，等热度上来，粉丝和媒体的眼睛我可控制不住，自己控制。"

林清野又应了声，眉间皱着，不知在想什么。

第一期录制的最后一位歌手演唱结束，观众投票也结束。

唱票结果要等下回才公布，众人一块儿赴宴。

入席，林清野旁边坐了个男人，看着年纪比他大，中长发，头顶黑细的发箍箍着头发。

他跟林清野一样，也没有出道，同样是被王启挖来的酒吧歌手，虽比不上林清野，但在当地有一定知名度。

"那个，你好。"他凑过去打招呼，"我叫周吉。"

林清野拎着酒杯的手顿了顿，侧头看他："林清野。"

"我知道，我知道，我听过你的歌，以前在酒吧的时候我还唱过呢。"

周吉性格豪爽，话也多，全程基本都是他在说话。林清野心情不爽利，不喜这种场合，只淡淡应着，跟他一块儿喝了几杯酒。

周吉一只手搭在桌沿，林清野注意到他手臂上还有一块淡色的青色文身。

周吉注意到他的视线，笑了声："这个啊，化妆师说上节目把文身露出来不好，就是露了后期也得打马赛克，就直接拿遮瑕膏给遮住了，说实话，这节目事儿忒多，除了设备好，唱起来的确是不怎么自由。"

林清野拎着酒杯，手腕垂着，评价了句："挺好看。"

"你也喜欢啊？"周吉朝他身上扫了眼，没见到露出来的刺青，"你也有吗？"

"没，认识一个刺青师。"

"行啊，那我下次要是有新的要文了你给我引荐一下？"

林清野勾唇，笑笑，没说好也没说不好。

两人碰了下酒杯，又饮尽一杯。

林清野问："文这玩意儿疼吗？"

"你那刺青师朋友没跟你说过？"周吉挑了下眉，"我这位置还行，能忍。"

又喝了一会儿，在这名利场中林清野耐心耗尽，说了声去卫生间便起身离开。

去完卫生间，他也没再回宴会厅，直接走了。

这里离林清野住的公寓距离不算太远，没法开车回去，他便戴上口罩帽子直接走路回去。

他没走大路，绕近道小路回去。

小路的旧墙有些脏，空气里弥漫着一股连绵阴雨天特有的潮味儿，石子缝里冒出些青绿苔藓。

他没走过这条路，捏了下鼻梁上的口罩条。

在这天气下，总觉得身上的酒气都散发不出来，醉醺醺烘着人。

走到一半，王启打电话过来，问他怎么还不回去。

"走了。"

"走了？大家拍照可都等你呢！"

林清野低笑："你们自己拍吧。"

三两句挂了电话，林清野抬起眼，看到对面破桌前坐着的女人，满头银灰白发，手上皱纹像树皮，一眼看过去就觉得是个大半截入土的年纪。

她在这小巷摆了个摊儿。

林清野正准备收回视线之际，看到那破桌上的一本书，佛经。

很眼熟，他记得许知喃也有一本。

"算命算命，五块钱一次。"老婆婆从她那破铜锣似的嗓子里发出一声吆喝。

林清野目不斜视，继续往前走。

老婆婆把手里的竹签筒直接递过去："算一卦吧。"

"不用。"

"我看你面有凶兆。"

林清野笑了声，挑眉："戴着口罩你也能看出来？"

"心要诚，我一看便知，至于如何化解。"她再次将竹签筒递到他面前，"抽一支。"

"我没带钱。"

"扫码也行。"她说着，竟然还真从桌肚里头拿出一张破破烂烂的二维码。

林清野盯着她桌上那本佛经看了会儿，还真鬼使神差地拿出手机，扫码："五元？"

"一支签五元，童叟无欺。"老婆婆说。

随着机械女声的"支付宝到账五元"的提示音，林清野抽了支签。

老婆婆接过，神神道道念着："人在爱欲之中，独生独死，独去独来，苦乐自当，无有代者。"

林清野心想，要是许知喃在，倒能好好说道说道。

他也没兴趣再问那话是什么意思，就当五块听了个乐，提步要走，老婆婆又问："我瞧着你最近姻缘不顺。"

他脚步一顿，没答。

"你心魔太重，不利己，不利人。"老婆婆依旧表情不变，"你那位姻缘是个好人，算是便宜你了，只不过要破心魔。"

林清野看着她又从兜里拿出一包牛皮纸包着的小粉包，往前一推："温水冲泡送服，心魔即可斩断，此秘方不可外传，只需五百就可了断心事。"

林清野嗤笑一声，觉得自己简直是有病，才在这儿听这老婆婆叨叨这么久，直接转身走了。

林清野回了公寓。

洗完澡，他坐在落地窗前，从这望出去能将车水马龙的堰城尽收眼底。

他拿起手机，点开跟许知喃的聊天框。

上一条还是毕业晚会那天。

许知喃出来找他，给他发信息问他在哪儿。

他划着屏幕往上翻，许知喃找他有个习惯，明明是私聊，可她总会在前面先加一个"清野哥"。

说话也是，总是软趴趴地唤他"清野哥"。

他们聊天记录不多，平常也不常聊。

林清野有定时删除的习惯，很快就拉到顶。

他人往后靠着沙发背，又点进她朋友圈。

挺巧，许知喃刚刚发了一条。

不是刺青图案的内容，而是一个蜡烛表情。

林清野顺手点了个赞。

紧接着,他又想起那天晚上,不再是"清野哥",而是连名带姓的"林清野",含着火气,眼睛亮得吓人,却又将五官染得漂亮得惊心动魄。

那一瓶子的水泼得也相当顺手。

林清野轻嗤一声,又把赞给取消了。

第四章

/
阿喃，你给我文个身吧

从墓园回来后，许母留顾从望在家吃了晚饭。

顾从望虽然被从下宠到大，可在哄长辈开心这方面却十分得心应手，饭桌上把每道菜都夸了个遍，吃完饭后又忙着收拾碗筷洗碗。

任凭许母怎么劝都坚持，像个冷酷无情的洗碗机。

没办法，许母拍拍许知喃的背："你去帮帮他。"

许知喃应了声"好"，走进厨房。

顾从望正撸着袖子洗碗，一看就很不专业，挤了好多洗涤剂，水冲下来，铺开厚厚一层泡沫，怎么冲都冲不干净了。

许知喃看了会儿便笑了："我来吧。"

"别别别。"顾从望举着两只沾满泡沫的手。

"你这样洗不干净的。"

"那你远程指导，别插手。"

"你少倒点洗涤剂，冲干净了放旁边，一会儿再过一遍就可以了。"

顾从望手一挥："简单！"

指尖的水珠甩出来，飞到许知喃脸上，她"哎"一声。顾从望边笑边道歉，想帮她擦掉可自己手上更脏。

许知喃拿手背抹掉："你妈妈要是看到你现在这样，肯定都要吓一跳。"

"我妈自己都不一定会洗呢，厨房是家里阿姨的地盘。"

"那你怎么还抢着洗碗了？"

"小爷我体验一下生活不行啊。"

顾从望洗完碗，又和许母聊了会儿天才离开，天色已经晚了。

这学期需要考试的科目不多，只有两门，复习压力也不大，许知喃便不打算再回学校了。

她回了卧室,把早上带来的换洗衣服拿出来,这才发现林清野那件白色短袖也被她一并拿回来了。

因为不敢在宿舍晾这件衣服,她换下来后都还没洗。

许知喃顿了顿,拿上衣服走进浴室洗了一遍,晾到阳台上又回来。

晚风轻拂,衣摆飘动着。

如今再见到这件衣服已经是完全不一样的心境。

这时许母推门进来,许知喃收回目光:"妈妈?"

"小顾从我们这儿回家远不远啊?"

"挺远的,他家好像在银泰城附近。"

"那你怎么也不送送人家。"许母语气有些责备。

许知喃:"他不是搭地铁回去啦,有司机来接他的。"

"这样啊,小顾家是不是家庭条件很好啊?"

"嗯,他爸爸是开公司的。"再具体的许知喃也不清楚,没有多问过。

许母笑说:"我看他好像挺喜欢你的。"

这话题转得猝不及防,许知喃一时没反应过来,呆呆地问:"谁?"

"还能是谁,小顾啊。"许母笑起来,"你们也是从小就一个学校长大的,知根知底,虽然妈妈也不在乎你未来嫁一个有钱的还是没钱的,能对你好才是最重要的。"

这都什么跟什么呀。

许知喃忙叫了声"妈"止住她的话头,解释道:"我和顾从望不是那个关系,就是朋友而已。"

"你这大学都快毕业了,怎么还懵懵懂懂的啊,小顾要是不喜欢你干吗对你这么好?在家好好做少爷,来我们家又是帮忙又是洗碗的,还一块儿去看了你爸爸。"

"他人好,我跟他认识这么多年了,他一直都是这样的呀。"

许母语气笃定:"你没喜欢过人,不知道。"

许知喃说不出来话。

她喜欢过的啊。

喜欢了这么久,战战兢兢,小心翼翼。

可到如今,妈妈说的也许没有错,她的确不知道。

"你自己想一想,妈妈是觉得小顾跟你特别适合的。"许母掰扯着顾从望的优点,"体贴、善良、勤奋,而且人也开朗,情商还高,这点跟你还挺互补的。"

"反正妈妈喜欢这样子的,我也能放心。"许母说,"有些男孩子啊,会讨女生喜欢,可真论及以后,总归是不踏实的,你可千万不要被这种男孩子的甜言蜜语蒙蔽了。"

许知喃乖乖应："我知道的，妈妈。"

"哎，你看我，怎么还跟你说起这些了。"许母笑着，拿食指推了推她的脑袋，"你都还没开窍呢。"

许母走后，卧室里再次只剩下许知喃一人。

夏夜暖风习习，那样一件薄薄的T恤很快就晾干，许知喃坐在桌前看着窗外的衣服发了会儿呆，片刻后又去把衣服收进来。

衣服上只剩下洗涤剂的味道，淡淡的花香，再没有了林清野留在上面的独特味道。

许知喃叠好衣服，拿出手机，想着要怎么把这件衣服还给他。

与此同时，微信界面底下出现一个红圈"1"，她顺手点开，愣住。

显示了林清野的头像，他给她那条悼念父亲的朋友圈点了个赞。

这是她泼了那瓶水后第一次跟林清野再次产生关联。

可当再点开那条信息时，头像不见了，只剩下一个点赞通知。

林清野又取消赞了。

估计是手误了。

许知喃指尖微顿，退出，将那件衣服重新收起来放进衣柜最底层。

算了，这衣服她穿过，还了估计他也不会再要了。

林清野这一晚睡得不好。

明明距离上回许知喃来这儿已经好几天过去，可睡梦中总能闻到许知喃的香味，很独特。

他原以为是她常用的沐浴露味道，可后来她在他这儿洗了澡后身上还有那香味，不是浓郁的甜味，像是刚烘烤出来的甜品里头包裹着的淡奶油。

林清野后来问过她身上的香味是哪儿来的。

许知喃还挺蒙的，问什么香味。

她自己从来没有察觉到过。

于是，林清野笑笑，手指刮了刮她的脸，玩味调侃："体香。"

再醒来是被电话吵醒的。

卧室里窗帘紧闭，昏暗一片，他皱着眉坐起来，捞起手机看了眼，是林冠承打来的。

昨晚喝得多了，这会儿喉咙难受，他划开通话键，暂时没应声，拿起床头的杯子灌下一大口凉水。

林冠承："喂？"

"嗯，怎么了？"

"毕业了，中午一块儿去吃个饭吧，你叔叔伯伯他们都来。"林冠承说。

"在哪儿？"

"我一会儿把地址发给你，就几个亲戚，毕业了总归是要一块儿吃顿饭的。"

他毕业，吃饭倒是最后才通知他，可真够行的。

林清野嘲讽地翘了下嘴角，平淡应了声。

林冠承早年做地产生意发家，后来拓展生意版图，如今已经是堰城响当当的人物。

林清野按着林冠承给他发来的地址过去，到了才发现哪里只是他口中的"几个亲戚"，两侧宴会厅，满满当当坐满了人。

也不知是怎么想的。

生意人的面子，毕业都得兴办一场。

林冠承也是怕了这个儿子的性格，一见他攒眉就说："你先去那个厅，都是亲戚，这边不用管，就是请大家一块儿庆祝一下。"

林清野侧头看过去，宴会厅厅门敞着，正好能看见站在中间正笑着跟人聊天的女人。

傅雪茗一席黑色浅V裙，妆容精致，耳垂坠着副价值不菲的钻石耳坠，隐于黑发之中，气质温婉大方。

林冠承拍拍他的肩膀："你妈妈也来了，别跟她吵。"

林清野没回答，径直走了进去。

"哟，清野来啦，我们这可就缺你这个主角了。"他一个叔叔说。

有人跟傅雪茗夸道："你儿子遗传了你和冠承的优点，长得可真是一表人才，学校里肯定有很多女生喜欢。"

傅雪茗脸上笑容有些僵硬，没说什么。

"对了，老顾，你儿子和清野是不是同龄啊？"

被叫到的老顾说："从望小一岁，他还在读大三呢，成绩没清野好，能去平大，留学镀金去了，前段时间刚刚考完试，这不才回国嘛。"

"出国好啊，见识广。"

老顾摆摆手，谦虚道："也就那样吧，反正锻炼锻炼外语也好。"

林清野这才注意到一侧角落沙发里还坐了个人，就是那人口中"老顾"的儿子，正大刺刺跷着腿打游戏。

很快就入席吃饭。

林清野和顾从望年纪相近，被长辈们推着并排坐下，还美其名曰"有共同话题"。

顾从望在游戏中忙里偷闲，抬头看了眼林清野，又重新低下头继续看屏幕，他戴了耳机，跟队友骂道："你是去送人头的吗？"

长辈们也跟着入座，闲聊不停，旁边这人玩游戏还一直发出噪音。

林清野皱眉，抬手捏了捏鼻梁。

刚进这房间五分钟，他就已经觉得无聊了。

今天的主角是林清野，话题自然也始终围绕着他。

后来也不知是谁提了一句："我听说清野要参加个唱歌节目了是吧？"

这话是对着傅雪茗说的，只不过傅雪茗并未接茬。

这边都是亲朋好友，自然也多少了解林家这对母子不睦的事，只是没想到傅雪茗会表现得这么明显。

她不接话，那人只好又讪笑着看向林清野。

林清野淡淡"嗯"了声。

"挺好挺好，就应该术业有专攻，你之前不是还获过一个很厉害的奖嘛，而且这明星工资特高吧，说不定以后可比你爸厉害。"那人还冲林清野竖了个大拇指。

林清野说："随便玩玩的。"

"你太谦虚了。"

林清野没再回话。

顾父看着顾从望那样就气不打一处来，朝他背上拍了一巴掌，训斥道："我是让你来吃饭的还是来玩游戏的？"

"我都说了我不想来，你偏要我来的。"顾从望说。

顾父吹胡子瞪眼，劈手就要抢他手机，被顾从望堪堪躲了过去："干吗啊，你总得让我把这局玩完好吧。"

"你就不能先暂停吗？"

顾从望笑出声："爸，现在哪还有游戏能暂停的啊。"

其他人劝道："从望肯来就挺乖的嘞，过年那会儿我让我儿子去拜年怎么说都使不动的。"

顾父很嫌弃："得了吧，你当他就能唤得动了？"

顾从望游戏水平还是很不错的，基本属于大腿级别，一路带队友起飞。

到决赛圈，他队伍里只剩下两个人，另一个一路补血苟着才成功活到决赛圈。

这时，游戏页面上方弹出个微信提示框。

【阿喃：你晚上有空吗？】

顾从望操控 98K 的手一顿，然后通知队友："哎，我卡了我卡了，退一下。"

林清野扫过去一眼，便见他游戏画面流畅清晰，而后他不顾队友的怒吼直接退了游戏，点开微信。

林清野眯了下眼，眉目微敛。

给顾从望发信息的那个头像很眼熟。

像许知喃的头像。

而后,他看到备注:阿喃。

还真是巧。

他手机里这头像的那位备注也是"阿喃"。

【顾从望:我全天有空,怎么了?】

【阿喃:你昨天不是来我家帮忙了嘛,我妈妈让我请你吃个饭。】

【顾从望:还是阿姨考虑周到,是该请吃个饭,请我去哪儿吃啊?】

【阿喃:我下午就要回学校了,去我们食堂请你?】

顾从望啧了声。

【顾从望:没良心,我还以为你要请我吃大餐。】

【阿喃:我们食堂很好吃的,不然你想去哪里,你来定。】

顾从望没再打字,摘了耳机,直接给她发了个语音:"你现在方便吗,我给你打电话。"

他发完,又自己听了遍。

从手机里发出来的声音和自己本身的声音是有略微不同的。

这回林清野倒是听出来了。

这个声音,他以前也听到过。

近代史考完那天,他把许知喃拉进隔壁教室时,有个电话一个劲儿地打过来,里头那个男声,正是顾从望。

当时林清野还直接挂了他那通电话。

许知喃大概是答应了,顾从望起身要往外走,又被顾父叫住:"又干吗去啊?"

"有事,跟我朋友打个电话。"

林清野嗤笑一声,表情不屑。

就这还"朋友"。

他打开自己手机通讯录,许知喃就在最上面。

倒不是置顶,而是备注"阿喃",A开头。

他抢在顾从望之前拨过去。

铃声响了十几秒,而后一个冰冷的机械女声响起:"您所拨打的电话正在通话中。"

许知喃把他电话挂了。

林清野面无表情地摁灭手机,身上浸染风雨欲来的气场,而后他直接站起身,往外走。

"你干什么去？"始终没怎么说话的傅雪茗忽然开口。

林清野回头，视线低垂，五官轮廓显得越发锋利："你管呢。"

傅雪茗声调立马扬起来："你这是什么态度！"

"你什么态度我就什么态度。"林清野说完，直接提步往外走。

宴会厅厅门关上之际，他听到周围那些人正安抚劝解着傅雪茗，以及傅雪茗口中厉声蹦出来的——祸害、浑蛋一类的词。

刚出去走了没几步，他就看到一旁倚着墙站着的顾从望，正在打电话，满脸笑。

林清野觉得可笑，脚步不停，淡嘲一声。

那点嗤笑被顾从望捕捉到，他侧头看过去。林清野倒没再分给他半个眼神，直接走了，很快背影就消失到转弯口。

许知喃注意到他好久没回话，还以为是手机信号不好，又"喂"了一声。

"嗯。"顾从望收回视线，"没什么，就是碰到个莫名其妙的人。"

林清野昨晚没有睡好，回到家后就直接把手机关机，躺到床上。

这回倒是很快就睡着了，还做了个梦。

梦见了第一次见到许知喃的时候。

不是在酒吧，也不是跟秦棠在奶茶店外看到的那次。

而是更早。

他和傅雪茗大吵一架，从家摔门而出。

那时他还没有获奖，组乐队只为了玩，更没有收入，他不愿意向林冠承要钱搬出去住，从林家主宅出来后连个可栖身之地都没有。

冬日，夜风呼啸而过，干燥的冷风顺着脚踝往上蹿，凉气刺骨。

他出来得急，连外套都没穿，风勾勒出高瘦的身形。

步行街最尾端有一家便利店，外面路灯坏了好几盏，暗沉沉的，他长腿一迈，在便利店外的木头长椅上大剌剌坐下来。

许知喃便是在这时候出现的。

旁边还有个同伴，两人都穿着冬装校服，灰蓝色，明明是很不显眼的灰败颜色，可他还是一眼就看到了她。

原本就白皙的肤色被冷风吹得更白，浑身上下都裹得很严实，毛茸茸的雪地靴踩在未化的雪地上吱嘎吱嘎响，半个下巴也被包进围巾里。

"小景，这都到哪儿了呀？"许知喃挽着她旁边那女生的手臂，声音压得很轻，"太黑了。"

"应该就是在这儿啊，怎么不见了呢？"

两人也不知道是在找什么，微微弯着腰，沿街走过来。

忽然，从一旁草丛里发出细微的猫叫声，黏黏糊糊的，不留心听甚至都听不清。

少女神色一亮，小跑过去，在花坛前蹲下来，伸长手臂身子向前倾，费了好大劲才将那只小奶猫抱出来。

黑黄两色的小土猫,还很小,窄窄一张脸。

对人来说,大多偏爱瓜子脸,可对猫却相反,甚至连价格都得比那些大脸盘便宜些。

这只猫长得并不讨巧。

可少女抱着它,眼睛都亮了,像是坠着璀璨银河。

他坐在漆黑处,冷眼旁观,便见她从校服口袋里费劲地扒拉出一包东西,拿塑料袋裹着,摊开后,是一把猫粮。

"这么小的猫咪,能不能吃干猫粮啊?"同伴在一旁手撑着膝盖问。

许知喃一顿,又从包里拿出个浅粉色的保温杯,往猫粮里倒了些水,大冬天,热水氤氲出大片雾气。

等猫粮泡软后,她才给小奶猫吃。

"阿喃,它好可怜啊,这么冷的天,要不我们养吧?"同伴说。

许知喃摇摇头:"我不行,我妈妈对动物毛过敏的,不能养。"

"这样啊……那我给我妈妈打个电话,问问她能不能养。"

同伴说完,拿出手机走到一侧给妈妈打电话去了。

许知喃依旧蹲在原地,她把手套摘了,轻轻摸了摸猫咪的毛,不是很软,还有些扎手。

野猫都有些烈性,发出些呼噜声,紧接着就伸着爪子抓人。

许知喃吓了一跳,迅速收回手,没被抓到。

她心有余悸,立马又戴上了手套,然后才鼓了鼓腮帮,缓缓吐出一口气。

旁边传来轻笑声。

她侧头看过去,因为路灯坏了,看不真切,只能看到对面不远处的长椅上坐了个人,风把他头发吹得乱糟糟。

许知喃看不清他的脸,也分辨不出来他的年纪。

只不过他身上只有一件薄薄的单衣,像个流浪汉,脊背却挺得笔直,像隆起的青峰。

她眯了眯眼,想看清,可惜失败了。

尽管看身形不像流浪汉,为了以防万一,她冲着那边轻声问:"那个……你冷不冷?"

少女声音轻柔,像阵春天的风。

他没动也没开口,却因为她的声音,重重咬了下嘴唇。

许知喃见他不出声,莫名有些害怕了,周围还是黑漆漆的环境,她抱上猫,不再久留,往回走。

正好同伴也打完电话了,说是她妈妈同意养了,从许知喃怀里接过猫咪。

"你刚才跟谁说话呢?"

091

"那边坐了个人。"许知喃又回头看了眼,"好可怜。"

她正走到一盏亮着的路灯下,月亮就悬在她头顶,可她眼睛清凌凌的,比月光还要干净。

像是无声地在他们之间落下一道分界线,他这儿漆黑肮脏又混乱,而她那儿干净澄澈。

她高高在上,普度众生一般,对着他丢下三个字——好可怜。

他笑了声,声音讽刺又不屑。

后来,林清野又遇到过许知喃几次。那晚他就看到了她校服胸口的"堰城一中"字样,知道她在一中读书,因此也不确定这些遇见到底是偶然还是自己的处心积虑。

他没有靠近,永远远远地瞧着。

倒也算不上跟踪,完全是旁观者的态度。

她始终笑着,跟身边的朋友说话也细声慢气,好像生活没有一丝阴影。

他是个矛盾体,一面倨傲顽劣,对她那声充满同情的"好可怜"耿耿于怀,看到她身上那点潜藏于底的傲气就忍不住皱眉,想要打碎。一面又像个泥沼黑暗中的野兽,从洞穴深处窥视她,一见光就缩回去。

再后来,他看到她身边又出现了一个男生。

他们俩关系似乎非常好。

许知喃冲男生笑时似乎也更加好看。

在那天之后的夜晚,林清野做了一个梦,他和身上那人肌肤相贴,体温相煨,他看到了雪夜那天看到的那张脸,她那说出"好可怜"三个字的粉唇也柔软饱满。

可也同样是这张漂亮的唇,冲着别人笑。

他俯身在她侧颈重重咬下去,尝到血腥味。

然后,他惊醒过来。

林清野躺在床上,胸腔起伏,呼吸粗重,回想起白天许知喃冲那个男生笑起来的样子,眉眼柔和,眼眸中都浸着满满的笑意。

他一边不屑一顾,一边却又嫉妒得发狂。

就像她只是细声细语地说了一句"好可怜",他却被她眼底的光芒灼伤,第一次产生征服欲,也是第一次明确产生某种难以启齿的冲动。

那晚,他再也睡不着觉,于是写下了《刺槐》的歌词。

在我和世界之间
你是鸿沟,是池沼
是正在下陷的深渊
你是栅栏,是墙垣

是盾牌上永久的图案

你是少女
我是葡匋的五脚怪物
暗夜交错中春光乍泄
你拿起枪,我成为你的祭献
……

歌词中的少女成为林清野的一个秘密。

可少女太漂亮了,秦棠也发现了,跟他说要追求她。

林清野不屑,面不改色地轻蔑道:"那你追。"

再后来,秦棠失望放弃,许知喃结束高中生活,同样进了平川大学。

那晚,他在酒吧再次见到了她。她跟新认识的朋友们一起,男生女生都有。他冷眼旁观,秦棠在他耳边叽叽喳喳地吵,他都没怎么听清。

许知喃显然是头一回来这种地方,不擅长喝酒,几杯下肚,脸已经红了。

林清野注意到她去了卫生间,他不紧不慢地跟上,点了一支烟,靠墙站着。

近来他已经许久没有做关于许知喃的梦了,对他而言是件好事。

只不过今晚看到她红着脸颊醉酒的模样,他一想就觉得头疼,怕又是个难眠夜。

他弹了弹烟灰,混着酒吧鼓噪的乐点,听到一个男人的声音,语言粗俗,他寻声看去,还看到了男人对面的许知喃。

他夹烟的手略微一停顿,提步走去。

"喂。"他声音轻描淡写,当真只像是路过。

男人皱眉看他:"怎么了?"

"她是我的人。"林清野说。

他那个散漫态度让人一听就不会相信他的话,可男人知道他是酒吧乐队主唱,不敢惹事,悻悻走了。

没人知道他是处心积虑,只把这当作老套又无趣的英雄救美。

林清野站在原地,看了许知喃一会儿,然后上前握住她手臂,平静地问:"还能走吗?"

她仰头看他,目光不太清明。

林清野同她对视着,喉结利落滑动,任由欲望发展:"想不想跟我回去?"

这种欲望将他吞噬,这么多年来,他像穴居黑暗洞穴的野兽,无数次想把她叼入洞穴中,想要把明媚美好的她拉入地狱。

可她却明媚又不可攀,直到多年后的现在。

他的时机终于到了。

第二天一早,她那张说他"好可怜"的唇瓣,总是对人笑的唇瓣,他又恨又爱的唇瓣,因为无措和哭腔微微颤抖着,眼眶通红地对他说:"对不起,我会对你负责的。"

林清野那颗心脏被重重攥住,剧烈跳动,他在心里狂笑。

可事实上,他的确大笑出声,赤着上身靠在墙沿,笑得胸腔震动,烟头续着的一段烟灰也在抖动中坠下来,飘散开。

他看着她轻慢道:"行,记得对我负责。"

林清野对许知喃的情愫暗自生长,发展到畸形扭曲,可从来没有人告诉他如何真心待人。

他一直以为,他对许知喃只是纯粹的欲望。

甚至更多时候,他以为他对许知喃的感情,更像是一场跟自己的博弈。

在傅雪茗跟他争吵之后大喊着让他滚出去,他的母亲将各种恶毒的话用在他身上,少年人那点岌岌可危的自尊心又被许知喃无心的"好可怜"彻底碾碎。

他生了执念,再也忘不了她说出这三个字时的表情。

柔软的,温顺的,可也是带着同情、高高在上的,像是施舍一般。

他想把她从那阳光明媚的高处拽下来,可当那天她眼圈泛红,把水泼到他脸上时,她又变回了从前高高在上的样子,走得毫不留恋。

林清野醒来时,已是晚上八点。

早上是睡不够头疼,这会儿却是睡太多头疼。

他起床洗了把冷水脸。

水珠顺着脸颊往下,滴落在地毯上。

他恍然又想起前几天晚上遇到的那个老婆婆说的,你心魔太重,不利己,不利人,以及她那个"只需五百就可了断心事"的粉包。

要除心魔,粉包没用,只有许知喃管用。

最后,许知喃还是在学校食堂请顾从望吃了一顿晚饭。

平川大学的食堂响当当,许知喃带他去了评价最好的那个食堂,不是大锅饭,可以自己点餐,座位都是沙发,跟餐厅差不多。

她们平时有什么小组课题需要讨论就会来这个食堂。

吃完饭后,许知喃把他送到学校南门口,看他上车道了别才离开。

刚转身准备回宿舍,赵茜和姜月不知道从哪儿冒出来,笑得一脸暧昧,跑过来,也不说话,笑容荡漾地撞了撞许知喃的肩膀。

可能已经偷偷跟踪他俩一路了。

许知喃一看她俩表情就了然她们在想什么,顿时失笑,解释道:"不是你们想的那样。"

赵茜在她肩膀上一拍:"快说!老实交代!那个帅哥是谁啊?"

"我朋友,从小认识的。"

姜月睁大眼:"还是青梅竹马!"

赵茜笑嘻嘻地说:"还挺帅的哎!入股不亏!"

"真不是,人家平时都在国外的,我今天只是跟他吃了顿饭,你们别多想啦,我之前可能也跟你们提起过他吧。"

可惜那两人摆明了不信。

要知道许知喃这么多年来,不知道有多少男生喜欢她,可惜这人就是油盐不进,自带屏障,异性都近不了身的。

这回是难得一见的场面。

两人一边暧昧着调侃许知喃,一边一块儿往回走。

到分岔路口,姜月跟她们分道扬镳去了图书馆,许知喃和赵茜一块儿回宿舍。

刚才和顾从望吃饭边吃边聊,花了不少时间,这会儿天都已经暗了。

正值期末周,大家都很忙碌,这会儿路上已经安静下来了,人不多。

赵茜调侃了一路,许知喃到最后都不知道该做何解释,索性就闭嘴了。

"阿喃。"身侧一道清冷的声音响起。

许知喃在听到这个声音的同时脚步一滞,心跳停了一秒,侧头看去。

林清野坐在花坛台阶边,白衣黑裤,指间夹了支烟,眉目疏散开,不再像平时那般凛冽。

他坐着,她站着。

他抬头仰视着她。

赵茜前一秒还在为出现在许知喃身边的那个帅哥而激动,下一秒就看到了平大的传奇林清野,看样子还认识她身边这个传奇。

而且叫的还是——

阿喃!

这是什么世界奇观!

赵茜都惊了,可看看许知喃那表情似乎对此没怎么吃惊。

林清野尾音带着鼻音,用他好听的声音说出来沙哑又温柔:"阿喃。"

他又叫了一声她的名字,笑得有些妥协:"你跟了我吧。"

不光是赵茜,许知喃也因为林清野这句话而愣住了。

他们之间,在那荒唐的一晚后,许知喃又荒唐地说出了会对他负责的话,之后便加上了联系方式。

偶尔联系,后来渐渐熟络些。

关系开始得奇怪,发展得也奇怪,似乎从来没有个将关系明确定下来的

095

时候。

许知喃垂眸看着坐在台阶上的林清野，问："什么意思？"

"跟我在一起。"他答得很干脆。

许知喃轻笑一声，也回答得干脆："不要。"

赵茜全程是蒙的，甚至怀疑自己已经听不懂中文了，还没反应过来，许知喃就直接拉着她走了。

这种一脸蒙的状态一直持续到许知喃开锁走进宿舍。

"不是。"赵茜怔怔问，"刚才那个是林清野吗？"

"他在跟你告白吗？不是，为什么啊，他怎么突然跟你告白啊？"赵茜越想越蒙，"而且他为什么叫你阿喃啊？"

许知喃还没做好准备该怎么把这件事告诉赵茜，就被林清野一击打破，一时不知道如何开口。

赵茜看着她的表情，忽然福至心灵。

想到了那天晚上她给许知喃打电话被人接听的那个男声，她当时就和姜月说声音好听，现在想来似乎真和林清野的声音很像，却从来没往林清野身上想过。

这谁想得到？

最乖的室友大晚上不回宿舍，打她电话却是林清野接的，还说她已经睡了。

那么……

赵茜深吸一口气："阿喃，你不会已经把林清野给睡了吧！"

许知喃心下一急，去捂她的嘴："你小声点呀！"

赵茜掐了自己一把，又"嗷"一声，自己不是在做梦。

"你也太牛了吧，你居然都没跟我讲过！太不够意思了吧！"

"不是你想的那样。"

事到如今，许知喃也不好再瞒。

何况现在她已经决心跟林清野分开，没了从前的顾虑，只是说出口时还是觉得难堪。

那段时间，她真是魔怔了一般。

许知喃只大概跟赵茜讲了两人认识的过程，赵茜这才隐约想起来，大一的时候许知喃的确有一晚没有回来。

只不过那时她们刚刚认识，她也没有多管闲事。

赵茜问："那你们现在……"

许知喃没说话，只摇了摇头，过了好一会儿，才说："你们说得对，真正喜欢上林清野的女生挺惨的，所以我不打算再喜欢他了，已经跟他分开了。"

赵茜眨眨眼，想起这是之前和姜月闲聊时随口说的。

没想到当时她们无心的一句话,放到许知喃耳朵里却又别有一番深意了。

赵茜难以置信地问:"你跟他提的分手?"

"是分开。"许知喃纠正。

他们那样的关系,用分手不合适。

赵茜不觉得这两者有什么区别,直接竖了个大拇指:"太厉害了阿喃!你一定是唯一一个能把林清野甩了的女生!"

许知喃一怔。

她原先还有些担心赵茜会因为自己的隐瞒而不高兴,现在被对方这热热闹闹的性子一通搅和,竟然也松了口气。

等全部解释完,赵茜也有几分唏嘘,摸摸她的背,问:"那你现在打算怎么办?"

"什么?"

"林清野不是在跟你求复合吗!"她一拍桌子。

许知喃顿了顿,想起林清野刚才那个样子。

他孤零零坐在台阶上,褪去那些掌声尖叫和鲜花,白衣黑裤,像个干干净净的少年,模样还有几分说不上来的……落魄。

阿喃,你跟了我吧。

许知喃垂了垂眼,轻轻舒出一口气。

他太知道怎么让别人喜欢上他了。

"我不会再那样了。"她语气轻软,像是认错悔改。

"有骨气!"赵茜也不知怎么,虽不了解其中详情就被带得义愤填膺,"论坛里大家之前不是还说呢,你俩要是在一起的话,跟天使和恶魔似的,你可不能便宜了恶魔,你得和王子一起。"她随即话锋一转,"你那个青梅竹马就不错!"

阮圆圆最近都没有回宿舍住,到晚上十点姜月从图书馆回来也知晓了这事,反应跟赵茜一样。

对这件事难以相信,甚至想接受但不知道该从哪儿下手。

太不可思议了。

第二天一早,姜月最先起床,出门去图书馆学习。

许知喃也已经醒了,明天就是期末周最后一门考试了,她慢吞吞地爬起来,伸了个懒腰,正要爬下床,手机忽然迅速振动了好几下。

姜月给她发来了一连串的微信。

【姜月:阿喃!!!】

【姜月:我刚才下楼好像在宿舍楼下看到林清野了!就坐在花坛边!】

【姜月:不会是在等你吧?】

【姜月:应该就是林清野!我听到我旁边走过的女生也在说了!】

097

过了两秒，姜月又发过来一张照片。

林清野依旧穿着昨天那身衣服，手撑着脑袋坐在台阶之上。

许知喃愣了愣，这是昨天都没有回去吗，连衣服都没换。

她也不再去想林清野这个点还会在那儿是为了什么，逼自己清醒地去看待这件事。

他放在她这儿的那件 T 恤在家里洗完后又被她带回了学校，她坐在床上，盯着靠墙角落里她那只行李箱。

许知喃下床，轻手轻脚地从行李箱拿出他那件衣服，换掉睡衣后便下楼。

这会儿还很早。

宿舍园区内安安静静，校园里人也不多。

只不过林清野如今没戴口罩没戴帽子，坐在那儿，依旧引起了早起去图书馆的零星几位同学的关注。

晨起的霞光是粉黄色的。

她一刷卡走出园区就看见了对面坐着的林清野，朝霞将他的倒影拉得狭长。

少年眼皮耷拉着，眉间微皱，五官很冷，看上去有些不耐烦和不近人情。

许知喃深吸了口气，抱着那件衣服在周围几人的注视下走到他面前。

林清野在这儿坐了一个晚上没睡觉，阳光明晃晃地照在他眼皮上，睁不开眼。

直到他余光里出现了一双鞋子，很干净的白色板鞋，瘦削的脚踝边缘露出个短袜边儿，再往上是笔直白皙的两条腿。

林清野认出来这是许知喃的腿，很漂亮。

于是，他喉结滑动了下，视线继续往上移，然后视线一白。

许知喃把白 T 恤丢进了他怀里："上回借你的衣服，我已经洗好了。"

他扯了下嘴角，说了声"谢谢"。

许知喃没多留，转身就准备离开，却在转身之际被他握住了手腕。

他们俩本就在平川大学出了名，站在一起就更加吸睛，许知喃立即把手往回缩想甩开他。

奈何两人力量差距悬殊，她使劲往后退，林清野只是往自己这儿轻轻一拉，她就脚下不稳，直直朝他跌过去。

她手臂扶在他肩膀上，出来得急，头发也没绑，发梢轻轻扫过他侧脸。

近距离下，两人四目相对。

林清野没扶许知喃，甚至还顺势将双手撑在身后，远远看去倒像是许知喃主动投怀送抱。

在这个距离下，许知喃发现他的单眼皮也变成了双眼皮，浅浅一条褶，大概是太久没睡的关系。

他平时的眼睛自带冷感，就这么看着都能显出距离感，而这会儿却又有了些桃花眼的感觉。

然后，他眼尾往下坠了坠，显出笑意："没事吧？"

虽然说的是没事吧，可偏偏语气又坏极了。

许知喃迅速推开他站起来，用力大了，他人往后倒，手撑在花坛泥土上，弄脏了。

他随意地掸了掸手心，语气总算认真了些："你要跟我生气到什么时候？"

"我不是在跟你生气。"小姑娘很平静，声音平稳，目光一寸不避地看着他，"我以后不会再对你抱任何幻想了。"

相较之下，林清野一夜没睡，头发也被风吹得有些凌乱，他坐着仰视她，更显狼狈。

他拉着她的手没放，似乎丝毫不在乎周围看过来的视线。

许知喃静了静，还是问出那个问题："大一我在酒吧第一次遇到你的那个晚上，你是不是故意的。"

他很坦诚："是。"

许知喃心往下沉："林清野，你果然是个浑蛋。"

"阿喃，你给我文个身吧。"他忽然说，语气轻松，"之前答应你的，在背上文个你的名字。"

许知喃如今面对他时刻保持警惕，不想再掉进他的陷阱里。

她皱起眉："我不会原谅你的。"

"那就不原谅我。"

他站起身，比她高一个头，在阳光映照下，他瞳孔的颜色呈淡琥珀色，面孔虚化，看不清情绪。

"你是平川之光，骗了你，总得付出点代价。"林清野说。

许知喃安静片刻，点点头："好。"

许知喃带着林清野去了自己的刺青店。

他们这关系纠缠了这么久，可真论起来，这却是林清野第一次真正踏进这家店。

许知喃完全公事公办，走到架子边，戴上口罩和消毒手套。

她拿上文身机，指了下工作台："你坐到那边去吧，上衣脱了。"

林清野低笑一声，手臂往上抬，交叠着将衣服剥下来。

许知喃指尖一顿，用力抿了抿唇，想起上回在他工作室的场景，那时候她连看他一眼都觉得脸红心跳，喜欢得不行。

连她自己都从来没想过她会这样喜欢一个人。

看着他在台上光芒万丈的模样，写词时散漫又轻松的样子，就觉得当这样的人真正喜欢上一个女生时会是什么样子。

所以即便明知自己和他不属于一个世界，她也舍不得放手。
可伤过心后，也就不再抱这些虚妄的幻想了。
以后的林清野，如所有人希冀的那样，在歌坛混得风生水起，可不管怎样，都不会再和她有关系了。

许知喃吸了吸鼻子，在林清野身后坐下来。
他的背的确很好看，线条流畅紧实，肩胛骨起伏，脊柱线凹陷，腰线从侧面就能看到延伸开来的腹肌线条。
"你想文在哪个位置？"许知喃问。
"你挑。"
"既然是付出代价。"许知喃用食指指了下他右侧肩胛骨的位置，"那文这儿吧，这里比较疼。"
听完她那句话，林清野一顿，随即笑了，笑声低哑，从嗓子底荡漾开来，若不是他们现在的关系，甚至还能从中听出些纵容意味来。
"行。"林清野由着她。
许知喃打开文身机，发出嗡嗡线圈快速转动的声音。
林清野忽然又说了句话，许知喃没听清，关了文身机问："什么？"
"不文'许知喃'。"
"那文什么？"
"阿喃。"林清野淡淡说，"我喜欢这么叫你。"
许知喃觉得这人实在是太讨厌了，总是一副云淡风轻的样子说这样的话，当初也是。
她也不跟他争，顺势点头，问："好，还有其他要求吗？"
"没了，你看着弄。"
林清野清楚许知喃作为一个刺青师水平不错，这家店虽小，但口碑很好。
许知喃重新打开文身机，这种类型的文身她做过很多次。
这边是大学城，有许多学生情侣会把文身当作一件很浪漫的事，有的会互相把对方名字文在身上，或者是一串有纪念意义的日期，再或者是一人各一半的字符。
文身除了需要美术功底外，还需要书法功底。
她从前刚开始练习的时候甚至还买了各种名家字帖，行书楷书草书都有，一遍遍地临摹练习。
林清野这样的个性，不适合规矩板正的楷书，而草书光这两个字在背上会显得凌乱。
许知喃最后确定下来用米芾行书字体的"阿喃"。
确定后文身就很简单了，许知喃在心里构好图，靠近，手抵着林清野肩胛骨的位置,带黑色墨水的针头一下下扎进皮肤。

肩胛位置皮肤薄,又靠近骨头,尤其第二个"喃"字,笔画多,还正好在那凸起的肩胛骨之上。

每一下落针都带来刺痛。

林清野起初还面不改色,到后来咬牙才没吭声,下颚线条都绷紧,想起之前许知喃和他说过的,每个人对刺青的痛觉反应都不一样。

刺青过程两人都没有说话,房间内安静一片。

许知喃手法娴熟,摒弃杂念后下手也很快,很快就在他背上文下"阿喃"两个字。

行书,黑色,轮廓清晰线条流畅,周围一圈皮肤这会儿还在泛红,在他冷白肤色下,异常显眼。

许知喃拿纸巾擦掉刺青处渗出的血水,丢到垃圾桶里,贴上保护膜,站起来:"好了。"

林清野方才维持着一个姿势许久没动,这会儿一动就带动背上的刺青,他"嘶"一声,缓缓攒起眉。

许知喃将手套也丢进垃圾桶,抬眸看了他一眼,却发现他眼眶泛红,眼底一圈颜色鲜明,像是哭了。

刚才却一声没吭,估计是憋出来的。

许知喃重新垂下头:"洗澡时文身部位不要用沐浴露,愈合期忌酒忌辛辣,另外,那个位置皮肤太薄,后面一两天可能会有血丝渗出,都是正常的,减少用手触摸伤口。"

林清野穿上方才许知喃丢给他的那件干净短袖。

上面还有股和他其他衣服不同的独特洗衣液的香味。

林清野长这么大也不是没受伤过,从前自我感觉对痛觉反应并不鲜明,这回却是出乎意料地疼。

大概是许知喃挑的这地儿好。

如她所说——这里比较疼。

林清野侧了侧头,按着肩膀站起来,走到许知喃面前,拿出手机:"多少钱?"

"不用。"许知喃摇头,将设备消毒整理,平静道,"以后我们就没有关系了,你去走你的阳关道,我过我自己的生活。"

林清野扬了下眉,片刻没说话,而后上前一步,靠近她:"你可以啊。"

他声音带笑意,但压得很低,听着又坏又痞,吊儿郎当。

"下手这么狠,扭头就跟我说这种话。"

他那一步跨得大,鞋尖都抵到了许知喃的鞋尖,几乎挨到一起。

许知喃条件反射地后退一步,后背撞在架子上,晃了下,一个纸巾盒掉在脚边。

她空咽了下，胸腔微微起伏着，而后抬起头，一字一顿道："林清野，你也该痛的。"

阳光洒进来，照亮她那双澄澈的瞳孔。

林清野在她那句话中，渐渐站直了。

明天就是最后一门的期末考试科目，许知喃原本就没有预约任何顾客，看着林清野走后独自待了会儿，平复心情后便重新锁上门回了学校。

上午，她和林清野在宿舍外那一场不可能不引起议论。

赵茜一起床就看到学校论坛的新帖子，如今她已经是知情人士了，一见许知喃回宿舍就立马将链接转发给她。

论坛里还有好多偷拍的照片，正是林清野坐在台阶上，而许知喃站在他面前，以及后面林清野抓着她手腕的也有。

大概是连拍，好几张照片，几乎能直接连成一段视频。

《震惊！！平大两位神仙再同框！林清野一大早就在宿舍楼下等许知喃！！！》

【他们真的有关系吗？】

【之前不是还有个帖子问有没有林清野和许知喃的合照吗？怎么突然就到这个进度了？】

【突然网卡，我2G？？？】

【楼主别走啊，怎么能放图就走，到底怎么一回事啊？】

……

【楼主吃了个饭，回来发现这么多人，惊了。】

【其实这两位神仙到底在说什么我也没听清（林清野气场太足，不太敢靠近……），反正就是平川之光把一件衣服丢到了林清野身上，然后转身要走的时候被林大佬抓住了手腕，然后林大佬用力拽了一下，平川之光就差点摔进他怀里（啊啊啊啊啊啊啊我真的少女心爆炸！！！大家脑补一下！那样子的脸，真实·偶像剧在我面前出现）。】

【反正全程就是平川之光冷着一张脸，超级冷酷！然后……我觉得林清野笑得有点宠溺……】

【后来林清野不知道说了什么，平川之光就跟他一块儿走了。听我一个朋友说好像看到他俩去了许知喃的那家刺青店。】

【孤男寡女的！去干什么！！！】

【不好意思，听楼主的这个描述两个人不仅认识，而且似乎还有纠葛……】

【听楼上这么一说，我突然想起来之前毕业晚会讨论过的那事儿，不会许知喃就是林清野的前女友，然后那个水就是她泼的吧？】

【细思极恐！！！】

【头皮发麻！！！！！】

【有一说一，舍得往林清野脸上泼水的只有平川之光了吧，看看这些照片！居然都不带笑的！！像我这种一看见帅哥就露二十颗牙的是没希望了。】

因为没有听到他们具体说了些什么，只能是猜测，最后也没说出个所以然。

而《我为歌来》第一期就要播出，前期预热将林清野这些年平静下去的粉丝再次预热一通，学校论坛也成了粉丝物料来源地之一。

很快，那个帖子就被搬去了粉丝超话。

只不过粉圈比学校论坛有规矩得多，这种没有实锤的绯闻很快就被粉丝有序制止删除，并没有引起多大的水花。

翌日，考完最后一门科目。

许知喃和赵茜、姜月一块儿回宿舍。

姜月家住北方，暑假打算留校学习，而赵茜早早就买好了车票，下午就走，而许知喃也向学校申请了留宿。

到暑期她就会经常待在刺青店，她也要参加先前报名的那个刺青设计大赛，她家距离比较远，偶尔时间晚了便直接睡宿舍会比较方便。

"总算是放假了！"赵茜兴奋得走路都带着蹦，"这些天背书背得我头昏脑涨，都快死了。"

姜月笑问："看你这样应该考得很不错啊。"

赵茜摆摆手："我这水平连是不是不错都确定不了，好多瞎写的，反正不管怎样我也放假了！补考那也是下学期的事儿了！"

许知喃："还有平时分呢，你背了这么久，肯定能过的啦。"

姜月也鼓励道："对啊对啊，你看林清野一学期都没来上课，近代史也……"她话说一半，忽然意识到不对。

以前提及林清野只当是八卦，现如今可不一样了。

姜月话头一停，看了眼许知喃，闭嘴了。

许知喃摇摇头，没放在心上："没事，你们就跟以前一样，想说什么就说什么好了。"

昨天在刺青店，她跟林清野说完最后一句话，他看着她，然后退了一步，气息不再压制她。

他点点头，笑了一下，说了个"行"，便转身离开。

直到昨天晚上，许知喃躺在床上，回想起这件事时，还觉得白天发生的事跟做梦似的。

她居然真的在林清野背上文上了自己的名字。

只是，他从前没把她放到心上，那就如他所说的那样刻进骨血吧。

如果他已经有了想要放到心上的女孩儿，再把文身洗掉也不迟。

赵茜最先走进宿舍，抬眼一看就被吓得骂了句脏话。

宿舍地上乱糟糟一片，书本铅笔还有玻璃碎片，散落一地。

"怎么回事啊？"姜月从她身后探出脑袋，一看也愣住了，"这是进贼了还是什么？我去问问宿管阿姨。"

赵茜拉住她："没进贼。"

宿舍里只有一张书桌上的东西被丢到了地上，其他的都好端端地摆着，怎么可能是进贼了。

地上的东西都是许知喃的。

姜月看了会儿，很快就明白过来是谁干的。

阮圆圆之前在大四毕业晚会上向林清野告白出了那样的糗，现如今大概是看到了论坛上关于许知喃和林清野关系的讨论。再联想起之前她要告白的事许知喃都是知情的，所以才一气之下干了这种事。

赵茜也反应过来了："阮圆圆有病吧？学校是她家开的啊？想干什么就干什么？"

姜月帮着将地上的书和纸张都捡起来，附和道："就是啊，平时还跟阿喃说说笑笑的，突然就这样了。"

许知喃垂着视线，拿来扫帚将地上破碎的玻璃杯碎片扫进去："我也有不对。"

赵茜快气昏了，不允许她这么说，立马回道："你有什么不对的！"

许知喃将玻璃碴儿倒进垃圾桶，拎出垃圾袋后又在外面又套了一个，依旧细声慢气的："我明知道林清野不会答应她的告白，却从来没有劝过她，最后她赶过来，我还告诉了她林清野在哪里，我知道那时候林清野肯定会对她态度很差的。"

"她已经成年了好吧，自己做的决定，后果就要自己担着，真当我们是她爸妈啊，还得提前告诉她会不会摔疼。"赵茜越说越来气，"再说了，是她自己说的不用林清野答应，只是为了不让自己留遗憾而已，你跟林清野的事是你的隐私，凭什么在这种情况下还要费劲劝她啊，本来我们和她的关系就只是一般而已。"

"你信不信，就算你劝了不让她告白，她背后还指不定怎么说你呢。"

赵茜骂了一通，姜月已经帮着把东西都捡起来了。

"阿喃。"赵茜看着她认真道，"谈恋爱这种事再正常不过了，有些人做事妥帖，想等关系明朗了再跟别人讲，这都是人之常情，分手也是，管他是林清野还是谁，不也就是个男的吗。"

从前天天听赵茜在宿舍里夸林清野帅，到如今居然还能从她口中听到"不就是个男的"这样的话，实在是难得。

而许知喃之前一直觉得难以启齿的那段关系，听赵茜这么一说，似乎也只是一段很正常的失败了的恋爱罢了。

"谢谢你。"许知喃也很认真跟她道谢。

赵茜刚才骂起人来气势如虹，这会儿被正经道了声谢"火炮"就瞬间熄了，摆摆手："我们这关系，说什么谢啊。"

许知喃坚持："真的。"

赵茜不习惯朋友之间一本正经说这些，迅速换了个话题："说真的，要是我长得跟你这样，可能每天都要按早中晚换男朋友。"

她向阿喃展示未来的美好生活："你要找男朋友，那都是勾勾手指的事儿，一个个都屁颠颠跑来了。"

姜月翻了个白眼："得了吧，阿喃跟其他男生谈恋爱，也不知道到底是便宜了谁。"

"说得也是。"赵茜拿着手机往外走，"不说了，我得去战斗了。"

许知喃一愣："战斗什么？"

赵茜脚步不停，朝后摆了摆手，头也不回地走出了宿舍门，像个女战士。

姜月替她解释："肯定是去骂阮圆圆了。"

半小时后，赵茜神清气爽地回来，抬着高贵的头颅宣布道："我跟阮公主大战三百回合，把她气到决定下学期就换宿舍了。"

愣了几秒，许知喃问："你买的几点的车？"

赵茜"嗷"一声："完了！"

她迅速将东西胡乱塞进行李箱开始生死时速，最后也没来得及检查一遍有没有漏掉的东西。

好在姜月和许知喃暑假都会在，到时候也能帮她寄回去。

许知喃从小到大从来没有和谁闹僵过关系，阮圆圆是第一个。

起初也有些不自在，但听完赵茜那一番话后便也不再去想这事了。

随着最后一门考试结束，阮圆圆搬离宿舍，《我为歌来》第一期正式播出，暑假来了。

《我为歌来》一经播出就赢得高收视率。

除了几个本就粉丝众多的流量明星，最受关注的便是林清野。

倒也没有人觉得奇怪，不论是颜值、实力还是气质，林清野都是一定会吸引人目光的。

许知喃这些天很忙，先前因为期末周往后延的预约都在这几天内要完成，没时间刻意去关注这个节目，却还是从顾客那儿看完了《我为歌来》第一期的全部。

顾客是个二十来岁的女生，职业摄影师，第一次文身，却要文一个花背。

许知喃提前跟她说了刺青前的注意事项，也叮嘱了花背耗时长，可以提前准备一些消遣的视频。

没想到她准备的视频就是《我为歌来》。

顾客趴在工作台上，许知喃伏在她背上专心致志文身，耳边就是节目的声音。

林清野出来时，她"啊"一声。

许知喃立马停下动作，侧头问："疼？"

"不是不是。"顾客笑着指了指手机屏幕，"好帅！"

许知喃正好看到她手机里拉近的林清野的镜头。

他的五官经得起任何近距离的角度，远远看过去会被他的气质吸引，可凑近了又会移不开眼。

五官不会过分精致而显得模板化，而是锋利又凛冽的。

许知喃收回目光，重新打开文身机："来，您转回去，不要动。"

混着文身机嗡嗡转动的声音的是顾客手机中林清野的歌声。

许知喃听出来，是《刺槐》。

这些年林清野其实很少唱这首歌，在酒吧演出也都是唱近些年的新歌。

《刺槐》这样的风格，不适合在酒吧这种嘈杂喧闹快节奏的地方唱，却非常适合节目里的舞台。

镜头偶尔扫到台下，还能看到举着他手幅灯牌的粉丝。

一首歌结束，顾客说："不行了，我爱上他了。"

许知喃并未搭话，她又紧接着问："你们刺青师工作的时候是不是不能说话啊。"

"可以的……"许知喃说。

顾客便开始放心聊天了："对了，你有看这个节目吗？"

"没有呢。"

"真的不错，质量好高！我估计第一场肯定是我家哥哥拿第一名！"

"你家哥哥？"

"哦，就是林清野啊，刚粉他的第一分钟。"顾客受不了地抖了抖身子，哀号道，"太帅了太帅了！这是什么神仙颜值！这个脸吧，就是又坏又冷的感觉，乍一看有点渣男气质，再仔细看又会觉得人家根本懒得渣你，孤高狂妄。"

许知喃被她的动作和话双重刺激，差点落错针，吓了一跳。

"对了，我刚才看到弹幕都在说林清野是平川大学的，学霸啊？"

"嗯。"

顾客不知道许知喃也是平川大学的学生，更不知道学校论坛里的那些事，又问："你这家店离他学校这么近，你有没有看到过啊。"

许知喃不擅长说谎，点点头，"嗯"了声。

顾客立刻就来了精神："真的吗？"

"真的,他以前驻唱的酒吧也在旁边,很近。"
"那我一会儿就去看看!"
许知喃提醒道:"刚文身完,要忌酒的。"

许知喃给那么多人文过身,眼前这位是最不怕疼的,文到现在居然也丝毫不喊痛,还一脸精神地跟她聊天。
她恍然想起她给林清野文身时,他的眼眶都憋红了。
肩胛骨的位置啊。
许知喃看了眼顾客的手机屏幕,已经看完了正片,正跳转到后续的个人采访,林清野拿着话筒正在接受采访。
许知喃定定地看着,心想,现在他的背后就文着她的名字吗?
也许过段时间冲动劲过了,他就会去洗掉文身吧。
那种类型的文身洗起来比较方便也比较干净。
不过洗文身可比文文身要疼多了。

顾客又问:"对了,你看到林清野时觉得他长得怎么样啊?上镜也不知道化没化妆。"
许知喃收回视线,淡声说:"还行吧。"
花背这样的图案是不可能一次性文好的,不过这个顾客耐痛能力强,第一次许知喃就文了挺大一片。
到下午,顾客后面还有个拍摄工作,于是暂停,剩下的需要明天再继续。
送走顾客时已经下午三点,许知喃今天还需要去一趟之前报名的刺青设计大赛的承办处,要交一些作品稿。
她整理好东西后刚准备出门,顾从望便来了。
他将车停在店门口,按了两下喇叭,坐在车里喊:"今天这么早就关店了?"
"要去个地方交作品稿。"许知喃跑到车边,弯下腰,"你怎么过来了?"
"闲着没事来找你玩。"顾从望招了招手,"上车,我送你去。"
先前许知喃只是在网络上报了名而已,还没有跟顾从望提及这事,这会儿才说。

顾从望问:"比赛难吗?"
"不知道,我也就是试一试,反正正好是暑假,没什么事。"
"那要是真拿奖了,你这儿的费用是不是还能涨一涨了?怎么说也是个有知名度的牛气刺青师了?"
许知喃笑道:"哪有那么容易拿奖呀。不过参加节目要是能拿到好成绩,生意可能能更好一点。"
小姑娘笑起来漂亮极了,唇红齿白,柔和又温柔,没有一点攻击性,声音也

107

细软,听得人心尖儿发痒。

顾从望余光看到她,眼皮子一跳,抓紧方向盘继续专心开车。

他轻轻咳一声:"生意多了你也得跟着忙,还有学校里的事,没想过再招个人吗?"

"现在我还忙得过来呢,反正都是提前预约时间的,不影响。"

"一个花臂花背就得低着头好几个小时吧?"

"嗯,刚刚那个顾客就弄了五个小时了。"

"就这样继续下去,你这颈椎迟早出事。"他说着,一只手伸过来掐了掐她肩膀,"到时候成肩周炎了。"

许知喃恍然想起之前林清野似乎也因为她连续刺青几小时这样捏过她肩膀。

她避了下,自己抬手按了按:"没事,我平时电脑手机玩得少,就工作低会儿头,要是累了的话多休息休息就好了。"

可紧接着顾从望就忽然问:"对了,你和林清野是怎么回事?"

"啊?"许知喃有点愣,心跳也加快些,"你怎么知道的?"

"之前有人给我发了你们学校论坛那帖子。"顾从望皱了下眉,"你怎么跟他搅和上关系了?"

"也不是……"许知喃支吾着不知道该从何开口。

"他在追你?"他问得理所当然,似乎没考虑到林清野是一个有那么多粉丝追随的人。

"不是,帖子上都是别人乱说的。"

顾从望点点头:"我看也是,我前段时间才刚见过他一面,我们家应该和他家有点儿关系。"

许知喃一愣:"什么关系?"

"我哪知道,这种三姑六婆的我都懒得理,就前几天,吃饭的时候碰上的。"

红灯,顾从望将车停在斑马线前:"好像就是你请我吃晚饭那天,中饭我和他一块儿吃的。"

停了好一会儿,许知喃才"哦"一声,侧头看向车窗外快速掠过的景色。

想起那天林清野和顾从望接连着打来的电话,以及当天晚上,林清野在她宿舍楼下等了一夜。

顾从望将车开到许知喃说的那个承办处门口。

门外有不少人,男女都有,身上都有各式各样的文身。

文身群体本就算小众,很少能见到这么多文着身的人聚在一块儿。

一看便知,是和许知喃一样来交作品稿的刺青师。

偏偏顾从望这车还是辆明黄色的跑车,颜色吸睛,门口几人纷纷扭头看过来。

许知喃在注视中下车,怀里还抱着一沓作品稿,上前问了个离得最近的男人,男人有两条花臂。

"您好，请问这里是刺青设计大赛承办处吗？"

"对。"男人眯了眯眼，瞧她，"你是这儿的负责人？"

"啊，不是的，我也是报名比赛的选手。"

许知喃话音刚落，那花臂大哥就直接很不给面子地笑出声，不仅仅是他，周围其他的刺青师也纷纷笑起来。

"你也是刺青师？"

许知喃点点头："是的。"

她语气一本正经，逗得大家笑得更欢，有人问："妹妹，你成年没有啊？"

原本在车里等她的顾从望看了会儿情况也下车，他快步走上前，手臂搭上她的肩膀，笑道："别瞧不起人啊，这可是要拿第一名的种子选手。"

"哟！失敬失敬！小的眼拙！"

"到时候比赛可要让让我这个菜鸡啊，别让我输太惨了。"

"是是是，一看这身段我就认出来，肯定是顶级的！"

许知喃无语。

刺青师们大多性格豪爽，一听顾从望那话就纷纷顺势夸张道，倒也没有其他恶意，不过是许知喃站在他们这群人中实在看着年纪太小，一脸乖乖女长相，就忍不住想逗她玩。

一旁顾从望也胳膊肘往外拐，笑得弯下背。

许知喃轻轻叹了口气，不和他们计较，好脾气地问："你们怎么不进去呀？"

"别提了，这负责人也太没时间观念了，这都过去二十分钟了，还没来。"

于是，许知喃只能跟大家一块儿在外面站着等。

顾从望性格开朗，很快就和周围几个刺青师聊得热络。

太阳火辣辣地悬在头顶，许知喃向顾从望要了车钥匙，回去拿遮阳伞。

花臂大哥问："兄弟，那小姑娘是你女朋友吗，够漂亮的啊。"

顾从望一顿，没否认也没承认，只笑了下。

"好福气啊。"花臂大哥又说，"你倒挺惯着她的，真让这个小孩儿参加这种比赛来了。"

顾从望摸了下鼻子："她真是刺青师，挺厉害的。"

花臂大哥只当他是在维护自己小女朋友的面子，笑了笑就过去了。

许知喃拿伞回去，跟顾从望一块儿撑伞又在太阳底下站了一刻钟，比赛负责人终于来了。

大家排队交了各自的文身作品稿。

许知喃站在那一群刺青师里头简直是格格不入，轮到她时就连负责人都多看了她一眼。

交完稿，许知喃挤开人群出去，顾从望在门外等她。
她手里还拿了份比赛流程单。

刺青设计大赛分三个流程。
第一个环节是按照四个主刺青风格划分：School、东方传统、写实风格以及图腾，许知喃选了自己最具竞争力的写实风格。
各位刺青师需要在半个月内提交一份自己所选派别的作品，进行网络投票，选出每个派别中的前十名。
第二个环节则是将选出的共四十名刺青师进行现场PK，由专业评审评分，选出各小组第一。
第三个环节便是四个小组冠军之间的PK，选出最后的总冠军。

顾从望从头到尾看了遍流程单，问："这个模特是承办方提供吗？"
"当然是自己准备啦，报名了这么多刺青师呢。"
"那你要找谁？"
许知喃摇摇头，她没有进入那些刺青圈子，比较独立："到时候再看看吧。"
"你要是没人选的话我来当你的模特。"顾从望说。
许知喃笑了声："不行啦，到时候为了展示，图案肯定会偏大一点的，怎么能就因为这么一个比赛在你身上乱来呢。"
毕竟刺青这种东西，喜欢的人恨不得文满全身，但也有很大一群人是不能接受的。
"那你能找到人吗？"顾从望耸了耸肩，"我都可以的。"
"我先看看吧。"

随着《我为歌来》第一期播出，第二期的录制也开始了。
节目最初是对第一期竞演进行唱票。
在众人的掌声中，宣布了林清野获得第一期的冠军。
而票数最后的三名歌手则直接淘汰，上回在开工宴上认识的周吉这次依旧坐在他旁边，票数在中下水平，倒也进了第二轮。
除了林清野之外，前几名都是已出道的歌手。
第二轮演唱开始，林清野上台。
台下拿着他灯牌的粉丝要比上一回多得多，主持人刚一介绍他的名字，台下便爆发出震耳欲聋的喊声和尖叫。
其他候场选手在后台的直播器前观看。
"咱们这节目一播出，听说林清野之前驻唱的那个酒吧天天爆满，生意特别好。"

"我也听说了，酒吧老板原本还特别舍不得他那个乐队解散，没想到放走了林清野去发展，倒也能算得上是因祸得福了。"

在歌曲前奏间，后台大家闲聊着。

其中一个流量歌手沈琳琳说："他刚拿金曲奖那会儿，我还特地找人去跟他邀歌呢。"

沈琳琳以前也是乐队出道，如今单飞好几年了，在歌坛属于新一代歌手的代表之一，上一期拿了第二名。

周吉问："你的哪首歌是他写的啊？"

"哪儿呀。"沈琳琳耸耸肩，"根本没搭理，连个拒绝都没有，那时候气得我还跟我经纪人骂了他一通，刚拿个奖而已，耍什么大牌。"沈琳琳说着，双手抱了个拳往前一推，"现在一看，服了，原来这人就这个脾气，你别说，看久了吧他这张嚣张脸还挺顺眼的。"

众人大笑起来。

有人问："琳琳姐，那你现在有问他当年为什么不搭理你吗？"

"没有，我估计他早忘了吧，我就不去自取其辱了。"沈琳琳双臂抱胸做了个瑟瑟发抖的动作，"而且他气场太强，我不敢。"

这话一出立马又引起众人的附和。

"琳姐你一个前辈居然都不敢！"

沈琳琳摇摇头："这次见他更不敢了，总感觉他心情特不爽。"

林清野今天选的不是自己的原创，而是改编。

从前刺槐乐队风格偏向摇滚，林清野很轻松就可以让整个演播厅的场子炸起来，边敲架子鼓边唱。

舞台昏暗，一束白光自上而下打下来，笼罩在他周身。

他低垂着视线，因为敲鼓出了层汗，黑色短发湿漉漉，有汗顺着脸部线条滑下来，从瘦削的下巴滴落在鼓面，又在敲击下溅起水花。

干冰将舞台弄得雾蒙蒙。

从台下看过来，意境美得像热血少年漫。

只不过少年表情很冷，平日里总漫不经心的洒脱如今也被掩盖，倒是深藏于底的冷硬和疏离透了出来。

不过这并不影响台下观众拼命压抑住想要尖叫的冲动。

一首歌结束，台下众人纷纷起立鼓掌，整个演播厅都沸腾了。

林清野从一侧下台，正好遇上来候场的周吉。

周吉笑着走上前，跟他打了声招呼，拍了下他的背："厉害厉害，说不定得蝉联冠军了啊。"

周吉正好碰到林清野文身的那块地方。舞台聚光灯下温度高，还出了汗，在汗水的浸润下，林清野"嘶"一声，一片刺痛。

周吉一愣："怎么了？"

"没事。"

演播厅内主持人已经开始继续往下介绍，周吉也来不及多问，只能快步走进去。

这一场录制一共持续了五个小时，结束时天已经完全黑了。

节目选拔出来的歌手个个都是实力派，对观众而言这五个小时并不难熬，是一场实打实的听觉盛宴。

林清野刚才演唱时出了汗，这会儿虽然已经好多了，可背后的刺青依旧一阵一阵地发疼。

周吉和林清野一块走出去："你怎么回去啊？"

"我开车来的。"林清野说。

"羡慕啊兄弟，我还得坐地铁回庆丰路的酒店。"

"我送你吧。"

周吉对林清野突如其来的善意猝不及防，愣了下，吃惊道："你要送我？"

话说出口他也发现自己这个态度太夸张了，好在林清野只是淡淡看了他一眼，补了一句："顺路。"

一上车，周吉就注意到林清野神色不太对："你怎么了？"

林清野扯到后背，皱着眉骂了句脏话："可能是发炎了。"

"哪儿？"

"后背。"

"这里怎么会发炎？"

"前段时间文身了。"

周吉一顿，又问："痛了几天了？"

林清野随意道："两三天吧。"

周吉皱眉："那估计还真有可能是发炎了。这样吧，从这里去庆丰路会路过一家我朋友的刺青店，我让他给你看看。"

"没事，我吃点消炎药就行。"

"那不行，这真得去看看。刺青师傅比较了解，而且要是后面一直不好，文身颜色和图案都会变不好看的。"

林清野这才答应了。

周吉说的这家刺青店很大。林清野从前对刺青店了解不多，不过看店面这大概是堰城最大的一家。

里面有好几个刺青师，有全职的也有驻店的，手头都有各自独立的客源。

周吉推门进去,问:"路西河在不在?"

其中一个刺青师朝里屋喊:"店长,有人找!"

一个身形粗犷的男人走出来,穿着件黑色工字背心,两侧大花臂,见到周吉惊讶道:"哟,你怎么来堰城了?"

"来参加个节目,今天不是来找你文身的。"周吉指了指身侧的林清野,"这是我朋友,前段时间文了个身,现在好像发炎了。"

"发炎了?哪儿文的啊,是不是找的那刺青师手法不成熟,皮损严重了啊。"

路西河戴上消毒手套,检查林清野后背的那处文身,笑着打趣了句:"哟,还是个人名?"

周吉一听,迅速探过头去看。

背上很干净利落的黑色行书字体——阿喃。

惊了!

周吉盯着林清野的背看了会儿,又看了眼林清野的脸,又看背,就这么来回好几次,依旧难以置信。

这居然是个情种?

"野哥,这是个小姑娘的名儿啊?"周吉问。

"嗯。"

"女朋友?"周吉深吸了口气,很自来熟地问,"怎么也没见你带来介绍介绍?"

林清野看了他一眼:"太漂亮了。"

话音一落,周吉就忍不住扑哧一声笑出来,可再一看林清野的表情,这似乎也不是句玩笑话,是很认真地觉得太漂亮了,所以不想带出来给大家看。

周吉算是信了,人前一张冷酷脸的林清野真的是个情种。

路西河检查完后背:"看这个手法,刺青师应该挺厉害的,会发炎应该是你恢复期没有保护好吧。好在不是大文身,而且纯黑不太影响颜色,要是图腾一类就麻烦了。"

路西河从一旁柜子里拿出一支药膏:"这个药,每天洗完澡涂。"

"行。"林清野扫了眼价格,抽出手机扫码付钱。

路西河回了条客户的信息,又笑了声,闲聊道:"说起阿喃这两个字,我还挺有缘,下午去弄劳什子大赛的东西就碰上个叫阿喃的小屁孩,晚上又碰上你了。"

林清野指尖一顿,抬眸看去。

路西河继续说:"下午遇上的那阿喃还说自己是个刺青师,去交个资料都是男朋友送去的,也不知道有十八岁了没有。"

周吉接住话茬:"什么比赛啊?"

后面这两人聊了些什么林清野都没注意听,只捕捉到其中三个字,面色渐渐

113

沉下去。

工作室。
悬在头顶之上的灯泡发出亮白的光。
底下黄铜鸳鸯锅里毛肚和虾滑在锅底里不断翻滚着，火锅香气飘散开，热气不断往上冒，氤氲在灯泡边。
黄铜锅周围竖着好几瓶啤酒，冰镇的，液化的小水珠从瓶身成串往下坠。
季烟买了火锅外卖，一次性塑料盒叠成一摞，里面装着各种新鲜食材。
"来，碰一个。"关池举起杯子，"庆祝一下咱们队长综艺首秀马到成功。"
十四笑着吐槽了句："你这是什么上世纪的老套祝贺词。"
四人举起杯子碰了下，啤酒倒得很满，在碰撞时洒出来，滴落在沸腾的火锅中，发出滋滋响声。
"队长，我们季大小姐看你那第一期节目，我估计发了得有两百条弹幕。"
林清野喝了口酒，抬眸："发了什么？"
季烟学着粉丝说："啊啊啊啊啊，哥哥好帅！林清野我爱你！"
可惜念得毫无感情，像现实版 Siri。
季烟耸了耸肩："以前酒吧一块儿演出的时候也差不多，这些话我都听厌了。"
提及酒吧演出，众人依旧有些唏嘘。
当初他们那刺槐乐队也算是地下乐团中的顶流，每次一上台就受尽关注，享受欢呼呐喊。
大家都舍不得就这么解散。
但他们三人家中压力大，虽说驻唱工资也很可观，可家里长辈的固定思维认为这不是什么正当职业。
哪个正当职业是昼伏夜出的，还天天混在酒吧里，喝酒抽烟，听那高分贝的噪音。
"没事没事。"十四活络着气氛，"反正以后都能聚的，有时间了跟老板说一声，我们再去'野'唱一首他也肯定答应。"
林清野问："你现在在干吗？"
"回我爸厂里工作，等后面我熟悉了流程他估计就已经准备好退了。"十四弹了弹烟灰。
林清野又看向季烟，挑了下眉，无声地又问了一遍方才那个问题。
季烟说："找了个艺术培训机构，按小时给钱的，贝斯和舞蹈我都能教，工资也还可以。"
关池笑道："我是真没想到，季烟最后居然会当个老师。"
季烟眼一横，一个眼刀飞过去："你这个都快当爹的人了，还笑我呢。"
林清野笑笑，人懒散地靠在沙发里："都挺好。"

他最近几天都没有来过这间工作室,东西乱糟糟的,沙发上抱枕、毯子、鼓棒都凌乱摆着。

关池如今是已婚人士,又是准爸爸,大家一块儿吃了没一会儿他就先起身准备要走了。

他老婆电话也紧跟着打过来问什么时候回来,大家也都没再拦。

只剩下三人继续吃吃喝喝。

林清野没怎么吃,光顾着喝酒,也没怎么参与聊天。

他从前也这样,对聊天八卦总不太热络,十四和季烟早就习惯了,到后面喝嗨了甚至还边喝边开始划拳。

林清野看着他们玩,十四输了他跟着喝,季烟输了他也跟着喝。

到后面买来的啤酒喝完了,就白的啤的混着喝。

十四和季烟本就只是玩玩,一纸杯的酒得分个四五次才喝完,而林清野一杯一口。

等他们玩完,侧头一看,林清野已经喝多了。

林清野喝多了和平时其实看不出什么太大的差别,面色不变,人依旧是懒散的,但是看人时眼睛里就一点温度都没有了,眸底漆黑。

十四和季烟一看他这状态,也不再玩了。

"队长,你晚上是回去睡还是在这儿睡一晚啊?"季烟问。

"在这儿。"林清野回答问题思路依旧清晰。

"也好,反正你现在这样车也不能开。"季烟看了他一眼,又说,"要不你先进去睡觉吧,我跟十四把这儿收拾好就直接走了。"

他们已经很熟了,没必要假客气。

林清野这会儿脑袋一抽一抽地疼,应了声便很快起身进屋。

十四从角落里抽了只垃圾袋出来,将酒瓶和食物残渣全部倒进去。

吃过火锅后房间里都是一股浓重的味道,季烟过去开了窗,偏头问:"队长今天怎么喝这么多?"

"不知道,看着好像状态是挺不对的。"十四皱了下眉,"好像之前拿到毕业证书后回了趟家。"

相处这么久,他们多少也都知道些林清野家里的事。

林清野跟他那个家庭关系很恶劣,尤其是他母亲。

"哪有他那个喝法,他那把嗓子可是要来唱歌的,也不怕哪天给喝坏了。"季烟忍不住道。

两人很快收拾干净客厅。

十四拎着满满两袋垃圾:"走吧。"

"等会儿。"季烟捞起沙发上林清野落下的手机,食指指了下卧室,"我去看他一眼。"

卧室里灯关着，林清野躺在床上，手臂搭在额头上。

季烟不确定他已经睡着了没有，轻手轻脚地过去把手机给他放床头，却听到他低声说了句什么。

季烟动作一顿，弯下腰："什么？"

凑近了看才发现他眼睛是闭着的，刚才那些细微的声音也不知是他在说梦话还是她自己幻听了。

"队长，你喝这么多酒，侧着睡吧，不然万一晚上要吐会容易呛到的。"季烟轻声道。

林清野没动，依旧原样躺着。

看来刚才是说的梦话。

季烟刚要直起腰，他又低低说了声。

这回她听清了，怔在原地。

"阿喃……"他说。

季烟在昏暗的卧室中直直看过去，透过门隙漏出来的光，她发现林清野眉间紧缩，唇线绷直，看起来很不好受。

季烟那颗心脏像是被一双手紧紧攥了把，又酸又麻地冒出些苦楚来。

之前许知喃当着众人的面将水泼到林清野脸上，季烟看着他那反应，不是没往那方面想过，可后来几天见他神色如常便也没多想。

即便后来听说平川大学学校论坛的传闻也没放在心上。

毕竟林清野随性恣意，想做什么就去做了，和他们这些人不同。

十四在外面等了会儿也不见她出来，推门探头进来，问："你干吗呢？"

"来了。"季烟迅速应了声，走出卧室。

喝太多酒的下场就是没一会儿就渴得醒过来，嗓子眼着火似的，林清野头痛欲裂，坐在床沿，用力按了按太阳穴，然后起身到客厅冰箱里拿了瓶冰矿泉水，仰头灌了半瓶。

有水珠溢出来，淌过修长的脖颈和随着吞咽而上下滑动的喉结。

林清野回了卧室，捞起床头的手机，看到十几分钟前十四给他发的信息，说是已经送季烟回去了。

林清野回了个"嗯"字过去。

这会儿头疼得睡不着，他在床边坐着，随手点开朋友圈滑下去，一眼便看到许知喃刚才发的一条。

一张刺青照片。

周围皮肤还红着，林清野如今对这也算是熟悉，知道这是刚刚文好的意思。

他又看了眼时间，一分钟前。

许知喃那家刺青店离他的工作室距离不到100米。

许知喃原先还在愁刺青设计大赛的模特要怎么找，正巧之前被她文身折腾得一把鼻涕一把泪的那位徐振凡来找她。

许知喃刚送走一位客人，徐振凡便来了。

他这次来是因为上回许知喃给他文的仙鹤受到不少朋友的夸奖，特意过来感谢，甚至还送来了一篮杨梅，顺便也提了下想再约一个写实风格的文身。

"您想文个什么样的？"

"文个浪漫点儿的，配这只仙鹤，云雾星空那样的，具体我也没想好，你要是有空先帮我想个设计稿出来，怎么样？"

这正好和许知喃先前的打算重合了。

她从抽屉里翻出画稿，里面已经画好了一幅图，和徐振凡的区别在于他想要的是星空，而她画的是星系图。

"您看一下这个怎么样？"

那幅图以蓝紫两色为主，星空点缀以及光圈处理得都非常真实，也有徐振凡提到的想要云雾的感觉。

徐振凡只看了一眼，就"啪"地一下拍了下桌子："可以啊妹妹！这图有人文过了没，我太喜欢了，可也不想跟别人撞文身。"

"还没有，我前不久刚刚画的。"许知喃凑近一点，问，"您觉得可以吗？"

"可以，太可以了！这个图案我要了，定金多少？"

"等一下，您先别急。"

许知喃笑了下，跟他讲了自己报名比赛的事："这个图案我本来是为了初赛准备的，就是不知道你愿不愿意，因为到时候刺青的时候需要去专门的场地，比较麻烦，然后后续也会拍照放到网上去投票，相当于是做我的比赛模特。"

徐振凡扬了下眉："就上回在你这儿看到的那个海报啊？"

她点头："嗯，是的。"

"行啊！那我还真幸运，正好赶上了！"徐振凡迅速答应了。

许知喃神色一喜："您是愿意吗？"

"当然了。"徐振凡很自来熟，"我阿喃妹妹的忙必须得帮，而且这也不算帮忙，我本来就喜欢这个。"

许知喃笑着，眼睛都弯成月牙："太谢谢您了。因为是为了参加比赛，这个文身不会收取费用的，然后我们也能聊一下模特的费用。"

"别别别。"徐振凡豪爽地一挥手，"这哪成，哪有让你倒贴钱的道理，我可没吃霸王餐的习惯，钱还是要付你的。"

比赛请人做模特不收费是惯例，甚至有些还要额外付工资，不过看徐振凡这态度，许知喃没再跟他在这个问题上纠缠，想着到时候再说就可以了。

"对了，还有一个事情，因为这个图会放到网上进行投票，曝光率比较高，肯定会有些人拿图去做同款刺青，不知道您会不会介意。"许知喃又说。

"没事儿，比赛嘛，性质不一样，我妹的事业我必须得支持！"徐振凡又说，"而且，这种风格的刺青，我看堰城除了你也没人做得出来了，就算撞了我也是最好看的，不过之后要是有人来店里要你做同款，你可不能答应啊。"

"嗯，这个您放心吧。"

许知喃这边的文身有两种。

一种是常见的图案，多是一些对文身感兴趣的年轻人会尝试的，也会有重合。

另一种就是独立设计图，在徐振凡这一类资深刺青爱好者看来，每一个文身都应该有独一无二的故事，一张设计图也只会用一次。

徐振凡今天过来没什么事，现在又确定了之后的刺青图案，时候不早，他起身离开。

"这个您还是拿回去吧。"许知喃提起他方才送来的一筐杨梅。

"别别别，这是谢你上回文的仙鹤的，可甜，再过几天这杨梅也没得买了，多吃点儿。"

许知喃不太好意思："这太多啦，我吃不完的。"

"放冰箱里呗，送出去的东西我可不要了。"徐振凡给她挥挥手，走出去，"别送啦，忙吧。"

许知喃只好收下，手扶着门把手，提了提手里的篮子，再次跟他道谢："谢谢您啊，还有，当模特的事也谢谢您。"

"不用不用，跟我客气什么。"徐振凡咧嘴笑，"也别瞎用什么敬称了，你比我小，叫我振凡哥就行。"

突然要叫一个只见了两面的男人"哥"，许知喃有几分不好意思。

可徐振凡这次的确是帮了她大忙，人家也没有恶意，就是性格直爽罢了。

"振凡哥。"她轻声唤了声。

"哎。"徐振凡应一声，摆手，"走了！"

许知喃目送他上车离开，拍拍因为叫不熟悉男人"振凡哥"而发烫的脸，转身回店里。

知道今天会忙到很晚，许知喃已经提前跟妈妈发过信息说自己不回家睡觉，关店后直接去宿舍。

解决了模特的问题，许知喃心情很好，坐在椅子前伸了个懒腰，才慢吞吞开始收拾东西准备回宿舍。

收拾了没一会儿,门上的风铃响起,又有人进来。

"不好意思,我……"

许知喃话头一顿,看到了门口的少年。

他脚步不停,大步朝她走来。

许知喃立马站起身,让他离开的话还没说出口,他就已经几步走到她面前。

许知喃往后退,后背靠到墙上。

他压制住她。

离得近了,许知喃便闻到了他身上浓重的酒味,眼神也不清明,才发现他现在是喝多了的状态。

"林清野。"她蹙起眉,不喜欢现在这姿势,伸手推他,"你别离我这么近。"

他一听这话就冷哼一声,喝醉了也没影响他的敏捷度,轻而易举单手握住许知喃两个手腕,往前一推。

他喝太多了,动作不随着大脑来,许知喃手腕被他推到胸口位置,他用力大,挤进肉里。

许知喃被这动作弄得难堪不已,脸瞬间就红了,气也跟着紧了,奋力挣扎。

林清野轻松制住她:"许知喃。"

他一开口许知喃才发现他嗓子哑得厉害,低沉沙哑。

林清野一般只有两种时候会连名带姓地叫她,第一种是恶劣逗她,第二种是生气时。

很显然,现在是第二种。

只是许知喃压根儿都不知道自己哪里惹了他。

他们像是两条平行线,林清野参加节目吸引不少粉丝,而她努力工作参加刺青比赛。

"才跟我分开几天,就有男朋友了?"他眼里有血丝,表情却又很不屑,"还巴巴叫人家振凡哥,真以为那男的是什么好东西?"

这些天没有任何联系,可并不是没见到他。

节目一经播出他的话题度就很高,就连手机里的新闻推送都见到过一回他的名字,也有来她这儿刺青的女孩儿是他的粉丝,满脸兴奋地讨论他。

他依旧光芒万丈,比从前更甚。

以至于她很难将眼前的这个林清野和节目中站在山呼海啸的呐喊中的林清野联系起来。

听他说完,许知喃才反应过来他误会了什么。

现在她面前的林清野跟她印象中的完全不一样。

印象中他总云淡风轻,好像对什么都不会特别在乎,包括对她,态度也散漫恣意,痞坏又洒脱。

可现在的林清野像是剥掉了那些面具，在她面前展示出了最真实的样子。

许知喃忽然想到了网上曾经传得沸沸扬扬的那个林清野打人的视频，但她也懒得再跟他多解释自己和徐振凡压根儿没有其他关系。

"你放开我，我们已经没关系了！"许知喃也恼了。

"那你想跟谁有关系？"

许知喃只想快点从他的束缚中挣脱出来："反正不是跟你。"

他冷笑："你真当人家有多喜欢你，还不是看上你这张脸了？"

"连个心眼都不留，谁不喜欢你这种纯情好骗的大学生。"林清野把她死死压在墙角，伪装卸去，这些天的烦躁尽数宣泄出来。

许知喃深吸了口气，神色还是平静："我跟谁在一起都跟你没关系，就算又有人像你这样骗了我你也管不着，你连我前男友都算不上，凭什么现在又来找我。"

许知喃长这么大都没说过什么重话，这是头一遭。

林清野眼神越发冷冽："你是不是觉得我现在这样很可怜。"

"你不可怜。"许知喃说，"有这么多人喜欢你。"

刚才还气焰嚣张的林清野忽然安静下来。

他头慢慢低下来，额头抵着她的肩膀。

因为身高差距，他背也佝偻着，像是终于低头了。

"阿喃。"他声音极低，"别跟我闹了。"

"你现在也算是公众人物了，林清野，你别再这样不计后果地跑到我这儿来了。"许知喃的声音放缓了些。

她再次从他的禁锢中抽出手，这回成功了，她手腕都被他捏红了一圈。

许知喃担心他再发疯，没再推他，双手垂下去，任由他靠在自己肩头。

"回来吧，我对你好。"

许知喃抿唇，没说话。

他微微侧头，嘴唇在她白皙的脖颈上擦过，然后停下，微凉的嘴唇贴着她有些发烫的脖子。

许知喃如遭电击，迅速推开他。

林清野没站稳，往后跟跄几步，木桌也被撞得移动，在地砖上划出一道刺耳的声音。

许知喃静静地看着他："你走吧。"

他靠在桌边，刚才进来时的满身戾气褪了大半，喝多酒后那些不知名的烦躁萦绕周身，可又被许知喃如今这个态度弄得迅速冷却下来。

林清野唇线绷直，看着眼前的少女。

刺青店上方的白炽灯悬在她头顶，光线下，她披散着的头发黑亮又柔软，看他时下巴微仰，下颌和颈部线条流畅，像只骄傲的白天鹅。

眼前的许知喃渐渐和他高中时第一次见到她的模样重合了。
林清野心渐渐静了,像回到那个冷风刺骨的夜晚。
"阿喃,你不喜欢我了。"他说。

第五章

逐梦前女友

换作以前,许知喃想象不出有一天林清野会在她面前展现出这样的神色——桀骜和光芒褪去,现在的他是落寞的、孤独的,像是被抛弃一般。

她狠下心,承认不再喜欢他的话还没说出口,门口忽然一阵喧闹。

门外四五个穿着高中校服的女生,手指着刺青店的门牌,正笑着说着什么,看起来马上就要进来了。

许知喃顾不及其他,如今关注林清野最多的年龄层应该就是这样子的小女生。万一她们真认得林清野,还发现他在她店里,传出去她都不知该做何解释。

许知喃不想以这样的方式被众人知晓。

她拉住林清野的手臂。

小姑娘手心有些凉,没说话,直接拽着他到工作台旁,而后将外面的帘子完全拉起来,不露一点缝隙。

"你先在这儿待会儿。"

许知喃说完,看他一眼,掀开帘子出去,又重新不留丝毫缝隙地合上了。

刚一出去,那几个女生就进来了。

穿的是高中校服,许知喃看了眼她们胸口的字样,七中的。

这么算起来还是林清野的同校学妹,她记得林清野从前也是七中的。

"姐姐,你是这家店的老板吗?"其中一个女生问。

"嗯,有什么事吗?"许知喃战战兢兢地朝一旁的工作台看了眼,生怕喝多了的林清野惹出什么事来。

好在现在看来倒很安分,也没发出任何声音,安安静静的,像不存在。

"我们来你这店里当然是来文身的了。"女生说。

许知喃看了她们一眼:"成年了吗?"

女生一愣:"有法律规定未成年不能文身的吗?"

"法律是没有规定,但是我这家店不给未成年做的。"许知喃从刚才的情绪中平复下来,声音重新放软了,跟她们解释,"文身虽然也属于艺术范畴,但你们未来找工作会发现很多工作对这个会有限制规定,所以不建议你们这么小的年纪来文身,万一以后后悔会很麻烦。"

听她说完,女生扬起笑,托着腮靠在桌边:"巧了,姐姐,我前几天刚满十八周岁,那总可以了吧?"

许知喃神色不变,问:"有带身份证吗?"

女生脸上的笑容一僵,没办法了,忍不住吐槽:"你这怎么比酒吧网吧管得都严啊。"

许知喃好脾气,细声慢气道:"这是为了你们好,到时候高考体检可能也会有影响的,等以后你们再长大点,自己考虑清楚还是想文的话,可以再来找我。"

听她这么说,女生们也发不出丝毫脾气,只能走了。

许知喃将门框上的"欢迎光临"木板翻了个面,变成"休息中",这才终于松了口气。

店内灯关了一半,许知喃重新走到工作台旁,拉开帘子想让林清野离开,却发现他已经睡着了。

他没躺在工作台上,而是坐在椅子上,头抵在床面。

许知喃顿了顿,站在一旁看了他半晌。

少年看上去有几分憔悴,眼下泛青,脸好像也瘦了点,轮廓更加分明,狭长的眼尾收拢,显得越发冷硬又不近人情。

她想起刚才他看着她说的那句——阿喃,你不喜欢我了。

许知喃轻轻舒出口气:"林清野。"

没反应。

她轻轻推他一把:"醒醒。"

依旧没反应。

要叫醒一个喝多的酒鬼比叫醒一个装睡的人还困难。

许知喃尝试了好一会儿,失败了。姜月给她发来短信问她什么时候回宿舍,她回复了"马上"两字。

她刚准备离开,余光瞥见林清野裤袋里露出来的一角药膏——紫色软管的。

许知喃对这支药膏很熟悉,之前有遇到过顾客文身发炎感染的,她就给了对方这种药膏。

她这儿的柜子里应该也还有几支。

她皱眉,目光落在他后背。

发炎了吗?

她再看他这个状态，口袋里放着消炎药，却喝得酩酊大醉，想要不发炎都难。

出于职业道德，林清野是在她这儿文的身，她没法就这么放着他继续发炎，万一到皮肤感染那一步就会很麻烦。

她走到林清野背后，挣扎了三秒，最后还是深吸了一口气，捏着他衣服下摆小心翼翼地卷上去。

文身处的皮肤泛红得厉害，甚至还起了点小疹子。

在他背部整个流畅漂亮的线条中，显得更加触目惊心。

"阿喃"两个字就静静躺在起伏的肩胛骨上，黑色字体，线条流畅，在灯光下折射出些微的光。

许知喃打开林清野兜里那支药膏，封口都还在，发炎都这么严重了居然还一次药膏都没抹过。

她挤出一点在食指上，在文身周围的红疹上轻轻抹上去。

带着薄荷味的药膏味道散开来，凉凉地涸进皮肤里，碰到伤口会有刺痛感觉，林清野眼睛依旧闭着，肩膀缩了下。

许知喃动作一顿，下意识地想要边吹气边抹药膏，又忍住了。

她用力地抿了抿嘴唇，面不改色地将药膏抹了厚厚一层。

重新旋上药膏盖子，放回到林清野旁边，许知喃去里屋洗了个手，出来时看药膏已经干了，才将他衣服放下来。

临走前，许知喃给他写了张字条，字迹娟秀：

备用钥匙放在桌上，你醒了后就走吧。

她将字条压在药膏底下，整理好书包，关掉灯走出店。

灯被关掉后，店内黑下来。

由于这条街是商业街，总是人声鼎沸到很晚，依旧能听到外面的喧嚣声。

林清野便是在这些嘈杂声中做了一个梦，梦到了那晚酒吧的事。

在他说出不要脸的那句"想不想跟我回去"之后，许知喃并没有回答他，而是吐了，趴在洗手台前。

林清野看着她，拧起眉，走上前刚想扶她，却被她挥掉手。

她声音软糯，很简洁："脏。"

刚才吐时，她身上衣物也沾染上些秽物。

林清野收回手，在一旁站了片刻，而后说："你在这儿等我会儿。"

她没回答，又有点想吐，可已经吐不出什么了，只脸涨得通红。

林清野往外走了没几步就停下脚步，想起方才那个搭讪的男人，又走回去，扯了几张纸巾垫在台阶之上,捏着她手臂让她坐下,然后脱掉外套,直接罩在她头顶,挡住脸。

许知喃一顿,抬手想拉下来,可又怕弄脏他的衣服,手停在半空,声音从里面传出来:"什么?"

嗓音含着浓浓的醉意,反倒跟吴侬软语似的。

林清野不跟她废话:"等着。"

过了三秒,她似是消化他话中的意思了,抬在半空中的那只手放下来。

林清野转身走出卫生间的玄关,随手将一旁的"正在维修"的指示牌立在门口。

外面舞台上的表演已经结束,重型音乐震耳欲聋,舞池上男男女女挨得极近,他穿过人群大步往前走,直接跨上舞台绕进后台。

"季烟。"他喊了声。

季烟正跟其他人一块儿聊天,笑着扭过头来:"怎么了队长?"

"你这儿有没有干净衣服?"

"有啊。"演出时要穿舞台服,季烟在后台有个行李箱放衣服,"怎么了?"

"给我一件。"

"我的衣服?"

"嗯,快点。"

看他这副样子,季烟不再多问,过去打开行李箱:"你要什么样的?"

"裙子。"

季烟扯出来一件,紫色吊带裙,还带亮片。

他拧眉:"换一件。"

季烟边翻衣服边说:"我这好像就这一件裙子。"

"那就这件吧。"他从她手中接过裙子,"这件衣服不还你了,你把你其他喜欢的衣服发给我,我给你买。"说完便直接走了。

林清野带许知喃从侧门离开。

也不知是喝了什么酒,后劲这么大,离开时她连路都已经走不动,林清野捞着她手臂,低声问:"抱?"

酒精麻痹神经,许知喃反应很慢,过了会儿才摇头,片刻,又补充:"谢谢。"

路都走不稳了,还没忘记说谢谢。

林清野嘴角勾起一个讽刺的弧度,不再自作多情。

林清野把她带回工作室,开灯,把人推进浴室,季烟那件裙子也挂到架子上:"你先洗澡。"

浴室门重新合上,林清野坐在外面的沙发上点了支烟。

尼古丁让他恢复冷静,开始意识到,这件事他可能是做错了,不应该就这么把许知喃带回来,他也没有任何合理的理由把酒吧里的一个陌生女孩儿带回来。

只是他在那一瞬间忽然想到了第一次见到许知喃的场景。

他执念这么多年,当时的行为也根本没过脑。

季烟给他发来信息,问是不是发生什么事了。

林清野扫了眼,没回复,手机丢到一边,滑进沙发缝里。

一支烟抽完,浴室里的水声停了,又过了会儿,门被打开。

林清野坐在客厅的沙发上,卧室门没关,从他的角度看过去正好能看到那道窄窄的身形。

许知喃潜意识残存的理智没有让她在陌生人的家中穿着吊带短裙出来,肩上还披了条浴巾。

刚才林清野连拖鞋都没给她,估计洗澡是赤着脚洗的,她也不知道凉,这会儿直接踩在帆布鞋上,脚后跟露着,小巧圆润,皮肤更加白。

他眸色微深,又面无表情地收回视线,咬了支烟深吸一口,缓缓吐出烟圈。

等抽完第二支烟,他才起身走进卧室。

小姑娘人缩成一团,只占据了床的一角,已经睡着了。

那条吊带裙本来就短,在这个姿势下又往上缩,只堪堪包住臀部。

林清野走过去,将那条浴巾丢到她腰臀间,这样一来,上半身便没了遮盖物。

纤细白皙的手臂,肩膀上细细两条带子,露出大片光滑瘦削的后背,人侧躺着,两个手臂收拢,胸口在挤压下风光无限。

林清野眼皮一跳。

季烟买的这什么衣服。

他不再看了,拽过被子随手盖在她身上,动作也不温柔,又反身关了卧室的灯。

而后,他走进浴室,她原本那条弄脏的裙子被叠好了整齐放在洗手台边。

林清野把脏衣服丢进洗衣机,打开。

工作室的洗衣机是最普通的那种,噪音很大。

林清野也不去想那噪声会不会吵醒许知喃,但不敢在卧室多待,出去客厅待着,打算今晚就干脆在这沙发上将就一夜。

烟灰缸里竖了好几枚烟蒂,他依旧睡意全无,脑海中开始浮现从前那一个个梦中的香艳画面。

他认识许知喃两年来,今天是头一次跟她说话。

早知道刚才在酒吧不该去惹那个麻烦,如今看来今晚估计又不用睡觉了。

林清野从一旁酒柜里抽出一瓶酒,给自己倒了一杯。

乐队那个群里关池问他在哪儿,他们三人准备去买夜宵,问要不要给他送去工作室。

【林清野:我在工作室,现在有事,不用给我送了。】

关池也听季烟说了他向她要裙子的事,也问他有没有出什么事儿。

【林清野：没事。】

他向来这个性子,对什么都不热络,关池早就习惯了,见他这么说便也就闭嘴没再问了。

工作室客厅和卧室都没有开灯,漆黑一片。

屋外开始下雨了,淅淅沥沥,每一滴雨点都像是砸在了林清野的心尖儿上,总卷起些燥意,难以平静。

即便在表情上丝毫看不出来他心底的暗流涌动。

他喝得有点快,脑袋渐渐放空,眼前已经不再清明,出现重影。

林清野静不下来,索性把自己喝晕了,他昏昏沉沉躺倒在沙发上,抬起手背挡在额头上,半阖眼。

沙发很软,往下陷,像是缓缓陷入泥沼之中。

突然——

卧室里"咚"一声。

是什么东西砸到地上的声音。

林清野皱眉,反应慢半拍,不知道是自己幻听还是真实,直到卧室里依旧传来窸窸窣窣的声音,他才撑着醉酒的身体从沙发上起来,进屋。

许知喃从床上摔下来了,黑发凌乱地披散在肩头,裙子往上滑,一双腿又直又长,很扎眼。

她喝醉了,脚底打滑从床上滚下来后居然还爬不上去了。

林清野靠在门框边看了半晌,上前,弯腰,将她打横抱起。

他本就喝多,身体也不稳,起身时晃了下。许知喃便呜呜在他怀里扭了几下身子。

林清野哑声,难得地骂了句脏话:"别乱动。"嗓音里含着浓浓的酒意。

可喝醉的人哪儿会听他的话,依旧扭动不停。

林清野眸色越发暗,直接把人丢到床上,摁住她肩膀:"睡个觉也这么多破事。"

他动作太粗暴,许知喃皱着眉醒过来,费劲地撑开眼皮。

少女的眼睛很清澈,一眼就能望到底。

四目交汇,她没反应过来,盯着他眨了眨眼,浓密卷翘的睫毛像把小扇子扑闪几下。

林清野喝了酒,关于理智的那根神经也被酒精泡过,本就处于岌岌可危的状态,一不小心就会断。

他喉间一紧,唇线紧绷,眸色深深地看着许知喃那双眼睛。

她的确有一双极漂亮的眼睛,甚至于,"眼睛是心灵的窗户"这句俗话放到许知喃身上,真的会让人觉得是至理名言。

太干净了。

林清野看了会儿，抬手，捂住她的眼睛。

不敢再看了。

酒精似乎在身体里沸腾，他怕自己会失控。

他从很早之前就想不管不顾地将许知喃拉入地狱，占为己有。

可她又实在太干净了，他不敢玷污。

他被雪夜的"好可怜"折磨，被那时她眼底的光芒、同情和傲气折磨，可他却又想将她奉为神明，就像那天她站在路灯下，周围昏暗一片，只有她这一处的光。

可许知喃并不让他如愿。

眼睛被挡住，手掌盖得不是很实，她没闭眼，依旧眨着眼，卷翘浓密的睫毛扫过他手心，有些痒。

然后，她抬起手，微凉的指尖攀住林清野的手，像是一根纠缠的绳子，密密缠绕住他的心。

许知喃把他的手扒拉下来，林清野再次看到了她那一双眼睛。

对视片刻，他微微俯身，靠近许知喃。

两人的唇瓣几乎就要碰到一起，可林清野再次停了动作，保持这样的距离，喉结上下利落滑动。

"阿喃。"他哑声。

这是他第一次这样叫许知喃。

从前只以旁观者的角度听她朋友这么叫她，很亲昵，而他没有这个资格。

林清野闭了闭眼，眼底翻滚的情绪再次被强制性压下去，他又低低唤了声："阿喃。"

忽然，许知喃微微抬了下下巴，碰到他嘴唇。

喝多酒后容易渴，她已经闭上眼，似是寻找水源般吻上他，双臂也紧跟着勾上他脖颈。

严格来说，也不叫吻，只是她的嘴唇触碰林清野的嘴唇罢了。

林清野倏地一顿，最后那根神经也断了，方才喝的那些酒起了后劲，酒精上头，他呼吸有些紧，思绪渐渐也不再清晰。

这些年的执念在这一刻释放，梦境成真，却比梦中的滋味更好。

好一会儿，许知喃松开，还是蒙着，呆愣愣地舔了下湿润的嘴唇。

停两秒，他再次吻下去，反客为主，牙尖用力磕进她柔软的唇瓣，又在她吃痛之前松开，温柔舔舐着。

他在唇齿间含混道："阿喃。"

他原以为这晚会是难熬的无眠夜，却没想到却是他这两年睡得最好的一次。

以至到后来，他甚至分不清这到底是现实还是他持续两年来的那个梦境。

翌日，许知喃很早就醒了，姜月还睡着。

林清野昨晚在她店里，她总想着这事，睡也睡不安稳，于是早早就起了床。

姜月听到动静，揉着眼睛从床上坐起来："阿喃，你今天怎么这么早？"

"店里有事。"许知喃看她一眼，"吵醒你了吗？"

"没，我也准备要去图书馆了。"

许知喃看了眼时间："现在还不到七点钟呢，你平时也没这么早呀，再睡会儿吧。"

姜月"啊啊"大喊几声，伸了个懒腰，不甘不愿地爬下床道："吃得苦中苦，方为人上人。"

许知喃笑了声，拍拍她的肩膀："加油，美院研究生。"

两人一块儿洗漱完出门，去宿舍楼对面的食堂吃了早饭后分开，姜月去了图书馆，许知喃从南门出去到店里。

许知喃开了锁进店，工作台周围的帘子已经拉了半开，只不过从她的角度看过去依旧看不到里面的情况。

她往前走了几步，将书包卸下来放到桌上，侧头看过去，正好对上林清野那双黑压压的眼睛。

他已经醒了，人醒了酒也醒了，昨晚上的那种脆弱状态不复存在，恢复了平常的样子，手里拿着昨晚许知喃给他写的那张字条。

备用钥匙没用上，不过也好，省得他有了钥匙以后来去自如了。

许知喃收回视线，默默将原本放在桌上的那枚备用钥匙重新收好。

"有水吗？"他哑声问。

许知喃一顿，给他倒了杯水放到工作台边，没说话，又走回到桌前，继续忙手里的活。

林清野仰头直接灌下那杯水，喉结上下滑动，她倒的是温水，喝下去火辣辣的胃舒服多了。

"我怎么会在这儿？"他皱着眉问。

原来全忘了。

跟她上回一样，断片儿了。

许知喃想起他昨晚说的那些话，从冷漠的"你真当人家有多喜欢你，还不是看上你这张脸"，到最后落寞的"阿喃，你不喜欢我了"。

许知喃摇了摇头，说："你喝醉了就来了。"

他抬手按着眉心，低低笑了声："打扰到你了？"

"还好，那时候最后一个客人已经走了。"许知喃实话实说，又从抽屉里拿了个文身用的口罩给他，"出去的时候戴上。"

这会儿还早，路上行人不多，车也不多，不太会引起关注，不过还是小心谨慎些好。

"你现在倒是只会赶我走了。"他说。

许知喃递过去的手一顿,看了他一眼。

昨天晚上她的确是说了好几遍让他离开的话,不知道自己是怎么过来的,却记得她说的那些话。

林清野有些别扭地侧过头,难得率先移开了视线。

许知喃了然,像他这样喝惯了酒的,没那么容易就从头到尾断片了,大概是觉得昨晚的自己过于卑微难堪,装不知罢了。

许知喃也不拆穿,把口罩给他后就没再说话。

她把那张星空图画稿拿出来,重新修改几笔,定稿后拿出练习人工皮,打开文身机开始练手。

林清野进里屋的卫生间洗了把脸出来,戴上口罩准备离开。

"对了。"许知喃出声。

他脚步一停,侧身看她,扬了下眉。

"你后背发炎了,少喝点酒,记得抹药膏。"她声音很平,就像是交代普通的顾客。

林清野渐渐站直了些,他逆着光站着,鬓角被剃得很短,下颌线条折角锋利,即便是宿醉也并不影响。

从前的林清野是用少年来定义的,随性自由,没有那些成年人的框架束缚。可现在,他眉眼间依旧有平日的肆意张扬,但又似乎有哪里发生了转变。

那一身少年气包裹住了一个成年男人的轮廓。

许知喃后知后觉地想,是了,他都已经毕业了。

不是平川大学音乐系大四学长林清野,而是歌手林清野了。

他看着她勾起嘴角,很乖地应:"好。"

答应她了。

许知喃打算比赛的那幅刺青图很考验技术,因为有时间限制,图案不能太大,又要体现技术让人眼前一新。

她在练习皮上练了一周,终于到了比赛的日子。

初赛的场地很大,在堰城的体育馆,已经架好了一个个的工作床。

走进去熙熙攘攘许多人,这回的比赛在刺青圈里声势浩大,还有不少外地的刺青师特地赶过来比赛。

场地内,刺青师、模特都在,身上都文着各种风格的内容。

喜好刺青的群体普遍是酷帅风格的,不管男女。一眼望过去,就连发色都五颜六色,能直接组成一板色卡。

许知喃走进场地,视觉上就像是误入虎穴的清纯小鹿。

黑发白肤，身上没有一处文身，最简洁的短袖和牛仔短裤，短裤边缘翻上去一层，是更浅的牛仔色，包裹住她那双容易让人移不开眼的腿。

她背着工具包在门口张望一圈才踏进去，倒是徐振凡已经一眼瞄到了熟人，用他那把雄浑的嗓子喊："路大哥！"

被他叫的男人回头："哟，振凡！"

许知喃愣了愣，注意到他喊的那个刺青师就是之前她去交作品稿时遇到的那个花臂大哥。

许知喃这才注意到，难怪她上回见到这花臂大哥的时候就觉得他手臂上的刺青有些熟悉，大概是和徐振凡手臂上的"师出同门"。

果然，下一秒徐振凡就跟她介绍："喏，这位是路西河，也是刺青师，我这手臂上的青龙白虎就是出自他手，他还是'刺客'的店长。"

刺客是堰城顶级的一家刺青店，里面的驻站刺青师也个个都是顶级的。

许知喃颔首，跟着徐振凡叫，礼貌道："路大哥好。"

路西河哈哈大笑，一拍腿，指着许知喃对徐振凡说："这妮子我见过！"

"这不巧了嘛。"徐振凡一拍脑门，"嗐，我怎么忘了，你们刺青师之间应该都多少了解对方的吧？"

路西河笑着，并不多说上回见面的事，而是问："振凡，你怎么来这里了？"

"我是这位阿喃刺青师的模特。"徐振凡拍拍胸脯，豪爽道。

路西河的表情一下子就变得很微妙，虽然上回顾从望就已经和他们说了她很厉害，不过没人相信，只当是人家小男朋友哄姑娘瞎说的。

不只是路西河，在场的诸多刺青师都向她投来打量的目光，许知喃模样生得漂亮，足够引人注目。

那些目光多是好奇打量，有点轻视，并未将她当作对手。

"你是哪个组的？"路西河问。

"写实。"

路西河扬了下眉，都知道写实考验功底，四个组中写实是人最少的。

"我是图腾。"

许知喃之前就猜到了，点了点头。

路西河完全当她是小孩儿，还握拳给她做了个打气的动作："加油！"

"谢谢。"许知喃认真道，"你也是。"

路西河"扑哧"一声笑出来，看着许知喃过去到登记处，揽过徐振凡的肩："兄弟，这小妮子还挺酷的啊。"

"这不工作嘛，人家这是认真。"

许知喃登记完自己的名字，拿到个号码牌，按组别区分位置，她跟徐振凡一块儿到自己的那个工作床。

放下工作包，许知喃把一会儿需要用到的东西拿出来，整齐排列开。

徐振凡性子热络，很快就已经和周围几个刺青师聊起来了，指着许知喃继续给大家介绍道："这是阿喃刺青师，特别厉害，本科就是学画画的，这可是你们刺青师里头难得的专业出身了。"

他越说越夸张，许知喃不好意思，扯了下他的衣服。

"怎么了？"

许知喃将食指放唇边，嘘一声："你不要替我吹牛啦。"

徐振凡笑了："这怎么能叫吹牛呢，我说的可是实话啊，你这实力真的没话说。"

许知喃被他夸得脸红，他这才停了，凑过去到她耳边："战术是吧，现在就得让他们轻敌。"

徐振凡摆了个"OK"的手势："懂了。"

全员到齐后，主办方上台简单说了几句，没有废话，比赛开始。

徐振凡的手臂上都已经文满了，这回挑在大腿外侧，这儿的皮肤糙，痛觉不明显。

只不过开始十五分钟后，许知喃就发现徐振凡的痛觉反应是一等一的。

即便是大腿外侧这样的位置，他也一样痛得哀号不已，他嗓子粗，号一嗓子周围就立马都看过来了。

许知喃停下动作，看他一眼，轻声问："还能坚持吗？"

徐振凡眼一闭心一横："你只管文！"

周围的人都被这场面逗笑了。

徐振凡那膘肥体壮的样子，也不像什么会怕疼的人，大家直接就把问题放到了许知喃头上——刺青师技术不行，自然会弄疼别人。

还有人笑着问徐振凡："兄弟，这是你妹妹啊？"他比了个大拇指，真心实意地佩服道，"长兄如父啊！"

许知喃一愣。

徐振凡痛得没法回答。

她开始庆幸幸好没有选大幅的刺青图案，只不过这样的写实刺青，各种细节处理都更加精细，也意味着文身针扎得越加密。

整个刺青持续了六个小时，中间因为徐振凡实在号得太过惨烈，许知喃还刻意放慢了速度。

到最后即将到截止时间才完成。

许知喃从包里抽出一张纸巾给徐振凡，徐振凡擦擦眼泪，终于不再是泪眼蒙眬状态下看那块刺青。

看清楚后，他更加感叹许知喃的手法了。

蓝、紫、白三色，将星系间雾蒙蒙的光影状态做得极好，更像是拿画笔一点点画上去的。

"太牛了。"徐振凡说，过了两秒，忍不住又是一句，"太牛了！"

很快，主办方便派了工作人员下来拍照，到时候要将图片放到网站上进行投票评选。

"不过妹妹。"还没轮到他们，徐振凡跟她闲聊，"到时候评选我估计肯定是'刺客'他们店里的领先，他们那儿的客源太多了，随便发条朋友圈就有很多人会支持，你得会拉票啊。"

许知喃眨了眨眼："我看流程单上写了，参赛人员不能拉票的，会造成恶意竞争。"

"你今年真的满十八岁了吗？"徐振凡好笑道，"'刺客'那可是最牛的刺青店哎，这么多店员，路西河不拉票，可有的是人帮他拉票的。"

这方面许知喃之前没多想。

她皱了皱眉，然后豁达道："但是我和路西河不是一个组的呀。"

徐振凡："其他人也都一个德行。"

许知喃鼓了鼓腮帮："那我就靠实力吧。"

徐振凡一哽，一时之间觉得自己不管再说什么都是在荼毒眼前这小姑娘的纯洁心灵，只好闭嘴了。

很快，工作人员到他们旁边："来，拍照。"

徐振凡卷起宽松中裤。

工作人员看到上面的图案，刚才也注意到了这一组的动静，如今看到成品不能不吃惊，深深看了许知喃一眼，拍好照，悠悠道："可以啊。"

徐振凡很快就把裤子给放下去了："保密啊，我们要以静制动。"

全部拍照结束，众人收拾好东西离开。

许知喃落在最后，出去时在门口再次碰到了路西河，他叼着烟看过来，看了徐振凡一眼，笑了："你还真是跟我上回给你文身时一样，那喊声我在另一头都听到了。"

徐振凡"嗐"一声："别提了别提了，留个面子。"

"文腿上了？"路西河问。

"嗯。"

"让我看看咱们未来冠军的手艺。"他玩笑道。

徐振凡跟他关系好，反正很快网上就能看到，不瞒他，只是卷起裤腿之前还卖了个关子："你可别被吓到了。"

"你快点吧。"

徐振凡卷起裤腿，露出文身。

路西河一愣，把烟从嘴里拿出来，总算是认真些，凑近了看，然后侧头看向许知喃："这是你文的？"

她点头："嗯。"

"还真是小瞧你了啊。"路西河又仔细瞧了瞧，"你几岁了啊？"

"二十一岁。"

"二十多了啊，看不出来。"路西河放下烟，站起身，伸出手，"有兴趣加入我们店吗？"

"啊？"许知喃一愣，跟徐振凡对视了眼。

"我们店的确是缺少这种风格的专业刺青师。"路西河的态度转换非常快，"薪水什么的你尽管提，而且你还没了租房成本。"

徐振凡傻眼了："路大哥，你这挖墙脚的速度也太快了吧？"

"我这是求贤若渴，来不来阿喃妹子？"

许知喃如今那个店也已经做出些名堂来，偶尔也会有慕名而来的人来文身，花了不少心血。

路西河的话也没错，去他店里后除去成本，小时费也能提，光看收入而言肯定是更好的。

但许知喃不太舍得就这么放弃她那家店，于是认真拒绝了他。

路西河也不觉得意外，拿了张名片给她："万一以后你改变想法了，随时联系我，以后有事儿也能找我。"

许知喃将名片收好，又跟他道了谢。

手机在这时响起来，是顾从望。

"结束了吗，我在外面等你。"

"你怎么过来了？"许知喃问。

顾从望说："这么热的天，还让你挤地铁去啊。"

"其实地铁站开了空调挺凉快的。"许知喃笑了笑，"你现在在外面吗？"

"嗯，2号出口那儿，我看很多人都出来了。"

挂了电话，路西河已经跟同伴先走了，许知喃问了徐振凡一会儿怎么回去，方才两人是打车过来的，现在丢下他走不太好。

徐振凡自己开店，店址和平川大学顺路。

"那你和我们一起走吧？"

徐振凡挠挠头发："会不会太打扰你跟你男朋友了，我这电灯泡的瓦数可太高了吧。"

"那不是我男朋友啦，是我的一个好朋友。没事的，他性格很好，肯定愿意送你一程的。"

徐振凡想着刚才听到手机里传出来的的确是个男声，随口道："上回我去你店里文那仙鹤的时候,你不是还跟你男朋友在打电话吗,他这么忙啊,没来接你?"

许知喃一顿,缓缓眨了眨眼,低低"啊"一声,而后道:"我跟他分开了,他现在应该是特别忙吧。"

徐振凡脚步停了下,很快反应过来,嬉皮笑脸道:"嘿,阿喃妹妹,看不出来啊,你还挺狠心,玩弄感情啊。"

许知喃抬眸看他一眼,徐振凡很快就别扭地移开眼。

她便清楚了刚才他大概是故意这么说想让她不尴尬。

她笑了笑:"没事的,你不用这么紧张。"

徐振凡拍拍她肩膀:"你这个年纪嘛,失恋很正常,别太难过。"

"其实也还好,我就难过了一段时间。"许知喃抿着唇,露出一个浅淡的笑容,"我后来还觉得终于松了口气。"

从2号门出去,顾从望靠在车门边等。

与此同时,外面忽然传来一阵尖叫呐喊声,许知喃抬头看,发现一群女生举着手幅站在那儿。

各式各样的手幅都有,不同明星的。

许知喃捕捉到其中一个熟悉面孔。

林清野的照片不多,手幅上的那张照片还是节目上的造型抠图。

三辆商务车前后开过来,车身上还贴着《我为歌来》的节目图标。

车停在体育馆前,为首的那辆商务车下来一个工作人员,跑到场馆保安那儿问:"里面场地清了吗?"

"刚结束,正在清,快了。"

很快,商务车上陆续有人下来,周围粉丝尖叫掀翻天。

最后那辆商务车被拉开,先进入视线的是一条笔直的长腿,黑裤,而后是白衬衣,林清野从车里出来。

"啊啊啊啊啊啊啊啊啊!"

"我居然真的看到活的林清野了!"

"比电视上还得帅一百倍吧!"

"哥哥看我!"

……

粉丝那样子看上去激动得都要昏厥,拿着手幅拼命地呐喊。

林清野大概是在车上就看到许知喃了,一下来视线就追过来了。

两人的目光在空中交会一秒,许知喃率先平静地收回视线。

她又想起先前他喝醉来她店里的那次,似乎是误会了她和徐振凡的关系。

如今的许知喃已经不需要向他解释这些,但也不想徐振凡因为自己被人误会误解，于是快走几步，到顾从望旁边，和徐振凡拉开了些距离。

林清野的视线穿过横亘在中间的手幅，表情越发冷。

看着许知喃仰着脑袋跟顾从望说了句什么，顾从望表情疏懒似是调侃，惹得小姑娘抬手在他手臂上轻轻打了一巴掌。

她微愠时的样子鲜活又漂亮，粉唇微微噘着，不嗲，却又显得格外娇俏。

生动的，引人入胜的，像个有些爹毛的小动物。

林清野眯眼，狭长眼尾勾出凛冽锋芒。

想起从前许知喃在他面前总是笑着，性格很好，他好像从来没有见过许知喃如今这副娇俏模样。

他的老毛病又犯了。

像是高中时在暗处看到许知喃对其他男生笑，他表面不屑一顾，却在心里嫉妒得发狂，像个偷窥者。

后来许知喃总对他笑，林清野那些年的执念得到满足。

可现在他又开始嫉妒别人能看到她更多的鲜活表情了。

许知喃没有再去看那边，很快就绕到副驾旁坐进车里。

徐振凡也跟着上车，看着眼前那场面有几分诧异："前面这什么情况啊，这些都是明星吗？"他对娱乐明星不太了解。

顾从望也不知怎么就跟从没讲过话的林清野结上了怨，嗤了声："挡道，有没有点公德。"

"从那边开出去吧。"许知喃指着另一侧的通道。

顾从望稳稳将车驶出人群，再往前开一段路，那些嘈杂的声音就没了。

"怎么样，今天比赛稳不稳？"顾从望问。

徐振凡替她回答："那能不稳嘛，你看看，这水平，我都已经能想象到到时候这照片往网上一挂，大家可都得吓一跳！"他再次卷起裤腿。

顾从望通过后视镜看了眼，笑道："看来我们阿喃要一战成名了。"

徐振凡："那必须！"

许知喃："哪有那么夸张呀。"

顾从望把徐振凡送到他店门口，道别后又继续开到了平川大学，两人一块儿在校门外的商业街吃了个晚饭。

吃完已经晚上七点，顾从望妈妈打电话叫他回去，两人便没再磨蹭，付了饭钱后许知喃便直接回了宿舍。

今天宿舍灯亮着。

原本这个点姜月肯定还在图书馆的。

"月月。"许知喃推门进去,"你今天怎么这么早就回来了?"

"我今天头有点儿疼,可能是图书馆的空调开太低了。"姜月吸了吸鼻子,说话鼻音很重,"你今天不回家吗?"

"回的,我来拿下东西。"许知喃走到她旁边,"很难受吗?"

姜月撑着脑袋,面前还摆着书,可已经看不进去了:"嗯,应该是感冒了。"

"我那有感冒药。"许知喃从柜子里翻出常备药,拿温水给她冲了一杯。

姜月道了声谢,捏着鼻子一气儿喝下去:"没事,你别担心我了,先回家吧,我今天早点睡觉就好了。"

"不用去医院吗?"

"没事的,现在去医院要忙到好晚了。"

许知喃还是有些不大放心,把自己的小药箱放到姜月的桌上,又给她烧了壶热水:"晚上你要是还觉得不舒服,记得给我发消息。"

"嗯。"

只不过许知喃行李还没整完,方才只是流鼻涕头疼的姜月突然开始腹泻,从厕所出来时脸都刷白,嘴唇也没了血色,快虚脱的样子。

许知喃上前扶姜月,却碰到姜月滚烫的手臂:"月月,你发烧了?"

她不敢放着这样的姜月回家去了。

许知喃从姜月衣柜里拿了件衬衫外套给她披上,又揣了个保温杯就扶着她出宿舍。

好在校医院距离她们宿舍不远,中途还遇上了一个同班同学,帮忙扶着姜月一块儿到校医院。

医生给姜月量了体温,38℃,又给她抽了血。等了一刻钟,化验结果出来了,病毒性感冒引起的发烧。

方才一块儿送姜月过来的同学先回去了,许知喃把姜月扶到椅子上坐下,很快医生就来给她挂针。

姜月这会儿越发觉得昏昏沉沉了,鼻子也整个塞住:"阿喃,你先回去好了,这边有医生在呢。"

"我刚才给我妈妈说了今天不回去了。"许知喃给姜月倒了一盖子的温水,"我在这儿陪你,你靠我肩膀上睡一会儿。"

姜月再次跟她道谢,喉咙疼不再说话,喝了水后很快就不知不觉睡着了。

两人身高差不多,许知喃得坐直了才能让她舒服地靠在自己肩膀上。

暑期,大部分人都已经回家了,又是晚上,校医院里很安静,整个学校也很安静。

许知喃拿出手机,徐振凡给她发来了一条消息,是一条链接。

她点进去看，正是刺青设计大赛初赛的投票页面，今天过零点才开启正式投票，这会儿只是展示阶段。

许知喃拉下去仔细一幅幅看过来。

可以看得出来刺青水平很参差不齐，不过这回比赛报名人数多，每个小组拔尖的也不少，写实风格小组中也有几个比较出色的。

她紧接着便在图腾组找到了路西河的刺青，乍一看是粗犷的原始感，但若仔细看，每一处细节都处理得非常精妙，有一种奔放的美感。

的确是顶尖的水准。

许知喃手法细腻，跟他不是一个类型。

不过通过这个刺青作品也能想见为什么这些年来"刺客"一直是当地最有知名度的刺青店。

她看完一遍，退出去，徐振凡又给她发了个链接过来。

【振凡哥：你要火了妹妹！】

刺青圈子不大，比较专业的那些有一个专门的交流论坛用于分享自己的文身，而这次的比赛虽然在全网来看并未掀起太大波澜，但在这个论坛里却是被热议的。

许知喃平常什么圈子都不混，这回还是头一次进去看。

徐振凡发来的那帖子正在议论网站发布的那张她文的星系刺青图。

【这个有点牛啊！】

【难得一见的写实风格大牛？？？】

【这星系也太好看了吧，真的像是画上去的，有人知道这个许知喃是哪个城市的刺青师吗，要是近的话我想跟她约一下。】

【太绝了！】

【惊了，这是许知喃的作品图吗？？？】

【听到吃瓜的声音，楼上认识？介绍介绍？】

【也不算认识，我也是今天来参加比赛的刺青师之一而已（不过我没啥技术，去玩玩的，就不说自己名字了），她今天带来的那个模特文身的时候全程哭，我还以为是这许知喃手法不行把人壮汉都给扎哭了呢，结果居然？？深藏不露？？？】

【我听着都真尴尬，层主不会还嘲笑人家了吧。】

【全场都在笑她呢。这妹子长得贼好看，超精致，就跟洋娃娃似的，还乖，身上白白净净没文身，压根儿不像个刺青师，结果……】

【清纯系刺青师？更有兴趣了！】

许知喃无语。

虽说那帖子后来就歪楼到开始讨论她的长相了，不过能够被这么多人喜欢自己的作品，她还是很开心的。

姜月的头从许知喃肩头滑下。

许知喃忙重新坐直了,让姜月能够靠得舒服。

出来得急,她什么都没带,可供消磨时光的只有手机,她点开微博——她以前不经常看娱乐版块的新闻,还被赵茜笑说像活在上世纪的人。

《我为歌来》节目这回热度非常高,热门卫视、热门视频 App,再加上黄金时间段播出,剪辑也很加分,每一期的话题度都非常高。

今天还是节目的露天见面会,地点就在刺青比赛的那场馆。

这会儿热搜上就挂着几个相关话题。

校医院很安静,只能听到外面树叶被风刮过的沙沙声。

许知喃鬼使神差地点进关于林清野的那条热搜。

第一条微博是他的四张照片,关于今天傍晚在体育馆外下车时的。

最后一张他在车边站定,视线也似乎是看向镜头的,眉目攒起,表情有些冷,又有些燥,和照片周围同样入镜的笑得一脸和煦的其他人形成鲜明反差。

【哈哈哈哈哈哈哈哈哈哈哈哈哈哈臭脸林清野!】

【林清野 os:我为什么会在这儿?为什么要我营业?】

【为什么这位哥冷着张脸都这么帅!!!】

【哈哈哈哈哈哈,我算是懂了林清野为什么拿金曲奖四年来都没动静了。】

【换我这个表情可能就是只哈士奇吧……哥哥怎么能又凶又帅呜呜呜呜呜呜,我太吃这一型了。】

【哥哥凶我!!!】

【虽然我是纯路人,可以求个原图吗,这也太帅了,想做屏保!】

热搜上的讨论度明显要比刺青论坛里的多得多。

许知喃看不完,只看了前排的几个热评。

大家表达对林清野的喜欢比从前学校论坛里要夸张奔放得多。

当然,底下也有关于他不好的评论,只是很快就被粉丝点赞好评给压下去了,不往下翻都看不到。

许知喃又点开那张照片。

好像……是挺凶的。

她从前很少看到他这样子的表情。

不过上回他喝醉酒来她店里时的样子也和平时很不一样。

估计是真不太喜欢这种场面吧。

明明有那么多的人喜欢他,可他似乎从来不在乎那些。

当初对于她的喜欢也是。

许知喃退出微博，跟着打了会儿盹。很快，姜月就挂完水，她叫醒姜月，两人又一道踩着寂静无人的校园马路回宿舍。

翌日一早，许知喃起床走到姜月床下："月月，你好点了吗？"

"好多了。"姜月鼻音没昨天那么重了。

许知喃踮着脚摸了下姜月的额头，烧应该是退了，她这才放心，叮嘱姜月起床后记得吃药才走出宿舍去店里。

昨晚关于她的刺青的那个帖子引起了圈内小范围的热议，效果显著。

她刚走到刺青店门口就有一个女人迎上来问："你好，你是许知喃吗？"

"是的，您是？"

"你不是参加了刺青设计大赛吗，帖子里有放你的店址，就过来了。"

那帖子后来许知喃没再点进去看过，没想到还有人放了店址，也算是给她做了免费宣传。

许知喃开锁打开门："您先进来吧。"

两人关于刺青图案聊了会儿，这位顾客说明了自己想要的图案，许知喃记录后敲定下大概的设计方向，两人又加了个联系方式等设计完成后再发给她确认，之后再预约刺青时间。

这顾客刚走，很快又有人来了。

那帖子的宣传效果挺可观，也多亏了许知喃的那个设计作品足够吸睛。

只不过写实风格的刺青，设计也是重中之重，大部分人都是来预约的，只有一个顾客直接带了图过来。

小图，许知喃直接上手开始文。

结束后正是傍晚，送走客人，许知喃在桌子前坐下来，开始觉得脑袋疼。

连带着还出现了昨晚姜月的那些反应，鼻塞头疼犯困，也不知是昨晚跟着着凉了还是被传染了。

她今天还需要去一趟比赛承办处交资料，她戴了个口罩，强撑着坐车过去。

只不过从承办处出来后，她觉得更加难受了，外面天气还异常闷热，脸也跟着发烫。

承办处离市人民医院很近，从医院回家也比较近，许知喃不打算再回学校，直接去了医院。

一系列检查下来，不幸中招，同样是病毒性感冒，要打针。

昨天的《我为歌来》见面会之后，紧接着又是新一期节目录制。

录制结束，众人一块儿吃饭。

王启拎着酒杯走到林清野旁边，晃了晃杯子："喝一杯？"

"我最近不喝酒。"林清野说。

王启诧异扬眉:"怎么了?"

"不能喝。"

"怎么。"王启打趣道,"有人不让你喝啊?"

他顺着说:"是啊。"

一旁周吉凑过来:"他前几天文身了,差点感染,不能喝。"

王启一愣,上下看他一眼:"文什么了?"

周吉嘴快:"女朋友的名字,背上呢。"

王启看了林清野一眼。

他难得没喝酒,修长骨感的手指捏着杯白开水,居然还真就这么默认了。

放娱乐圈里,没有哪个刚出道的年轻明星敢这么做,尤其男明星,塑造人设吸粉几乎是默认的规定,也有很多娱乐公司直接写明前五年不能有恋情,为的就是巩固购买力可观的"女友粉"们。

王启当然知道以林清野的性格不可能走这个路线,也从没刻意塑造人设吸粉过。

只不过他这张脸就是个天然的武器,自节目播出以来粉丝数量增长迅速,话题度也是最高的。

"真的?"王启声音压低了点。

林清野承认得很坦率:"嗯。"

"你想过被粉丝发现了会怎样吗?"

"发现就发现呗。"林清野神色不变,"没文全名,是小名,不至于挖出来影响她的生活。"

王启算是听明白了,自己在这儿担心恋爱曝光引起脱粉会影响他的事业,结果人家只想了会不会打扰女朋友的日常生活。

不过即便林清野因为那张脸自带流量,但他的确不走流量路线,王启也没有个合适理由阻止这件事。

"看不出来你小子对女孩子还挺细心的。"王启笑了笑,"带回去给你爸妈看过没?"

林清野淡嗤:"给他们看什么。"

王启本想劝解几句,可林清野手机响了,于是作罢,不再打扰。

季烟给林清野发来消息。

【季烟:队长,我在医院看到平川之光了。】

【季烟:好像是生病了,在输液室呢,一个人。】

还有一张照片。

许知喃一个人坐在输液室的角落,脑袋侧着靠在旁边的瓷砖边缘,输液管长长地坠下来,她面色泛着点红。

林清野眯了下眼，目光在那张照片上多流连片刻。

【林清野：在哪儿？】

【季烟：市第一人民医院。】

取药处叫号轮到季烟，她过去取了药。

最近她在培训班教人跳舞，腿疼了好几天都不好，这才过来拍个片。

偶然间看到许知喃。

她想起那个晚上，她在林清野喝醉的睡梦中听到他叫许知喃的名字——阿喃。

说实话，以前季烟对许知喃是抱有同情的。

她从前也喜欢过林清野，可看清现实后就藏起了自己的喜欢从没表示出来。

可许知喃不一样，一点心计都不懂，喜欢就巴巴捧着颗炽热的心给他看。

在季烟看来，自己是已经及时止损地成佛了，可许知喃还傻乎乎地主动沉溺，遇上林清野这样的浪子，这行为实在是蠢。

直到她听到了林清野梦中喊的名字。

季烟拿好药，又看了眼一旁输液室的许知喃，心想，林清野可是欠了她一个大人情。

许知喃是被一个声音吵醒的。

她都不记得自己怎么会睡着了，醒过来的第一反应就是立马抬头看盐水挂完了没，结果仰头就看到站在自己面前的少年。

他戴了帽子和口罩，帽檐压得很低，从许知喃这个角度还能看到他那双漆黑的眼眸。

旁边还站了个穿着白大褂的医生，似乎和林清野认识，对他说："那边有间空病房，你让你同学过去吧。"

林清野淡淡"嗯"了声，目光没移开她的脸。

输液室里人虽不是特别多，但电视上正在重播上一期的《我为歌来》，现在林清野就站在她面前。

虽然全副武装看不出脸，可这样一个身量挺拔高瘦的少年也已经足够引起关注，周围不断有年轻女生朝他们这边看过来。

许知喃刚醒来，就不由得紧张起来，说不出话来，只抬手捏了捏医用口罩的鼻夹。

林清野看着她率先出声，声音有些哑："走吧，去病房睡。"说完便把吊瓶从架子里取下来，高高举着。

许知喃没动："我在这里就好……"

"这里睡着不舒服。"

"我不睡了。"她固执。

林清野静了静，又说："你这还剩下一瓶没挂的，病房安静点。"

他不再给许知喃拒绝他的机会，俯身捏住她手臂把她拽起来。

周围好几双眼睛，许知喃不想让大家认出来这就是电视里的那个林清野，也不想自己因此被大众议论，只好顺着他起身。

她往后退了一小步，避开他的手，垂眸轻声说："我自己走。"

小姑娘黑睫垂着，脸很小巧，侧脸上还因为刚才睡觉压出了条浅浅的褶，因为生病眼角耷拉着。

林清野松开她，举着吊瓶往病房方向走。

走了一段路，到走廊上，许知喃才想起来个问题——林清野怎么会在这儿？

到了病房，他将吊瓶重新挂到架子上，许知喃坐在床沿，没躺下去，想等他走，可安静片刻后也没见他有半点离开的意思。

"你怎么会来这儿？"许知喃问。

"季烟跟我说的。"他将输液调节器调慢了些，"怎么突然生病了，昨天下午见你不是还好好的。"

他说得很理所当然，像是昨天下午他们还约着见了面似的，可明明只是在体育馆外远远看到了一眼。

"着凉了。"许知喃低声说。

"一个人来打针。"林清野看着她，好似无意地问，"你男朋友呢？"

跟林清野说这个话题实在有些尴尬，也不知他怎么就对这个话题这么热衷。

许知喃顿了顿，想起之前网上看到的他那个臭脸表情，当时她和徐振凡一块儿走出来，而后为了避嫌又跑到了顾从望旁边。

许知喃眨了下眼，问："你说哪个男朋友？"

安静。
安静。
安静。

林清野好一会儿没说话，而后哼笑一声："出息了啊。"

"不是……"许知喃自己也没想到刚才那句话有那样的歧义，干脆直接说，"我没有男朋友。"

林清野挑了下眉，眉间笼罩多日的阴翳散去些。

虽说他后来细想也并不认为徐振凡或是顾从望会是她后来交的男朋友，只不过听她亲口否认就更舒畅了。

他摘了帽子，拉开病床旁的椅子坐下来，挨得近，他的膝盖几乎碰到了许知喃的膝盖。

她腿往里缩了下，而后蹬掉鞋子爬上床，靠在床头，将被子拉到腰间，完全是避着不想跟他有任何肢体接触的样子。

林清野任由她避,依旧坐在椅子上,也不玩手机,就这么看着她。

许知喃屈着腿,双臂环过小腿。安静片刻后,她终于忍不了,又开始赶他:"你怎么还不走?"

他笑,后背靠着椅子,下巴微抬着看她,样子有点痞:"一会儿挂完针,我送你回去。"

"不用。"

"不然你生着病去坐地铁?"

许知喃只想让他快点走,一来两人从前关系特殊,现在分开了实在没必要再见面;二来他如今受尽关注,她不想惹麻烦,万一两人一块儿曝光,他那些粉丝不知会怎么样。

于是,她随便找了个理由:"我朋友会来接我的。"

他冷哼:"顾从望?"

三个字,明明就是个名字,他说得也波澜不惊,却跟威胁似的,连带着那双漆黑狭长的眼眸也微微收拢。

"你怎么知道他的名字?"

许知喃说完,想起之前顾从望还跟她提起过,他们俩家似乎是认识的,之前还吃过一次饭呢。

她不想让林清野和顾从望两人扯上没必要的关系,而且顾从望似乎还看他很不爽,现在看来,林清野也同样。

"不是他。"许知喃补充,"是我室友。"

"你也不怕传染给人家。"

许知喃一顿。

有人来接是她瞎说的,压根儿都没有朋友知道她现在在医院,她原本打算打完针自己打车或坐地铁回家的,没考虑到传染的问题。

如今夏季流感正盛,要是传染给人家的确不好。

许知喃忍不住噘了下嘴,顺着他的话回答道:"那你送我不也要传染给你。"

林清野低声笑了下,无所谓道:"那就传染给我好了。"

"就当替你报仇了。"他嗓音含着点极淡的笑意,"给我文身时不还特地挑了最疼的地儿吗,那就再让我难受几天好了。"

许知喃不知道他这是什么歪理:"我要你难受干什么。"

"赎罪啊。"他说。

病房内重新安静下来,许知喃抱着腿,下巴抵在膝盖上,好一会儿才说:"林清野,你真以为就这么好赎罪吗?"

她看向他,缓慢又平静地说:"我从前的生活全都被你打乱了,你明明知道我们不是一个世界的人,你还是要来招惹我。

"我以前一直以为所有的事都是因为我那晚喝醉酒引起的,所以即便是喜欢上你这样一个人那也是我咎由自取,可我后来才发现不是,在秦棠追我的时候你也已经知道我了,是你把我拉进了这样的境地。"

"林清野,你不该来招惹我的。"

林清野安静地听许知喃说完,没有任何表示,而后起身。

"如果我偏要呢。"他站在床边说。

"我不接受。"

他没再说话,给她倒了杯水过来,又坐回去。

许知喃没喝他的水,拿出手机,见徐振凡给她发来了一条语音。

她直接将语音转化成文字,可惜也不知是因为徐振凡嗓子粗还是怎么,翻译出来她也看不懂,于是只好调整好音量放到耳边。

许知喃明明已经把音量调到最低,可徐振凡那个大嗓门依旧嘹亮地穿透过来。

"你可别难过啊!我早说了这玩意儿就是抱团,数据没么有真实性的!"

许知喃听蒙了,给他回复。

【许知喃:什么?】

徐振凡很快又发来一条语音:"你不会还不知道吧?刺青设计大赛投票不是今早零点开通了吗!你别跟我说你到现在都还没去看过一眼啊?"

【许知喃:今天太忙了,我给忘了。】

【许知喃:我现在去看看。】

徐振凡继续发语音:"妹妹,你也太佛系了吧,不能这样!冲啊!"

他很快又发来一条投票通道的链接。

许知喃点进去看。

网页已经是按照投票数由高到低排序了,第一名就是路西河的那个文身图,许知喃也很喜欢,对于他拿第一不算意外。

只不过再往下看很快就能发现不对劲。

当然,初看时她觉得优秀的那些也在前排,只不过中间还夹杂了几个水平参差不齐,这样拉下来看显得很突兀。

许知喃在中上位置找到自己。

在写实小组里,她的排名是第七名,不算低,能进下一轮比赛,只不过和前面的前三票数断档非常严重。

看上去不太好看。

许知喃轻轻蹙了下眉,倒不是因为自己票数低,而是这个投票明显不公平。

退出后,徐振凡又给她发来了两条语音。

【妹妹,你可千万别难过啊,明眼人都看得出来这票数不对,就连路大哥今天下午也来找我说了这事儿。】

"他们都不遗余力地拼命宣传拉票呢，毕竟拿奖后跟以后的利益直接挂钩的，你快转发到你朋友圈去！听到没！"

徐振凡看起来比她还关注这个投票结果，义愤填膺。

【许知喃：可是，不是规定了参赛刺青师不能拉票的吗？】

徐振凡："拉倒吧，这种话也就是忽悠你这种以为公平公正的人去参赛的，我微信里加的那几个刺青师恨不得每小时都转发一遍到朋友圈喊人投票了。"

徐振凡："快点！你也去转发一波！速度！"

许知喃犹豫片刻，最后还是决定转发。

尽管大家都在毫无顾忌地拉票，但许知喃依旧没在转发内容中写任何关于拉票的内容，觉得心里过意不去，只是转发了一个投票通道。

很快，就有人评论她这条朋友圈。

【赵茜：啊啊啊啊啊啊啊阿喃给我冲！投票出来了你怎么都没跟我讲！】

【顾从望：这什么垃圾比赛，投票的人都没眼光的？】

【姜月：投了！！！阿喃冲！！！】

许知喃上大学以来参加过社团也参加过学生会，后来又经常被叫去主持节目，再加上从前加的文身客户，微信里好友很多，很快就有很多人回复点赞、帮忙投票。

冰凉的点滴顺着输液管进入血管，许知喃手背发凉。

她拿左手手心捂了会儿，手机就放在被子上，看着一条条新蹦出来的评论和点赞。

忽然，又多了一个点赞——林清野。

从前的备注还是"清野哥"，自从两人分开后，许知喃就将备注改成了连名带姓的。

而现在林清野就坐在她旁边。

许知喃侧头看他，正好对上他的视线。

林清野问："上次那个男的就是你文身的模特？"

"嗯。"

"复赛能进吗？"

"不知道，看现在的排名应该能挤进去。"许知喃收回视线，一边回复信息一边说，"不过后面会被挤出来也不一定。"

林清野扬了下眉："什么时候报的名？"

他问得稀松平常，像是朋友间的闲聊，许知喃只好也平常心回答："上学期的事了。"

他攒起眉，声音压低了些："怎么那时候没跟我说过？"

那时候他们明明还是那样的关系。

"你也没问过我啊，我们本来就不怎么聊天的。"

林清野这才回忆起,从前许知喃的确很少主动找他,也不像别的小姑娘那样要人陪,只偶尔自己约她吃顿饭,而后一块儿回公寓或者工作室。

回去后直奔主题,结束后她就已经累得眼皮打架了。

交流的确不多。

在林清野看来,许知喃跟他的这几年,他对她不错,也从没和其他女生有过任何逾矩行为。

他生长在那样子的一个家庭,从没有人告诉他怎么真心待人,他也没想过该如何真心待人,只要人在他身边就好了。

许知喃于他而言,只不过是满足了从前的一个执念而已,他想把她留在身边。

其他的,他的确没有关心过。

"阿喃……"

许知喃打断他的话:"点滴没了,你帮我叫一下护士吧,谢谢。"

外面天色已晚,最后还是由林清野送许知喃回家。

一路上无话,打完针许知喃又有些犯困,她靠着车窗半梦半醒地打了会儿盹。

这是林清野头一次送许知喃回家,而不是回宿舍。

一路导航过去,她家离市中心远,没有那样喧嚣嘈杂的夜生活和盘旋交错、遮天蔽日的高架桥。

快开到家,许知喃便睁了眼。

林清野把车停在她家门口,屋里二楼许母的房间还亮着灯。

"谢谢你送我回来。"

许知喃说完便拉开车门要下车。

林清野重新扣住她手腕,往回轻轻拽了下:"阿喃。"

"对不起。"他说。

"对不起什么?"

"以前没有认真对你,是我的错,秦棠和我其他朋友那儿我都会说明清楚,不会让他们看轻你。"

许知喃扯了下嘴角:"不重要了,我不会再跟他们有其他瓜葛了,他们怎么看我的不重要,何况这种事情也不是你一句话就能说清楚的。"

许知喃拨开他的手,下车,临关门前看着他淡声说:"还是谢谢你今天送我回来。"

"但我希望这是我们最后一次见面。"许知喃轻轻笑了笑,样子很乖,"你是林清野,这一点应该很容易做到。"

随即,车门被甩上。

她背着包头也不回地朝屋里走。

少女背板挺直,肩膀很薄,看上去脆弱又骄傲,然后她推门进屋,始终没有回头看一眼，门重新被阖上，林清野再见不到她。

"阿喃！"许母听到动静从房间里走出来，"回来了？"

"嗯，妈妈，你快去睡觉吧。"

"怎么这么晚回来，我还以为你今天又要睡宿舍了呢。"

许母走到楼梯口，先是看到她脸上的口罩，然后一垂眼又看到她手背上贴着的白色输液贴，瞬间皱起眉，下楼的脚步也加快。

"怎么了，今天去医院了？"

"嗯，有点感冒，没事的。"许知喃换好拖鞋，"妈妈，你别离我太近，可能会传染的。"

许母依旧走到了她旁边，手背贴着她额头："现在烧退了吗？"

"嗯。"

"明天看看还会不会烧起来，就算退烧了也要再去一趟医院的。"

"嗯，知道了。"

"这么晚了，谁送你回来的啊，小顾？怎么没让他进来……"

"不是啦。"许知喃打断她的话，"是我另一个同学。"

好在许母也没有多问，叮嘱她赶紧休息便先上楼了。

许知喃洗漱完回到房间，刚才在医院里睡了会儿，车上又打了个盹，这会儿一点睡意都没了。

她点开微信朋友圈看了眼，又有许多朋友帮她点赞了，评论里一水的都是鼓励加油，她统一回了个谢谢，又点进链接看。

票数已经多了两百多票了，只不过先前和前一名差得多，依旧维持在第七名。

许知喃关了手机，从书架中抽出一本佛经打开。

心就这么重新静下来，半小时后，她才发现方才手背上的输液贴都还没揭去，中间一点有渗出来的血迹。

许知喃撕掉，手背原先粘着输液贴的那一块地方比周围白一些，一个浅浅针孔印，血已经止住了，看上去像是颗朱砂痣。

她将输液贴丢进垃圾桶。

方才坐了许久，许知喃捏着脖子仰头按了按，又慢吞吞地伸了个懒腰，视线扫到窗户外，又蓦然一顿。

林清野那辆车还在，很扎眼，黑色跑车。

车窗开着，半截手臂搭在窗沿，指间捏着支烟，青白色的烟雾飘飘荡荡地从车里扬出来。

许知喃看了眼时间，从她进屋到现在都已经过了一个多小时了。

怎么还没走？

她在楼上瞧了会儿，林清野似乎有所察觉，居然仰起头也看过来。

许知喃指尖一顿，不再看了，起身拉上窗帘，上床睡觉。

林清野数不清自己抽了几支烟。

直到许知喃房间关了灯，他才收回了视线。

回想起刚才她平静又决绝地跟他说——但我希望这是我们最后一次见面。

林清野自嘲地勾唇，后背靠在车座上，人显得有几分颓唐。

他在初遇许知喃的冬夜有多卑微，后来拥有许知喃时就有多骄傲，如今他又被打回原样了。

他下颌微抬，闭上眼，脑海中回忆起那个冬夜，在他摔门离家前跟傅雪茗的争吵。

他的亲生母亲，傅雪茗，歇斯底里地将各种难堪的词砸在他身上。

她让他滚出这个家。

她说他是祸害、杀人犯。

她满眼都是厌恶。

许知喃说的"他好可怜"并没有说错，只是那时候的他不肯接受。

她当时清澈的眼睛看着暗处的他，让他想起电影里的一句话——他好像一条狗啊。

林清野喉结上下滑动，可再睁眼时又已经什么情绪都没有了。

而后，他拿起手机，点进许知喃的朋友圈，复制好投票链接，退出，点进刺槐乐队的聊天群。

这个群里平时其他三人经常聊天，林清野很少说话，如今参加了《我为歌来》后就更加少了。

晚上十一点半，林清野发了一条信息在群里。

【林清野：网页链接】

【林清野：投个票。】

收到林清野信息时，关池、季烟、十四正在一块儿约着吃夜宵，关池还带上了自家老婆一起。

三人手机齐刷刷"嗡"一声，看完信息后，面面相觑片刻，十四吃惊道："什么情况，咱们队长是打算要正正经经地逐梦娱乐圈了吗，还带自己拉票的？"

季烟点进链接："不是，好像是逐梦前女友。"

关池和十四的手机页面也终于加载出来，赫然跳出了个刺青页面，顿时愣住了："这是什么个情况？投谁？"

季烟已经将页面滑下去找到许知喃，给他们看了眼："除了平川之光还能投谁。"她说着，食指一点，给许知喃投了一票。

关池和十四也纷纷给她投票，关池又复制转发给他老婆，一桌人都各自投了一票。

十四依旧是一脸蒙："队长怎么突然往群里发这个了，他们俩不是早就闹掰了吗？"

"闹掰了也能复合啊。"季烟说。

"他俩复合了？"十四震惊道，"队长压根儿跟'复合'这词挂不上钩吧，居然还吃回头草？"

季烟又想起那晚上听到林清野口中的那声"阿喃"，摇了摇头："你这么说应该也不太恰当。"

十四莫名松了口气："没复合？"

"是没复合，现在这情况，应该是队长单方面想复合。"

关池和十四一愣。

季烟道："我今天去医院碰上平川之光了，给队长发了条消息，他本来正跟节目组一块儿吃饭呢，二话不说就赶过去了，这会儿说不定是陪她打完针刚刚送人回家吧。"

"都送人回家了肯定得复合了吧。"十四觉得，相较于林清野单方面想复合未果，还是已经复合比较容易接受。

"我觉得还有的磨呢。"季烟说，"这平川之光从小到大估计她父母都把她护得很好吧，头一回看清队长这型号的浑蛋，哪有这么容易原谅。"她很没良心地笑了，舔了下嘴唇，"第一次受骗嘛，总得印象深刻些。"

季烟也说不上来自己为什么会这么觉得。

只觉得像许知喃这样的虽然看着好说话，但实则也固执，有一套自己的标准，第一次在林清野身上栽是意外，第二次基本就不可能了。

十四对她这套说辞似懂非懂，又问："你怎么今天去医院了？"

"哦，腿有点痛，教舞蹈教的。"

十四问："没事吧？"

"没事儿，我本来以为是骨头闪了呢，结果就是拉筋伤着了而已，没什么问题，估计太久没有这么练过了吧。"季烟搓搓脑门，叹口气，"赚钱难啊。"

关池发了张烧烤摊的照片到群里。

【关池：让我老婆也投票了，队长，一块儿来吃个夜宵吗？】

【林清野：我过来太远了，你们吃吧。】

【关池：不过啊，我看那个投票，平川之光还跟前面的差挺多票的，就我们几个投也没用啊。】

【林清野：嗯，我发朋友圈了。】

关池一口酒差点直接喷出来，其他人也凑过去看，随即打开朋友圈，果然第一条就是林清野发的。

林清野的朋友圈和他那个有几百万粉的微博一个德行,从来不发东西,一点进去就是空旷旷的一条投票链接。

林清野破天荒地发了条朋友圈,立马引起众人回复。

十四愣怔道:"还真是转性了啊。"

一旁关池老婆并不了解其中纠葛,只随口问了句:"你们不帮忙转发吗?这个许知喃也算是你们嫂子吧?好像已经快超过第六名了,说实话,她这个图比第六名好看太多了吧。"

从前十四倒也叫过许知喃嫂子,但那是随口的称呼,总不能当着她的面喊什么平川之光,叫全名又很奇怪,于是干脆就叫嫂子。

可他从来没真把许知喃当成过嫂子,无非就是自家队长的一个女朋友而已,还是随时可能会被换掉的那种。

现在看来,局势似乎是完全大变了。

十四盯着那条朋友圈低骂了句脏话,跟季烟说:"咱俩之前不还当着人家面打赌哪个女生会先去跟队长告白来着吗,被队长知道了得被揍吧?"

季烟哼笑一声:"瞧你那德行。"

话虽这么说,就连林清野也转发了,他们没有不帮忙的道理,纷纷转发。

他们这一群人微信里别的没有,朋友很多,而且多是些平时爱混的朋友,还真能形成一传十十传百的辐射效应。

许知喃对这些毫不知情,已经进入睡梦中。

林清野直到看到她的排名上升到了第五名才驱车离开,堰城这个大都市市中心的夜生活喧嚣热闹一直持续到夜里两三点,和许知喃家附近简直像两个完全不同的城市。

林清野对这类夜生活没有兴趣,直接往公寓方向驶去。

他走的是近路,路窄,在距离公寓一个路口的地方突发一起追尾,两辆跑车撞在一块,红色阿斯顿马丁撞黄色保时捷。

两个车主站在路中央,大概是在等交警和保险过来处理。

只不过这两辆车这么横亘在中间,想要开过去是不可能了。

这里离公寓很近,只需穿过一条小巷,林清野懒得再掉头,索性把车停在一旁的路边车位,拿上口罩和帽子便下车。

小巷寂静无人,方才下了半小时的小雨,雨点还在从屋檐淅淅沥沥地往下落。

林清野拉下口罩,点了支烟,在青白烟雾中忽然再次见到那个满头银灰白发的女人,是先前也在这儿遇到过的那个老婆婆。

她这儿的物件倒是比从前更丰富了,破木桌旁还立了根杆儿,杆上一面红底黄边的旗帜,上面写着"占卜算命"。

林清野站在原地片刻,呼出口烟,提步走到她桌前。

老婆婆连头都没抬，张口便道："你怎么又来了？"

林清野一顿，把烟从嘴上拿下来，指了指"占卦算命"的旗子，淡声道："你这是干什么的，我就是来干吗的。"

老婆婆笑了声，摇着头："小后生心无敬意，算了也无用。"

上回倒还为了五块钱的算卦钱拿了二维码让他扫。

林清野从兜里摸出钱包，抽了一张红色的一百块钱放到她桌上。

老婆婆看了眼钱，伸手拿好，对着一旁杆上支着的电灯泡照了照，似乎是在验明真假，而后揣进兜里，这才看向林清野。

"我上回跟你说，你姻缘不顺？"老婆婆被那张百元大钞收买了。

"是。"

"我看你事业倒是很顺，前途无量，不必费心。"

林清野问："不抽签？"

"不用，你这人不信神，抽了也没用。"老婆婆幽幽道，"想要化解姻缘之劫，很简单，你得心诚。"

林清野没说话，她继续道："不仅是对神佛心诚，更重要的是你要对你那位姻缘心诚，真心待人方得始终，这点你得明白。"

"我上回还跟你说，你心魔太重，损人不利己，该想办法破除。"

林清野静了静，问："那要是破不了呢？"

深夜寂寂，林清野人高腿长，身形落拓，站在这样一个算命摊前，对面坐了个皱纹满面、神神道道的老太婆，画面看着很诡异。

"破不了，那你也得跟你那位姻缘和盘托出，我说了，真心待人方得始终。"老婆婆摆弄着签筒，发出些声音，"何况，你的有缘人是位福泽深厚的虔诚之人，能够点化你。"

可惜他那位有缘人压根儿都不打算再见他了。

林清野自嘲地笑了声，准备离开。

"对了。"老婆婆叫住他，从袖子里摸出一个牛皮纸包裹的小纸包，"当然，也可借外力，我看在你有缘人的面子上，今天就把这粉也卖与你。"

林清野垂眸，认出来，这就是上回她想要用五百块钱卖给他的所谓秘方。

"多少钱。"

"不二价。"她伸出一根手指，左右晃了下，"一千块。"

林清野哼笑一声，不太正经："你这物价涨得够快的啊，几天价格就翻倍了啊。"

老婆婆埋怨地瞪他一眼，食指一指："你这是大不敬！"

因为这句话，林清野忽然想起从前。

自从在酒吧遇到的第一晚之后，两人加上了微信，可许久没有联系，直到某天他给许知喃发去一条信息，问她在哪儿。

许知喃问他怎么了。

过了两分钟，她又发来一个定位，是郊区的一个寺庙。

【林清野：去那儿干吗？】

【许知喃：去大师那儿拿些佛经。】

林清野扬了下眉，几分诧异。

【林清野：你还信这些？】

【许知喃：嗯。】

【许知喃：你找我有什么事吗？】

他仗着当初是许知喃对他说的会对他负责，慢悠悠地回复。

【林清野：今天见一面吧。】

【许知喃：好的，你是有什么事吗？】

就聊了这么几句，许知喃已经问了三遍他有什么事，他都能相信这会儿的许知喃抱着手机回复得有多拘谨。

林清野故意逗她。

【林清野：培养一下感情啊。】

那头的人安静下来，好一会儿才发来信息。

【许知喃：好的，那就去图书馆可以吗？】

去图书馆培养感情？

林清野往后靠了靠，手举着手机拒绝了。

许知喃打着商量的语气发来一条信息。

【许知喃：那你去哪里比较方便呢？】

林清野当时正坐在工作室的桌前编曲，本想让她直接来工作室，只不过想着小姑娘戒备心重，估计不敢，于是改口。

【林清野：去酒吧好了，今天下午有个活动，一点钟。】

【许知喃：好的，我会准时到的。】

"野"的舞台打造得很漂亮，圆台前还有一个T台，当时白天就被一个模特活动租了场地，有一场T台秀。

由于白天酒吧一楼会有零星散客，两人直接去了原本白天封闭的二楼包厢，外面半透明的帘子挡着，底下看不到上面的景象。

许知喃对T台秀没什么兴趣，又不知道该聊什么，林清野也全然没有什么要主动找话题的意思，她便从书包里拿出本佛经，摊开看。

那还是林清野头一回见这个年纪的人看佛经，他诧异地眯了下眼，问："这是什么？"

"《楞严经》。"她一本正经道。

"这玩意儿——"他手伸过去,拎起书页一角,"看着不晕吗?"

他提着书丢到旁边沙发上,许知喃目光紧紧跟着书,像是只看着自家猫崽子被提走的小母猫。

"还疼吗?"

"什么?"她还看着沙发上的那本佛经,没意识到他话里的意思。

林清野也不多加解释,笑了下,只不过笑声意味不明,嚼着点玩味和坏笑。

许知喃愣了两秒,懂了,脸也跟着唰地通红,跟声控感应似的。她视线往下垂了垂,黑睫轻颤着,然后起身挪到沙发旁,把那本佛经重新抱进怀里。

"你这样是大不敬。"她低着头说。

林清野收回思绪,看着那老婆婆,再次走上前,抽出手机:"你的二维码呢?"

老婆婆哼笑:"你当你买下来就不是大不敬了吗!"

"那你卖不卖?"

她抽出那张二维码拍在他面前:"我有什么可不卖的,神佛也是要有香火钱的,不诚亏的是你自己。"

似是被林清野那态度给弄恼了,老婆婆的态度也不太好。

林清野在输指纹通过转账时还在疑惑,自己明明知道这老婆婆一会儿五百一会儿一千的肯定是在骗人,也不可能真去吃这连有毒没毒都不知道的粉末,可还是宁愿将这一千块钱打水漂。

付了钱,老婆婆又从兜里抽出一支圆珠笔,在牛皮纸上写下:

温水送服,一气服下,心魔即断,姻缘速来,天灵地灵。

她将粉包放到林清野手心:"欢迎下次光临。"

就这连扇门都没有的破摊儿,也敢说光临。

在这破摊儿上耽搁了些时间,林清野回到家时已经很晚。

他洗了个澡,腰间系了条浴巾走到镜子前。

身上肌肉线条匀称流畅,有力量感,但不过分壮硕,正属于大家说的"穿衣显瘦,脱衣有肉"的类型。

肩上水珠没擦干,顺着落拓利落的线条滑下来。

林清野侧了点身,看背上右侧肩胛骨上的文身。

那支药膏后来又抹了四五次,已经消炎,前些天还结了痂,最近痂皮已经脱落了,应该是恢复好了。

支愣起的肩胛骨上是漂亮流畅的行书字体刻下的阿喃。

不得不承认,许知喃的刺青手法的确很好,即便是中规中矩的两个字,在她手法下依旧有着不寻常的美感。

林清野一只手臂撑在洗手台上,方才洗澡时弄湿的几绺额前碎发垂着,他打开手机。

自他发了那条朋友圈后很多人都帮忙转发，虽然初心并不是帮忙，而是凑个热闹，毕竟难得看到林清野主动对一个女生做出些什么来。

他那条朋友圈底下已经有很多评论，他懒得再看那些调侃的话，直接点进那条链接。

许知喃的排名已经从第七名升至第五名，离第四名的距离也只差四十来票。

他想，在背上文了"阿喃"也的确算不上什么代价。

他的阿喃，以后也许找她刺青都要排队预约，算是他赚了。

因为打了针又吃了感冒药，许知喃这一晚睡得很沉，一夜无梦，直到第二天被徐振凡接二连三的微信吵醒了。

她迷迷瞪瞪地睁开眼，刺眼的阳光打进卧室里，她半眯着眼打开手机。

【徐振凡：妹妹，你第二名了啊！！！】

【徐振凡：你这波转发也太厉害了吧！！果然，大家还都是有眼光的，冲冲冲！下个目标就是第一名！！！】

许知喃愣了愣，点开链接，这回居然都不用往下滑，直接就在第一页找到了自己。

票数跟昨晚相比简直是指数增长。

许知喃自然知道自己朋友圈的水平，即便也有几个朋友帮她转发，可也不可能到如今这个水平。

她退出网页，再次点进朋友圈，往下滑了些，便赫然看见了林清野的名字。

与此同时，手机屏幕上方弹出个新闻推送——

【《我为歌来》新起之秀金曲奖获得者林清野疑似参与校园暴力，当年校园暴力受害者现身说法！】

自节目播出以来，林清野就以一种极其迅猛的速度打开知名度，吸粉速度也极快，节目播出没几期，那个没有发过一条内容的微博粉丝数就已经直逼千万。

这条新闻一出，迅速引发热议。

许知喃点进新闻，跳出来个视频，正是从前他刚拿到金曲奖时就被议论过的那段打架视频片段。

第六章

他深埋多年的秘密被发现了

那则新闻很快就引起了极大的关注。

尽管视频是旧视频了,但当时林清野没有进入娱乐圈,不活跃在大众视线中,议论之后也就过去了,可现在不一样了。

不仅是林清野已经火了受到关注,更重要的是,他已经进入娱乐圈这个大风盘中,其中利益关系错综复杂,其他公司必然会留心着想尽一切办法爆料他,阻止他成为娱乐圈的下一个顶流。

而《我为歌来》播出以来,林清野的风头远超其他几位明星,粉丝又过于疯狂,和别家粉丝关系很紧张。

各方势力下场,将这个话题推向高处,同时也将"校园暴力"的标签狠狠贴到林清野身上。

【之前这视频出来的时候粉丝还洗呢,现在受害人也出来说话了,林清野粉丝打脸打得疼吗?】

【哦嚯,怎么最近突然爆火的明星都会被挖出黑历史。】

【来,那些喊着让林清野凶你的粉丝,看看你家哥哥是怎么打人的,脑残粉肯定要说哥哥打我了叭。】

【抵制校园暴力!!】

【@《我为歌来》官微,节目组还管不管了,这种人也能继续出现在荧幕中吗?还有没有门槛?赚钱太容易了吧??】

【之前节目刚官宣参加选手的时候就有人提过这个视频啊,你当节目组不知道他校园暴力吗?】

那则视频前半段是林清野打人,后半段则是受害者的采访视频,证据确凿,就连粉丝都不知道该做何解释。

于是,评论被声讨和控诉占据。

偶尔有几个年纪小的粉丝无条件站林清野的被打成"脑残粉",而理智发言说等真相的粉丝也被同样对待。

一时间,先前还被捧到顶峰的林清野一夜之间就被七嘴八舌的舆论袭倒。

许知喃看着那些评论,人渐渐醒了。

她从床上坐起来,再往下看那些评论就更加不堪入目了。

许知喃轻轻蹙了下眉,点进那个视频。

最初的那一分钟只能看到林清野的侧脸,但被他压在地上打的那个男生的脸是看不到的,到后半段的受害者采访视频才能看到他的脸。

许知喃的视线一顿。

这个男生,有点眼熟。

三分钟的采访视频,那个男生讲述了自己被校园暴力的过程——

"林清野是七中的,在我们那边七中不是个好学校,我高中是在一中读的,那时候校门口有时也能看到有七中的人收保护费,我们学校学生大多都很乖守纪律,也不敢怎么反抗这群人,一般也就直接给了。

"后来有一回,我身上没带钱,又遇到七中的人,我看了眼就想直接绕路走了,我那时候还没成年,看见他们这样的人只觉得太可怕了,可他看到我要走,什么话都没说,冲上来就打我,就是林清野。

"前几天,我偶然间在地铁上看到身边的姑娘在看那个节目,看到林清野的那个瞬间,我整个人都冒了冷汗,回想起了之前那些噩梦。

"当时我在医院住了很久,恢复后就很快离开堰城转学去了别的学校,过了两年才终于走出心理阴影。"

他说得当真像是深陷于被校园暴力的阴影那般。

若是一般人看了一定会对他产生同情,那样的年纪,成绩优异又认真的一中学生,被这样一群人毁了原本的青春。

可许知喃不行。

她认识视频中的这个所谓"受害者"。

这人的确是一中的,还和她是同年级的同学。

没记错的话,这个男生叫苏铮,转学之前在一中的成绩也不好,属于吊车尾,她对他了解不多,但也经常听办公室老师提起他,一提起来就都是一副头疼模样。

"阿喃。"门口许母轻轻敲了敲门,推门进来,"好点了吗?还发烧吗?"

许知喃将手机锁屏:"应该没有了,已经不头疼了。"

许母见她已经醒了,走过来用手背探她的额头,松了口气:"一会儿还是要去医院一趟的,别又等晚上烧起来了,今天就别去店里了吧,在家好好休息会儿。"

"嗯,我一会儿先去医院看看,如果没烧了还要去店里的,这些天生意挺忙的。"

"那你也得保重自己身体啊,生意哪有身体重要。"

"我之前给你提过的呀妈妈,我参加了一个刺青设计的比赛,现在投票排名还挺高的,有好多人向我预约了。"

许母神色一喜:"成绩出来啦?"

"没呢,还是初赛投票阶段,现在已经第二名了。"

第一名还是路西河,压倒性优势领先,许知喃估计不可能超过他,但也已经很满意了。

她顿了顿,又忽然问:"妈妈,你还记得苏铮吗?"

许母愣了下:"苏铮?"

"嗯。"

许母回忆起来,眉心还皱着:"你高中时候的那个同学吗?他怎么了?你又遇到他了,他跟你说什么了?"

许母难得这么心急地提出一连串的问题。

"没有,我就是忽然想起来这个人而已。"许知喃掀开被子下床,"好了,我洗漱完就直接去医院了,你别担心了妈妈。"

林清野的事引起了轩然大波,很快王启也知道了。

王启不仅是《我为歌来》的节目制作人,而且也是传启娱乐公司的负责人,一听这消息就直接驱车赶到林清野的公寓。

门铃按响。

林清野上身赤着,胯上松松垮垮地勾着裤腰,边走边把皮带系上,而后拉开门:"来了。"

"你怎么还不急呢!"王启恨铁不成钢地指着他。

林清野从鞋柜里拿了双拖鞋丢到他脚边:"进来吧。"

以前碰上类似这种事都是艺人急得团团转,而团队其他人得冷静下来忙着善后和危机公关,到他这儿,反倒是掉了个儿。

"你看网上的那个视频了没?"王启问。

"看了。"

"那人你认识吗?"

"认识,就是我打的。"林清野说。

王启其实压根儿不信苏铮的那套说辞,林清野什么家庭条件,又不缺钱,怎么可能会做出那人口中所说的"收保护费"的行径。

王启叹口气,心累道:"你给我配合一点。"

林清野笑了声，从沙发上捞起件短袖套上。

王启这才注意到他背上的那个文身，之前也听周吉提到过，阿喃——他那个小女朋友的名字。

只不过转瞬即逝，很快他就套上衣服，挡住文身。

现在不是聊这些八卦的时候，王启又问："媒体有给你打电话吗？"

"打了。"也不知道是从哪儿弄来的林清野的手机号，林清野点了支烟，"早上就被这吵醒的，刚刚关机了。"

"你不出面解释他们可还要烦你呢，你想过怎么解决这事儿了吗？"

林清野弹了弹烟灰："我打了他是事实。"

只要这一点不能被推翻，无论他怎么解释都没用，舆论就是有这样的风暴，想要反转就必须拿出足够力度的证据。

轻飘飘的"并没有收取保护费"是没用的，甚至还会引起逆向的后果。

王启皱了下眉："那你有没有考虑过，和苏铮私下和解。我提前调查过，他大学读了个普通三本，家庭经济条件也很一般，如今正是毕业的时候，需要钱的地方多，何况他现在突然站出来，既然是诬陷那他的目的就不会只是为了出口气，达成和解的可能性很大。"

林清野嗤笑一声："不和解，打他那是他活该。"

王启竖起眉："林清野！现在不是你由着自己性子的时候！"

"你先告诉我，你打他是因为什么事？"王启重新放缓了语气问，"我看看还有没有其他解决方案。"

林清野叼着烟，好一会儿没说话，然后他勾唇笑了下，痞里痞气的："为了个小姑娘。"

许知喃去了医院，虽然已经不觉得难受，可量了体温后还有些低烧，于是又挂了一瓶点滴。

刺青投票网页上她的那幅作品位置升上去后，大概是曝光量大了，后续涨幅依旧不错。

许知喃只粗粗看了眼便退出，重新点进关于林清野的那条新闻，底下评论已经更加不堪了。

"那个——许知喃？"身前响起一个声音。

她抬起头，季烟站在她面前，手里还提了一袋东西。

许知喃愣了愣，没想到季烟会主动跟自己打招呼，微微颔首："嗯，好巧，你找我有事吗？"

季烟直奔主题："你看到队长的新闻了吗？"

"看到了。"

季烟左右看了圈，在她旁边的座位上坐下来："你认识视频里的那个人吗？"

许知喃停顿了下,说:"认识。"

不知道为什么,她心里突然腾起一种预感:"你为什么这么问?"

季烟从前也从来没把那个苏铮和许知喃联系到一起过。

那天他们一群人原本正好好走着路呢,林清野站在最侧边,他们剩下三人勾肩搭背地聊天调侃,林清野虽没怎么加入他们的无聊话题,但气氛依旧很和谐。

可当苏铮突然从转角口出现时,氛围就忽然间急转直下。

林清野把书包卸下来丢给十四,卷起校服袖子,什么话都没说,便直直地朝苏铮走过去。

他们三人都没反应过来。

说实话,林清野虽然性格算不得好,但也没像这样不分青红皂白地打过架。更多时候,他性格是淡的,对什么都很淡,找不到他对什么特别在乎的,随性到极致。

当时,他们一看情况不对,就立马去拉住林清野,怕闹出什么事来。

随后,他们还让周围几个拿手机拍的人删除照片视频了,只是没想到最后还是传了一段视频出来。

至今他们都不知道那一次林清野为什么会这么恼火不理智。

只是今晚季烟在看苏铮的采访视频时捕捉到他高中是一中的信息,就忽然联想到了许知喃,她也是一中的。

她的直觉告诉她,也许这件事和许知喃有关。毕竟在林清野身上原本都难以想象的事已经一次又一次地和许知喃挂钩。

比如他睡梦中那声低语的阿喃。

比如昨天晚上让他们帮许知喃投票,甚至还发了朋友圈。

林清野从小到大就长得好,七中喜欢他的女生更是多得数不清,到大学更甚,什么类型的都有,可却偏偏只和许知喃产生了关系。

先前以为只是见色起意,如今看来,似乎不一定。

季烟跟许知喃简单讲了那天傍晚的事。

"你是觉得,林清野打苏铮的事,会和我有关系吗?"许知喃问。

从前一直听她温柔地叫"清野哥",如今乍一听这连名带姓的生硬称呼,季烟还有点想笑。

"我也就是问问而已啦。"季烟说,"你之前和队长认识吗?"

"不认识。"

季烟一愣。

许知喃又补充道:"我是读大学以后才跟他认识的,但是之前……"她皱了下眉,觉得有些难以启齿,"秦棠的那个事,他可能更早就见过我吧,我也不太清楚。"

"你觉得有没有可能林清野打苏铮是因为你啊?"

"啊?"

季烟觉得自己作为曾经也苦苦暗恋过林清野的一分子,如今这个角色实在是有些可笑。

好在她早早自我消化了这份暗恋,除了有一点点心酸之外,倒也能感觉到一些打探八卦的乐趣。

季烟将自己的直觉说出来:"他认识你比你认识他还要早,说不定他早就对你挺有意思了呢,然后可能看到苏铮喜欢你,就把他揍了?"

说出来后,季烟也觉得怪怪的,好像哪里说不通。

许知喃抓住其中漏洞:"秦棠以前也追过我的,林清野跟他关系不是挺好的吗?"

"他俩啊,不算好啦,就以前能说得上几句话。"季烟耸了耸肩,"而且,他那个性格嘛,其实很别扭,我认识他这么久,好像也想象不出来他会主动跟人说喜欢。"

许知喃不太敢去想这个可能,换了个话题:"我和苏铮也不是你想的那样,他没喜欢过我。"

"嗯?"季烟抬眸,"那你们关系是好还是不好?"

"不好,我……很讨厌他。"许知喃说。

季烟一拍扶手:"这不就更对上了吗!队长可能是为了给你报仇!"

苏铮和许知喃的事情当时在学校闹得沸沸扬扬。

高二那年,许知喃父亲在调查一起绑架案时被罪犯报复杀害了,而她作为警察之女也因此涉险,后来还在医院躺了几天。

许知喃在高中时也和大学时一样出名,只是那时一中学习氛围浓厚,没有什么官方的校花称号,但大家都知道高二(三)班的许知喃长得特别漂亮。

她没来学校的那几天,也不知是谁知道了这事,一时间学校里都在议论许知喃的父亲去世了。

同情唏嘘、冷眼旁观的都有。

这也都是人之常情,别人的确没办法设身处地去感受当时十七岁的许知喃失去父亲的心情。

但是苏铮不一样。

许知喃从小在父母的保护下长大,从来没有遇到过像苏铮这么坏的人。

她出院后只在家休息了一晚上便回了学校,那天还是个大晴天,她落下好几天的功课,自觉留校补课,等离开学校时已经傍晚六点,正好碰上苏铮和其他男生打完篮球出来。

许知喃走在后面,他们没看到她。

"三班那个班花今天回学校了,我去办公室时正好碰上她班主任在跟她说话呢。"

"说什么啊?"

"就鼓励的话呗,她爸这事儿还上了咱们这边的新闻,学校肯定也得做好形象,就跟她说如果家里有困难的话可以跟学校提出来,会帮忙想办法,助学奖金之类的吧。"

"她家很穷吗?"

"不至于吧,她爸这样也算个烈士吧,后面的抚恤金应该很多啊。"

许知喃只当没听到,但也没勇气走到他们前面去,就沉默地跟在他们身后。

苏铮便是在这时插话说:"你这么担心人家做什么,喜欢许知喃啊?"

被说的男生脖子都红了,看上去很气愤,说:"才不是!"

苏铮笑起来:"你害羞什么,我可经常看你经过三班门口还偷看她呢,再说了,人家现在可能家庭正落魄呢,倒是给了你一个勾搭的好机会。"

"别乱说,你这样可越说越没边了。"

苏铮又道:"这有什么的,你得把握机会啊,要我说,她爸这一死对你来说还真是件好事,多好的英雄救美的机会,说不定——"

他顿了顿,挑了挑眉,露出个猥琐的表情。

许知喃咬着牙,夕阳西下,少女的肩膀单薄瘦弱,倒影被拉得狭长。

而后,她快步走上去,拉住苏铮的衣服迫使他停下脚步。

那几个男生回头,都愣了下,没料到刚才那些话会被许知喃听到,一时间都很尴尬。

方才跟苏铮说话的那个男生率先跟她道歉:"对不起,对不起,我们没注意到你在后面,刚才不该说那样的话。"

许知喃来不及理会他,眼眶泛红,死死盯住苏铮,一字一顿道:"道歉。"

周围这么多兄弟在,苏铮觉得脸上挂不住:"我道什么歉,我说什么了就要我跟你道歉,你当你谁啊。"

他想甩开许知喃,可她死死揪住他的袖子,他居然一时甩不开。

"不是跟我道歉,我让你跟我爸爸道歉。"许知喃难得展现出那副冷硬又固执的模样,"我爸爸是殉职,是烈士,你父母没有教过你什么叫作礼貌吗?"

苏铮被她烦得恼了,用力在她肩膀上推了把。

许知喃本就刚刚出院,身体虚弱,被他推得跟跄摔倒在地。

最后还是门卫保安大爷看到冲出来,扶起了许知喃,凶巴巴地把那群男生呵斥走了。

"小同学,没事啊,那群人就是学校的搅屎棍,别把他们说的放在心上,你的前程可跟他们不一样。"

许知喃红着眼眶点点头。

保安大爷之前就认得许知喃，每回放学在校门口遇到他，还会挥手笑着跟他说声再见，很有教养的一个小同学，他很喜欢她，见她这副模样就更加不满，一气之下第二天直接把这事举报到了校长办。

许知喃父亲调查的那起案子正引起社会关注，校长不敢有丝毫怠慢，怕落个怠慢烈士子女的名号。

第二天，校长就命令苏铮去跟许知喃和许母道歉。

这事就这么过了，后来过了两天，许知喃便听朋友说苏铮被外校的人打了，可能是他那张扬的性格结下的梁子，现在住了院。

再往后，他出院后就直接转学了，没有回一中。

一直到高三毕业，许知喃都没再见过苏铮。

这件往事被尘封在记忆中许久，现在骤然被拿出来，甚至还跟林清野扯上了关系。

许知喃和季烟对了下时间线，也对上了。

"那你现在打算怎么办？"季烟问。

许知喃说："我还不确定他到底是不是因为我才打的苏铮呢。"

季烟这种风风火火惯了的性子，突然碰上许知喃这种谨慎温良的，跟撞上了块软豆腐似的。

但也不能怪许知喃，她从前小心翼翼地喜欢了林清野那么久，很难接受如今这信息量。

季烟耐着性子道："我们几个以前压根儿都没见过苏铮，除了是因为你还能是什么啊，队长他又不是个见人就打的暴躁狂。"

许知喃静了静，换了个话题："现在这个新闻是不是对他影响挺大的？"

"对他心情可能没什么影响，但对事业肯定影响很大，你看网上都骂成什么样了，其中不知道多少僵尸号呢，带节奏呗，就想把他趁早搞死。"季烟说，"而且我们那乐队都解散了，要是不再搞音乐，其实挺可惜的，他天生就是这块料。"

季烟瞧着许知喃，掐准时机继续卖惨："而且他跟他父母关系特别不好，要真不干了，以后还不知道会怎么颠沛流离呢。"

许知喃从前没了解过这些："他跟他父母怎么了？"

"这我也不知道，他也不会跟我们讲，反正一年可能都回不了一趟家吧，这样好几年了。"

许知喃最后答应她："只要苏铮的确是在撒谎的话，我一定会去解释清楚。"

"行行行，太谢谢你了！"

季烟话说一半又觉得不恰当。

人家两人这个暗流涌动的关系，她替林清野道什么谢。

可看许知喃那样子，似乎丝毫没介意，还说："不用谢的，我这么做也不算是帮林清野。我本来就不喜欢苏铮，涉及我爸爸的事，我不想他在这么多人面前撒谎。"

季烟一怔。

这也太冷漠了。

"对了，告诉你一个秘密。"季烟凑近许知喃，眨了眨眼。

"什么？"

"上次队长喝醉，嘴里还喊着你的名字。"

许知喃一愣。

季烟很快就走了，许知喃那瓶点滴见底，叫来医生拔针，刚按着止住血，她的手机就响起来。

一串陌生号码，也是堰城的。

"喂，你好？"她接起来。

那头是个男声："请问是许小姐吗？"

"是的，许知喃，请问您是？"

王启自报家门，介绍了自己，大概是季烟刚才一出去就通知了他，毕竟现在能证明苏铮说的是假话的只有许知喃。

"您看您有时间聊聊关于清野这回新闻的事吗？"

"我刚才已经和季烟聊过这个事了，我愿意配合澄清的。"许知喃说，"但是我需要确定那段视频的事实，是不是真的跟我有关。"

"啊？"王启没反应过来，"不然呢？"

王启说："我刚才也问过清野了，他承认说是为了个姑娘，我想来想去，除了你也没有别人了吧。"

许知喃安静片刻，心底有些难以言喻的东西泛起来，像是碳酸饮料里的气泡。她很快就答应下来澄清。

之后一切由王启来安排处理。

危机公关越快处理效果越好，隔天一早王启就来接许知喃，已经提前约好了采访记者。

因为许知喃不想公开自己的信息，后续会做模糊处理，声音也会用变声器。

许知喃第一次遇到这场景，两架摄像机对准她，好在整个采访过程很快，那记者和王启本就相熟，没有提故意刁难的问题。

"谢谢你了。"结束后，王启跟那名记者道谢，"还麻烦你尽快把视频剪出来，不能让舆论再发酵了。"

这类新闻对双方都是有益的，记者拿到独家头条，而林清野也能洗清误会，加班加点当天下午就直接发出来。

之前那段采访视频已经掀起的热度做好了铺垫,许知喃这段一放出来流量就直线攀升。

原本大多数人等着看林清野栽在这儿一次了,就算打不死,但至少也是个洗不白的污点,以后一旦引起热议必然绕不开这件事。

却没想到最后能这样完美解决,风向立马转变。

【苏铮自己语言暴力烈士子女居然还有脸倒打一耙!!!】
【对林清野路转粉了,有一说一,居然还拿人家去世的父亲说事,太恶臭了吧!】
【相由心生没错的,我第一眼看苏铮的视频就觉得这人看着好猥琐。】
【心疼视频里的小姐姐,你父亲是个英雄啊,别把这种垃圾的话放心上!】
【林清野牛!】
【苏铮怎么不出来了,之前不是还很能吗,演技这么好怎么不去当演员啊?】
【拉倒吧,就他那个演技,说自己走不出校园暴力时候的样子太浮夸了,小姐姐这样的就算看不清表情,声音也处理过,还是会让人觉得难过,这才是说真话的样子。】

林清野看完视频,眉心渐渐蹙起来。

尽管许知喃的脸做了模糊处理,连五官都看不清,可他不可能不知道这是许知喃。

林清野看了三遍视频,而后给王启打了通电话:"网上那个什么情况?"

"什么什么情况?又出新问题了?"王启吓了一跳,立马打开电脑去看。

"不是,就那个澄清视频。"

"今天早上请你那个女朋友去接受采访了啊。"王启很茫然,"你女朋友没跟你说过吗?"

他为这事忙得焦头烂额,还要顾及对《我为歌来》的影响,想着反正许知喃也会告诉林清野,就没来得及特地告知一声。

林清野抬手按了按眉心,也不知在想什么,半响,嘴角轻轻往上提了下。

王启又说:"还有个事要给你说明一下,虽然这事已经解决得差不多了,但打人是事实,对这个行为还是要道个歉的,当然道歉声明里也会明确抵制苏铮不尊重烈士的行为的。"

王启原以为林清野又要让他很头疼地说个什么"苏铮就是欠揍"出来,没想到林清野这回倒是很轻松地就同意了:"行。"

听着心情还挺好。

自那天被林清野转发了她的刺青比赛投票链接后,许知喃的投票数就一直时快时慢地涨,虽然依旧排在路西河后面,但和第三名已经拉开很大一截差距了。

许知喃本就很欣赏路西河的刺青风格,何况他的确是很资深的刺青师,许知喃对这个投票结果没有半点不服气。

她退出链接,又从手机后台点进之前就打开的微博,她那条澄清视频下已经有很多评论了。

她简单看了一通,确定舆论已经转变才放心下来。

很快,店里又来了一个客人。

这个客人也是通过那次比赛知道许知喃的,特意来做文身,还带了已经提前准备好的设计图。

那图案不大,做下来两个小时。

结束后,天已经黑了。

许知喃前不久刚刚发了次烧,这些天妈妈总催她早点回家休息,每天关店都很早。

她收拾好东西,正准备回家,门再次被推开,风铃轻响。

刚才还在网络上被热议的男人出现在她面前。

许知喃静了静,不知道为什么,经过这事后见到林清野的心情已经很平静,问:"你怎么来了?"

林清野关上门,走到她身侧:"之前不是在你这儿文身了吗,发炎了。"

许知喃忍不住道:"这都多少天过去了,现在还发炎你那块肉都已经不好了。"

林清野笑起来,侧靠在她那张木桌前:"我看到你那个采访视频了。"

"嗯,王制作人今天上午来找的我。"许知喃不动声色地将功劳全部推给别人,"昨天在医院碰到了季烟,是她跟我说的这件事。"

林清野勾唇,样子有点痞,身上光芒也更盛,回到从前光芒万丈的模样。

他凑近一点,近距离地看着许知喃,慢吞吞问:"那你为什么帮我?"

许知喃没躲也没避,直视他,平静地说:"因为,我发现你好像很喜欢我。"

话音落,林清野那颗心脏像被狠狠攥了一把。

他深埋于心底多年的秘密被抓住了。

小小的刺青店悄无声息。

两人对视片刻,最后还是林清野率先移开了视线,他在旁边的沙发上坐下来,背微微弯下来:"你都知道了。"

许知喃一愣。

他,这是承认了?

她从来没有想过有一天会亲耳听到林清野承认喜欢她,她说的还是"很喜欢我"。

她从前那么喜欢林清野。

她第一次喜欢一个人,也不知道怎么保护自己,恨不得把那一颗心都完整地给他,可受过伤之后也就学乖了。

她不知道该怎么去接受林清野的这个回应。

只突然想到了最初自己喜欢上林清野的那个瞬间。

明明是很简单的一件事,她却因此耗了三年。

两人荒唐一场后不久,许知喃当时还是大一,刚入校没多久,老师布置了很多零散又复杂的小任务。

比如参加校史馆、写参观日记、选择地点进行社会实践等等。

很多活动都是分小组的,随机组合,许知喃没和室友一起,跟班上另外三个女生一块儿。

这种小组活动很靠运气,要是碰上不负责的组员就很麻烦,许知喃运气太差,另外三个组员压根儿没一个是负责的。

社会实践活动上,她们就直接把实地参观和拍照的活交给了许知喃,而自己就负责简单的照片整理和文字描述部分。

许知喃脾气好,再加上挑选的社会实践地点是一所故居,古色古香,她本身就很有兴趣,于是搭了一个多小时的地铁换乘好几次才到达目的地。

她逛了许久,不像是完成作业,倒像真是来旅游参观的。

从陈列馆出来,突然毫无预兆地下起瓢泼大雨,从旧式屋檐上成串坠下来,像是珠帘,若有闲心看看还别有一番意境——可许知喃没有带雨伞,回不去了。

雨下了很久,天色渐晚,手机没电关机,她被困在那儿了。

最后没了办法,再这样下去,故居遗址外都要关门了,那她可得在这旧房子里待一晚上了。

天亮着时倒还好,如今天暗下来,看着倒是有些阴森森的。

许知喃把书包从肩上卸下来举过头顶,心一横,索性直接举着包冲进雨幕里,虽然故居旁边就是地铁站,但故居占地面积大,跑到地铁站浑身上下也都湿了。

许知喃站在地铁口,拍了拍衣服,都能挤出水来,好在她今天穿了深色的衣服,不至于将内衣也印透出来。

鞋子也泡了水,一踩下去水都能挤出来,很难受。

许知喃叹口气,正准备走下地铁口,突然听到两声喇叭声。

她下意识地回头看去。

林清野坐在车里,摇下车窗。

他有一张足够让人过目不忘的脸。

她没说话，对视片刻后，他下车，也不撑伞，小跑着过来，和她一块儿挤在地铁口的遮蔽下。

两人挨得近，林清野沉默地看了她片刻，笑了："你怎么跟落汤鸡似的。"

她抓抓头发，有些羞赧："没带伞。"

"要回学校？"

"嗯。"

"我送你？"

许知喃抬起头，他又重复了一遍，指了下后头的车："我送你。"

"啊，我鞋子湿了。"她有几分局促地小小挪了下脚，意思是会把他的车给弄脏的。

他不再废话，手轻轻往她背上一托："走吧，直接送你到宿舍，省得淋雨了。"

她拘谨地上了车，因为鞋子被泡湿了全程都不怎么敢踩在车垫上，缩在一角，林清野从车后座拿了条毯子丢到她身上："擦一下。"

"谢谢。"

许知喃接过，擦掉身上脸上滴滴答答的雨水，又看了眼林清野，他脸上也沾了水，可他似乎丝毫不在意。

他车开得快，雨点噼里啪啦砸在挡风玻璃上。

许知喃斟酌着说："一会儿，你在学校外面把我放下来就好了，不用送我到宿舍门口的。"

"雨这么大。"

许知喃坚持："没关系的，反正回宿舍后洗个澡就好了，也不会感冒。"

林清野没说话，当时的许知喃当然不会察觉到他脸上一闪而过的颜色。

直到车在一个商场外停下，许知喃愣了下，便见他一声不吭地下了车，跑进了雨幕中。

她正犹豫着要不要下车跟过去，很快，他又出现了，手里多了把伞，撑着回到车上，收了伞甩掉水放到她脚边位置："一会儿撑伞回去。"

"只有一把？"许知喃问，"那一会儿你回去会淋雨吗？"

看他车上也不像是有伞的样子。

林清野似乎也没想到这个问题，难得愣了下，然后散漫地笑了下："忘了，没事，你用吧。"

许知喃被他逗笑，浅浅地笑起来，露出一排小白牙和梨涡。

林清野多看了她两眼，收回视线，继续往学校方向开。

他没再强迫她要送她回宿舍，反正已经买了伞，按她的意思把车停在了学校南门口，距离她的宿舍园区比较近。

他顺着她了，她自己却出现了问题。

她那双帆布鞋泡水太久，下车时突然发现开胶得厉害，没法再穿了。

林清野注意到她不动,在一旁问:"怎么了?"

"鞋子。"许知喃叹口气,觉得自己今天运气实在是太背了,"破了。"

林清野向前倾了倾身,看了眼,很不给面子地笑出声。

他拿着伞下车,绕到副驾驶位,把伞递给许知喃,而后背对着在她面前蹲下来:"上来吧。"

许知喃没反应过来:"啊?"

"上来。"他又重复了一遍,"你这样怎么回去,连路都没法走。"

侧头过来时,有雨点顺着他黑睫落下来,许知喃才反应过来,手忙脚乱地将伞往前撑了些,挡住他的脸。

"我挺重的。"她依旧犹豫着要不要让他背。

林清野上下扫她一通,细胳膊细腿,也不知道重在哪儿了:"行,那我试试背不背得动。"

雨天,学校门口也没什么人,只有门卫还在站岗。

世界很安静。

再让人继续蹲在她面前也不好,许知喃看了眼自己坏掉的鞋子,又跟他道了声谢,手臂环过他肩膀,小心翼翼趴上去。

前胸贴到他后背时,许知喃才发觉不对劲。

刚才跑去地铁站时都淋湿了,夏天衣服本就薄,内衣也无差别地浸湿,刚才在车上她也不好意思当着他面往胸口位置擦,现在前胸后背挤压时甚至都能感觉到有水从布料里出来。

许知喃脸红,不自觉地含胸,往后退了些。

林清野察觉到,痞里痞气地勾了下唇,托着她大腿站起来,然后把她往上颠了下。

她随惯性往前,紧紧贴在他后背。

许知喃的脸瞬间涨红,慢吞吞地一点点往后退,直到中间空开一道缝隙才终于松了口气。

她趴在他背上,一只手环过他肩膀,另一只手撑伞。

那伞不大,她把伞举在他头顶,完完整整地将他包进去,没让他淋到雨,而伞骨顺下来的水全部打在她背上。

林清野察觉到,又把她往上颠了下,松开一只手,捏着她拿伞的手腕往后推,让她把自己给挡严实了。

"这样子,你就淋到雨了。"许知喃说。

"没事,你把自己顾好,别感冒。"

暴雨天的学校很安静,天色也晚了,许知喃伞拿得低,挡住大半张脸,不用担心会被别人认出来。

她能闻到林清野身上淡淡的烟草味,被雨水浸湿了,变成一种莫名会让人觉得清冽又疏离的味道。

也许这会儿给她带来的感受不太恰当。

但她的确是想到了小时候被父亲背着时的感受。

离宿舍越来越近时,许知喃有些急了,手按在他肩膀上用了点力:"好了好了,你就把我在这儿放下来好了。"

"没人。"他言简意赅,把她的小心思摸得很透。

"过去可能就有人了。"

"过去也没人。"

许知喃鞋子坏了,也挣扎不开。

他又说:"你把伞撑低点就不会被人看到了。"

许知喃忙把伞拿低了点,好在一路上都没人,林清野把她放到园区门口的屋檐下。

许知喃把伞还给他,抬眼时忽然注意到他领口边露出来的一段皮肤,估计是刚才被她按红了。

"啊。"许知喃想伸手,结果伸到一半又停下,悬在半空中,慢吞吞地收回来。

林清野垂眸扫了眼,淡淡笑了下,不在意地扯了下领口,没说什么。

"今天谢谢你送我回来。"许知喃再次跟他道谢。

他抬了下下巴:"进去吧。"

"嗯。"

两人都没先挪步子,最后还是林清野先离开,重新撑起伞,走进了倾盆雨幕里。

他身形落拓,肩膀很宽,身上那好闻的味道在雨中化不掉,仿佛依旧萦绕在她鼻间。

她指尖还留存他身上的温度。

她也不知怎么了,心跳有些快。

其实后来许知喃想起林清野,总觉得他好像对自己也不是很差。

就像下雨天时,他自己淋雨也一定会护好她。

从来不会跟她发脾气,也不会把从外界受来的气泄露一点给她,对她说话总是散漫含笑。

说到底,她的确没有见过他对其他女生这样子过。

所以才会想自己会不会是特殊的,也许他就是这样子的。

可有时候许知喃又会难过,觉得自己好像只是被他很轻描淡写地喜欢了一下。

以至于到现在,她知道了林清野的秘密,他那么久之前就认识她,甚至还因为苏铮欺负自己的事去打了苏铮。

她都很难去理解,林清野从前对她的感情到底是哪一种。

可之前的误会再怎么缠绕，现在他们也都已经分开了。

"你到底是为什么来我这儿？"

"来跟你说声谢谢。"林清野侧了下头，"视频澄清的事。"

"不用，也跟我爸爸的事有关，换了谁我都会帮忙澄清的。"

现在的许知喃和从前不一样，每一句话都想尽办法在跟他撇清关系。

林清野坐在矮沙发上，店内的灯光将他瞳色映照得偏浅，淡淡的琥珀色，他仰视许知喃片刻："阿喃。"

许知喃没应，只看着他。

"你怎么样才能原谅我？"他声音很淡。

"我原不原谅你对你来说很重要吗？"

"重要啊。"他笑得有些落寞，第一次坦诚自己埋藏许久的秘密，"我那么喜欢你。"

许知喃低下头，继续整理背包，好一会儿才说："可我不想喜欢你了。"

因为从前被许知喃无意中的那句话刺伤了自尊心，林清野一直看不懂自己对她的感情。

而后来，尽管这段关系在其他人看来被玩弄感情的是许知喃，可在林清野心里却对她有着一种难以言喻的征服欲，大概是初次见到她时就像是在仰望，她如高高在上的施舍，不管之后关系怎么转变，那一眼都已经在他心里根深蒂固。

可现在，许知喃这样平静地说"可我不想喜欢你了"。

他除了慌张之外，更多的是心疼。

他挣扎在自己的执念中，从来没有认真去考虑过许知喃的感受。

"而且我从来都没有感觉到你特别喜欢过我。"许知喃说。

"阿喃。"他低声唤，"我第一次见到你时，是十七岁。"

十七岁的林清野，刚刚组乐队一年，还没拿到金曲奖，正处于籍籍无名的时候，在以混乱著称的七中读书，和父母关系恶劣，除了这张脸，在当时看来也的确是没有可以夸耀的地方。

而那时候的许知喃呢？

她在全省最好的一中读书，成绩优异性格温柔，身边有许多优秀的朋友，做什么都很认真，又好像永远无忧无虑。

林清野曾经听到她跟朋友说起目标，她说她想考上平川大学。

也看到过她的父亲去接她放学的样子，许知喃挽着父亲的手有说有笑。

"十七岁。"

许知喃低低重复了一遍，在心里推算，她那时十六岁，正读高一。
"你在哪里见到我的？"
"商业步行街，7-11那儿。"
林清野只简单跟她说了那天的情况。
可这天对于许知喃来说只是再平常不过的一天，对此丝毫没有印象。
林清野也不再多说，毕竟那天对他而言不算愉快。
"因为我和我父母的关系，可能我从小到大都不知道该怎么好好对一个人。"
许知喃想起之前季烟跟她提到过的，林清野和他父母关系似乎很恶劣。
"你和你父母……怎么了吗？"顿了顿，她又补充，"你不想说的话也没事。"
"那就不说了吧。"他应得很快，笑了下，轻松道，"怕你觉得我在卖惨。"

许知喃知道林清野家很厉害，想也许是些她的世界难懂的豪门恩怨，偶尔也会听顾从望提及他什么叔叔伯伯家的八卦秘辛。
她垂下头，却忽然看到从林清野的裤袋里露出一角的东西，牛皮纸包着，上面似乎还写了字。
林清野注意到她的视线，跟着低头，微微攒起眉——上回遇到那老婆婆时给他的，忘记拿出来了。
他伸手想把东西给塞回去，刚一动，小纸包就掉下来，极轻微的"啪嗒"一声，砸在地上。
许知喃的视线跟着往下，以为是什么药粉，问："这是什么？"
林清野刚捡起来，闻言手一顿，最后还是递过去。
上面写着一行字：

温水送服，一气服下，心魔即断，姻缘速来，天灵地灵。

许知喃一怔。
这样神神道道的话和林清野实在不搭，以至于她立马抬眼看了林清野一眼，他倒是神色如常，似乎也没对此觉得多难以启齿。
她又低眸重新扫了眼那二十个字。
因为是刺青师的缘故，许知喃对这类字迹比一般人更敏感，很快就觉得有些眼熟。
她愣了下，想起来了："这个——是不是南骞小路那边的一个老婆婆给你的。"
林清野没想到她居然还认识，挑了下眉，淡淡"嗯"了声。
许知喃微蹙着眉将牛皮纸包打开，里面是些白色粉末，有股中草药味。
她又整齐折回去，问："她卖给你多少钱啊？"
"一千。"

啊。

一千块。

许知喃张了张嘴,没发出来声音,又闭上了。

就这么一包东西,居然这么贵。

林清野和许知喃不一样,他是个纯粹的无神论者,没有任何宗教信仰,从前看许知喃抱着佛经也只是觉得荒谬又有趣。

如今还被她发现了自己花一千块钱买了这么个破玩意儿,林清野觉得有些尴尬。

顿了顿,他补充道:"她说真诚待人方得始终,要对我那位姻缘诚心才可以,还说我有心魔,你手上这玩意儿就是为了除心魔的。"

许知喃问:"你相信吗?"

林清野自然没相信,所以那小纸包还在他兜里,没有吃。

但当时会花这一千块"智商税"买下的理由一言难尽。

也许是因为许知喃那晚再次拒绝他,他心底闪过的一瞬"死马当活马医"的想法,或者是因为他在跟那老婆婆说话时想到了许知喃的影子,以及两人的那句"你这是大不敬"。

但许知喃是个虔诚的信仰者,林清野也不好直接说不相信。

正犹豫片刻,许知喃睁大些眼,样子有些难以置信,说:"你不会真的相信了吧。"

林清野喉结上下滑动:"没。"

否认得很干脆。

可是许知喃已经不相信了,一副看他上当受骗的惋惜模样:"我不知道那个老婆婆算命准不准,但她另外卖的这些转运辟邪的都是骗人钱的,之前我知道有个人在她那边算命,后来吃了她给的东西还又拉又吐好几天,找她理论还怎么都不承认呢,而且还卖得特别贵。"

她又叮嘱:"你可千万别吃。"

林清野怎么也没想到,两人分开这段时间,许知喃总避着他不跟他说话,如今这长篇大论居然是劝他不要被老婆婆骗了。

大概是怕他对受骗反应过激,许知喃又安抚道:"不过那个老婆婆自己带了个小孙子,才读小学,可能是要给他挣学费吧。"

"就当是行善积德了。"许知喃说,"积德无须人见,行善自有天知。"

听她又说这些文绉绉的话,林清野低笑一声。

被他这一笑,许知喃终于是回味过来他们如今的关系了。

她抿了抿唇,重新安静下来,拎起包:"你回去了吗,我要关店了。"

"嗯。"林清野站起身。

少年人高腿长，身形落拓，鬓角的头发被剃得很短，脸形棱角分明，在白炽灯下越发显得精致。

他就这么站着，看了许知喃一会儿，而后上前。

他走到她面前，背弯下来，呈现出一个拥抱的姿态。

可许知喃却忽然想到上次他喝醉酒来自己店里的场景，下意识后退，躲开他的拥抱。

林清野动作一顿，没强迫，只顺势将手支着自己膝盖弯下腰，视线和她齐平，平视着："阿喃。"

"嗯？"她很轻地应了声。

"让我再喜欢你一次吧。"林清野说。

后来许知喃再回忆起林清野那句"让我再喜欢你一次吧"，虽然从前林清野跟她说话也从不会大声，可这似乎是认识他这么久以来他最温柔的一次。

傲骨褪去后，他和她视线齐平，许知喃第一次触碰到他的真心。

那句话是请求的意思。

对视片刻，许知喃率先收回视线："可是现在这么多人都喜欢你，你没必要这样的。"

"可我不喜欢别人。"

林清野抬手，想触碰她的脸，可悬在空中不知想到什么，又停下，往下坠了点，轻轻落在她脖颈处。

他手心微凉，贴在她脖颈锁骨处，骨感的，纤细到脆弱，仿佛他用力就会折断。

"我不会喜欢别人。"他又说。

他手掌很大，许知喃脖子被他控在掌心。

"我知道我骗了你，没有经过你的允许就把你拉进了我的生活里。"林清野神色很淡，"那天晚上，后来我也喝醉了。"

"我没有想过要故意破坏你的人生，如果我没喝醉，我不会那么做。"他头一点点低下去，不再直视她。

"你不用给我任何回复，只要你允许我再喜欢你一次就可以。"林清野说，"阿喃，以前我对你不够好，让我现在再认真追你一次。"

许知喃只觉得在他掌心的脖颈发烫，说不出话来。

直到手机铃声打破沉默。

是她妈妈打来的。

林清野往后退一步，没靠这么近了。

许知喃从包里拿出手机，接起来："喂，妈妈？"

许母在那头问："阿喃，你什么时候回来啊，别忙太晚又生病了。"

"嗯，我知道的妈妈。"她乖乖应声，"我马上就回来了。"

许母怕她只是安抚自己，又催道："快回家来休息啊，门还给你留着呢，你回来我再睡。"

又聊了两句，许知喃挂了电话。

林清野已经又退回到桌子前，看着她说："我送你回去吧。"

"我可以坐地铁的。"

林清野看了眼时间："末班时间快过了，回家还要坐一小时的地铁，太晚了。"

许知喃想起妈妈说的"你回来我再睡"，犹豫片刻，看了眼玻璃门外，林清野那辆车就停在外面，很近。

她摇头："会被人看到的。"

"不会。"林清野戴上口罩帽子，压得严实，只从帽檐下露出一双漆黑眼睛，"我送你，可以早点到家。"

安全起见，林清野先上车，确定外面没人看到后许知喃才紧跟着上车。

车窗是单向玻璃，外面看不进来。

夏夜的温度总算是凉快了些，车窗只开了一条缝。此时正是夜生活开始的时候，这个点这条路上车辆很多，好在大家都成群结伴笑闹着，没有人注意到其中的这一辆车。

许知喃坐在副驾驶座，侧头看着窗外，很安静。

堰城是个国际化的大都市，路灯亮如白昼，街上俊男靓女来往，穿得很清凉。

以前许知喃总觉得自己和跨入夜生活的堰城格格不入，而林清野却融入得很好。

还在酒吧时，只要有刺槐乐队上台表演，底下必然是座无虚席的。许知喃看惯了他在舞台上光彩夺目又恣意的样子，底下的欢呼呐喊也都是为了他。

如今上了节目，他成了其中话题度最高的歌手，依旧有那么多人喜欢他，来自全国各地。

可现在林清野坐在她旁边，还对她说了那些话。

许知喃总觉得不真实。

一路上她没说话，林清野也就始终沉默着，车开出闹市区后周围就没有那么多人了。

只不过车开到一半忽然下起雨，许知喃懊恼地发现，她又没带伞，明明天气预报说今天不会下雨。

雨点噼里啪啦砸在挡风玻璃上。

已经快开到许知喃家了，周围没有一家便利店或超市，想买把伞都困难。

林清野原本想把车直接停到她家门口，但被许知喃制止了："我妈妈可能就在楼下等着我呢，会看到的。"

于是,他便乖乖把车停在侧边,从这儿跑回家十来米距离,不过看这倾盆大雨的架势,还是会弄湿。

林清野侧头看了眼身旁的许知喃,短袖和牛仔短裤,底下是一双帆布鞋。

他收回视线,从车后座拿了件外套放到她腿上。

许知喃一顿,看他。

"穿着外套进去。"林清野又摘下帽子,往她头上一覆,压严实了,"走吧,别淋湿了。"

"谢谢。"许知喃一点一点抓紧那件外套,又补充,"送我回来,也谢谢。"

林清野那件外套是冲锋衣,黑色的,很大,防水,套上后下摆到许知喃大腿中段,完全包住她自己原本的衣服裤子。

跟他道完谢,许知喃便直接跑回了家里。

妈妈还在楼下等她,一听见动静扭头看过来,吓了一跳:"你淋雨回来的啊!没带伞吗?"

许知喃站在玄关处脱掉外套,将水抖落:"嗯,忘记拿伞了,到家门口才下雨,没事,没有淋湿。"

"这件衣服是你自己的吗?"许母发现不对劲,"怎么这么大。"

许知喃停顿了下:"我朋友的,刚才是他送我回来的。"

"小顾啊?"

"不是,是另一个朋友。"

许母又看了眼她手上那件衣服,这么大,摆明是男生的,好奇地多问一句:"我们阿喃不会是谈恋爱了吧?"

"没有啦。"她很快否认,又对上妈妈探究的视线,莫名脸上发烫,"没有男朋友,就是普通朋友而已。"

许母笑道:"再一年你也毕业了,这话题有什么的,是该找男朋友了,妈妈也没有别的要求,能对你好就行。"

对于这个话题,许知喃很敷衍地"嗯"了声就结束,摘掉帽子,也被雨打湿了,头发倒还是干的。

她垂了垂眼,又胡思乱想。

林清野算是对她好的吗?

她不确定。

"来,你把湿衣服和帽子给我吧。"许母从她手里接过,又催她,"快去洗个热水澡,别感冒了。"

于是,许知喃不再去想,转身上楼。

林清野在屋外等了会儿,直到看到楼上许知喃的房间亮了灯才掉头驱车离开。

等回到公寓，已经过了零点。

林清野洗了个澡，穿着睡袍趿着拖鞋出来，老婆婆给他的那牛皮纸纸包就摆在桌上。

他盯着看了会儿，头低垂着，忽然低低笑了声。

公寓偌大又空旷，少年笑容散漫，灯光打下来，将他额前的碎发映照成浅色。

花了一千块钱买了这玩意儿，倒也不算亏。

翌日一早，又到了《我为歌来》录制的时间，节目已经接近半程，林清野的综合得分依旧排在第一，而周吉进入危险待定区。

林清野这回选的歌也是一首原创，慢歌，情歌。

他的确是有一副好嗓子，声音偏低，很有磁性，又带着些仿佛刚睡醒没有化掉的鼻音，明明咬字利落干脆，却总让听者觉得缠绵，轻而易举地撩拨人心。

《我为歌来》的舞台不仅音乐设备是顶级的，就连灯光和拍摄也是顶级。

其他参赛选手都坐在后台休息室，休息室中央就是实时直播的电视机。

林清野这次没有借用任何乐器，只一个立式麦架，人懒散地站在台前，修长骨感的手指捏着麦架，线条流畅的宽肩窄腰被灯光勾勒出金灿灿的轮廓。

休息室里有人抬手捂住眼睛："哎哟，不能看，差儿被勾走了，我要向导演举报！这有人比赛耍赖！朝底下观众放电！"

众人纷纷大笑起来。

《我为歌来》选手之间虽也是竞争关系，但不像一般节目那般关系紧张，因为大部分选手都是已经出道的歌手，只是将比赛当作一个演出舞台罢了，大家互相之间关系非常融洽。

又有人说："你不知道我们上回在群里还给他取了个绰号吗？"

"叫什么啊？"

"皮卡林。"那人回答道，还模仿着皮卡丘的声音说，"皮卡皮卡，十万伏特。"

"哈哈哈，还挺形象，的确是十万伏特，这都已经不是拿脸放电了，浑身上下都能让人触电。"

一首歌结束。

台下观众一半听到垂泪，一半喊着林清野的名字继续沸腾。

他手依旧扶在麦架上，抬眼扫过台下，片刻后，他微微倾身，靠近话筒，极轻地勾了下嘴角，说："谢谢大家。"

他笑的幅度其实很小，但还是被台下的粉丝捕捉到，尖叫声乍然响起，几乎要冲破演播厅的天花板。

就连休息室的众人也都吃惊了。

"刚才林清野是……笑了吗？"

"别说脏话别说脏话,到时候节目剪出来你这段话得哔哔掉好几个字,虽然我也震惊了!林清野怎么突然营业了?"

"你们没发现他今天来的时候看着心情就不错吗?"

自节目开录以来,林清野就一直是低气压,大家都习惯了,以为他原本就是这个性格脾气。

很快,林清野下了舞台,返回休息室。

沈琳琳对四年前向他邀歌没得到回应的事儿耿耿于怀,先前看他那样只觉得这人性子太野,即便如今节目上见了面也没问过他这事儿,到今天才算是终于抓住机会了。

一见他回来,沈琳琳便抬手给他打了个招呼:"嘿,兄弟。"

林清野一顿,提步往她那儿走:"怎么了?"

"我问你个事儿啊。"沈琳琳停顿了下,食指指了指自己,"你还记得我吗?"

林清野眼皮耷拉下来,扫了她一通:"沈琳琳?"

沈琳琳现如今在歌坛还是很有地位的,算是实力最被大家认可的女歌手,虽然年纪不算大,但大家见了她都是要叫声"琳琳姐"的。

林清野倒好,直接叫了全名,那三个字从他嘴里出来,还莫名有些挑衅的意思在。

好在沈琳琳也不在乎这些虚的:"我,四年前,向你邀过歌,记得吗?"

林清野扬了下眉,很明显,对此全无印象。

沈琳琳兀自点点头。

很好,意料之中。

"我给你写歌了吗?"林清野问。

沈琳琳无语道:"你有印象给别人写过歌吗?"

他淡淡笑了一下,否认得很坦然:"没。"

沈琳琳不得不承认,这林清野的确是长了一张让女孩儿生气不起来的脸,笑起来尤甚。

简直是造孽啊。

沈琳琳舒出口气,摆摆手,玩笑道:"小心雪藏你。"

"你要邀歌?"林清野在她旁边的单人沙发上坐下来,喝了口水,"什么类型的?"

沈琳琳当即睁大眼:"我邀得动你吗!"

周围哄堂大笑,林清野也提了下嘴角:"你有兴趣的话。"

"这也太突然了,我都还没想好呢。"沈琳琳拍拍胸口,佯装一副受惊吓的模样。

邀歌的事儿牵扯很多细节,最后两人加了个联系方式决定后面再详谈。

四年之仇得报,沈琳琳又看了他一眼,忍不住凑上前问:"你今天心情好像很好哦？"

林清野垂头，又低笑了下："嗯。"

"因为什么啊？"沈琳琳是真的好奇，难得八卦，捂着嘴压低声音，"谈恋爱了？"

他没答，人往后靠在沙发上，下颌微抬，显得轻慢又嚣张。

沈琳琳在心里啧啧几声，不愧是年轻人啊。

下一个选手上台后不久，林清野就被叫去备采间录中期采访。

问题是从节目组官方微博底下的热门粉丝评论中选取的，当然也有经过尺度筛选。

一共六个问题，不难。

林清野向来不怕舞台和镜头，即便没有提前准备也能很顺畅地回答下来。

到最后一个问题——

"大家都很喜欢你第一场比赛中唱的《刺槐》，有粉丝想知道《刺槐》歌词是有什么意义吗？"主持人问。

林清野一顿。

因为这首歌，他在十八岁拿到了金曲奖，但歌词是他十七岁时写的，如今已经快六年过去。

见他不回答，主持人又补充问："歌词里有一句'你是少女，我是匍匐的五脚怪物'，请问这儿的这个'少女'是确有其人吗？"

在主持人几乎以为这是不能触及的问题时，林清野终于开口了。

"这个少女啊——"

他停顿几秒，而后抬眼，看向镜头，狭长的眼尾勾起一个微妙的弧度，而后又垂下眼，很无奈地笑了下："我十七岁写的歌词，自然是十七岁时遇到的一个女孩儿。"

主持人一愣，没料到这毫无预兆地就挖出个猛料，还结巴了下："那后面那句呢，匍匐的怪物指的是你自己吗？"

"算是吧。"

"为什么呢？"

"因为她太好了，十七岁的我不敢靠近。"

少年第一次在镜头前剖开自己的过去，倒也不是做了一个多难的决定，只是现在的他终于愿意去诉说了。

他笑得妥协："那时候，我还挺自卑的。"

刺青设计大赛初赛投票环节结束，最终路西河第一，许知喃第二。

不过两人分属于不同小组，对复赛没有影响，都是各自小组的第一名。

周五,复赛在体育场开始。

这回许知喃请的模特是另一个之前在她店里文身过的姐姐。

复赛和初赛的要求不同,初赛是自己准备设计图,而复赛则是统一赛程规定的设计图,自己可以做细节上的修改。

每个小组都选出投票中票数最高的十位刺青师,文相同的内容,看得更多的是刺青技术和手法。

等每一位入选复赛的选手都在自己工作床前就座,承办方才公布了四组本次赛程需要比赛的文身设计图。

写实组的设计图是一只狮子,毛发蓬松的雄狮子,露出獠牙,即便只是文在皮肤上,也依旧能感受到万兽之王的威风凛凛,栩栩如生。

但难度明显也更高,色彩是黑白,各处颜色晕染各不相同,很考验技术。

其他组的图案也同样,难度比初赛大部分人自己准备的设计图要难得多。

图片一放出来,就有不少人在底下哀叹说太难了。

"这图案可以啊阿喃,我喜欢!"模特陈黎明仰头看着大屏幕说,"我之前还担心会是那种人像呢,我还是不太想在身上文个没啥意义的人像的,这狮子就太好看了。"

许知喃笑了笑:"你放心,我会给你文好看的。"

在周围都是抱怨太难的声音中,少女声音温和又淡定,不是骄傲,而是一种很坦然的自信。

路西河作为图腾组第一名,位置就在她旁边,闻言笑了下,侧头看过去。

许知喃对上路西河的视线,路西河扬了扬手里的文身笔:"加油啊妹子。"

许知喃看过他初赛后的作品后也很欣赏他,笑着跟他点点头:"你也要加油。"

路西河被她这一本正经的表情戳中了笑点,仰着头哈哈大笑,笑声爽朗。

很快,比赛开始。

许知喃没急着上手,而是先拿纸打了个草稿,对荧屏上的那张设计图做了个修改——整个狮子图像被她删减了大半,只剩一个狮头。

虽然图案是少了,但难度反而增大,意味着对细节的要求更高,否则会将缺点暴露得很明显,一般的刺青师是不敢这么做的。

她又添了几笔,许知喃本就是美术专业出身,很快,那图像就更加逼真了。

"你看这样行吗?"她问陈黎明。

陈黎明笑道:"今天是你比赛,你说行就行。"

"那我就这样文了啊?"

陈黎明被她这温良的性子逗乐了,忍不住催:"你快点吧,我看就你还没上手文了。"

狮子文在陈黎明后背上。陈黎明没有徐振凡那么怕疼,全程都很安静,没出像上回那样的洋相。

不过也是因为大家现在都已经在投票页面知道了许知喃的真实实力，不再自取其辱、不知天高地厚地去逗人家大神了。

许知喃刺青时很专心，文身针一针针落下，那只狮子在她手下逐渐显现出来。

写实风格因为太难，当初报名人数就少，第九第十名那两人还是靠疯狂拉票才成功进的复赛，如今又碰上这高难度的设计图，吃不下来很正常。

他们也没想过要获奖拿奖金，纯粹是来玩的，模特也只是请了相熟的朋友。

两个小时下来，场地后边突然发出一声暴呵："我杀了你你信不信！你文的这什么玩意儿？老虎还是猫啊？"

那刺青师在对方屁股上一拍："别动！给你加钱！"

"你给老子停手！停手！我不文了！你在老子金贵屁股上文个猫是什么意思！"

两人你一句我一语，倒也不是真的吵架，而是朋友间互相吐槽罢了。

周围一群人哄堂大笑。

只不过这话听得陈黎明有点担心了，文在背上，她也看不到，也不知文得怎么样了。

一旁路西河已经结束了，走过来看，而后点点头，评价一句："哟，可以啊。"

陈黎明放下心。

她也是个文身爱好者，自然听说过路西河的名号，有他这一句"可以"那基本是不用担心了。

直到文完结束，陈黎明对着镜子一看，彻底惊呆了。

这哪是"可以"啊，这简直是太可以了！

就是让她拿出万把块钱文这个图案她都愿意，这次答应做模特真是赚了。

复赛不采取投票，而是直接现场由专业人员点评打分，评委中还有前两届刺青设计大赛的总冠军。

等打分的过程中，四十个进入复赛的刺青师坐在一块儿。

许知喃成了大家关注的中心，刚才她已经拿手机拍下了陈黎明背上那幅狮子刺青，一群人对她好奇极了，纷纷凑过来看。

"那个，你好。"一个男人朝她伸出手，"我叫魏靖，是初赛School组的第一名。"

男人看上去也只有二十来岁，脑门上一个黑色发带，上面对钩标志，不像大部分刺青师那般浑身上下很多文身，他露出来的皮肤上只有右手手臂上有个老鹰图案，是old school中常见的元素。

许知喃跟他握了下手："你好，许知喃。"

魏靖笑道，搔了搔后脑勺："我知道，初赛投票的时候我就注意到你了，文得真好。"

"谢谢。"

魏靖从兜里摸出手机,正要问她联系方式,另一边忽然传来一声"阿喃妹子"。

路西河朝她招了招手:"过来一趟。"

许知喃应了声,又跟魏靖说了声抱歉便朝路西河走去:"怎么了?"

"小心点那混账玩意儿。"路西河说话很糙,抬了下下巴示意那边的魏靖,"那小子不是什么好东西。"

许知喃一顿,又回头看了眼,路西河刚才那番话一点没掩饰,即便魏靖听不清声音也能猜到不是什么好话,他却依旧冲许知喃笑了下,扬了下手臂。

路西河又嗤了声。

许知喃回过头,问:"他怎么了吗?"

"以前是我店里的,来了三个月,卷了一批客源后直接违约溜了。"

那是挺不道德的。

许知喃对这类事也不知怎么评价,点点头便过去,从口袋里拿出手机。

赵茜给她发来了一串信息。

【赵茜:林清野是个什么品种的渣男,居然还爆出了有个什么十七岁时候的白月光。】

【赵茜:我肺都要气炸了,那之前把你当什么了?】

【赵茜:幸好跟他分手了!长得再帅也没用!!!】

最底下是一条链接。

许知喃点进去——

《林清野谈"刺槐"少女:十七岁时遇到的一个女孩儿。》

那条新闻底下直接附带了一段采访视频。

从拖着长音懒散的"这个少女啊——"开始,到最后看着镜头妥协的笑容,他说:"那时候,我还挺自卑的。"

【啊啊啊啊啊啊啊啊啊啊啊!!!这还是我的臭脸清野哥哥吗!!!】

【呜呜呜呜呜想魂穿那位刺槐少女!】

【惊了这是哥哥的初恋吗?】

【听着不像,感觉像是暗恋,没在一起过的那种,现在都这么多年过去了啊,说起来都还是酸酸的。】

【虽然但是,哥哥能不能不要谈恋爱啊!】

【我太想知道什么样的女生才会让林清野觉得自卑了!!!】

【最后三秒!林清野那个笑!我真的挖出心脏给他呜呜呜!他好像真的曾经特别喜欢那个女孩子!】

【呜呜呜哥哥不要自卑呀!你是最好的!!】

在粉丝的脑补下，给林清野塑造出了一个默默暗恋的痴情形象。

这一则新闻不仅在网络上火爆，在平川大学的论坛里也同样——因为放了暑假，学校本身帖子就不多，关于林清野的这一则便占据了首页好几条。

从来没听过他身边有过什么关系密切的异性，无非是同乐队有个女贝斯手，后来又和许知喃有些纠葛。

只不过和许知喃那事儿没人知道内情，都是大家的猜测罢了。

如今被这采访视频一搅和，大家便也都觉得林清野和许知喃之间估计也只是一场误会，毕竟这两人一个毕业一个马上大四，也从来没听说两人认识过，就连同框也几乎没有。

视频的最后，是《我为歌来》第一期林清野演唱《刺槐》的片段。

在我和世界之间
你是鸿沟，是池沼
是正在下陷的深渊
你是栅栏，是墙垣
是盾牌上永久的图案

你是少女
我是匍匐的五脚怪物
暗夜交错中春光乍泄
你拿起枪，我成为你的祭献
……

少年好听的声音传出来，许知喃音量开得不响，但还是被旁边的路西河听到了。他往她手机屏幕上扫了眼，认出来这是之前来过他店里的。

路西河不关注娱乐圈的消息，知道的明星也只局限在电影电视剧中常出现的几个知名演员，之后也是听来他店里的不少顾客提及才知道林清野。

"哟，你也喜欢他啊。"路西河笑了笑，"我店里好多小姑娘也都喜欢他呢。"

许知喃顿了顿，关掉视频，轻轻"啊"了声，算是回应。

路西河弯下腰，凑到她耳边，献宝似的说："说起来，这个林清野之前还来过我店里呢。"

他笑了笑，又说："说起来也是巧，那回是我一个朋友带他来的'刺客'，他后背上的文身发炎了，还是我给他开了支消炎药。哦对了，你猜他背上文的是什么？"

许知喃侧头看了他一眼，呆愣问："什么？"

"阿喃。"路西河扬了扬眉,"就是你名字的那个喃!吃不吃惊!"

路西河耸了耸肩:"不过他那个好像是他女朋友的名字吧,我就说给你听了啊,你可得保密,他们这种明星谈个恋爱可能还得藏藏掩掩的,不能让那些粉丝知道。"

他话说一半,终于意识到不对劲了,警惕地看了许知喃一眼:"你不会也是他那种,叫什么来着……哦对,女友粉!你不会是他女友粉吧?"

许知喃连连摆手,自证清白:"不是不是。"

路西河松了口气:"那就好,吓死我了,你可不能乱说啊。"

许知喃心说那文身就是她文上去的,还是她的名字,上哪儿乱说去。

她鼓了鼓腮帮,依旧应得很乖:"知道了。"

有人喊了路西河一声,他又跟别人说话去了。许知喃重新低下头看那条视频,心跳莫名有些快。

很快,最终评分成绩出来。

许知喃毫无疑义地再次成了写实组的第一名,路西河也依旧是图腾组的第一名,而刚刚认识的那个叫魏靖的刺青师是 School 组的第一。

四个小组的第一名产生,相当于已经选出了小组冠军。

对于许知喃拿第一的事,其他刺青师都没有震惊。

毕竟已经在上一环节见识到了她的真实水平,可许知喃头一回参加这种比赛,投票还跌宕起伏、起死回生,对自己到底处于什么水平线不确定,乍然听到公布结果就直接愣在原地。

陈黎明从一边直接百米冲刺过来,激动地搂住许知喃:"啊啊啊啊啊,阿喃!咱们是第一哎!"

她个子有一米七,就这么挂在许知喃身上,看着很是滑稽。

"太好了!我能跟我朋友吹我背上这狮子可是第一名的赛级作品!"

许知喃好一会儿才接受这个名次,很开心地笑起来:"谢谢你啊。"

小姑娘一笑就越发漂亮,眼眸像一汪春水般,就是陈黎明一个女人都看得不由得恍神。

她一摆手:"你跟我道什么谢啊!"

"谢谢你愿意来当我模特啊。"

后来不知是谁提议着要去外面一块儿聚个餐,还要四个小组冠军请客。

刺青师们大多都是大大咧咧的个性,这号召一出大家立马纷纷响应,很快就开始商议去哪儿玩了。

许知喃原本不打算去这种场合,可都说了小组冠军请客,她便不好再拒绝。

陈黎明又挽着她手一通怂恿,许知喃便答应下来。

进复赛的一共有四十个刺青师，有些之后还有事儿，或是外地的要去赶航班，最后一块儿去KTV的二十人左右。

路西河带头，一进KTV就扫荡似的先要来了五箱啤酒。

二十人里头，有不少玩咖，一来这种地方简直跟回老家似的。

有人直接抢了话筒当麦霸，有人拿上骰子骰盅就玩起来，一时间KTV大包内鬼哭狼嚎。

许知喃简直如坐针毡。

她万万没想到，跟这群人一块儿出来竟然是这样的画风。

路西河左手一瓶青岛啤酒，右手一瓶雪花啤酒，不再像之前拘束着，完全放开了，一只脚踩在茶几上，拿瓶口指着茶几上的骰子大声嚷嚷，似乎是在跟对面那人理论。

而霸占麦克风的是个女刺青师，一头金发，很瘦，漂亮又张扬。可惜五音不全不自知，两手抱着话筒唱得很是入情。

许知喃无声地抬起手臂，捏了下耳垂，叹口气。

路西河注意到她，喊了一声，热情地朝她招招手："过来玩啊，阿喃妹子！"

许知喃和他们虽然身处同一个包厢，但中间像是隔了条银河似的，像两个完全不同的世界。

一听路西河那话，周围一群人群魔乱舞，许知喃不敢过去，但又耐不住大伙的热情。

好在这时手机响了，许知喃逃似的走出包厢。

包厢门被关上后，里面的噪音总算是轻了些，她捧着手机靠在走廊墙壁上，轻轻舒出一口气，这才发现电话是林清野打来的。

自他说出"让我再喜欢你一次"之后的第一通电话。

许知喃静了静，犹豫两秒，接了。

手机贴着耳朵，那头没出声，她"喂"一声。

"接了啊。"听他语气，似乎还有些意外。

许知喃顿了顿，问："你找我有事吗？"

"没事不能给你打电话吗？"

许知喃又沉默，也不知道该说什么，可又不想这么快就走进身后那包厢里，于是就这么干站着。

林清野这人向来性子淡，跟人打电话说事儿都是速战速决，说完就挂，这样没话找话的也是头一遭。

于是，两人双双安静两秒。

"阿喃。"他出声。

"嗯？"

"我头一回追女孩儿，实在是没经验。"他声音噙着些很淡的笑意，"要不你教教我，该怎么追才有用。"

许知喃忍不住嘟囔："我怎么知道，我又没有追过女生。"

许知喃从前从不拿这个腔调跟他说话，林清野也不介意，还笑起来："那我问你个问题。"

"什么？"

"女孩儿一般喜欢多久打一通电话啊？"

许知喃脸上一点点发烫，明明没有喝酒，却跟被酒气熏着了似的。

她说不出来什么，便索性不说了。

林清野像是能察觉到她的反应似的，悠悠笑了声，而后他那边传来个声音，很轻，听不真切，林清野跟那人回了句什么。

许知喃问："你在忙吗？"

"刚结束录制，马上就回去了。"

与此同时，方才安静了几分钟的包厢再次响起嘹亮的声音，很响，透过门板穿透过来。

林清野也听到她这边的动静："在哪儿？"

"KTV。"

声音太响，许知喃说话时不得不放大声音。

林清野皱了下眉："怎么去那儿了？"

"今天刺青比赛复赛，结束后大家想一块儿去玩。"

"别太晚了，注意安全。"林清野叮嘱了句，"比赛怎么样？"

许知喃抿了下唇："拿了小组冠军。"

他轻笑，夸她："这么厉害啊。"

包厢内一首歌被鬼哭狼嚎地吼完，到下一首，非常凑巧的，正是《刺槐》，可惜那人五音不全，生生唱成了摇滚。

林清野听到，说："唱的什么玩意儿？"

他那点张狂劲儿又出来了。

她想起下午看到的那个视频："我今天看到你的新闻，是关于《刺槐》歌词的。"

"啊。"他淡淡道，过了会儿，又含着笑意说，"这么快就看到了啊。"

又有一群人结伴走进来，许知喃转了个身，面对走廊墙壁，手一下一下点着墙面，说："以前好像，没听你提到过。"

没听你提到过歌词是关于我的。

她没说全，林清野却懂她意思："嗯，以前不想让你知道。"

"为什么?"

"丢脸。"

许知喃不知道这有什么可丢脸的,但又想起他那段视频最后说的——那时候,我还挺自卑的。

她眼中的林清野和"自卑"从来挂不上钩,只有一次,他喝醉酒来她店里,神色黯淡地说:"阿喃,你不喜欢我了。"

可她后来也只是觉得不过是林清野喝醉了才会露出那样的神色。

"那你现在怎么说出来了?"许知喃问。

他笑了声:"这不是要重新追你。"

身后包厢里正唱到《刺槐》的高潮部分,声嘶力竭的。

"现在在唱的那个是你朋友?"林清野问。

"不是。"许知喃透过门窗看了眼,"不认识的,一个一起比赛的刺青师。"

"唱得费耳朵。"他评价一句。

安静两秒,许知喃也笑出声。

的确是费耳朵,只不过她的性子不会去这么评价别人唱歌,而林清野作为原唱评价一句倒也无妨。

听到她久违的笑声,林清野那颗心跳得有些快。

旁边周吉叫了林清野一声,问他去过备采间没。

林清野点了点头,走到另一边的安静处,他低声问:"要不要听不费耳朵的?"

"嗯?"

"我给你唱。"

饶是林清野,这样的话说出口也不免觉得脸上发烫。

嘈杂的KTV走廊,身后是鬼哭狼嚎的撕裂歌声,周围是来来往往的说话声,还有啤酒瓶碰撞时产生的清脆叮当声。

在这些低分贝或高分贝的噪音之间,是林清野透过手机传过来的歌声。

他的确有副好嗓子。

干净又有韧性。

等挂了电话,许知喃耳朵发烫,大概是被手机压着的。

她在包厢外又站了会儿,低头看了眼时间,已经晚上九点多了。

回到包厢后,许知喃径直走到路西河旁边:"路大哥。"

她声音有点小,路西河没听见:"啊?"

他起身,跟着许知喃走到一旁:"怎么了,有事儿啊?"

"我要先回去了。"

路西河看了眼手机,眉一挑:"这么早?"

"嗯,我家过去有点远。"

路西河看她年纪小,也的确和他们这群人合不拢,便不强留让人尴尬,问了她一会儿怎么回去,又叮嘱了注意安全。

许知喃依旧杵在他面前没动,路西河诧异地问:"还有其他事吗?"

许知喃凑近一点,小声说:"之前不是说四个小组冠军请客吗,要不我们现在去结一下账?"

路西河失笑:"他们开玩笑的,哪能让你一个都还没毕业的小孩儿请客啊,你只管走吧,你那份我会给你付的。"

他拍拍胸脯,豪爽道:"哥有钱!"

许知喃坚持要按规定付钱,可路西河也同样坚持不让她付,到最后索性直接把她推出了包厢:"快走吧!"

"嘭"一声,门直接被关上了。

许知喃背着书包,到前台问了888包厢的消费,然后又从包里翻出初赛结束时路西河给她的那张名片。

上面有一串电话号码。

许知喃输进支付宝,搜索,跳出来一个用户框——刺客路西河。

刺客是他那家刺青店名。

许知喃将刚才问来的消费价格除以四,转给路西河。

去厕所洗了个手后,许知喃坐电梯下楼,电梯门合上之际,被一只手挡了下,电梯门重新打开。

许知喃抬眼,是School组的小组冠军,她想了下名字,想起来眼前这男人叫魏靖。

男人走进电梯,冲她笑了下:"巧啊。"

"嗯。"许知喃不擅长和陌生人搭话,只颔首示意了下。

"这么早就走了?"魏靖问。

"嗯,回去有点远,怕地铁停了。"许知喃顿了顿,又礼尚往来地问了句,"你也先走了吗?"

魏靖说:"没,我下去拿个东西。"

许知喃点点头,"哦"一声,没再说了。

KTV在五楼。

大家选的KTV不在商城里,商城里大包厢时价太高,于是去了堰城另一处比较旧的KTV,旁边就是商业街,但这周围却很僻静。

一出去就是个大停车场,穿过偌大的停车场后才到主马路。

下了电梯,许知喃正准备往地铁站走却忽然被魏靖拉住了手腕,她脚步一顿,回头看他:"怎么了吗?"

"你坐地铁回去?"

"嗯。"

"我送你吧。"魏靖说着,右手往后指了下,"我的车在那儿呢,你家住哪儿啊?"

他左手还始终拉着她的手腕。

许知喃隐隐察觉到不对劲,往后退一步,不动声色地抽回手:"谢谢,不用了,你不是下来拿东西的吗?"

"哦,我朋友刚才突然说有事不来了。"他扬了扬手机,随意道。

"我坐地铁就好。"许知喃无声地抓紧背包,又往后退了步,"那我先走了。"可刚抬腿要走就再次被魏靖抓住了手腕。

这儿的停车场黑黢黢的,只有一盏路灯,还是破的,昏黄的灯光一闪一闪,像极了鬼片中的环境特写,有点儿吓人。

手腕猝不及防被扯住,逼出许知喃一声尖叫。

"不是,你把我当坏人了吗?"魏靖好笑道,"大家都是一个比赛出来的,不就送你回家的小事儿吗,你可不能因为这个就误会我啊。"

许知喃想起下午路西河跟她说的,这小子不是什么好东西。

"你先松开我。"她逼自己冷静下来,看着他。

小姑娘强装镇定,可颤抖着的睫毛无疑暴露了她的内心。魏靖得承认,这许知喃的确是长得漂亮,却又不止这副漂亮皮囊,她的漂亮是勾人的,大概是太过纯净,更能勾起人的征服欲。

魏靖原本只是想跟她一块儿下来,要个联系方式认识一下,却突然血气上涌,冲头了。

"小姑娘,你也成年了吧,有没有想过谈个朋友?"魏靖一脸痞笑,指腹贴着她手腕内侧摩挲了下,"嘶"一声,咧嘴笑,"皮肤好滑。"

许知喃奋力往后退,奈何力量差距悬殊,最后只好用另一只手扯过背包重重往他身上砸。

包里零零碎碎装了不少东西,还有一本厚实的佛经,正好砸在魏靖眉骨上,沉闷一声,他下意识地去挡,许知喃终于从他的禁锢中逃出来。

包也来不及去捡,她直接扭身就跑,却又被地上一块石头绊倒,重重摔在水泥地上,牛仔裤擦过地上的粗砾石,掌心估计也被磨破了。

许知喃都没去看一眼有没有流血,正要爬起来,忽然一道刺眼的车灯直直扫过来,她眯起眼,抬手挡住眼睛。

车轮急刹时与地面摩擦发出刺耳的声音,而后是"砰"的一声摔门声。

在刺眼的车灯光线中,出现一个挺拔身影,少年脚步又急又快,越过许知喃,径直走向魏靖。

地上有根棍子，少年弯腰抄起，在掌心上下掂了下，手臂骤然发力，魏靖被一棍子打翻在地。

林清野脸色含着火气，颈侧的线条都用力到偾张。

他拿棍子挑起魏靖的下巴，视线低垂，目光漠视又冷淡，像是完全没看到他额头上的血：“你刚才在干什么！”

“你谁啊！”魏靖的眼睛也被血糊住，睁不开眼，大吼道，"老子教训自己女朋友，用得着你多管闲事吗？"

他是想借此赶走眼前这见义勇为、多管闲事的人。

林清野嗤笑一声，眼都没眨，直接又一棍子下去。

"就你也配说她是你女朋友？再乱说，让你以后都说不了话，信不信？"

林清野的语气是平的，表情也是淡的，可就是让人捉摸不透，那根棍子在下一秒会不会再次狠狠砸下去，更让人觉得害怕。

魏靖被那两棍子直接打蒙了，狼狈地蜷缩在地上想往后退。

许知喃目睹全程，吓蒙了。

到这一刻，她才骤然清醒过来，起身时膝盖一阵刺痛，她忍住了，一瘸一拐地快步走过去。

"林清野。"

少年拿棍子的手一顿，似是从癔境中挣脱出来。

他握紧棍子，脚重重踩了魏靖一脚。

魏靖躺在地上哀号连连。

许知喃手指一点一点揪紧了林清野的袖子，而后捏住他的手腕，用力拽了两下："林清野。"

过了两秒，林清野拿着棍子的手移开了。

那本厚重的佛经刚才从背包里掉出来，砸在地上，翻过几页。

棍子悬在佛经之上，有血珠顺着淌下来，正好滴落在印着佛像的纸张上，"啪嗒"一声。

第七章

之前在一起过，现在在追她

　　破旧停车场唯一幸存的那盏路灯忽闪了好几下，也终于寿终正寝，熄了。
　　路西河原本是收到了许知喃给他转来的那几百块钱想出来看看她还在不在，结果就在走廊尽头的窗口看到了底下那一幕。
　　路西河三步并两步地直接从楼梯间跑下去。
　　楼上看不真切，只看得满肚子火，想冲下来把魏靖这浑蛋揍一顿，却不想一下楼就看到他倒在地上，糊着满脸的血。
　　路西河再一看旁边站着的两人，更蒙了。
　　电视里头的那个大明星林清野和许知喃。
　　这两人是怎么凑到一块儿的？

　　"那个。"路西河看向许知喃，问，"没事儿吧？"
　　许知喃刚才被吓得不轻，看了路西河一会儿，才慢吞吞地点头，声音很轻："没事了。"
　　魏靖从地上支着身子坐起来，血顺着额头滑下来，刚才捂过伤口的手也沾了血，触目惊心的。
　　他啐了口唾沫，声音还因痛意打着战："你算个什么东西，用得着你多管闲事？"
　　大概是看路西河来了有人拉架，他又开始骂，很难听。
　　路西河本就在生意上被魏靖坑过，同样不待见他，朝他肉多的屁股上踹了脚："你给我消停会儿！我先叫救护车！别弄出人命来了。"
　　林清野眉眼间攒着浓浓的戾气，黑沉沉地压着人。
　　许知喃捏着他的手腕，感觉到他握拳时手臂上青筋尽显，怕他又发疯，攥紧了他袖子。

林清野垂眸看了她一眼，依旧面无表情的，但拳头松开了。

"叫什么救护车！我要报警！报警！我不把你搞进局子里去我就不姓魏！"

林清野哼笑一声："行。"

他把棍子往旁边草垛里一丢，弯腰捡起那本佛经，抹去上面的血迹，淡声道："我等着你。"

"先去医院！"路西河被这两人也弄得来火了，"不去医院你见警察之前就先见阎王吧！"

很快，路西河叫来的救护车就到了，魏靖被医护人员带走。

漆黑的停车场只剩下许知喃和林清野两人。

许知喃回头看着被带走的魏靖，后知后觉地害怕，他身上领口都是血，也不知道会不会出事。

忽然，一只温热的手掌从后面捂住了她眼睛，带点铁锈味儿——是刚才那根棍子上沾染的。

林清野掌心抵着她眼睛，往后一揽，许知喃后脑勺贴到他胸膛上，鼻间嗅到他身上淡淡的烟草味和一点点血腥气。

"别看了。"

她莫名鼻酸，大概是被眼前这场面弄得手足无措逼出来的眼泪，盈盈一汪，盛在眼眶里，没掉出来，只是眼角有些泛红，鼻尖也跟着泛红，显得怯生生的。

林清野喉结上下滑动，很快移开眼，看向佛经，他递过去："脏了。"

"没事。"许知喃捧回佛经，抽了抽鼻子，"他会不会出事啊？"

林清野没答，而是在她面前蹲下来，单膝跪地，凑近了去瞧她的腿。

许知喃下意识地往后退，被他眼疾手快地控住脚踝，掰回来了。

她今天穿了条牛仔裤，水洗蓝，紧身的，一双腿又细又长，臀部虽不算太翘，但腰很细，窄窄一圈，不盈一握，显得身材比例很优越。

只不过刚刚摔了一跤，这儿车来车往，地上粗石子很多，膝盖上的布料被磨破了。

林清野抬手抹掉粘在膝盖上的石子，底下皮肤有血印子，他轻轻吹了口气，抬头："疼吗？"

许知喃这才反应过来自己摔伤了，被他这一问终于察觉到痛感。

她抿了抿唇："还好，能走路。"

林清野攒起眉，起身："先去消个毒。"

"医院那边，我们不用去吗？"

"不用，找个药店吧。"

他说着，便直接将许知喃打横抱起。她轻呼一声，下意识地钩住他脖子，而后被小心妥帖地安放到副驾驶座上。

夜风从车窗缝隙中吹拂进来，带来些暖意，也终于吹散开车内的血腥气。

许知喃瞥了身侧的林清野一眼，他衣服上沾着血迹，不是他的血，而是魏靖的。

她第一次亲眼见到那盛怒之下的林清野，怒意并不直接表现在五官之上，而是一种沉浸于底的淡漠。

"我们现在去哪儿？"许知喃问。

"带你处理好伤口，再送你回家？"

"魏靖那边没事吗？"许知喃轻轻皱了下眉，"他去医院检查完应该就会报警吧，我们是不是还要去一趟公安局？"

林清野不在意地笑了："是我，不是'我们'。"

"这个事会不会对你有影响啊？万一刚才那幕有人看到了发到网上去会不会有人骂你？"

"拍到再说吧。"

没话可讲了，许知喃收回视线，看向窗外。

她被夜风吹得重新冷静下来，再回忆起刚才那一幕，要是林清野没有赶过来，要是她没能跑出去，不知道会发生什么样的事。

这么一想，带着暖意的夜风吹到身上都开始觉得凉了，许知喃指尖发颤，用力攥了下拳头才停下。

林清野把车停到一家药店门口。

许知喃忽然想到什么，在他开门之际再次拉住他："你就这样进去吗？"

"嗯？"

"你这样下去会被人发现的吧，而且衣服上都是血，可能会被媒体乱写的。"

"一分钟的事儿。"

许知喃还是不放心，对可能会把林清野牵扯到公安局的事就已经过意不去，更不用说再把他置于舆论风口了。

林清野看着她的表情，笑了一下："那去我公寓？那儿也有医药箱。"

许知喃看他一眼，又垂下视线，摇头。

早就猜到她的反应，林清野勾了下嘴角，不再多说，直接抄起旁边的帽子下车。

许知喃没拉住林清野，只好扒在车窗边看。药店收银员是个看上去五十来岁的女人，林清野边走进去边将带血的袖子卷到手肘，挡住了血迹，又向下压了下帽檐。

他也没问棉花和消毒酒精放在哪里，径直走到货架最后，半分钟找到自己要的东西，到收银台前付钱。

收银阿姨正在店内电脑上看一个最近热播的古装剧，正处于关键剧情，连头

193

都没抬,找了零就坐回去继续看。

许知喃坐在车上眼巴巴地看,这才松了口气。

车门一开又一关,林清野坐回来。

"手。"他说。

许知喃没动,他索性直接拉过她的手。

她皮肤本就嫩,容易破,擦开了好几道划痕,有细小的血珠渗出来,现在已经干涸了。

林清野皱了下眉。

似乎是怕她抽回手,他始终捏着她指尖没放开,另一只手从袋子里拿出酒精,用牙齿咬着旋开,盖子吐到脚边,而后用棉签蘸了点。

酒精渗进破开的皮肉里。

许知喃咬着唇没发出声音,可还是忍不住瑟缩了下。

林清野抬眼看她一眼,车内空间狭小,只亮了一盏微弱的灯,灯光将少年额前的碎发打下一层阴影。

"疼?"

"还好。"声音还打战。

林清野耐着性子,一边往她手心吹气,一边轻轻抹酒精消毒,带来丝丝凉意。

消毒完手上的伤口,林清野将弄脏的棉签丢进袋子里:"腿。"

她不肯把腿搁他腿上让他消毒了:"我自己来。"

"你会吗?"

"会的。"

林清野便也不强迫。

小姑娘将牛仔裤卷起来,左腿膝盖上红了一大片,她学着林清野刚才的样子,呼呼吹气,腮帮一股一股的。

额角有一绺碎发打了个卷,毛茸茸的。

林清野看着,渐渐出了神。

过了会儿,他问:"刚才那个是谁啊?"

许知喃消毒完膝盖,将东西收拾好:"刺青比赛里的一个人,之前不认识的。"

所幸有惊无险,许知喃方才一直提着的心现如今也终于回到原位。

林清野皱着眉,不知道在想什么,看着她卷下裤子。

"送你回家?"

"等一下,我打个电话。"

许知喃重新找出路西河的那张名片,拨电话给他,那头很快就接了。

"路大哥,我是许知喃。"她自我介绍。

林清野侧头看她一眼,没开车,拉下半截车窗,点了支烟。

青白烟雾袅袅,他沉默着听许知喃打电话。

路西河还在医院,声音有些嘈杂,好一会儿才有声音:"哦,阿喃妹子啊,我这刚拍完片,没什么大事,都是外伤,就是这孙子一直嚷嚷着要报警呢!还说什么要告他打人后逃逸呢!"

路西河嗓门大,林清野也听到了。

他弹了弹烟灰,对此的反应只是嗤笑了声,很不屑。

许知喃也估摸不准这事要是闹到了公安局会怎么样:"他是要现在报警吗?"

"对啊,我看他是脑子被门挤了,刚给他止完血就折腾个没完。"

林清野按熄了烟,重新关上车窗:"那就去公安局,自己干了什么破事不清楚吗?"

许知喃也觉得这是最好的办法。

挂了电话,林清野侧头问:"我先送你回家?"

"啊?"许知喃一愣,"不用了,我跟你一起去。"

林清野不太想让她再和魏靖见面,没说话。

"这件事本来就跟我有关系,要我去了才能说清楚,不然你打人就处于劣势了。"许知喃顿了顿,又说,"而且我想跟你一起去。"

林清野拿着打火机的手一顿,垂眸笑了下,发动了车子。

许知喃给手机充上电,又给妈妈发了条信息说自己今天不回家睡,怕她担心,没跟她提这件事,只借口店里有事,一会儿直接回宿舍。

他们到的时候魏靖已经在了,头上缠了一圈纱布,有血洇出来,看着还挺吓人的。

一见林清野那辆车,他就拉着旁边的警察出来,骂骂咧咧道:"你看!就是这个男的!什么玩意儿!狂躁症吧!把我打成这样!"

警察被魏靖嚷得头疼,衣服被他拽着,斥一句:"我们会调查清楚,你先给我撒手!"

许知喃跟着林清野一块儿下车,走上公安局台阶。

魏靖旁边的警察一愣,他快步上前,扶住许知喃的手腕,看了眼她被磨破的裤子,皱眉问:"阿喃,你这是怎么回事?"

她摇摇头:"方叔叔,我们去里面说吧。"

她担心在外面会被人看到林清野。

路西河也已经在里面了,他们进去时他刚刚挂了一通电话。

魏靖还在大声嚷嚷,说着必须立案一类的话。

方侯宇拿出纸:"先登记一下信息。"他敲了圆珠笔盖,"姓名。"

195

"魏靖。"

"林清野。"

他话音一落,魏靖噌地扭过头看他,眯了眯眼:"你是电视上那个林清野?"林清野懒得理魏靖。

魏靖一下子更加激动,像是抓住了他的小辫子:"好啊!原来你还是个公众人物!我倒要让大家看看现在这些个公众人物都是怎么欺负普通人的!"

闹哄哄的,像只苍蝇。

下一秒,林清野就直接揪着他领子往后用力一撞,撞在椅子上,人往后倒,噼里啪啦一阵响,最后四脚朝天摔在地上。

方侯宇气得拍桌:"干什么?你们现在是在公安局,还敢在公安局打架斗殴?当心把你们都抓起来!"

林清野没动,依旧按着魏靖的脑门不让他动:"我叫你闭嘴。"

许知喃看了方侯宇一眼,用力地拉着林清野手臂把人拽过来。

林清野神色如常,摸出烟盒又叼了支烟,没点火,只目光阴鸷,看了眼方侯宇面前的表格,回答下一项:"二十三岁。"

登记完基本信息,方侯宇问:"说说吧,为什么打架。"

林清野侧头,看了眼许知喃,又看向路西河:"你们先出去一下吧。"

路西河了然:"来来来,阿喃妹子,咱们不打扰警察办案,先出去吧。"

尽管刚才那事直接发生在许知喃身上,可林清野也不想让她再听一遍,等她走到外面后才将方才发生的事和盘托出。

越往下听,方侯宇眉头就皱得越紧,看向魏靖:"他说的真的假的。"

"纯属诬陷!我不过是问问她要不要顺道送她回去而已,他自己误会了不分青红皂白冲上来就打我。"

"顺道?"林清野睨着他,"她会告诉你她家住在哪里?你怎么顺道?"

魏靖说不出话,好一会儿憋出一句:"你怎么知道她没说!"

林清野懒得再跟他说,对方侯宇道:"我刚才看到那边应该有监控,你可以去调过来看看。"

另一边。

路西河蹲在台阶上,点了支烟:"我刚才看你那意思,好像跟里边那个警察认识啊?"

"嗯,他是我爸爸的同事。"许知喃说。

"你爸是警察啊?"路西河扬眉,"那这事儿简单了啊,你爸爸今天晚上当值吗,让他过来处理这事儿,我就不信还治不了这魏靖了。"

"我爸爸他……"许知喃低头,看着自己鞋尖,"几年前已经殉职了。"

路西河错愕。

许知喃笑了笑，又说："不过没关系的，方叔叔从前跟我爸爸关系就很好的，会好好处理这件事的。"

"抱歉啊。"

"没关系的。"

路西河换了个话题："你们刚才到底怎么回事啊，怎么那个林清野会突然出现在那边啊？"

"他看到魏靖拉着我纠缠了。"

"可以啊这小伙子，还会见义勇为了？"

许知喃在他旁边坐下来，捏了捏脚踝："也不是，我跟他之前就认识的。"

"啊？"

"他背上那个文身就是我文的。"

路西河蒙了，忽然福至心灵："阿喃。"

"嗯？"

"他背上那个阿喃，不会就是你吧？"

这段时间相处下来，许知喃很喜欢路西河，便也没瞒他，点了点头。

路西河睁大眼："你是大明星的女朋友啊？"

"不是不是。"许知喃忙摆手。

"可他上回自己承认背上的这个名字是他女朋友的啊？"

路西河又道："不会是他在追你但还没追到吧？"

要是放在以前，对于这种问题许知喃想都不用想就能否认，现如今却不知该如何回答了。

看林清野的意思，好像是要追她吧。

可是怎么会呢？

他是林清野啊。

见她沉默，路西河就知道自己猜对了，一拍手，给她比了个大拇指："可以啊妹妹！"

话音刚落，公安局前忽然又停了一辆车，黑色林肯，车前大灯扫射过来。

一个男人从驾驶座出来，许知喃远远认出来，是上回澄清那个视频时见过的，《我为歌来》制作人兼投资人，王启。

从车后排又出来一对男女，男人一身西装，女人一席长裙，很是精致华贵，看上去都是四十来岁。

三人前后往公安局走来，王启也同样注意到许知喃。

"哎，小同学，你也在啊？"王启给她打了声招呼。

后头的女人看了许知喃一眼，跟王启说了句"我们先进去"，便直接推门进去了。

　　王启说:"里面那事儿处理得怎么样了啊?"
　　许知喃不知道他们是怎么知道这件事的:"应该没事的,是对方有错在先。"
　　王启注意到她打量的视线:"哦,那是清野的父母。"
　　许知喃一愣。
　　王启道:"你们怎么在外面站着啊,一块儿进去吧。"

　　林冠承站在桌前,已经跟警察交涉了解完情况。
　　王启走到林清野旁边:"怎么回事,你现在可别再闹出来这种新闻了。"
　　方侯宇说:"我这边已经了解过情况了,这是这件事的起因经过。"他把登记纸推到他们面前,"监控我们还需要等到明天再调出来。"
　　王启看下来,皱了下眉,而后拉着魏靖到一边:"来,我们谈一下,我就直说了,我们这边希望你不要把今晚的事说出来,就此结束,可以吗?"
　　"不可能!我告诉你,没可能!"魏靖指着自己缠着纱布的脑袋,"想和解,没门!"
　　方侯宇听完事情经过后本就为许知喃气愤,一听他这话就忍不住提醒道:"你清醒点,还你不和解,自己干的什么龌龊事心里不清楚吗?人小姑娘都没说要跟你和解呢,你在这儿逞什么威风?"
　　魏靖现在也已经琢磨过来了,即便有监控,但他的确没做出什么逾矩的行为,许知喃太谨慎了,无非是握了下手罢了,定不了他的罪。
　　魏靖冷哼一声:"你们是一伙的吧,连监控都还没看就信誓旦旦,当心我曝光你们警察和大明星勾结!"
　　路西河作势也要骂,王启哎哎几声打断争吵:"有话好好说,有话好好说。"

　　林清野神色平静,靠在一边墙上,指间捻着一支未点燃的烟。他看向旁边站着的许知喃,懒洋洋招了招手:"过来。"
　　许知喃犹豫片刻,还是走到他旁边。
　　林清野将她帽衫帽子拽起来,挡住耳朵,旁若无人似的:"别听那浑蛋说话。"
　　许知喃想起方才王启介绍的,他父母也在这儿,便被他这举动弄得越发不自在,耳根也跟着红了。
　　魏靖捕捉到他口中"浑蛋"一词,仗着自己现在脑袋上的带血纱布,可谓证据确凿,于是越发嚣张,嘴里不干不净、骂骂咧咧。
　　林清野拉着许知喃的手腕往旁边一拽,将许知喃拉到自己身后。
　　"你信不信,我有的是办法让你闭嘴。"他声音很淡,却卷着风雨欲来的气势。
　　魏靖回想起之前在停车场他挥棍子时毫不犹豫的神色,竟也一时说不出话。
　　"林清野。"站在一角的那个漂亮女人终于开口说话,踩着高跟鞋走到他面前,

"你多大人了,懂不懂分寸,怎么还跟以前一个德行?"

傅雪茗站在这公安局中都是金光闪闪的。

许知喃站在林清野身后看着傅雪茗,不得不承认,他妈妈的确长得非常漂亮,独具韵味。

"你自己不要脸无所谓,怎么闹事我都懒得理你,可我和你爸还要脸!我求你了,替我跟你爸考虑考虑!"

林冠承劝道:"行了行了,别动这么大火。"

林清野下颌微抬,自嘲地笑了声:"哦,原来你还知道我是你儿子啊。"

突然,"啪"的一声响。

傅雪茗巴掌甩下来,女人胸腔起伏,不知怎么突然暴怒,嗓音尖厉,方才的端庄高贵都不存在。

"你以为我想要你这种儿子吗?"

周围几人都愣住了,就连魏靖都没反应过来这走向,路西河把烟从嘴里拿下来,不自觉站直了。

许知喃也同样,对这一幕猝不及防。

尽管之前听季烟说过林清野和他家庭关系不睦,但也没想到会是这样突然就动手的场面。

明明在停车场发生的那一幕,林清野虽的确太过冲动,但也不是最先施恶的一方,怎么能就这么不分青红皂白地打下去那一巴掌。

林清野被扇得头侧过一个角度,许久没动。

周围其他人也不知说什么,一时安静下来。

傅雪茗眼里满是厌恶,丝毫没因为气急打下那一巴掌的后悔,瞪着他冷声道:"你死了都是罪有应得。"

林清野舌尖扫过后槽牙,重新直起身:"行。"他后退一步,看着傅雪茗,哼笑一声,"可惜不能让你如愿了。"

他说完,看向路西河,又朝许知喃抬了下下巴:"麻烦你送她回去。"而后转身就走。

林冠承皱眉斥责傅雪茗:"你又说这些做什么!"

傅雪茗恨极了,眼眶通红:"你看他这样子!他有一点悔恨过吗?"

周围明明很安静,只有林冠承和傅雪茗的声音,许知喃却觉得嘈杂得很,乱哄哄的。

她看着林清野,忽然觉得他的背影很落寞。

想起那天他喝醉来她店里,他猩红着眼问她:"你是不是觉得我很可怜。"

许知喃脚步一动,最后朝他跑过去。

夏夜的暖风轻轻吹。

林清野刚坐进车里，副驾驶门就被拉开，许知喃微微弯下腰，静静看着他，似乎想从他脸上找到伤心难过的情绪。

可惜失败了。

林清野神色淡漠，侧了下头，淡声问："你过来干吗？"

许知喃自己都不知道她跑过来干吗，只是下意识觉得不能就这么让林清野回去，刚才跑得太快，这会儿膝盖都有些发疼。

想不出什么所以然，她干脆直接坐进车里。

"我不送你。"林清野说，"让路西河或者那个警察送你回去。"

他没看她，手扶着方向盘，目光落在前方。傅雪茗那个巴掌使了很大的劲儿，这会儿指印也跟着泛出来，还有被指甲划到的一条细细的伤痕，加上他本就是冷白肤色，那几道红更加显眼，像是什么耻辱印章，盖在他脸上。

他额前碎发有些凌乱，微微颔下首，挡住落在他侧脸上的清冷月光，晦暗不清。

遮住了少年脸上的伤痕和自卑。

许知喃忽然觉得自己有些明白过来了，在白天网上的那个采访视频中，林清野在说出"那时候，我还挺自卑的"时，为什么会露出那样无奈又妥协的笑容。

他凭着自己的卓越天赋，站上舞台，闪闪发光，底下是山呼海啸般的尖叫和掌声，从六年前那个黑暗无边的雪夜中走出来，也终于鼓起了勇气对许知喃说"让我再喜欢你一次吧"。

可他的母亲当着众人的面再次扒掉了他重新塑起的自尊心。

少年人的自尊坚韧又脆弱，他和那个家庭分裂孤立，想用自尊重新塑起铜墙铁壁，可在这一刻依旧砸了一地的断壁残垣。

还是当着许知喃的面。

于是，他再次向她展现出了抗拒的一面。

许知喃尽量不让自己盯着他脸上的巴掌印看，轻声问："你没事吧？"

"下车。"林清野执拗。

许知喃没动，公安局里其他人也没有出来，大概是在处理其他事宜。

林清野侧头看她："再不下车，你就跟我一块儿回去，到时候可别哭。"

许知喃一顿，总觉得他现在的状态不太正常，尽管从脸上看不出其他。她正犹豫着，车门落锁，林清野疾驰出去。

在堰城光怪陆离的灯光下，一辆黑色跑车疾驰而过，一路开到明栖公寓的地下停车场。

许知喃被他拽着手腕，一路跌跌撞撞，到他住的公寓门口。

他输入密码，进门，推着她肩膀压到墙上。

没有开灯，客厅窗帘也拉得紧闭，看不清人，只能感觉到林清野不断逼近的压人气息。

说到底，尽管和林清野分开了，但她心底的林清野总是冷静自持的，直到这一刻才开始觉得害怕了。

他手按在她肩膀上，用力很大。

"林清野。"许知喃用尽力气抵住他肩膀，"你冷静点啊。"

他身上的烟草味也带着凛冽感席卷而来，许知喃偏着头，整个人都几乎严丝密合地贴在墙上。

她呜呜出声，紧紧咬着下唇，吓出哭腔："你不要这样。"

忽然，"啪嗒"一声，周围乍亮。

林清野抬手摁亮她头顶的电灯开关。

而后，他叹口气，压迫人的戾气渐渐退开去，俯身，轻轻将她揽进怀里。

许知喃浑身僵硬，直愣愣地站在那儿。

他抬手顺了顺她的背，舒出一口气，声音放得温柔："就给我抱一会儿好吗？"

可许知喃没有那么快放松下来，只由着他弯腰将她整个揽进怀里，他头低下去，埋在她颈间。

少年侧脸还红着，呈现一个脆弱的抱姿。

"对不起。"他眼睛压在她肩膀位置，声音有些闷，"吓到你了吧。"

他直起身，背依旧弯着，掌心贴着她脸，轻轻地拨弄了下她饱满的下唇。

她刚才被吓到时下意识地咬住了嘴唇，牙尖磕进唇瓣，很用力，这会儿殷红一片。

戾气和阴鸷褪去，他温柔哄道："别咬，阿喃。"

林清野维持着抱许知喃的那个姿势许久，最后还是许知喃反应过来了，推开他。

他很顺从地退了一步，抬眼看墙上的钟，十点了。

"先坐会儿吧。"林清野去给她倒了杯热水，"一会儿我送你回家。"

"不回家，我今天住宿舍。"许知喃轻声说。

"行。"他把温水放到她面前的茶几上，"先喝口水。"

林清野在她旁边的单人沙发上坐下。

许知喃拿起水杯，喝了一口，放回去。

两人一时无话，林清野就这么靠在沙发扶手上，拿起手机对着黑屏照了下脸，红印已经退了，但被傅雪茗指甲划开的那道划痕还在，不严重，但就是让人忽视不了。

林清野拿手背蹭了下，手机重新丢到茶几上，侧头时正好对上许知喃的视线。

他看了眼她的腿:"还疼吗?"

她摇头:"没什么感觉了。"

"要不要换件衣服,我房间里有很多短袖。"

刚才那一跤她上衣也弄脏了,到这会儿坐下来才发现。

只不过他们现在的关系尴尬,她再穿他的衣服不合适。

林清野也反应过来了,没等她回答,勾唇笑了下:"算了。"

话音刚落,许知喃的肚子很不合时宜地咕噜叫了声,饿了。

"没吃晚饭?"林清野问。

她觉得有些尴尬,抓了下头发:"就吃了点水果。"

下午一结束比赛一群人就直接去了KTV,点了酒和果盘,打算唱完歌就直接去吃烧烤。

许知喃本就和那个氛围合不拢,便也没多吃。

"要吃吗?"

她摇头:"太晚了,送来要很晚了,我怕我室友会先睡了,回去打扰到她。"

"不点外卖。"林清野起身,往厨房方向走,"自己做点吃的。"

许知喃一愣,侧头看去。林清野从冰箱冷藏柜里拿出一包水饺,检查过保质期,偏头问:"这个吃吗?"

"没事,我也不是很饿,太麻烦了。"

"我也还没吃晚饭呢。"

许知喃跟着走进厨房,看他往锅里加水烧开,放进调料包,把水饺下进去:"那我吃几个就够了,你饿的话就稍微多下点儿。"

林清野直接把那一袋水饺都下了。

许知喃没想到他还会自己下厨,毕竟从前两人为数不多的几次一块儿吃饭都是去餐厅或点外卖。

少年站在厨台前,垂着眼,锅铲搅动水饺,模样有点倦。

"你这儿怎么会有速冻水饺的?"许知喃问。

"不是我买的,我懒得自己做。"林清野说,"这应该是王叔,就是王启,上回来我这儿顺道给我拿来的。"

那个王启似乎对林清野挺好的,许知喃想。

可又转念一想,想起刚才在公安局时他妈妈对他做的事。

许知喃难以想象,怎么会有一个母亲对儿子说那样子的话。

尽管她父亲几年前殉职离世,可她的的确确是在父母满满的爱意中长大的,从来没有觉得自己缺少父爱或母爱过。

林清野看着她的表情:"有什么想问的吗?"

许知喃看着他,忽然问不出口了。

即便问了，能得到什么回答呢，无非是再次揭伤疤罢了。

她不愿意以这种方式去满足自己的好奇心，犹豫片刻后问："你脸上那个，要抹一下药吗？"

"哪儿？"

许知喃食指戳了戳自己右脸颊："这儿。"

林清野微微俯身，低下头，将右脸偏过去，又是一句："哪儿？"

距离挨得有些近了，就连呼吸间都能闻到对方身上的味道，许知喃没敢看他眼睛，视线下移到他鼻梁上，很挺。

她轻轻碰了下他脸颊那道指甲划痕："这里。"

他哑声笑："就这点，抹什么药。"

林清野直起背，抬手揉了下她头发，眼里噙了点微妙的笑意："阿喃，你一个能面不改色往别人身上扎针的刺青师，别这么心软。"

水饺很快就煮熟，水咕咚咕咚冒泡，一个个水饺也都已经浮起来，飘出些香味，很诱人。

他从橱柜里拿出两个碗，过水。

许知喃看着他舀了一大勺放进碗里，又要去舀第二勺，忙说："够了够了，我吃不完的。"

"这才几个。"林清野又将第二勺倒了一半进去，"当是养猫吗。"

剩下的又盛了一满碗，林清野两手拿着两个碗，有点烫，他往一侧抬了下下巴："拿两个勺子阿喃，去桌上吃。"

许知喃跟着林清野走出厨房，两人面对面坐在餐桌上。

这种速冻饺子不考验做饭技术，本就自带调料包，味道又香又鲜。

许知喃胃口小，吃了几个就饱了，还剩三个，又不想剩着，只好继续慢吞吞咽下去。

林清野很快就吃完自己那碗，靠到椅背上，视线落在她脸上，小姑娘吃得有些勉强，腮帮一鼓一鼓的，嚼得很慢。

他笑了声："吃饱了就别吃了。"

"有点浪费。"

她咽下嘴里的，还剩下最后一个，拿勺子舀起来。

刚要放进嘴里，林清野忽然俯身靠近，捏着她手腕往自己这边拉，那一颗饺子被送进他嘴里。

许知喃愣住，黑睫忽闪了下，近距离地看着他。

林清野却似乎不觉得这举动过分，神色平静，咬了几口后，喉结滑动，咽下去了。

他站起身，将两个碗推到一边，捞起车钥匙："走吧，送你回宿舍。"

从林清野住的公寓到学校二十几分钟路程。

从前读书时他就不经常去学校,毕业参加节目后更是从来没有回来过。

好在暑假期间的学校很空旷,平川大学管理不严,外来车辆红外扫描登记就能直接进入学校。

林清野把车停在许知喃住的宿舍园区外。

几栋宿舍楼只零散地亮了几盏灯。

她仰头看了眼,她宿舍那盏灯还亮着,姜月还没睡。

"那我回去了。"许知喃顿了顿,又说,"你回去路上小心。"

"嗯。"

她背上包,拉开车门,下车。

"阿喃。"林清野再次叫住她。

"嗯?"

他从副驾驶脚垫上捡起那本掉落的佛经递过去:"刚才沾了血,这本还要吗?"

许知喃接过,将卷起的页角小心翼翼地折好。

"要的,佛经不能乱丢的。"她答得虔诚。

将佛经重新放回包里,她提步往门口走,刷卡开门,刚要走进去,身后忽然响起关车门的声音。

许知喃回头看,林清野从车里出来了,站在那一盏早就坏了一学期的路灯下,手压在头顶戴上鸭舌帽。

她脚步一滞,杵在那儿。

园区的自动门感应到人在附近,开开合合几个来回。

宿管阿姨忍不住了,从窗户里伸出脑袋:"哎,同学,走不走啊,这么晚了,快回去睡觉了。"

"对不起啊阿姨,稍等我一下。"

许知喃道完歉,重新朝林清野走去。

他看着她慢慢朝自己走来,漾开点笑意,眼尾耷拉着,看上去有些轻慢的慵懒,而后他弯下腰,将她揽进怀里。

许知喃下意识想推开他。

"给我抱会儿,阿喃。"他说,"就一会儿。"

林清野声音偏哑,像是恳求,就连双臂也不自禁收紧,怕她离开。

她推他的手渐渐垂下去了,也没回抱住他,只是维持着原来的姿态。

好一会儿过去,林清野也丝毫没有放开她的意思,虽然暑假学校这个点外面已经没有人,可她还是担心会被突然从宿舍出来的人看到,忍不住又推了他一把,出声:"林清野,我要回去了。"

他又在她颈间埋了下,手臂用力搂了把她的腰,直起身。

"回去吧。"他说。

到宿舍时,姜月正准备睡觉,刚关掉台灯,许知喃正好推门进来。

"阿喃,我还以为你今天回家呢。"姜月说。

"本来是要回家的,临时有事就想干脆回宿舍睡了。"

姜月很快注意到她破掉的牛仔裤,以及衣服上几点污迹,皱起眉:"你这是怎么了?"

"刚才摔了一跤,没什么事。"

"怎么这么不小心啊,要不要去趟医院?"

"没事的,已经不怎么痛了。"她说着,为了证明真实性还伸着腿抖了抖,"你看。"

"好了好了。"姜月笑道,"你快洗漱吧,伤口别碰水啊。"

"嗯,我简单洗漱一下就好了,你快睡觉吧。"

"没事,你慢慢来,我还要再听个政治课呢,没这么早睡。"

"你天天这么晚睡吗,还每天早起去图书馆,身体吃得消吗,上次不还发烧了。"

姜月爬上床,叹口气:"等我考研上岸我必须得睡个十天十夜的。"

"你这么努力考研肯定能上岸的。"

"美院的研究生难考呀,可愁死我了。"

许知喃拿着换洗衣物进了浴室,姜月就在床上听政治考研课,在浴室都能听到声音。看她还没睡觉,许知喃便又洗了个头发,吹干后还把弄脏的衣服也都洗好。

拿着塑料盆出去,姜月从床上探出脑袋:"阿喃,我们几号开学来着?"

"9月3号吧,还有半个月。"

"啊,好快啊。"

"早点考完研你就能早点解放了。"

姜月脑袋缩回去,声音有些闷:"万一是早点被拍死在沙滩上了呢。"

"你得自信点儿啊,你可是准备了这么久呢,为什么考上的不能是你呢。"

"我有时候还真是挺羡慕你的。"

许知喃不明白:"羡慕我什么?"

"就感觉你好像一直都挺自信的,也不只是那种一般的自信。"

姜月也说不上来,只觉得许知喃跟很多女生都不一样,坚定有韧性,她的自信不会给人带来任何不适感,更多的是一种沉浸在内里的气质。

因为自己有一套行为处事的准则,所以不会随便被他人左右,也不会轻易怀疑自我。

比如,明明许知喃专业成绩很好,说不定能直接保研,但她却已经决定了未来的道路,继续做她的刺青师。

可即便是做刺青师,她也照样能参加比赛去努力挣得一个好名次。

"对了。"姜月突然想起来,"今天是你复赛吧?"
"嗯。"
"怎么样啊?"
许知喃笑弯眼:"小组第一。"
"可以啊阿喃!"姜月也同样很激动,在床上伸长了手臂,"来给我点儿锦鲤仙气,保佑我考研顺利!"
许知喃和她握了下手,这才抱着盆去到阳台晾衣服。
重新拧了遍水,她把衣服一件件挂起来。
忽然余光瞥到宿舍楼外,林清野那辆车还在,许知喃指尖一顿,留心看过去,在那盏破了的路灯下看到了林清野。
他懒洋洋靠在灯柱上,帽檐挡着脸,看不清表情。
过了会儿,他从兜里拿出手机,拨了个数字,而后放到耳边。

许知喃静静看着,她放在旁边小凳子上的手机响了。
上面备注:林清野。
她停顿一秒,接起来:"喂?"
他声音带着点笑意,但很淡,像是被风吹散过:"还没睡啊。"
"嗯。"许知喃站在阳台上,看着外面路灯下的林清野,"快睡了。"
她忽然想起来,以前偶尔林清野晚上送她回宿舍,她总忍不住恋恋不舍地回头去看他,可总是只看到林清野的背影。
如今这样,似乎是第一次。
"别去想今天发生的事了,剩下的我来解决。"
"嗯,今天谢谢你。"
他轻笑:"你怎么总跟我这么客气。"
"真的,今天要是你没有过来的话,还不知道最后会怎么样呢。"
"放心,以后不会再让你遇到这种情况了。"
许知喃指尖勾着刚洗完的衣服,手指很冰,忍不住劝道:"但是你以后不要这么冲动了,还好今天没出什么事,不然就会害了你了。"
"那你以后管着我呗。"他说得轻松。
许知喃指尖蜷缩了下,从湿透冰凉的衣服里拿出来,没应声。
林清野不知道她宿舍的具体位置,散漫地倚在灯柱上,微微抬起下颌,他没看到许知喃,只是抬头看向宿舍楼的方向。
孤零零的,样子有些落寞。
"刚才忘记跟你说了。"

许知喃问:"什么?"

"晚安。"他说,"阿喃。"

第二天一早,王启去林清野公寓找他。

"魏靖的事到此结束,人我已经谈妥了,不会把这件事再跟大众提及。"

林清野抬了下眼:"给封口费了?"

"不然呢。"王启没好气道,"好在封口费还有用呢,不然真爆出去,你前不久可刚刚因为高中时候的那个视频被议论过,再来一个,你看舆论还帮不帮你。"

"警察那边呢?"

"这个你放心吧,昨天处理这事儿的那个警察好像是和你那小女朋友认识的,应该是她叔叔吧。"王启皱了下眉,"她没事吧,昨天有吓到吗?"

"还好。"

"那就好,那就好。"

王启跟许知喃虽然接触不多,但也挺喜欢她的,看着就是个乖巧懂事的小姑娘,就是也不知怎么会和林清野扯上关系的,看着压根儿不是一个世界的人。

林清野早上刚刚洗完头发,这会儿还半湿,水珠滴滴答答地顺着脖颈滑下去,他随手捞起一条毯子擦了下,而后在沙发上坐下来,点了支烟,淡声问:"那魏靖的事就这么算了?"

"不然你还想怎样,监控我也看过了,说实话,看不出什么严重的问题。"

林清野没说话,两颊微陷,深深吸了口烟。

王启越看他这副样子越烦,哪有其他歌手跟他似的抽烟抽这么狠,这还才只有二十几岁呢。

"人小姑娘担惊受怕,受了委屈,就这么完事了?"林清野呼出口烟,问。

"是因为幸好没有造成实质性伤害,昨天那个方警官也已经说了,后面会注意保护许知喃的,人家可是她叔叔,能不帮她吗?"

"别抽了!"王启倾身夺过林清野的烟,"也不注意点嗓子!"他把烟摁灭在烟灰缸里,又顺手将茶几上的那包烟丢到一旁,"幸好那魏靖同意闭嘴了,不然你觉得这事真被爆出来,受影响的只是你一个人吗?"

"你要是真想保护好人家,就先让自己变得足够强大,等这些风言风语不足以影响到你,你也就有能力保护她了。"王启说,"我看那小姑娘长得那么漂亮,性格又好,喜欢她的人肯定很多,你可别觉得自己是林清野就很稳了。"

林清野哼笑一声,捞起杯子喝了口水,压了压烟瘾。

他可没觉得稳过。

王启的确是为了林清野着想,他自己开娱乐公司,又当节目制作人,并不只是为了谋利,也的确是扎根在这个圈子里的。

对于唱歌,林清野是难得的人才。

而对于娱乐圈,他总觉得,林清野将来会是一株难以撼动的常青树。

可这毕竟是人家小情侣的事儿,王启也不好多说,于是换了个话题:"昨天后来你跟你父母有聊过吗?"

林清野抬眼:"聊什么?"

王启一时不知道该说什么,傅雪茗那一巴掌下去得太快太出乎意料,说出来的话也实在……

他原本以为只是母子间缺乏沟通才导致的不睦,可如今看来远不止这些。

"那件事,本来就不能怪你,你也要跟你妈妈好好解释解释,母子相通,总不能一直就这么僵下去。"

"母子相通。"林清野冷笑一声,"王叔,你信不信,她昨天说的你死了都是罪有应得,是她的真心话。"

王启皱起眉:"你别这么想,她好歹是你妈妈。"

林清野神色嘲讽,对他这话不屑一顾。

王启抿了抿嘴,不再多留:"那我先走了。"

"行。"林清野起身送客。

到门口,王启又回头叮嘱了句:"记着啊,你这嗓子可是用来唱歌的,少抽点烟,酒也是!大好的年纪呢!"

"知道了。"林清野应声。

这倒是没想到,王启原本以为对这样的话他不过随便敷衍地应一声就罢了,没想到还得到了这三个字的回应,不由得多看了他一眼。

林清野个子高,王启还得稍仰着头。

"王叔。"他突然开口。

"啊?"王启有点蒙。

"你之前和我提过做专辑的事,我想开始准备了。"

王启一顿:"怎么突然决定了,之前不是还说等录完节目再说吗?"

"你说得没错,想要保护好她,我得自己做出成绩来。"

在娱乐圈中,最要紧的是拿实力说话。

靠粉丝也许能逗一时威风,可成也萧何败也萧何,流量小生被粉丝束缚住自己原本正常生活轨迹的也不在少数。

尽管林清野向来不打算走流量路线,可现如今的确是有流量的趋势,若是在这种情况下,昨天的事真被爆出来,许知喃必然会被大众议论,也许还会有许多的谩骂批评。

只有他自己做出了成绩,突破那层束缚,才能保护好许知喃。

王启认识林清野有些年头了,虽然是在录制节目后才慢慢熟悉的,可从来没料到有一天会从他口中听到这样一番话。

"看不出来，你这么喜欢她啊？"

林清野笑笑，淡淡"嗯"了声。

翌日一早，许知喃就接到了方侯宇的电话，也不知他是怎么得知她手机号的，一接通方侯宇便自报家门，又跟她说了昨天那事的处置结果。

"嗯，谢谢方叔叔，麻烦您了。"

"这个倒是不麻烦，你是元汶的女儿，我也答应过他会帮衬你们母女俩一把的。"

再次从别人的口中听到父亲的名字，许知喃还有些恍惚。

父亲去世这么多年了，就连母亲也有意不在她面前提及，即便她知道母亲经常晚上思念父亲到流泪。

"昨天另外一个男生是你男朋友吗？"方侯宇问，"好像还是个明星吧。"

"不是男朋友，他以前也是平川大学的。"

听她都这么说了，方侯宇也没在这方面多想，又说："还有那个魏靖的事，他之前有骚扰过你吗？"

"没有，我最近参加了一个比赛，他也参加了，昨天才讲了几句话。"

后来路西河也跟她讲了，觉得以魏靖的个性，耍些小聪明、使点不入流的小伎俩是可能的，但真让他去干什么犯法的事可能还真不敢。

至于昨天晚上，搭讪和心怀不轨是可以肯定的，但若更进一步，在路西河看来，魏靖不敢。

可也不能排除真被美色迷了眼的可能，还是要小心为好。

"这样啊。"方侯宇皱了下眉，"反正你现在把我这个号码存上，万一遇到什么危险就立马给我打电话。"

"好，谢谢方叔叔。"

"你这小姑娘怎么这么爱跟人瞎客气。"方侯宇笑说，"对了，你自己记得买些防狼工具，网上都有的，你这样的小丫头，平时做好自我保护措施也很重要，尽量少走夜路，别走小道，最好跟朋友一块儿。"

他唠家常似的说了一通。

许知喃笑着再次跟他道谢。

盛夏的早晨虽然不凉，可许知喃穿了件薄薄的睡裙站在阳台上，刚从被窝出来，还是不由得打了个寒战。

临挂电话前，许知喃问："方叔叔，我爸爸当年调查的那个案子，现在有进展了吗？"

那边安静了好一阵，而后方侯宇叹气道："还没有，后来我们没有接到那畜生的任何再次犯案的信息。"

当年，许元汶在调查一起绑架案时殉职，但那凶手迟迟没有落网。

后来警方猜测，也许是许元汶已经调查到了案件的中心，所以在关键时刻被灭口了。

"如果以后有其他新的消息的话，麻烦方叔叔告诉我一声。"

"行，但是阿喃，你爸爸殉职这些年了，正义交给我们来伸张，你得过好你自己的生活啊。"方侯宇叮嘱。

"我会的。"许知喃说，"对了叔叔，昨天的事您不要告诉我妈妈，不然以她的性子，肯定会担心得睡不好觉的。"

"我知道，你妈妈这些年也不容易，不过自我防护你要做好，刚才我说的那些防狼工具你可都得准备着，平时放包里。"

挂了电话，许知喃拉开阳台门进宿舍，姜月刚起床。

考研摧残心智，姜月昨晚熄灯后听政治课听到很晚，现在只凭一口"仙气"吊着，麻木地走进卫生间洗漱。

许知喃坐在自己桌前，点开淘宝乖乖搜防狼工具。

各种样式的都有。

许知喃挑了会儿，买了个智能报警器，有定位和录音功能，可以自动报警，又买了支防身笔，带尖利的钨钢针刀。

刚下单，手机就响了，顾从望打来的。

"干吗呢？"顾从望声音吊儿郎当的。

"刚起床，你怎么这么早？"

他在那头打了个哈欠："你什么时候复赛啊？"

"已经结束啦，昨天比的，拿到小组第一名了。"

"啊？你怎么从来没跟我说过？"

"你最近不是在忙学校的事吗，我就没跟你讲。"

"太不够意思了，不过拿第一就可以了。"顾从望笑道，"就等后面决赛再拿个冠军了？"

"哪有那么简单呀，另外几个小组冠军都很厉害的。"

"那就不想这事儿了，待会儿出来玩吗？"

"我今天要去店里呢，昨天有比赛一天都没开门，跟一个顾客预约了今天做花臂，要挺久的。"

"那等你结束了去吃个饭？"顾从望说，"我可马上要回学校了啊。"

"好啊，你什么时候开学？"

"买了大后天的机票。"

"这么快。"

"本来能再晚一周回去的，可我英国的房租到期了，要滚回去搬家。"

许知喃笑了声:"那我今天结束后给你打电话。"

季烟三人是第二天才得知前一晚林清野发生的事的,还是季烟在路上碰上了王启才知道。

晚上,季烟、关池和十四买了一堆外卖一块儿去林清野公寓,美其名曰乐队聚餐。

没提前跟林清野说要过来,三人齐齐站在公寓门口,按了门铃。

林清野去开门,穿的是很居家的白衣黑裤,额前头发凌乱,发丝向后捋,嘴里咬了个笔盖,手里一支黑笔。

十四愣了下,上下打量一通,不得不佩服,林清野就算是这样的造型也够帅的。

"队长,你这干吗呢?"

"写歌词。"林清野侧身让三人进屋,"你们怎么过来了?"

关池提起手里大包小包的外卖袋:"想着你今天有空,找你一块儿吃个晚饭。"

林清野刚才就在客厅桌上写歌词,这会儿纸就摊在桌上,季烟凑过去看了眼,歌词是新的,旋律也是新的。

她在心里哼了个调,很好听。

"新歌啊?"季烟扭头问。

"嗯。"

十四也来了兴趣,凑过去看。

林清野可是许久没有写新歌了,他这人做音乐也挺随意的,从不给自己立类似于这个月要写出一首歌的目标,完全靠灵感。

"是上节目准备要唱的吗?"

"不是,那时候估计来不及。"林清野靠在一边,"打算做个专辑。"

三人皆是一愣。

林清野的确出过几首歌,但都是单曲,还都是免费的,自己做好,往音乐平台上一放就完事儿了,也不是没人请他做过专辑,可都被拒绝了,这还是头一遭。

"打算全原创吗?"十四问。

他一笑:"嗯。"

十四真心实意地竖了个大拇指:"牛。"

专辑的制作流程很复杂,主要分为前期企划定位、收歌选歌、制作三个主要部分。

很多歌手的歌写词编曲都不是自己完成的,仅仅是制作团队根据歌手的演唱特质来选歌,在歌坛,一张专辑能够自己完全独立完成的,可以算得上是音乐领域的全才。

而林清野就算得上是这样一个全才。

季烟过去把外卖一盒盒拿出来，他们三人没规矩惯了，也不上餐桌吃，直接盘腿席地而坐，东西摆在茶几上。

他们问了昨晚发生的事，林清野没多讲，三言两语带过。

得知事情已经处理好了，他们也就放心了，不再多探究其中细节，话题又绕回到专辑上。

"专辑打算做什么风格的啊？"

"还没确定，可能会有几首乐队风格的。"林清野喝了口酒，"到时候录歌可能要你们抽空来一趟。"

三人一时没说话，互相对视一眼，自然是连声答应了。

被他这话勾起回忆，关池又想起他们当初名不见经传的小乐队，突然得知获得金曲奖时的激动和兴奋。

如今再想来，又感觉已经过去许久了。

久到现如今原本的刺槐乐队四人，只有林清野一人还在唱歌，其他三个都已经走入平淡生活中了。

"哎，队长，喝酒啊，你今天怎么喝这么慢。"十四说着，拿着酒瓶又要给他倒酒。

"要唱歌，得护着点嗓子。"

众人一愣。

虽说歌手保护嗓子再正常不过，不过林清野向来仗着自己的天赋十分随意，这还是头一回见他有这种意识。

只不过他都开口了，十四自然就不再劝酒了，又多问了句："队长，你这是要认真逐梦演艺圈了？"

林清野手腕垂着，夹了一筷子菜："既然都参加节目进这个圈子了，那就做点名堂出来。"

他其实说得很平静，像是最简单的陈述，可锋芒就像是开刃的刀锋一般，掷地有声，没人敢怀疑他那句话。

"行。"季烟最先举起酒杯，四人碰了个杯，"我也不说什么祝福的客套话了，反正你天生这块料，无心插柳都能成荫，更不用说有心了，新专辑有什么需要用到我们的地方尽管提。"

林清野喝了口酒："行。"

"新专辑名字也该想了吧，到时候我们给你宣传。"

"想好了。"

"叫什么？"

"《喃喃》。"

季烟一怔。

十四反应慢:"囡囡?为什么?"

季烟一巴掌打在他脑门上:"你是不是傻!"

被她这一打,十四倒也反应过来了,不是"囡",是"喃"。

中华语言博大精深,单看"喃喃"这两个字并不会觉得不妥,还有种温柔缱绻在你耳边低喃的意味在,挺撩人的,作为专辑名也挺让人有购买欲的。

如果林清野先前没有让转发许知喃的投票链接的话,也没有后来关于苏铮以及"刺槐"歌词采访视频的话,他们也许就这么解读了。

可现在不一样了,此"喃喃"显然非彼"喃喃"。

季烟想起刚才看到的他写了一半的歌词,忽然觉得,这张专辑叫这个名字,也许意味着这是写给许知喃的歌。

喃——喃。

前为动词,后为名词。

季烟是一个心思细腻的女生,已经想明白了,可十四依旧是蒙的,他对林清野忽然转性这件事始终是蒙的。

没法接受。

这可是林清野啊!

是那个在台上闪闪发光,被台下尖叫呐喊包围的林清野啊!

"队长。"十四一脸的一言难尽,"你不会是被平川之光下蛊了吧,她是不是对你念什么奇奇怪怪的经文了?"

十四太过震惊,已经没有逻辑了,话刚说完就被季烟蹬了脚,又被瞪了一眼。

这人什么毛病?

人家写个专辑表白一下喜欢的姑娘怎么到他嘴里就成这样了?

是不是太久没跟林清野见面,都忘记这人的脾气了?

好在林清野倒也没生气,揣摩了一番十四的话,还笑了声。

他模样有些懒,靠在沙发上,修长骨感的手指捏着酒杯,手腕垂着,半阖眼。

"那也要她愿意给我下蛊啊。"他噙着点微妙的笑意,轻晃着酒杯,"她就是给我挖坑,我也得往下跳。"

十四彻底蒙了。

疯了疯了疯了!

许知喃今天工作到很晚,直到晚上七点才跟顾从望一块儿在学校旁边的火锅店吃完晚饭。

从火锅店出来,顾从望要去买些上学需要的东西,两人便又一块儿去了趟商场。

213

两人边走边聊,远远望去俊男美女,回头率很高。

王启来取之前定制的一件西服,结果一出去就碰上了许知喃。

他扬手正准备打招呼,视线捕捉到她旁边的男生,观察一番后心中警铃大作。

不妙。

太不妙了。

两人说说笑笑一路,王启跟着他们走了一段路。

想着林清野早上时还跟他说要做出点成绩来让自己有能力去保护自家女朋友。

可现在呢?

女朋友居然和别的男生一块儿有说有笑逛商场,虽说也没有任何逾矩的行为,但看着也实在是扎心。

现在的林清野可能正在家里写歌词奋斗呢!

太悲戚了!

王启正想着,许知喃回头时突然余光扫到他,主动打招呼:"王制作人。"

"哎,你好你好。"王启忙说。

闲聊客套几句,许知喃电话响了。

王启飞快地扫一眼,来电显示:林清野。

还是连名带姓的啊。

那小子弄个文身可还都是"阿喃"呢……

许知喃对顾从望说了句"接个电话",便走到另一旁去了。

只剩下王启和顾从望两人面面相觑,王启看了眼顾从望,不由得在心里摇头。

这林清野也实在是太惨了点儿。

关池三人在林清野公寓边吃边聊,一顿晚饭吃了两个小时,收拾好食物残渣离开时已经晚上八点。

林清野又写了会儿歌词,又从家里翻出电子琴,弹了一串旋律后便拿笔记下来。

往复几次,纸上已经零散写下好几段谱。

他放下笔,拿着手机站到公寓落地窗前,看着底下光怪陆离的城市夜景以及不息车流,给许知喃打了通电话。

"在工作吗?"他问。

那头许知喃说:"没有,陪朋友买东西。"

"一会儿怎么回家,用不用我来接你?"

"不用了,我朋友会送我的。"

林清野抬手捻了下眉心,低低"嗯"了声。

一时无话,许知喃又问:"你给我打电话是有事情吗?"

"没，刚在写歌词，想听你声音了。"

许知喃不知道该怎么回答这种话，磕绊回答道："那你现在听到了。"

林清野笑了声："想你了。"

他说得很坦然。

这大概也是林清野吸引人的地方，情话和撩拨人心都是在随意中吐露的，偏又像是随口一提，让人忍不住多想又觉得好像不应该多想。

之前两人还没分开时，林清野也对她说过想你了，后来两人见面后便去了他公寓，一进屋就直奔主题。

许知喃原本那颗因为他那句"想你了"雀跃的心沉下去。

在被他亲着时，她心里想的是，他说的想你了，到底是真的想她了还是只是想这样。

当时的许知喃没法确定，可现在显然只能是前者。

她抿了下唇，说："不是昨天才见过吗？"

林清野刚笑了下，顾从望就在身后喊她："阿喃，好了没？"

许知喃向顾从望招招手，而后对着手机那头说："我还有事呢，先挂了啊。"

顾从望正好瞥见来电显示："林清野？"

"啊，嗯。"她没再多瞒。

顾从望皱起眉："你什么时候和他搅和到一起的。"

从前她总将自己和林清野的关系遮遮掩掩地怕人发现，现在好像已经不会了，即便是现在被顾从望发现，也不会觉得慌张。

"一会儿跟你说。"王启还站在那儿，许知喃不好意思现在跟他讲。

顾从望淡淡收回视线："现在回家了？"

许知喃把手机放回包里："嗯。"

王启跟两人道别，提着西装袋子，看着两人往商城门口走，一时之间脑子还转不过来，也不知道应不应该跟林清野讲这事。

看刚才许知喃那通电话，似乎也没告诉这个男生自己现在和别的男生在一块儿。

啧啧啧。

这漂漂亮亮的小姑娘怎么这样啊。

论长相，林清野也不会输给刚才那个男生啊。

王启斟酌一番，最后还是给林清野打了个电话过去："清野啊，干吗呢？"

他语调放得很缓，为一会儿要告诉他那个噩耗做铺垫。

"怎么了？"他向来不跟别人废话。

"哦，也没什么事，随便问问。"

林清野道："练了下琴，手生了。"

"你还会手生呢。"王启没话找话。

林清野啧了声:"王叔,你到底找我什么事?"

王启犹豫半晌,最后还是说了:"我刚才去商城取定做的西服,碰到许同学了。"

林清野挑了下眉,哼笑一声:"这么巧。"

"她旁边还有个男生,看着关系还挺好的。"

林清野抽了支烟叼在齿间,没点燃,刚才跟许知喃打电话时他其实也听到声音了,顾从望的声音。

"嗯。"他淡淡应了声,没有多余反应。

王启一愣:"啊?"

这就完了?

"两人有说有笑的呢。"王启又补了句。

"牵手了吗?"

王启被这问话弄得越发奇怪,回忆一番:"这倒是没有。"

"那就行了。"

这也太卑微了吧。

你女朋友跟别的男生逛商场没跟你讲,那氛围还看着就不太正常,你对你女朋友的要求居然是没牵手就可以了?

王启想起之前《我为歌来》那段林清野说自己从前自卑的采访视频,他知道林家那些纠葛,对此也更能理解些,但万万没想到会是这样的。

"不是,清野,你这想法不对啊。"王启劝解道,"我承认,那许知喃是很优秀啦,但你也不差啊,你可不能在人家面前自卑成这样啊。"

一听就知道王启在想些什么,林清野道:"她现在还不是我女朋友。"

"啊?"

"之前在一起过。"林清野说,"我现在在追她。"

王启心说现在的小年轻怎么谈个恋爱这么麻烦:"早上我说她是你女朋友的时候怎么也没见你反驳啊?"

"懒得说。"

背后毁人小姑娘的清白,倒还挺理直气壮的。

"那我刚才看到的她旁边那个男的,是你情敌啊?"

"嗯。"

王启回想顾从望的模样,他和顾家并不熟悉,也不了解这顾家小少爷,但看模样也是一表人才,虽然也能感受到些有钱人家小孩的贵气和傲气,但应该是个挺好挺贴心的小伙子,熟悉起来后应该也挺平易近人的。

可惜这"挺好""挺贴心""平易近人"三个词没有一个能和林清野挂钩的。

王启沉浸在林清野自卑的旋涡中,正想鼓励几句,又听他淡嘲着笑了声,说:"也不算情敌。"

语气很嚣张。

"那男生不喜欢许同学？"看着不像啊。

"他跟阿喃很早就认识了，从小一块儿长大的，到现在都还没告白过，能成什么事。"他语气不屑，又有些轻慢。

《我为歌来》节目进程到半程。

由于这个节目在最初选人时混合了已出道歌手和从各种街头小巷挖掘来的街头歌手，节目性质便不只是竞演这么简单了，更像是造星舞台。

其中被造的最成功的便是林清野。

周吉在上一期节目时被淘汰，但对他而言并非憾事，回到自己原本驻唱的酒吧后直接就是工资翻倍、现场火爆的回馈。

也由于各位歌手间的关系都非常融洽和睦，节目粉丝们热烈呼吁想要再开办一场线下见面会。

这类见面会算是节目衍生品，存在可观利益空间。

王启最初做这节目时也没有想到能引起这般声势浩大的反响，也该归功于节目幕前幕后每一位成员。

线下见面会目前只定了两站。

第一站是T市，第二站则是堰城。

说是见面会，其实也就是类似于主题音乐节的活动。

周六，《我为歌来》节目中定居堰城的选手一块儿去机场出发往T市。

沈琳琳站在林清野旁边，两人聊了会儿关于邀歌的事儿。

托运完行李，林清野去了趟卫生间。

洗手时，他听到一侧讲电话的声音——

"我知道我知道，我东西都带齐了，要是有漏的你抽空给我寄过去呗，反正正式开课在下周呢。行了妈，我挂电话了啊。"

声音有些耳熟。

林清野侧头看去——顾从望。

顾从望挂了电话一抬眼就看到林清野，眼皮跳了下，回想起前两天晚上许知喃跟他说的。

他高中毕业后就出国读书了，但也算是经常和许知喃聊天，却从来没有想到许知喃竟然会和林清野在一起过。

那天晚上，许知喃将她和林清野的关系和盘托出，也跟他解释了之前不告诉他的原因是担心会被妈妈知道。

顾从望这才联系起来之前许知喃跟他提到过的，说觉得自己正在做一件错事。

当时他没有多想，只觉得像许知喃这样的乖宝宝能做出什么错事来，如今想来，大概正是在说之前和林清野谈恋爱的事。

虽说后来顾从望也发现过两人之间的一些端倪，比如之前平川大学里被盖了高楼的那几个帖子，可他从小跟许知喃一块儿长大，自觉非常了解她的性格，怎么都想不到她真会和林清野产生瓜葛。

林清野洗完手，抽了张纸，擦干净后丢进纸篓里，而后转身面对顾从望。

卫生间周围没有其他人，外面都是来来往往拉着行李箱神色匆匆的人。

林清野站在洗手台前，他今天为了赶飞机起得早，随手套了件T恤，领口都没理正，懒懒散散的，露出一段瘦削的锁骨，往上是凸出的喉结和棱角分明的脸，黑色口罩被拉到下巴处。

"你喜欢许知喃吗？"林清野问。

这问题问得猝不及防，顾从望原以为他们俩大概直接装不认识就过去了。他愣了下："什么？"

林清野没重复，黑色的眸子看着他。

顾从望认识许知喃这么久，甚至连自己对她的情愫什么时候转变的都不知道。

若是一见钟情倒是简单，上去告白就行，可他们这种朋友关系，他也会担心开口后连朋友都做不成。

"关你什么事。"顾从望说。

林清野垂眸淡笑了声，透着点不易察觉的嘲讽。

"不喜欢就好。"

他直接曲解顾从望的意思，人靠在洗手台边，懒洋洋地抬起眼，眼皮压出一道褶皱，凛冽又散漫："因为我现在正在追她。"

刺青设计大赛决赛到来之前还出了件事。

魏靖退赛了。

听路西河说，魏靖似乎不打算继续在堰城做刺青师了。

倒也不是因为跟许知喃那档子事，而是被发现了他盗用其他刺青师的设计图来给人文身，被顾客投诉了。

那顾客算是处于刺青圈子里头很有名的了，有钱有闲，文身都是找各种顶级刺青师做的，小时价在五千块钱，一个大刺青就要好几万。

魏靖还没到五千时价的水平，那顾客去找他完全是因为看上了他的一个设计图。

优秀的刺青师都是必须会自己设计的，而这种设计图也都是独家的，每一幅图都会标上名字和日期。

盗用冒用他人设计图在这个圈子里是一件很无耻的事，但也普遍存在，主要是一些小店面。

那个顾客得知自己的文身是盗用设计图后直接就火了,去魏靖那儿大闹一通,又告诉身边所有文身的朋友千万别去魏靖那儿文身。

再后来,其他之前在魏靖那儿文身过的顾客也纷纷发出自己的文身照片,结果发现好多设计都是盗用的。

一传十十传百,魏靖的名声也臭了。

魏靖收费本就不便宜,会去找他的也不差钱,犯不着去找一个有黑历史的刺青师文身。

魏靖从前也是路西河店里的,这事一闹,大家就发现他的很多图都是"刺客"店里那些驻店刺青师的作品。

路西河不给魏靖留面子,凭自己这些年在堰城文身界的名号直接拉黑了魏靖。

这圈子本就小,魏靖没法混下去了,只能去别的城市重新开始。

路西河告诉许知喃这件事时,她正去快递驿站取来了之前买的那些防狼工具。

她看着快递盒里的报警器和带针刀的防身笔,叹了口气,不过最后还是放进了包里。

反正平时小心点儿保护好自己总是没错的。

今天就到开学的时间了,正式踏入大四毕业季,成为学校里的老学姐。

许知喃的刺青店又要恢复兼职状态,好在大四课不多,倒也不太会影响生意。

她拿到刺青设计大赛小组冠军后生意就多了不少,有许多慕名而来的顾客。

许知喃回到宿舍时,赵茜刚扛着大包小包到了宿舍门口,满头大汗,一见她就来了个汗津津的拥抱:"阿喃,我可太想你了!"

许知喃帮赵茜把行李一块儿拿进宿舍。

赵茜蹲在地上收拾行李。

两人聊了会儿各自在暑假发生的事。

寒暄一阵后,赵茜忽然想起个事儿:"对了,听说没,《我为歌来》那个节目明天就要在广场那儿办音乐会了。"

"啊,我知道。"

赵茜笑了声:"看不出来你这 2G 冲浪的这回消息还挺灵通。"

之前赵茜给许知喃发了林清野聊十七岁白月光的视频,许知喃当时没有跟她解释这个所谓的"白月光"就是自己,一来是因为不好意思,二来当时两人关系刚发生转变,不太明朗,就连她自己都捉摸不准到底是怎么一回事。

"茜茜。"

"嗯?"

许知喃有些犹豫这件事该怎么启齿,好一会儿才结结巴巴地跟赵茜说明了自己好像就是那个视频里的"白月光"。

赵茜也完全蒙了。

两人一来二往地说了半小时,才把其中纠葛给搞明白了。

赵茜连行李都不收拾了,坐在地上:"林清野居然是这种人?"
许知喃不怎么好意思一直聊关于自己的话题,扯开道:"你这学期是不是还有两门补考的课要选?"
"别提这个。"赵茜手一挥就揭过去,"那明天我们要不要去听音乐会啊?"
赵茜倒戈迅速,许知喃忍不住笑了:"你刚才不是还说死也不去看吗?"
"那能一样吗,现在你可是翻身做主人了!明天我们也不叫去音乐会,那是去临幸!"赵茜啧啧几声,"阿喃,太绝了吧,我的室友居然正在被大明星追求!"
赵茜激动得叽叽喳喳了好一会儿,许知喃电话响了。
说曹操曹操就到。
林清野打来的。
赵茜的眼睛一下子亮了,凑到许知喃旁边听她讲电话。
"阿喃,明天我有个音乐会,你来吗?"
赵茜在旁边一拍桌,激动地小声道:"这不巧了吗!去!必须去!"
离得近,林清野听到她这边的声音:"旁边有人?"
"嗯,室友。"
"开学了?"
"嗯,开学第一天。"
"那正好,跟你室友一块儿来。"
赵茜捏着许知喃的手,指甲都几乎要嵌进她手背里。
"这个音乐会不是要门票的吗?"许知喃记得之前还看到过很多粉丝抱怨票太难抢,一秒就空,"我们俩都没有票。"
"你来要什么门票。"林清野笑了声,"特邀嘉宾。"

音乐会在第二天的晚上。
赵茜还拉了姜月一块儿,美其名曰叫作考研冲刺前的放松,死活要拽着姜月一块儿去。
许知喃还提前给林清野发了个信息问能不能三个人去。
吃过中饭后,赵茜就早早开始准备参加音乐会的妆容和服装。
她是宿舍里个子最高的,有一米七,化了个御姐妆,又从衣柜里翻出一件紧身背心和宽松工装裤,露出一截小蛮腰,还有隐约的人鱼线。
姜月看蒙了:"茜茜,你就穿这个去啊?"
"嗯哼。"赵茜双手插兜,抬了抬下巴,"酷不酷?"
"酷是挺酷的,但你要不要外面再穿个外套啊?"
赵茜笑起来:"姐妹,我们去的那可是类似音乐节的活动哎,我这打扮都是低调的,你上网搜搜之前T市的那次音乐节大家都是怎么穿的。"

捯饬好了自己,赵茜又开始捯饬姜月和许知喃。

不过姜月死活不愿穿赵茜搭配的那套性感衣服,最后只好勉强准许她走可爱风,一字领衬衫和长裙。

在姜月身上没法大展身手,赵茜把罪恶的触手伸向了许知喃。

"喃喃宝贝!"赵茜把她摁坐到椅子上,"来,我给你化妆。"

许知喃此刻还没意识到问题的严重性,乖乖任由她化。

等化完后,许知喃看到镜子里的自己才愣住了。

晕得很开的眼影,狭长的眼线贴着眼角平直地勾勒出来,眼下又打了很重的腮红,眼角拿眼线笔画了颗五角星,用大亮片眼影点缀,口红也是正红色。

"铛铛铛铛!这叫厌世妆!"

许知喃看着镜子:"妆太重了吧?"

"不重!你今天可是主角儿!当然得化得出挑一点了!"

姜月仗着反正被折腾的不是自己,也跟着说:"真的好看哎阿喃,感觉和你以前的风格不一样,但还是超级好看。"

被怂恿着,许知喃又穿上了赵茜给她的一件黑色T恤和紫色高腰裙。

虽然不像赵茜那样露出很大一块腰侧皮肤,但她T恤也很短,稍稍一抬手就会露出肚子来。

而底下则是一双半膝袜,包裹住她纤细匀称的小腿。

赵茜后退几步,看她一会儿,最后又拿出个贝雷帽给她戴上,比了个大拇指:"完美!"

许知喃看着镜子里的自己,简直认不出来。

姜月在一旁点评道:"有点儿坏天使的感觉。"

"你那什么形容词。"赵茜笑了笑,"好土。"

许知喃不习惯穿成这样,想换下来,结果直接被赵茜和姜月一人一个手臂拽着出门了。

一路上她连头都不敢抬,幸亏赵茜给她搭配了个帽子,她就这么扯着帽檐跟着两人往音乐节场地走去。

到了那儿,许知喃和姜月才发现,赵茜的确没有骗人。

音乐节大家的造型都很夸张,她们这样的简直不值一提。

站在场地外检票口,许知喃给林清野发了条信息。

【许知喃:我们到了。】

【林清野:我现在出来。】

【许知喃:现在外面好多人呢。】

【林清野:那我让人来带你们。】

不一会儿，就有工作人员过来，领她们从另一个通道入场。

音乐节场地在一个平坦的草坪上，前面一个简易舞台，底下零散几张白色塑料椅，摆得很随意。

很快，许知喃就知道为什么这么多人却只有几张塑料椅了——在那种气氛下，压根儿不会有人能够安分地坐在椅子上。

夜色沉下来，草坪上的路灯亮起，夏天很多蚊虫，不过丝毫不影响音乐节的气氛。

《我为歌来》参加选手众多，音乐节上的节目是分组乐队表演。

乐队是林清野的老本行了，被安排在压轴出场。

已经两个小时过去，天完全黑了，大家纷纷拿出荧光棒。

林清野在尖叫声中上台，在这个临时组建的乐队中担任的依旧是主唱。

"哇，他染头发了！"赵茜号了一嗓子，"这颜色太招摇了吧！"

底下粉丝们也都发现了，瞬间沸腾。

他染了蓝发。

他皮肤本就白，蓝色便更加衬肤色，几乎能看清皮肤下的青色血管。

晚风吹拂过去，捎出他宽肩窄腰的轮廓。

林清野站在舞台上，前面一个立式麦架，下颔微抬，明明很普通的一个动作，在他做出来却有睥睨众生的感觉。

他往台下扫了眼，捕捉到许知喃时明显愣了下。

视线停留许久。

许知喃就这么远远隔着众人和他对上视线。

她这才想起来自己现在穿着的，以及脸上的妆。

台上，林清野缓缓勾唇，眼里也噙上微妙的笑意。

他那一头蓝发，再加上笑，简直像是开刃的刀直接对着心尖儿劈下来，台下众人更加沸腾，气氛推向高潮。

又过两秒，他像是实在忍不住，低低笑出声。

磁沉的，低哑的，透过话筒放大从音响里传出来。

大家疯了。

赵茜也疯了。

"啊啊啊啊啊啊啊啊！阿喃，他在对你笑！"

第八章

那你也拿个冠军吧

赵茜说得没错,林清野的确是在对许知喃笑。

可站在她们周围的粉丝们不这么觉得,尖叫声几乎都要穿透耳膜。

"啊啊啊啊啊啊啊啊啊!哥哥是在对我笑!"

赵茜不服气,跟着喊一声:"是对我们阿喃!"

粉丝跟风吃醋地扭头道:"就是跟我!跟我!"

许知喃不好意思地扯赵茜一把:"茜茜,你干什么呀。"

赵茜搂着她的腰哈哈大笑,凑近了说悄悄话:"大家要是知道你的真实身份估计都得吓一跳呢。"

很快,前奏旋律响起,方才还极为热闹的众人安静下来。

夏夜,绿色草坪,晚风,亮成一片的荧光棒,晃动起来像是来回涌动的海浪,涨潮又退潮。

林清野站在麦架前,像是被海浪推到高处,音乐节的灯光远不如拍摄棚,只是最普通的打光,但也依旧光彩熠熠。

少年一件白色衬衫,下摆一半系进裤腰。

这是许知喃第一次这样直观地看到现在的林清野被多少人喜欢着。

从前也知道他参加节目后被许多人注意,也能在街上听到路人谈及,可这样直观的还是第一次。

山呼海啸。

光影层叠。

他是天生适合舞台的人,恣意洒脱。

许知喃仰头看着舞台上的林清野。

又与脑海中私底下的林清野重合。

从最开始荒唐一夜,早上醒来,他靠在窗边大笑,说:"行,记得对我负责。"
到他喝醉酒时的低语:"阿喃,你不喜欢我了。"
再到他说:"让我再喜欢你一次吧。"

林清野唱完前半部分,一段伴奏旋律响起,鼓手在舞台后方敲着鼓,鼓点掐着心脏震动的频率,仿佛心脏往上滑,胸腔都被震得有些闷。

林清野将话筒从麦架里抽出来,举着麦克风向上伸直手臂,半阖眼,下颌微抬,线条流畅利落。

他就做了这一个动作,底下粉丝们很快默契配合。

"林清野!"

"林清野!"

"林清野!"

"林清野!"

……

就连赵茜也一块儿跟着喊。

风轻轻吹来,偌大的场地,大家都在喊他的名字。

直到一段急促的急转直下的贝斯旋律,他重新将麦克风放到嘴边,继续唱后半部分。

一首歌结束,台下的欢呼尖叫声持续了好几分钟。

姜月整个暑假都泡在图书馆,沐浴在知识的海洋中,乍然看见这场面也很震惊:"我怎么感觉,林清野现在这么火啊?"

"那可是爆火好吗!"赵茜说。

之前因为林清野谈十七岁白月光的事,她为许知喃愤愤不平,看林清野越火就越不爽,如今终于可以心平气和地看待了。

"你不经常上网冲浪不知道,之前还有那种专门做数据分析的分析了林清野这个突然爆火的情况呢,现象级的。

"主要是他现在大部分的粉丝都是因为《我为歌来》才喜欢上他的,全是活跃的粉丝,购买力惊人,商业价值超级高,我估计应该都有好多广告想找林清野代言了,不过我觉得他应该不太会接这种。"

姜月问:"这种代言费应该特别高吧。"

"废话。"赵茜敲敲她脑袋,"但是林清野家里不是都说很有钱吗,可能只是想玩音乐,不用去'卖身''卖笑脸'。"

赵茜说了半天才想起来自己身边可有个大明星追求对象在。

"阿喃,你知道他爸爸是干吗的吗?我之前听说那个岷升集团好像就是他家的,没记错的话那个董事长就姓林来着。"

提及他的家庭，许知喃只能想到他那个对他恶语相加的母亲。

她摇了下头："我也不知道。"

"他从来没跟你讲过啊？"赵茜转念一想也明白了，"不过也是，估计林清野自己挣的就足够了，这个富二代对他来说就是个没用的头衔而已。"

赵茜叹口气："羡慕了，为什么不把富二代这种标签给真正有需要的人呢，比如我。"

林清野压轴出场，表演完最后一首歌后王启出来致谢，后面还有个收尾的抽奖活动。

赵茜拉着姜月兴冲冲地要去抽奖，许知喃对此没兴趣，跟她们说了声便去找卫生间了。

场地就在广场上，周围围栏围着，因为是露天，外围还有不少没有抢到票远远听歌的粉丝和路人。

许知喃绕了一圈才终于看到了卫生间的指示牌，跟着标志走过去。

手机振动，林清野发来一条信息。

【林清野：在哪儿？】

【许知喃：去上个卫生间。】

【林清野：一会儿我来找你？】

许知喃想了想，摁着手机回复。

【许知喃：会被人看到的吧。】

【林清野：偷偷地。】

许知喃也不知道他打算怎么偷偷地，一边回消息一边走路，不知不觉就已经到了卫生间，一抬头就看到卫生间正面的镜子，以及镜子里的自己。

听歌听得她都忘了自己现在是个什么打扮了。

许知喃不自在地扯了扯衣服下摆，可实在是短，好在底下是高腰裙，只会隐约露出一截腰。

可腰是挡了大半，裙子却又短了，尽管里边是裤裙，不会走光，可许知喃从来不穿这么短的裙子，还是很不习惯，想把裙子往下拽一点又会露出腰。

两难。

许知喃在镜子前照了会儿，最后叹口气，不再折腾了，认命地走进卫生间。

许知喃出来洗手，喧闹的人声近了些，大概是抽奖活动也结束了。

天色已经很暗了，路灯打在鹅卵石路上，暗沉沉的。

许知喃忽然忆及那个被魏靖骚扰的晚上，条件反射性心里发毛，将背包从肩上卸下来，手伸进去，摸到个东西——之前买的报警器。

幸好听了方叔叔的话买了这个，有备无患。

许知喃紧紧抓着书包里的报警器，步子轻轻踩在鹅卵石上。

眼看着前面不远处出现几个银色手圈，许知喃认出来，那是粉丝绑在手腕上的荧光绳。

同时也听到远处传来的说笑声。

许知喃刚刚松了口气，忽然从身后横过来一个手臂，将她揽进怀里。

她登时睁大眼，被那股力带得往后跌了两步，许知喃直接按下报警器。

顿时，一道嘹亮的警报声划破天际——

同时，她也闻到了从身后传来的熟稔味道。

林清野身上的味道。

烟草味混着柠檬香的清冽沐浴露味，还有点汗味，不重，更多的是男性荷尔蒙的味道。

刚才在舞台上被打光灯照着，难免会出汗。

许知喃扭头看去，正好对上林清野的视线，四目相触。

警报声还在持续。

林清野看着她无声地挑了下眉。

前面的声音也越来越近，朝他们走过来了。

"我怎么听到有警报声啊？不会是哪儿着火了吧？"

"听着是那边传出来的，应该不会着火吧，着火肯定整个广场都会拉警报的，会不会是有坏人啊。"

"你别吓我啊。"

"会不会是有人在求救啊，那种公园变态什么的，要不看看去吧？"

林清野捏着许知喃的手臂，直接将人拽到了卫生间背面角落。

许知喃慌忙地从包里拿出那个报警器，她当初只看了怎么按响的说明，却没注意怎么关。

听着那群女生的声音越来越近，许知喃几乎要急出汗来，最后总算是在她们走近前关掉了。

重新恢复安静。

那几个女生在周围探头探脑了一会儿。

"怎么又突然没声儿了？"

"会不会是广场广播给弄错了啊，按理说要真是呼救总不会什么动静都没有吧？"

"我怎么觉得越来越怵人了，走了走了，我不想上厕所了，先去人多的地方吧。"

她们说着，又慌忙地小跑着走了。

许知喃躲在角落里眼看着她们离开，胸腔很明显地起伏了下，松了口气。

林清野垂眸看着她全程的反应，忍不住笑出声，示意她手里拿的东西："这是什么？"

"啊。"许知喃一顿，乖乖回答，"报警器。"

"哪儿来的？"

"买的，上次魏靖的事情之后就买了。"

他笑："还挺聪明。"

许知喃将报警器重新塞回包里，一抬头发现林清野好像始终看着她，视线都没挪开过。

林清野往后退一步，歪着头打量她。

他也是头一回见小姑娘这副打扮，细细的窄腰，皮肤白得晃眼，一双长腿笔直匀称，半膝袜紧紧包裹住小腿，总觉得像是种意味不明的诱惑。

从衣服到妆容都是又酷又帅的，还有点小性感，可看到眼睛后，这种性感又忽然变了味。

她眼睛太干净了。

变成一种很独特的勾人。

许知喃也注意到林清野是在看她这身装束，不自在地拿指尖攥住裙子下摆，让它不那么蓬松。

他观察完了，勾着唇问："怎么穿成这样？"

"我室友给我弄的，说人家去音乐节都得这么穿。"她语气有点懊恼。

"你这个叫什么风格？"

许知喃回想了下，如实回答："好像叫厌世妆。"

林清野笑起来，胸腔都在震动，似乎是觉得她这个回答格外好玩。

许知喃这张脸没有一处能跟"厌世"搭边。

她被他笑得越发觉得抬不起头，于是决定把炮火往他身上引："你怎么染头发了？"

还是蓝色。

这种大胆的颜色，许知喃从来没想过，但不能否认，林清野将这个蓝发驾驭得极好，丝毫没有突兀感。

他抬手随意地捋了把额前的碎发："化妆师弄的，一次性的染发喷雾。"

"还有这种东西吗？"许知喃第一次听说。

"嗯。"

她仰着头看他头发，路灯下额前的碎发被映照得更加蓝了，像是漫画里出来的人。

"洗一下就会变回黑色吗？"

"应该吧，我也没试过。"

林清野看了她一会儿，而后微微弯下身，垂着头："要摸吗？"

"啊？"

"头发。"

他个子高，像鞠躬那样将头伸到她眼前，那一头蓝发就在她面前。她指尖很小幅度地蜷缩了下，然后伸手摸了下。

林清野依旧没直起身，她便又摸了下，这回更用力些，算是抓了把，指尖插进他头发里。

他这才直起身。

许知喃摊开手心，因为他出了汗，发根也湿漉漉的，她手心印出一点浅浅的蓝色痕迹。

林清野顺势牵起她的手，绕到前边洗手池前给她洗手。

染发剂刚刚沾上，洗起来不麻烦，很快就冲干净，恢复白生生的肤色。

许知喃这才反应过来，从他手里抽回手，甩了甩水："已经干净了。"

"嗯。"林清野看着她说，"你一会儿有事吗？"

"没事，怎么了？"

"他们好像待会儿又要去聚餐，就在这附近，你跟我一起去吗？"

"那些歌手吗？"

"嗯。"

许知喃哪见过这场面，还要跟一群平时只能在电视上才能看到的歌手一起吃饭，下意识就打了退堂鼓："我都不认识他们呢。"

"不用理会他们，你跟我一起就行。"

他刚说完，后边又响起些窸窸窣窣的人声，许知喃怕人看到，拉着他就又要躲回去，结果那声音骤然就更大了。

"阿喃！"是赵茜的声音，"你在哪儿呢！"

"这里。"许知喃扬了扬手。

赵茜和姜月已经抽完奖了，手里多了个小恐龙的包，大概是抽奖抽来的。

她们走近后便发现许知喃旁边还有个人，是林清野。

赵茜脚步一顿，瞄了瞄两人。

这蓝发少年配厌世少女，乍一看简直像是异世界走出来的人物。

虽然之前因为两人分手的事赵茜对林清野颇有微词，不过这两人站在一起实在是配，跟画报似的。

林清野侧头又问了一句："去吗？"

赵茜抓住话茬："你们要去哪儿？"

"聚会。"

"跟节目组那些人一块儿吗？"赵茜睁大眼。

"嗯。"

"去呀！为什么不去！那么多大明星哎！"赵茜一下就来了精神，"对了阿喃，你能不能帮我要一张沈琳琳的签名啊？"

赵茜是沈琳琳的歌迷，从前在宿舍里就经常放她的歌。

林清野说："我帮你要。"

赵茜迅速倒戈："太谢谢你了！不过晚上得好好把我的阿喃送回来啊，也别太晚了，她睡觉都挺早的。"

"行。"他很干脆地应声。

这样一来，反倒是许知喃骑虎难下了。

她还没答应要去呢。

赵茜拉着姜月笑嘻嘻地又走了。

林清野垂眸："走吗？"

许知喃抿了抿唇，心一横："嗯。"

两人绕路回后台，刚一进去就听到王启在那儿激动地宣布一会儿的聚餐地点："我把那店包下来了，今天敞开了吃，敞开了玩！不用担心又被人偷拍偷看了！"

大家齐刷刷地拍手欢呼，而后注意到站在王启身后的林清野，以及他旁边的漂亮女孩儿。

王启也跟着扭头看过去，许知喃乖乖颔首打招呼："王制作人好。"

王启现在看到她的心情很复杂，讪笑一下："哎，许同学也来啦。"

林清野挑了下眉："一会儿加个位？"

王启说："你就是加五十个都没问题，是不是看不起我，今晚那整家店都是咱们的。"

有人打趣问："林清野，这小姑娘是谁啊，也不跟我们介绍一下？"

他笑笑，说："同学。"

"就同学啊？"那群人摆明不信，"你不都已经毕业了吗，哪儿来的同学啊？"

"大学学妹。"

一群人拖着长音，不怀好意道："哟，学妹啊。"

许知喃后来也看过几期节目，眼前这些人之前还是隔着手机屏幕看到的，现在却笑着在调侃自己和林清野，感觉很奇妙。

沈琳琳靠在一边说："林清野，你这可就太不真诚了啊。"

林清野从旁边梳妆台上抽了张白纸递给沈琳琳："琳琳姐，你能帮我签个名吗？"

沈琳琳被逗笑了："你叫我什么，再叫一声。"

林清野没再说，看看她扬了下眉，找人签名还依旧那副表情。

沈琳琳不多在他身上做无用功，侧身看向他身后的许知喃，问："小姑娘，是你要我的签名吗？"

"嗯，我室友很喜欢您。"

沈琳琳捕捉到她还用了个敬辞"您"，再反观林清野，一个刚出道的新人，之前可都是连名带姓叫她的，叫琳琳姐今天还是头一次。

啧啧啧。

"室友？"沈琳琳侧了下头，"你还在读书啊？"

"大四。"

沈琳琳点点头，食指往林清野身上一指："太不是东西了！"

林清野笑了声，坦然接受了这个评价。

"要我签名可以啊。"沈琳琳越看许知喃越觉得这姑娘可爱，忍不住想逗，便问林清野，"你回答我个问题，我就签名。"

"什么？"

"她是你歌里的那个姑娘吧？"

众人哗然，瞬间看向许知喃的目光都肃然起敬。

林清野抬手挠了下眉毛："嗯。"

起哄声骤然响起，几乎要掀翻屋顶："不道义啊！明明就是女朋友嘛，刚才居然还诓咱们说什么大学同学。"

"还不是女朋友。"林清野说。

重点不在"女朋友"，而是"还不是"。

沈琳琳比了个大拇指："坦诚。"

她一边从包里抽出一支签字笔，没要林清野那张纸，她包里正好有之前刚拿到的几张照片，直接签了个签名照。

"给。"她递给许知喃。

许知喃双手接过，礼貌致谢："谢谢您。"

"哎哟，你这小姑娘也太逗了。别紧张，我们也跟普通人一样，不用那么拘束，多跟你学长学学。"

到"学长"两个字，她说得有些暧昧。

"有时候不用这么客气，你这一口一个敬辞都把我给叫老了。"

许知喃温柔地笑了笑，又不知道该回些什么。

林清野手在她背上轻轻托了把，侧身从衣架上拿了件外套给她。

蓝、绿、白三个色块拼接的棒球服，很长。

许知喃穿上后挡住原先赵茜给她搭的那身装扮，总算是自在了些。

众人结伴到王启预约包场的烤肉店，这烤肉店还是一个圈内朋友开的，算是副业，明星效应下平日晚上的生意很好，这回暂停营业给他们包场不容易。

除了《我为歌来》节目组的那些成员外，还来了几人。

似乎是别人的男女朋友，不太眼熟，许知喃不知道是不是娱乐圈里的人，也不知道他们有没有公开过。

自助烤肉，服务员都退下去。

"范恺人呢？"有人嚷道。

范恺就是这家烤肉店的老板，应声进屋，手里还提了两瓶酒，包装精致，看着就价值不菲。

那人笑道："你还真是来得及时，我刚想让你把你这儿的好酒拿出来呢。"

范恺将两瓶酒放到桌上，自己开了瓶，笑道："就我这酒可都比你们那包场费贵了，实在是肉疼。"

许知喃就坐在林清野旁边。

她不认识这些人，好在林清野那性子也不会和别人攀谈不休，始终坐在她旁边，偶尔问她一句想吃什么，或是夹菜，倒也不算太尴尬。

大家都是在娱乐圈摸爬滚打多年的人，个个都人精似的，看出许知喃的别扭，也没有始终把话题放在她身上，调侃一通之后就结束。

许知喃以前听赵茜谈及娱乐圈的八卦新闻，比如某某和某某撕了，某某和某某又对家互喷了，总觉得娱乐圈很不平静。

可如今看来也没有那么恐怖。

也许是因为《我为歌来》节目组相处融洽的关系。

"清野。"旁边那人提着酒杯，说着便要给林清野倒酒。

这酒度数很高，估计两杯下去就能上头。

林清野拿手挡住瓶口："不能喝。"

"为什么？"他吃惊道，之前也有过几次聚餐，从来没见林清野在喝酒方面推辞过。

林清野侧头示意了下许知喃："一会儿要送她回学校，要开车。"

听他这么说，那人也就不再劝酒了，只调侃了句："你这挡酒的招想得可真够好的啊。"

许知喃知道林清野挺喜欢喝酒的，以前就见他常喝，便凑到他耳边轻声说："你想喝就喝吧，我可以坐出租车回去的。"

"不喝，最近要戒烟少酒。"

"还要戒烟？"

"嗯，慢慢戒吧，也没这么快。"林清野靠在沙发背上，和她挨得很近，肩膀碰在一起，"不是准备出专辑吗，之前那样抽烟喝酒，嗓子经常会疼。"

"现在呢？"

"最近好多了。"

许知喃笑了笑:"那挺好的,抽烟本来就不好,戒了对身体好。"

林清野笑着"嗯"了声。

周围这群人一玩就是要通宵的架势,林清野没多待,接近十一点他就起身告辞,大家知道许知喃还要回学校,并不强留。

范恺开的这家烤肉店直通地下私人停车库,不用担心会有狗仔的问题。

车快开到学校时,许知喃脱掉身上那件棒球服还给林清野。

林清野看了眼:"穿着吧。"

"没事,不冷。"她叠好后放到车后座。

林清野将车停在宿舍园区东边小路,开学后就不比之前放暑假期间了,已经晚上十一点,门口还有些人出入。

东边小路没什么人,许知喃没让他送:"这么点路,我自己回去就好了,你别送了。"

"嗯。"

他嘴上应了声,却又拉住她的手腕。

许知喃一顿,仰起头看他。

先前在舞台上张扬嚣张的样子褪去,现在的林清野沉静下来,眼眸也有些黑沉,像是藏着些难言的情绪。

刚才在烤肉店待了许久,许知喃的眼线有些脱妆,尾端颜色很淡,却又削弱了之前的厌世感,仰头看人时还有些上翘,有种微妙的清媚。

林清野看了会儿,喉结上下滑动,声音莫名哑下去:"刺青决赛什么时候?"

"下周一。"

"嗯。"

"那我先回去了。"

林清野懒散地靠在车门上,闻言也只是淡淡点了下头。

许知喃多看了他一眼,正准备转身离开之际又被他重新捞住了手腕,往自己这边带。她脚下没站稳,跌进他怀抱。

她低呼一声,鼻梁还撞在他锁骨上,倒没撞疼,因为在跌下去之前林清野揽了把她的腰,重新扶稳了。

"对不起。"许知喃退开些,跟他道歉。

明明是他先使坏拽她,她却在跟他道歉。

林清野勾唇,看着她眼睛,片刻后,只觉得心底那股燥意渐渐上涌,嗓子发痒,而后索性直接抬手捂住了她的眼睛。

手心感觉到她的睫毛轻颤。

林清野俯身靠近,嗅到她身上特有的香味,太阳穴跟着跳了下。

他下颌收紧,唇线绷直成一条线,隐忍片刻。

周围很安静,许知喃平白被捂住眼睛,茫然无措,下意识地叫他名字:"林清野。"

三个字,林清野的太阳穴又跳了下。

他呼吸有些紧,克制地靠近,手依旧盖在她眼睛上。他俯身,嘴唇盖在自己手背上。

夜静悄悄的。

许知喃看不到其他,只觉得他身上的气味更靠近了些,包裹住她周身。

过了三秒,气味又散开些,而后手也拿下来,她眨了眨眼,抬起头。

林清野依旧刚才那副样子,懒洋洋的。他抬了抬下巴,说:"挺晚了,回去吧。"

林清野一直看着许知喃消失在宿舍园区门口后才坐进车里。

他没急着开车回家,就这么坐在车里,从烟盒里抽出支烟咬进嘴里,没有点燃,只闻着那点儿烟草味。

风顺着车窗缝隙吹进来。

学校里几棵刺槐花开正盛,淡淡花香卷入车内。

林清野用牙齿在烟嘴处反复捻磨了几下,咬出烟丝,他把那支烟丢到一边,手撑着额头长长舒了口气。

刚才捂住许知喃眼睛的掌心沾上些气味,不是她身上的味道,而是些极淡的脂粉气——她今天化了妆。

林清野脑海中再次浮现出方才他在舞台上唱歌时,找到台下的许知喃的那一瞬间。

头一回见她打扮成这样,乍然看见这种风格的许知喃,他也同样很意外。

除了意外,便是觉得可爱。

他没忍住,在舞台上就笑出来。

又在车里等了会儿,手机振动,许知喃发来一条信息。

【许知喃:我到宿舍了。】

林清野回了个"好",这才驱车离开。

许知喃一走进宿舍就被赵茜和姜月团团围住,逼问约会怎么样。

"那不是约会。"许知喃纠正,又从包里拿出那张沈琳琳的签名照,"给。"

"还是签名照啊!"赵茜吃惊道,爱不释手地捧着。

"嗯,刚刚才签好的呢。"

"呜呜呜,我太爱你了阿喃!"赵茜激动地拥抱了她一下,"而且这张照片拍得也好好看啊。"

许知喃笑了笑:"不用谢我,是林清野问她要的。"

赵茜冲她眨眨眼:"林清野面子还挺大哦。"

"啊?"她回忆一番,"我感觉他们那些人关系都还挺好的,也没有什么架子,沈琳琳虽然出道久,但脾气也很好。"

"那可不,毕竟是我喜欢的人。"赵茜说着,手肘拱了拱她,压着声问,"那你和林清野呢,怎么样啦?"

"什么怎么样?"

"你说什么怎么样,我看他现在追你追得好像还挺诚恳的,你怎么想的啊?"

许知喃顿了顿,走到书桌边把包卸下来:"我也不知道。"

"这可是跟大明星谈恋爱的机会哎,要是换我肯定得牢牢把握住机会,以后想看谁的演唱会或是什么节目估计连票都不用抢,直接就能安排。"赵茜转念一想,"不过你也不追星,这个福利对你来说好像是不太有吸引力。"

姜月扭头问:"阿喃,你是不是觉得他现在粉丝特别多,所以不敢跟他交往啊。"

"也不是。"许知喃抓了抓头发,"我也说不清楚。"

许知喃和林清野的关系维持了三年。

她仰视了林清野三年,胡思乱想、辗转反侧都尝试过。

说实话,她到现在对于林清野的转变也依旧是茫然的状态,再得知林清野从前就认识她,默默关注她这么久,没有丝毫触动是不可能的。

但从前可是三年啊,一千多个日夜。

许知喃第一次这样喜欢一个人,满心满眼都是他,连伪装都不会。

他们的关系是由林清野主导的,以前是,其实现在也是。

他本身就气场强大,也太知道怎么让别人喜欢他了。

所以有时候许知喃就会觉得害怕。

"不过像你这样的仙女啊。"赵茜摸着下巴说,"就该被追得久一点,不然那些臭男人都不知道珍惜,想要男人乖乖听话,欲擒故纵得玩得溜。"

这种歪理赵茜一说就能说出一堆。

姜月在一旁笑道:"其实说得没错。"

许知喃捏把姜月的脸:"你也被茜茜带坏啦。"

"不是啦,因为那个是林清野嘛,其实我本来对他印象不太好的,觉得他挺像那种坏男生的,总感觉不管是哪个女生和他谈恋爱都会驾驭不住,担心你会被他欺负,不过今天看起来他好像是很喜欢你。"

姜月倒坐在椅子上,双臂交叠放在椅背上,下巴抵着:"但是是得多考察考察啦,不能因为他是林清野就急匆匆答应了。"

她们宿舍这三个人,赵茜大学前两年就谈过几个男朋友,而许知喃和林清野也可以说谈了半个恋爱,只有姜月在恋爱这事上纯粹是一张白纸。

赵茜笑着打趣道:"哟,我看你这考研狗能直接去开恋爱课啦,道理说起来还一套一套的,很懂嘛。"

姜月被她说得反倒是不好意思了,抬着手就作势要打她。

"我错了,我错了。"赵茜举手投降。

姜月哼一声,白了她一眼,不跟她一般见识,又对许知喃说:"虽然他是林清野,可你也是咱们平川之光啊。"

晚上熄灯后,姜月和赵茜还一直在分析许知喃的恋爱事宜,听到后来许知喃都蒙了,昏昏欲睡,睡着前耳边还是两人的聊天辩论声。

后面几天许知喃没工夫去想自己和林清野的关系了——刺青设计大赛的决赛PK题目出来了。

四个刺青风格小组,每个组的刺青都有其标志性的图案。

School组又分为old school和new school,PK题目给出的是old school中的骷髅素材,技术重点在于要求手法简单利落,形成醒目硬朗的视觉效果。

东方传统组给出的则是荷花与锦鲤素材。

写实风格是猫头鹰素材,而重点就在毛发色调打雾以及鹰眼。

图腾给出凤凰的素材,但图腾和写实两者完全不同,图腾不要求栩栩如生,更是抽象的一种意向,具体需要自己设计。

因为School组的小组冠军魏靖已经退赛了,所以最后的PK题目只剩下三个。

由决出的三个小组冠军分别文三个不同风格的文身,既有自己擅长的风格,也有另外两种风格。

总冠军需要每个风格都能做得出色,最后由三个文身得出综合评分后才选出最后的总冠军。

这次比赛叫作"刺青设计大赛",又不仅仅只是刺青技术,还有设计的实力。

决赛PK题目便平均考验了这两项的水平。

虽然给出了素材,但就像是话题作文,只给了个宽泛的范围,具体内里如何安排都需要刺青师自己去设计。

好在大四课不多,许知喃决赛前的几天几乎除了工作、上课,就是画设计图。

不知道推翻了几个版本,才终于将三张设计图确定下来了。

本身给出的时间就不宽泛,此时就只剩下一天让她练习。

许知喃这天都没有回宿舍,在刺青店通宵练习。

她最近这段日子给客户做了不少写实风格的,已经很熟练,主要练习的还是东方传统和图腾。

图腾这种张扬奔放又粗犷的风格,很少有人会来找许知喃做,她经验自然也很少。

拿练习皮做完第一组,她就有些困了。

这时,手机振动——

【林清野:明天就决赛了?】

许知喃揉揉眼睛,打了个哈欠,回复一个"嗯"字。

【林清野:那今天早点休息,明天我送你过去。】

【许知喃:休息不了,还没准备好。】

【林清野:怎么了?】

【许知喃:还在练手,不太熟练,怕明天一紧张会文错针。】

【林清野:还在店里吗?】

【许知喃:嗯。】

【林清野:早点回去睡觉吧,明天还要比赛呢。】

【许知喃:没时间了,打算就在店里睡一晚,等比赛完再睡吧。】

【林清野:店里一个人?】

【许知喃:嗯。】

等了会儿,他也没再回复,许知喃拿出第二块练习皮,继续文荷花锦鲤的设计图。

"给。"王启从录音棚出来,"这是刚录的Demo小样,我已经听过了,没问题,直接出成品都可以。"

林清野接过:"我回去听一下,之前感觉背景乐器声有点太平了,可能要再调一下。"

"不在这儿听吗?"王启看了眼时间,也不是很晚啊。

"嗯,有点事。"

"什么事啊。"

林清野不答,扬了扬手里的Demo小样:"我过几天改完后再返给你。"说完便直接走了。

许知喃文到一半,店里忽然响起一阵悦耳的风铃声,林清野推门进来,手里还拎着两个袋子。

她愣住。

林清野将手里的袋子放到旁边木架子上,问:"一会儿没客人了吧?"

她愣怔道:"没了。"

林清野便直接把卷帘门拉下来,提着袋子走到她面前,把里面的饭盒拿出来,淡淡解释道:"省得一会儿被人看到我在你店里。"

"你怎么来了?"

"吃晚饭了?"

许知喃摇头。

他从她手里抽出文身笔放到一旁,而后将饭盒推到她面前:"先吃完再练。"

那饭盒很精致,古色古香的木盒,上面有木质花纹,分了四格,米饭上撒着些黑芝麻,荤素搭配。

许知喃这才觉得有些饿了:"你怎么知道我没吃晚饭?"

林清野笑了声:"我还不知道你嘛。"

"嗯?"

"忙起来直接能把吃饭这事儿忘了,你又不是第一回这样了。"林清野瞧了她一眼,勾唇低低笑了声,没多说,将筷子递给她,"吃完再练。"

许知喃听话地吃了口饭,又抬头看他一眼:"你吃饭了吗?"

"嗯。"

那几张设计图就放在旁边,许知喃本身就是美术设计专业,这一类设计不在话下,每一张都很好看。

而其中的图腾大概是最特殊的,林清野也是第一次见她画图腾。

凤凰图腾。

很简洁,由黑到红的渐变色,凤凰涅槃。

"明天比赛要文这三幅图?"林清野问。

"嗯。"

"模特找好了吗?"

"决赛模特是主办方那边统一的,好像是找的志愿者。"

反正是由已经决出的小组冠军来文身,倒也不用担心文得不好怎么办。

林清野点点头,没再说。

许知喃很快吃好饭,将餐盒收拾好,这才问:"你今天没事情吗?"

"这么晚了,能有什么事。"林清野将袋子丢进垃圾桶,"陪你会儿。"

许知喃一顿:"我还要练习呢。"

"你弄吧,不用在意我。"他说着,便从另一个袋子里抽出个本子,问,"有笔吗?"

"在桌上。"

林清野起身,拿了支铅笔,重新坐到许知喃对面,摊开本子,里面是他手写的乐谱,不是很整齐,这一块那一块,大概只有他自己看得懂。

他重新扫了遍,刚才已经在王启那儿听过一遍加完乐器背景的Demo,修改起来比较有思绪。

很快,他就拿着笔重新修改。

他玩音乐的时候其实很吸引人。

不管是在舞台上,还是安静写词写曲的时候。

修长骨感的手指捏着支铅笔，划掉几处，又写上新的，音符也画得很漂亮。

许知喃看了一会儿他写谱子，嘴角轻轻提了下，重新拿起文身机继续刚才没有文完的部分。

刺青店的卷帘门已经拉上，隔绝掉一部分外面的噪音。

天花板上白炽灯亮着光，两人面对面坐着。

一个低头专心致志地将每一处刺青都做得精致漂亮。

另一个模样没那么认真，手托着腮，指尖松松握着笔，看一会儿才动笔写下几画。

最后还是林清野先结束，他心里有大概的乐点，屈指在桌上轻敲，将刚改完的乐谱重新过了一遍，而后给王启发过去。

他发了一会儿信息，确定终版后便收起手机，看向许知喃。

她明显是觉得困了，一边文一边打了个哈欠，弄得泪眼蒙眬看不清东西，揉了揉眼睛才继续。

"真不回去了？"

"嗯。"许知喃看了眼时钟，"太晚了，现在回去她们肯定已经睡觉了，会吵醒她们的，待会儿就在这儿趴着睡会儿就好了。"

"要不要去我那儿，工作室，近一点，几步路。"

许知喃一顿，抬头看他，没说话。

林清野便笑了："就单纯睡个觉。"

许知喃道："没事，在这儿睡就好。"

林清野也没再多说。

"你还不回去吗？"许知喃问。

"嗯，等你练完了我就回去，反正我本来就睡得晚。"

于是，许知喃继续在人工皮上练习明天的内容，林清野没再打扰她，看了会儿手机，将本子翻到空白一页，继续写。

夜渐渐静了，堰城的夜生活都到了后半程。

许知喃又打了几个哈欠。

林清野放下笔，环顾一圈，拿上她桌上的烧水壶走进里间，加水烧水。

他口袋里的手机振动了一下。

【林冠承：明天回家一趟吧。】

【林清野：有事？】

【林冠承：你知道明天是什么日子。】

林清野看着柜子上的那个烧水壶，正沸腾着冒泡，他眸色有点冷，不带任何感情。

片刻后，他回复。

【林清野：什么时间？】
【林冠承：早上吧。】
【林清野：早上没空。】
【林冠承：那就中午。】
林清野顿了顿，最后回复一个"好"。

与此同时，水壶里的水也烧开了，开关自动跳断。
林清野站在里间的角落，靠着墙，忍不住想抽烟。
他侧头看向一侧，才发现这里间居然还带了个小窗户，他走到窗边——许久没打开过，锁扣都已经锈掉了。
他用力拉开窗，从兜里拿出烟盒。
这包烟已经在他兜里有段日子了，戒烟算是颇有成效，最近的确是少抽了，可惜今晚依旧破戒了。
火光乍亮，火舌卷上烟头。
林清野手肘撑在窗台上，背微躬，青白烟雾缭绕。
一支烟抽完，他又吹了会儿风才重新直起身，拿着烧水壶刚准备出去，又忽然想到之前跟许知喃说过的自己要戒烟，于是又漱了个口。
推门出去，他才发现许知喃已经睡着了，枕在工作台上，手里还握着文身笔，好在已经关了电源。
林清野倒了杯水，放到一边晾，而后走上前将许知喃周围的文身笔、练习皮和画稿一类都放到书架上。
他弯下身，环过她的膝弯将她抱起，放到工作床上，盖上被子。
水已经晾温了，他喝了口，靠坐在一旁的椅子上，看着已经入睡的许知喃被被子挡住的半张脸。
巴掌大的脸，骨架很小，脸上又不是干瘪的瘦，侧躺着枕在手臂上，脸上肉被挤到一块，看着睡得很沉。
睫毛卷翘，根根分明，很浓密。
林清野远远看了会儿，而后倾身靠近，忍不住伸手碰了碰她的睫毛。
黑睫轻颤几下，频率很快。
林清野继续"骚扰"，指尖拨刷子似的再次扫过她睫毛。
睡梦中的许知喃也察觉到了，大概觉得是飞虫之类，皱了皱鼻子，伸手去挥，正好抓住他作祟的食指。
成功抓住了吵她睡觉的虫子，她轻轻"哼"一声，脸在床单上蹭几下，就这么抓着他不放了。
林清野任由她抓着。
方才的阴霾扫去，那些烟瘾也消得一干二净。

239

半晌，他低下头去，额头轻轻贴着她的手臂，埋首下去，勾唇笑起来："阿喃。"

第二天一早，许知喃一睁眼就看到林清野，吓了一跳。

那工作床本就很窄，她被吓得低呼一声，人不自觉地往后撤，手落空，人就要栽下去之际一只手臂横过来，把她重新拽回来了。

林清野人还是困的，刚才那一揽完全是下意识，这会儿才蹙着眉慢慢睁开眼。

他刚睡醒时的样子看着很不近人情，冷冰冰的。

"怎么了？"他手在她腰上停了两秒，收回去了。

"我怎么会睡在这儿？"

许知喃简直觉得自己是断片儿了，昨晚原本只想稍微闭会儿眼睛休息一下，没想到就这么沉地睡着了，还一觉睡到天亮。

话问出口，她便想明白了，肯定是林清野抱她到床上来睡的。

"你昨晚趴在这儿睡的吗？"她又问。

"嗯。"林清野坐起来，抬手按了按后颈。

一晚上都维持那样一个睡姿可不是开玩笑的，平时许知喃文身两个小时就会觉得酸痛了。

他按着脖子侧了头。

"疼吗？"

"还好。"林清野看了眼手机，"比赛什么时候开始？"

"早上九点。"

"这么早。"

"嗯，因为这次要文三个图案，虽然都挺小的，但是还要直接打分选出冠亚季军，可能有点费时间吧。"

许知喃之前就打算好了要在店里通宵练习，所以洗漱用具也都带来了，她翻了翻抽屉，又翻出一个新的未拆封的牙刷给林清野。

刺青店虽小，可也还算是五脏俱全。

她推门走进里间，风吹起她的头发。

"哎？窗户怎么开着？"她记得她以前从来没开过这扇窗户。

许知喃过去关窗户，见窗外是一片绿地，她一垂眸就看到窗台外侧落下的烟灰，侧头问："你昨天抽烟了吗？"

"嗯，烧水的时候抽了一支，出去你就睡着了。"

许知喃轻轻皱了下眉："你不是说要戒烟吗？"

林清野摸了下鼻子："没忍住。"

"少抽一点嘛。"

她那话原意是有点抱怨的意思在的，可从她口中说出来却又很软，不像抱怨，反倒像是撒娇。

林清野笑了声，乖乖应道："知道了。"

里间很小，放了些杂物，其余位置就只放了个洗手台和厕所，两个人在里面连转身都有些困难。

林清野倒掉昨晚烧好的水，又接了一壶："你先洗漱，我去烧水。"他说着，转身又出去了。

许知喃看着他的背影，他应该是昨晚没睡好，给水壶接上电后便靠在木架子边，抬手继续按着脖颈和肩膀。

卷帘门被拉上去，他额前的碎发垂下来，早晨的阳光洒进店里，碎发在脸上落下斑驳的影子。

她收回视线，开始洗漱。

等许知喃洗漱完了，林清野才进来。她刚一出去，徐振凡便来了。

"阿喃妹子！"他喊一声，整个店里都充满烟火气。

"你怎么来啦？"

"这不是今天你决赛吗，我跟你一块儿去，给你当啦啦队！"徐振凡拍拍胸脯，"准备得怎么样啦？"

许知喃实话实说："不太充分。"

徐振凡宽慰道："没事儿，这次时间本来就紧，我昨晚跟路大哥打电话来着，他也说这些天忙着准备比赛连店里都没去。"

许知喃把待会儿比赛要用到的东西全部整理好放进包里，徐振凡看到她放在旁边的三张设计稿："可以啊，你这个图腾设计得也很好看哎。"

"真的吗？"许知喃笑了笑，"我很少画这种类型的，还很担心这个画得不好看呢。"

"这当然好看了！今天的比赛加油啊，自信点儿。"徐振凡说，"虽然路大哥的确是很厉害，毕竟也是文身圈里的老油条了，不过难说青出于蓝呢，你俩各有风格！"

许知喃笑着跟他道声谢。

与此同时，林清野在里间洗漱完推门出来。他洗了把脸，但没有毛巾，脸上还挂着水珠，头发也弄湿了，水珠顺着鼻梁和脸侧线条滚落下来。

徐振凡蒙了一瞬，又想起之前魏靖那事儿在文身圈闹得沸沸扬扬时，路西河跟他提过的——那阿喃刺青师深藏不露，是个厉害的小姑娘。

徐振凡追问，路西河也不多说，只一句："大明星英雄救美，见过没？"

他一直没懂，直到看到眼前这一幕，忽然将先前那些事都串起来了。

徐振凡不动声色地瞥了眼旁边的钟，这才七点钟啊。

这么早，一个男人从里屋走出来，还是刚刚洗完脸。

哎哟，这事儿不能细想。

容易让人浮想联翩。

这阿喃妹子果然是深藏不露啊!

徐振凡忽然间连眼睛都不知道该往哪儿瞥了。

倒是林清野先跟他打招呼,颔首示意了下,徐振凡讪讪一笑:"你好,你好。"

林清野没再理徐振凡,他那张脸没表情时就很冷,站在和煦春风般的许知喃旁边,反差就更加明显。

徐振凡心想:不愧是年纪轻轻就大火的,还耍大牌呢。

结果这耍大牌扑克脸下一秒就低头对许知喃说:"不吃早饭了?"

声音还很温柔。

徐振凡莫名起了一层鸡皮疙瘩。

"来不及了,那边外面好像就有早餐店,过去买点就好了。"

林清野点头:"我送你们过去。"

于是,徐振凡就一脸蒙地跟着坐进了林清野那辆车,头一回坐大明星的车,全程如坐针毡,话也没敢讲,直到林清野将车停在决赛场地附近。

路边就有早点摊。

许知喃扭头问后座的徐振凡:"振凡哥,你吃过了吗?"

徐振凡没有每天都吃早点的习惯:"还没呢。"

"那我去买一点。"

她说完便下车了,车里只剩下林清野和徐振凡两人,徐振凡熬不住,也紧跟着下车过去早餐摊。

许知喃一愣:"你怎么过来了?"

徐振凡实话实说:"车上那哥们儿气场太强,不敢跟他单独待着。"

许知喃笑起来,"哦"了一声,没多说。

这家包子铺生意很好,这个点正是上班上学高峰,排了三四米的队,排了几分钟才轮到。

"你吃几个呀?"许知喃问。

徐振凡说:"三个。"

"叔叔,我要六个包子。"许知喃微微弯着身,朝里头的早餐铺老板说,"还有三杯豆浆。"

徐振凡问:"这么多?"

"嗯,给他买的。"

周围很多人,许知喃没有说林清野的名字,只往后指了下车的方向。

徐振凡心说大明星难道会吃这一块钱一个的凡俗之物吗?

许知喃付了钱,又跑回到车边,徐振凡没跟过去,在一旁等她。

林清野摇下车窗，将她的工作包递过去。许知喃接过道谢，分了两个包子和一杯豆浆给他："你吃吗？"

林清野视线落过去，肉包，拿透明塑料袋装着，而那杯豆浆也是装在一捏就扁的薄塑料杯里头，上头还印了个卡通人物。

他平日对吃喝都挺讲究的，虽算不上挑食，但除了偶尔跟乐队几个人吃夜宵外，没吃过这种路边摊。

林清野接过，笑着道了声谢。

一旁站着的徐振凡看傻了。

许知喃抱着包："那我先过去了。"

"等会儿。"

林清野朝她伸出手，手心向上，修长漂亮的手指微微屈着。

许知喃看着他的手，不明所以："怎么了？"

"手。"

她将信将疑又捉摸不清地将手伸过去。

林清野握住，捏了捏她的手，说："比赛加油。"

许知喃跟徐振凡一块儿到比赛场地。路西河和另一个东方传统组的小组冠军已经到了。

东方传统组的小组冠军是个女生，金色头发，画着烟熏妆，许知喃认出来，就是上回在KTV鬼哭狼嚎唱《刺槐》的那个人。

除了他们三个比赛选手外，还来了许多其他人，决赛可以围观，有不少刺青爱好者都来了。

"阿喃妹子。"路西河给她打了声招呼。

"路大哥。"

路西河看出她的紧张，拍了拍她肩膀："哎哟，放轻松点，年纪轻轻的别给自己这么大压力。不就是个决赛嘛，魏靖不在，一共三个人，怎么着都能是冠亚季军。"

许知喃被他逗笑，神色不再那么绷着了。

很快，比赛开始。

三人各自都分到一个模特。

这刺青设计大赛决赛设置得也很是随意。

三个小组冠军在并列的三个工作床上刺青，而围观群众也没有固定场地，就在离工作窗不远处闲聊。

徐振凡站在人堆里，扬着手臂大喊："阿喃加油！"

路西河是老刺青师了，对这类比赛游刃有余，还抽空抬头看他一眼："你小子怎么看人家漂亮小姑娘就倒戈了？"

周围一群人哈哈大笑。

许知喃抿着唇轻笑。

徐振凡"哎哎"几声，亡羊补牢地添一句："路大哥也加油！"

有人挖坑问："你希望谁拿冠军啊？"

徐振凡谁也不得罪："我看他们俩都这么厉害，干脆都并列第一吧。"

送完许知喃，林清野去了趟传启娱乐公司，重新录了一遍修改过的 Demo，基本确定了新专辑的第一首歌。

时间到了中午，林清野回了林家主宅。

他都快记不清自己上一次是什么时候回来的了。

不只是他，家里的用人也同样，开门看到他时明显愣了下，笑容有点僵硬："小少爷回来啦。"

林清野淡淡"嗯"了声，换鞋进屋。

林冠承正好从楼上下来："来啦，坐吧，都好久没一块儿吃饭了吧。"

两人一块儿入席，大概是王启跟林冠承提过，他也知道林清野在筹备新专辑的事，席上多问了几句关于专辑的事。

不过林冠承虽然产业众多，但不涉及娱乐版图，对此不算了解，也只是随口闲聊而已。

"你去楼上叫一声太太，怎么还不下来，饭菜都凉了。"林冠承侧头对用人说。

用人"哎"一声，往林清野身上多看了眼，上楼去了。

没一会儿，傅雪茗就下楼来了。

她今天穿了一件黑裙，黑直长发披肩，妆容素淡，身上没有一处珠宝装饰，和平常的样子很不同。

她看了林清野一眼，又收回视线，继续下楼梯。

用人给她移开椅子入席。

林冠承说："吃吧，吃完了咱们一块儿过去一趟。"

饭桌上很安静，用人退到一边，低眉顺目的，生怕小少爷又跟太太吵起来，又毁了这好好一顿饭。

好在这顿饭尚且平静结束，不过气氛也实在是压抑，用人连大喘气都不敢。

吃完饭，三人便起身。傅雪茗拿了副墨镜架在鼻梁上，用人递上之前就准备好的花束，白百合，上面还洒着些晶莹的水珠。

"一会儿一辆车过去？"林冠承问。

"我自己开车。"林清野说，"待会儿不回来了，还有别的事。"

林冠承一顿，还欲再说，傅雪茗已经走到车边，低低唤了声："冠承，走了。"

于是分两辆车。

林清野坐进车,拿出烟盒抽出一支咬进齿间,刚要点火时想到今天早上时许知喃喃说的"少抽一点嘛"。

小姑娘软糯的语调似乎还在耳边环绕,林清野淡淡勾了下唇,把烟塞回烟盒,丢到一旁副驾驶位上。

全程林冠承在前面开车,林清野就跟在他车后。

闷热的午后,路上车辆不多,越往郊区去车就更少了。

最后两辆车在一个墓园外停下。

林冠承和傅雪茗每年的这一天都会过来,看墓的保安已经在那儿等着了,林冠承过去登记姓名。

傅雪茗就捧着那一束花站在岗亭外,林清野靠在一侧墙上,看到傅雪茗低下头,抬手抹了下脸。

她戴着墨镜哭了。

林清野收回视线。

很快林冠承便出来了,三人走进墓园,最后停在一个墓碑前。

墓碑上的照片里,少年很年轻,十五六岁的模样,穿了件白色衬衫,笑容灿烂,模样标致,眉宇间像傅雪茗,很清秀。

傅雪茗流着泪,哭腔道:"时衡,妈妈来看你了。"

她今天没有穿高跟鞋,一双素净的黑色平底鞋,她跪在地上,将新鲜的白百合放到墓碑前,滚烫的眼泪不断从墨镜背后淌下来,她捂着嘴,泣不成声。

林冠承搂着她,手指插过她发丝,像是抱着一个柔弱可怜的妻子。

林清野冷眼旁观。

现在的傅雪茗和那天晚上在公安局的傅雪茗仿佛不是一个人。

他又看向墓碑上的那个少年。

尽管那照片上的人只有十五六岁的年纪,但时衡算是他的哥哥,生命终止于那么年轻的时候。

自从时衡去世后,林清野和傅雪茗之间的关系就没有缓和过。

头两年,傅雪茗简直是恨毒了他,见到他就直接崩溃大哭着破口大骂,后面慢慢变成现在这样的状态。

林清野的脾气也同样硬,从不会主动服软,两人见面只要一发生点小冲突就必然爆发。

今天两人能够这一路都这么平静,原因不是别的,今天是时衡的忌日,傅雪茗不愿意在这样的日子弄得不愉快。

或者说,她不愿意让林清野去打扰时衡的清净。

墓碑前,傅雪茗跪着,林冠承蹲着,而林清野站着。

远远看去仿佛是一对夫妻和他们早逝的孩子,而身后的林清野却不像和他们是一家人。

林清野现在其实挺平静的,但又莫名觉得空落落的。

傅雪茗的啜泣和哭声到他耳朵里也格外刺耳,让人心焦。

他们这么全情投入地悲痛着,倒显得他冷血无情,连眼泪都挤不出来。

傅雪茗哭了很久,断断续续地跟时衡说了好一会儿的话,下巴都聚着眼泪,一颗颗接连砸在地上,洇出一摊湿迹。

林冠承掏了下口袋,没有带纸巾,倒是林清野从口袋里摸出一包纸巾,也不知是什么时候放进去的。

他递过去。

林冠承抽出一张给傅雪茗,她抬手挡掉了,没要。

林清野自嘲似的提了提嘴角,也没多余的反应。

刺青设计大赛决赛因为每个刺青师都要文三个图案,大家也都格外细致,因此耗时比较久,好在图案都不算大,到傍晚便接连结束了。

评分需要一段时间。

三个进入决赛的刺青师从早上一路文身到傍晚,中途只喝了几口水,饭都没吃过一口。

好在主办方很体贴,在等评分的过程中直接给安排了一顿自助餐,其他来围观的人也都见者有份。

刺青爱好者中膘肥体壮的不少,属于自助餐杀手,一见这场面便纷纷一拥而上。

徐振凡拿着两个装得满满的盘子从人堆里挤出来:"阿喃,这儿!"

许知喃个子小,人又瘦,连中心圈都还没挤进去,闻言扭头看去。

徐振凡又喊一声:"来这儿,快吃吧,我总感觉你这样的小身板大半天不吃饭就能瘦成片儿了。"

他占了一张桌,许知喃刚坐下徐振凡又过去抢第二波了。

他们这样的大块头好像总对吃穷自助餐老板格外热衷。

徐振凡还没回来,路西河倒是拿着盘子过来了,他在许知喃面前坐下,问:"刚才感觉怎么样啊?"

"挺好的。"许知喃还一边按着自己因为过于专注而酸痛的肩膀。

"我不行,那个猫头鹰眼睛我没处理好,缺点儿神韵。"

猫头鹰是写实组的题目。

写实文身的确是比较难学的一种刺青风格,路西河倒不是不会,但各有专攻的领域，写实方面的技术的确不如许知喃。

而他最擅长的图腾在文身技术上要求并不是特别高，重点在于设计，一个好的图腾设计至关重要。

虽然成果没有预期的那么好，不过路西河这人向来旷达，也没有懊悔。

他不像许知喃，来参加比赛是为了提高知名度、为了以后有更多的客源。他已经是个成熟的刺青师了，拥有全国范围内都叫得上号的店"刺客"，里头有不少优秀刺青师，名声已经打响，客源几乎可以说源源不断。

这些年路西河自己上手文的都少了，除了有些老顾客点名要找他，其他的都交给手下的徒弟了。

这次来参加比赛更多的是为了玩，尽管在遇到许知喃之前，他这次参赛的目标是"随便赢个冠军玩玩"。

许知喃安慰路西河："没关系的，还要看另外两个的成绩呢。"

路西河被她那一本正经的样子逗笑。

大家磨磨蹭蹭地把自助餐吃到了晚上。

比赛结果终于出了。

决赛，虽然赛程设置很不严谨，而场地众人简直是在开派对，半点比赛的氛围都没有了，但该有的还是有。

比如现在竖在三人面前的这个三脚架和摄像机，以及台上红毯上摆着的奖杯，金灿灿的。

许知喃开始觉得紧张了。

大屏幕放出一个表格，侧列是三个刺青师的名字，横排则是三个风格的文身评分。

最先出来的是图腾组成绩，毫无疑问的是，路西河第一名，许知喃第二名，两人分数相差不大。

底下围观的人中认识路西河的多，纷纷鼓着掌欢呼几声。

路西河知道自己猫头鹰没文好，朝身后摆了摆手。

很快，另两项的成绩也纷纷出来。

小组冠军各有小组冠军的优势，都是各自组的第一名，主要还是看另两项的综合能力。

分数都带小数点，许知喃紧张兮兮地在心里算数，还没算出来，总分就跳出来，她比路西河高 0.5 分得冠。

随即，屏幕上许知喃的名字放大到中央，名字后的背景又放了个非常土气的电子礼炮。

徐振凡直接远远地"嗷"了声："阿喃牛啊！冠军！"

被他这一通喊，周围人也纷纷鼓掌。

路西河和另一个刺青师跟她握了手,都是性格率真的人,纷纷恭喜她拿了冠军。

尽管之前的目标就是拿到冠军,那么认真地准备设计图和练习也是想要这个冠军,但真实现时还是像做梦一样。

许知喃上台,接过奖杯,底下摄像机对着,要发表一段获奖感言。

她之前没准备,好在从前读书时也有过类似经历,不算太无措。

许知喃拿着话筒,从"很荣幸拿到这个奖"开始,到"我会继续努力,不让大家失望"结束。

一段非常官方的获奖感言。

往年大家听惯了各种嚣张狂妄不要脸的获奖感言,乍一听许知喃版本的都蒙了。

底下有人说:"我怎么感觉我好像来参加的是我女儿学校的表彰大会啊?"

大家哄堂大笑。

主持人也跟着笑,许知喃懵懵懂懂地抱着奖杯下台,还没懂他们到底在笑什么。

大家又合了个影才结束。

许知喃和徐振凡、路西河并排往外走,那奖杯做得又大又沉,许知喃得双手抱着才能拿稳,看着有点滑稽。

"拿了冠军,是不是得请客啊?"

许知喃心情很好,弯着眼笑:"好呀。"

"不过今天还是算了,小姑娘晚上还是早点回家的好。"路西河被上回魏靖的事弄怕了。

"你就是今天想吃也不行了。"徐振凡朝一旁努了努嘴,"人家男朋友来了。"

许知喃跟着看过去,林清野的车停在那儿。

"不是我男朋友啦。"

"那也快了。"徐振凡很快接了一嘴。

许知喃抿抿唇,没多解释什么,跟他们道别后就朝车的方向跑过去。

小姑娘拿到了冠军,是真的高兴,捧着个硕大沉重的奖杯,跑起来都费劲,几乎是迈着小碎步。

马尾一晃一晃的,跳跃着,扫过白皙纤细的后颈。

徐振凡搭着路西河的肩,啧啧几声:"年轻人啊。"

林清野从墓园离开后就直接过来这边了,等了很久。

大概昨晚趴着睡了一晚没睡好,很快就在车上睡着了。

梦境中梦到时衡去世那天的画面,紧接着跳跃到公安局里傅雪茗的那一巴掌,再往后是今天傅雪茗跪在墓碑前的眼泪。

然后耳边出现一点细微的声音,他从梦境中挣脱出来。

侧头看去,许知喃正好拉开车门。

先进入视线的不是许知喃,而是她那个金灿灿的奖杯,很大,将她的脸都挡得严严实实。

林清野有一瞬间的恍神,而后才伸手帮她拿起奖杯。

"拿到冠军啦?"林清野问。

"对呀对呀。"

许知喃太开心了,刚才路西河在旁边,她出于礼貌顾及他的心情都没完全表现出来自己的高兴,怕他会失落,到这会儿才全部展现出来。

小姑娘眉眼弯弯,眼睛里都是光,笑出两个小梨窝。

"连着文了快十个小时,到后面眼睛都要花了,还好没有出什么失误,本来我应该赢不了路大哥的,他的图腾设计得好好看,又精致又张扬的感觉,可惜他有一个图失误了,不过能拿到冠军,我还是很高兴的。"

她难得说这么多话,每个字都带着笑意。

等说完了,她才恍然反应过来,怎么跟林清野说这么多啊。

许知喃余光瞥他一眼,他正靠在椅背上,好整以暇地听她说话,手里还帮她拿着那个奖杯。

她后知后觉地觉得不好意思了,抓了抓头发,重新拿回他手里那个奖杯,放在腿上,不再说话了。

林清野倒是笑了,抬手揉了把她头发:"这么厉害啊。"

"你是不是等很久了?"

"还好。"林清野把她翘起的一缕头发压回去,忽然问,"你生日快到了吧,十月八号?"

"啊……"许知喃一顿,这段时间一直在准备比赛,都没去想生日的事儿,"嗯,还有段时间呢。"

"那天是《我为歌来》决赛。"

"这么巧啊。"

林清野问:"嗯,有想要的生日礼物吗?"

许知喃看着自己怀里的奖杯,想了想,轻声说:"那你也拿一个冠军吧。"

林清野一顿,而后笑起来,笑声磁沉,低低漾出来。

他答应她:"好啊。"

第二天一早,徐振凡就来了店里,手里提着好些东西。

他刚去过路西河那儿,碰巧刺青设计大赛的主办方也在那儿,给他拿了面红底黄字的亚军锦旗来,一会儿还要去给冠军和季军的。

徐振凡顺路，便顺道给她拿过来了。

"哟，奖杯已经摆起来了啊。"他指着木架子中央的奖杯。

许知喃笑笑，"嗯"了声。

"我来给你送锦旗的。"他说着，从袋子里抽出一支长长的密封筒，旋开盖子，里头就是卷起来的锦旗。

"还有这个啊？"

"嗯，挂哪儿啊，你这儿有钉子没，我直接给你挂起来好了。"

许知喃从工具盒里翻出钉子和锤子，徐振凡便直接站在椅子上给她把钉子钉在墙上。

"你小心点儿啊。"

"没事儿。"

徐振凡三下五除二弄好，又把那面锦旗给挂上了，上面八个大字——

刺青设计大赛冠军

小字下还标注了第 13 届以及时间。

锦旗就挂在放奖杯的木架上面，许知喃退了几步，欣赏一番。

徐振凡跳下椅子，看她那表情就笑了："刚才我给路大哥挂锦旗他还不要呢，嫌太土，说和他店里的装修风格不搭，怎么你就这么开心了。"

刺青店的装修风格普遍都比较特色鲜明，和这种锦旗完全不是一个风格的。

"好不容易才拿到的冠军呢，而且以后因为这个比赛才知道我的人可能会多，挂着比较好。"

徐振凡还带来了几张照片，是昨天最后结束时大家拍的合照，除此之外，还有一张昨天许知喃拿着奖杯站在台上的照片。

她这儿没有备用的相框，照片都拿夹子挂在墙上。

从前许知喃作为一个刺青师算是很独立的，也不认识什么同行，客源也是慢慢一步步积累起来，到现如今也算是个文身圈内的小名人了。

到后面几天，很快就有不少人慕名而来。

许知喃接了好几个设计单子，这些天除了上课、工作就是在画图，反倒是比准备比赛时更忙了。

"阿喃，上课去。"赵茜喊许知喃。

"来了来了。"

许知喃将画稿囫囵塞进书包。

大四课业不多，就剩最后几门课，上学期修完后到下学期基本就只要做一个毕业设计就结束了。

周四下午这节课是本专业的辅修课，老师是学院内很受大家喜欢的老教授，上课幽默风趣，很有资历。

辅修课不比专业课，没那么多刻板的理论知识和严格的评分界限，这老师上的辅修课就更加轻松了，经常是一堂课一个小课题，大家在笑闹中完成就结束了。

宿舍三个人一块儿踩着铃声进教室。

"来，上课了大家。"教授敲了敲黑板，"咱们专业的同学们应该平时画设计图纸都画累了吧，大四了，有些速度快的同学都已经在实习工作了，成了正儿八经的'乙方'，感觉怎么样啊？"

这话说在了心坎上，底下众人立马纷纷抱怨，被各自的甲方摧残得心力交瘁。

教授笑道："今天这节课很简单，咱们今天不做'乙方'，每个同学都来做自己的'甲方'，也不再画那些条条框框的设计图了。"

大家拍掌叫好，有人问："那画什么啊？"

"画自己。"

底下安静两秒，随即笑起来："老师，我们都大四了，你这作业怎么布置得跟小学美术课一样啊。"

"这题目是很普遍，但你们这绘画水平不都精进了吗，更何况，你们现在画花画草画建筑画别人样样都会，但要说画自己可还真不一定会画，你们自己想想，不让你们照镜子，你可以把自己画下来吗？"

教授又说："大四了，大家准备考研准备就业准备出国，都很忙很累，可能在接触新环境的过程中也会受到委屈，这些老师年轻的时候也都经历过，还算是了解，所以这节课让大家画自己，不只是为了放松，也是想让大家静下心来感受自己的内心，你到底想要什么，你未来的目标是什么。"

这些话说完，下面没人再笑闹了，安静片刻后响起如雷掌声。

她们宿舍三个人都没带镜子，于是只能纷纷打开手机前置摄像头。

大家拿出画纸画板开始画，偌大的教室内安静下来。

美术设计专业，重在设计，画人像很少，只有最初学画画时才会画，都有些手生。许知喃因为刺青的工作倒算是最熟悉的，画起来也很快。

一旁坐着的赵茜就不行了，她边画边嘀咕："刚开始教授说那番话我还挺感动的呢，可画着画着我暴脾气都出来了，我有这么丑吗？"

赵茜把自己的画擦了，又凑过去看许知喃的，而后一抬眼就发现入镜了摆在前面当镜子用的前置摄像头。

她把脑袋缩回去："我太自卑了，我看这不是画自己倾听内心，而是画自己看清自己和仙女的差距。"

许知喃笑得眯起眼，招了招她手背："你干吗呀。"

一节大课结束，许知喃刚刚画完，大部分人都还没结束。

"行了，大家下课吧，我就不拖堂了，剩下的就当小测作业吧，下次课带过来。"

赵茜已经画得到了自我怀疑的阶段，再扭头一看许知喃的成品，更想哭了。

"你这也太好看了吧！"

"嗯？"许知喃倒没觉得这幅画有特别出挑的地方。

"哦，不对。"赵茜改口，"你这不是画得好看，是人好看，画你压根儿没人能画丑。"

她越说越夸张："你最近不是一直在宿舍画设计图吗，我看你干脆就拿这张图吧，多好看，准能卖个高价。"

"谁会想把我的画像文身上啊。"

"之前那个学弟不还来找过你要你的名字吗？他肯定想文这个，叫什么名字来着，感觉最近都没见到他。"

赵茜不提起，许知喃都快忘了那个之前追求过她的学弟了。

"我也没见到，应该有其他喜欢的女生了吧。"

这也算不上吃惊，许知喃大一刚入学的时候更夸张，随便往学校里一走都能遇上搭讪或递情书的。

但许知喃从不会跟这些人热络，追求者得不到丝毫回应，到如今大多都知难而退了。

赵茜点点头："他之前都追你快一年了吧，现在看毅力还是不行啊。"

姜月道："毅力再行也没用啊。"

"也是，我看完蓝发林清野后真的觉得，放着林清野这样的'尤物'不要，实在是暴殄天物！"

许知喃拉了她一把："你小声点啊。"

"哦哦。"赵茜左右张望一眼，确定周围没人听到，继续小声道，"既然学弟放弃了，那你就让现在的追求预备役小林同志文这个吧，看看他对你的赤诚之心怎么样！"

许知喃想起他肩胛骨处的"阿喃"。

当时两人刚刚分开，她也有冲动和不甘，才真在他身上文下了自己的名字。

"他怕疼的，这么大片的肯定不行。"

毕竟上次两个字都红了眼眶。

"他还怕疼啊？"赵茜诧异，"看着不像啊。"

许知喃笑了下。

赵茜道："那就更要让他文了！不疼怎么能表衷心呢！"

赵茜又一拍桌，慷慨激昂道："不给老婆扎的男人算什么好男人！"

许知喃被她口中其中两个词弄得耳朵嗡一声，急忙去捂她的嘴，压着声："什么老婆啊！"

赵茜哈哈大笑，捏了把许知喃的脸："小朋友想要制住林清野脸皮这么薄可不行，你现在这样，以后当心被他吃死了。"

国庆假期之前，平川大学还有个运动会。

天气已经不像从前那般闷热了，可阳光依旧明晃晃的，很刺眼。

红色塑胶跑道上已经有一排人站在起跑线前，随着一声发令枪响，众人冲刺过去，周围班级同学高喊加油。

大学运动会有很多花样，还有音乐系的同学直接搬来了一个大红鼓，咚咚咚的一阵敲。

声势浩大。

许知喃作为大四学姐，这是最后一次参加运动会了。

她们一群人坐在规定的班级座位，撑了把大太阳伞，赵茜和旁边几个同班男同学一块儿在打游戏。

许知喃看了会儿比赛，阳光太晃眼，于是低头看手机。

没玩一会儿，林清野发来消息，问她在店里没有。

【许知喃：不在，今天平大运动会，规定大四都要过来看比赛呢。】

【许知喃：你找我有事吗？】

【林清野：也没什么，我现在在工作室，没什么事，本来想你在店里就过去找你。】

【许知喃：运动会估计要挺久的，我还不知道什么时候才能结束呢。】

【林清野：没事，那我等晚上再过去。】

姜月抓紧所有时间考研冲刺，这会儿都塞着耳机在听政治网课。

上午是各类跑步径赛，下午是一类群体的游戏类运动，比如掷沙包、拔河、八人九足一类。

中午吃完饭回宿舍休息了会儿，她们便又要出发去体育场。

早上时还觉得新奇，甚至还有人发朋友圈感慨怀念人生最后一次学校运动会，可下午当头日晒下就纷纷被磨灭了兴致，开始抱怨。

赵茜拿着防晒喷雾喷了全身："形式主义！形式主义！气死我了！形式主义让我都晒黑了！"

她说着又卷起短袖袖子，上面明显要白许多。

赵茜又掀起许知喃的袖子，更愤愤然了："这夏天都快过去了，你怎么一点儿都没晒黑？"

"黑了一点的。"

"你这压根儿看不出来肤色有差别啊。"

许知喃道："我好像不太容易晒黑。"

所以她也没有严格防晒，只偶尔暴晒时担心会晒伤才会抹一点防晒霜。

人比人气死人。

赵茜彻底不想跟她说话了，继续跟男生们约游戏。

游戏玩到一半，班长突然过来了："你们一会儿谁有空啊？"

许知喃问："怎么了？"

"本来报名了八人九足游戏的龚晴晴刚才过来路上骑自行车摔了，现在去校医院了。"

"啊？严重吗？"

"还好，小扭了下，现在在冷敷呢，就是八人九足游戏肯定没法参加了，得找人替一下。"

外面太阳太大，八人九足这游戏又要靠练习培养默契，搞不好就摔了，一时没人自告奋勇。

班长又问了句："你们谁愿意去啊？"

依旧没人回答，赵茜还非常不给面子地抱着手机往后靠，拒绝得非常明显。

许知喃看了一圈，犹豫着举了下手："那要不我替吧？"

"你小心又摔一跤啊。"赵茜说。

"不会不会，待会儿比赛开始前会再练习一下的，可以安排到最旁边，就只要绑一条腿就好了。"班长生怕她又反悔。

"比赛什么时候开始啊？"

"还早呢，下午五点才开始，我会提前半小时来叫你的，我们练习熟悉一下。"

"好。"

"太谢谢你了阿喃！"

她话音刚落，一旁体育场入口处突然爆发出一阵骚动。

赵茜反应剧烈，手肘拱了拱许知喃，掩嘴凑到她耳边："阿喃快看！"

许知喃顺着她视线看过去，入口处人头攒动、熙熙攘攘，中间有个个子特别高的。

许知喃一愣。

林清野。

他怎么过来学校了？

从前他还是大四时大家在学校里都见不到他，更不用说如今他都已经上节目爆火后返校。

看台上众人瞬间都涌上去，趴在栏杆上抻长了脖子看，纷纷拿出手机拍照。

"他不会是来找你的吧？"赵茜在她耳边低声说。

"应该不是吧。"

赵茜笑了一声："那我都想不出来他还能因为什么来学校了。"

林清野在众人簇拥下往场地里走，先前他的辅导员如今带了新大一，一见他过来便小跑上前，调侃一句："哟，什么风把你这位大爷给吹来了。"

林清野散漫地笑着，打招呼："导员。"

"教授们今天也都来了,在那儿呢,过去打声招呼吧。"

林清野这样的学生,有创造力,有实力,有天赋,最讨教授们的喜欢,尽管从前上课也不见他有多认真,可教授们也依旧很欣赏他。

林清野过去跟教授们打招呼,周围围着的人没那么多了。

寒暄一阵问过近况后,林清野站在一旁给许知喃发信息。

【林清野:在哪儿?】

【阿喃:你右边,黄色椅子那边。】

林清野看过去,在人群中轻而易举找到许知喃,她皮肤白得发光,很容易就能注意到。

距离有些远,他眯着眼看了会儿,手机又振动了下。

【阿喃:大家都在看你呢,你别盯着我看了。】

林清野笑了笑,看了眼手机后又下意识往她的方向看一眼,不见了,也不知藏哪儿去了。

【阿喃:你怎么过来啦?】

【林清野:没事干,过来看看。】

许知喃心说你以前可不是这么闲不住的性子,应该是最喜欢清净才对。

周围人太多了,林清野现在又是那样的身份,学校里大家本就因为从前那几个帖子关注着两人,许知喃不敢与他有太多交集引人注意。

没过多久,班长就来找她:"阿喃,走吧,我们要去练习八人九足了。"

许知喃一顿,被林清野这一搅和都差点忘了自己答应替补了。

只是现在……

八人九足配合不好摔跤是常事,还经常是一群人跟着摔个"狗啃草"的。

林清野就在旁边,她有点绝望。

八人九足马上就要开始,中间草坪上各个班级都已经在练习了,拿布条两两捆住脚踝,互相搭着肩膀,喊着"一二一二"有序前进。

因为许知喃是临时加入的,被安排在了最旁边,旁边是同班女生。

许知喃余光瞥了眼看台上的林清野,他的位置直视便是许知喃班级的位置。

她莫名就觉得脸上烫起来。

练习几次,许知喃身体还算协调,配合不错,都没有摔跤,比她想象的要好。

很快,100米的八人九足比赛开始,分批进行,别的专业先开始。

林清野站在台上看了会儿,而后侧头对身边的老教授说:"老师,我们下去看看吧。"

那老教授最喜欢他,自然答应:"行啊,我也觉得站在这儿看没意思,都感觉不到大家的活力朝气了。"

周围众人都留意着林清野,可旁边还站了位音乐系德高望重的教授,也不敢随意靠近造次,只能围观。

许知喃也注意到了,他站在她这一侧,离得不远,三四米距离,跟那老教授悠闲地站在那儿,还随口唠几句家常。

许知喃可从来没有见过他跟人唠家常,再看赵茜站在另一边暗搓搓地冲她挤眉弄眼,一股热气顺着脖子往上冒,先烧到耳朵,再是脸颊。

八人九足的游戏马上就要开始,裁判站在中间,手里拿着个接力棒,高高扬起:"预备——开始!"

起初的确是很顺的,大家都没有出错,但速度不快,左右两个班级的队伍很快就超过他们一段距离。

有人急了,步子迈快,旁边有人跟不上,像是多米诺骨牌似的一下子接连摔倒,许知喃是被旁边那人拽倒的,扑通一下膝盖直接跪在了草地上。

也没闲工夫去管疼不疼了,大家搀扶着重新站起来,喊着"一二一"继续往前。可惜还是最后一名。

不过这种游戏大家也不在乎到底拿第几名,重在参与,玩玩就好。

赵茜跑过去:"没事吧阿喃,之前月月还跟我说你暑假膝盖受伤过。"

"没事,那次就是擦伤而已,刚才摔下去草地是软的,不疼。"

赵茜这才放心,又在她耳边低声说:"刚才你摔跤的时候我都怕林清野直接过来扶你,我看他都往前迈了一步了。"

许知喃一顿。

赵茜又笑道:"不过我看他这人也挺坏的,后来看你自己爬起来没事还偷偷笑了!"

周围人太多,许知喃也不敢回头看他。

她掸了掸裤子,刚才摔跤时粘了点泥块,昨晚还下过雨,现在膝盖处脏兮兮的两块。

"我去卫生间洗一下。"许知喃说。

"好,刚才月月叫我有事呢,我不陪你去了啊,我们就在班级看台那儿,你待会儿来找我们吧。"

"好。"

一进体育场外圈的屋子就凉快许多,没人,喧闹都隔绝在外面。

许知喃站在洗手台前,拿纸巾沾了点水擦拭裤子上的泥点。

忽然,身后一道声音——

"阿喃。"

她一顿,回头,林清野就站在身后,也不知是什么时候进来的。

"有摔伤吗?"

许知喃想起刚才赵茜说的——我看他这人也挺坏的,后来看你自己爬起来没事还偷偷笑了!

她轻轻撇了撇嘴,回答道:"没有。"

林清野上前一步,忽然在她面前蹲下来,她吓了一跳,人往后刚退一步就被他捏住了脚踝。

"我看看。"他低声道。

许知喃微怔,看着他把自己的裤腿卷起来,露出膝盖。

的确没摔伤,但有点红了。

不过许知喃皮肤嫩,身上本就容易留下痕迹,她有些别扭:"没事,过会儿红就会消下去了,不疼。"

林清野起身,拉上她手腕,卫生间旁边就是室内乒乓球室。

"干吗去?"许知喃问。

"外面可能会来人。"

听他这么说,许知喃便乖乖跟着他走了,而后看着他反手将门关上,才琢磨过来。

外面可能来人就快点分开就是了,怎么还被他拐带到这儿共处一室了。

"来这里干吗?"

林清野抽下来一张仰卧起坐的软垫,坐下来,又拍拍另一侧示意她也坐,答得更是理直气壮:"偷懒,外面不晒吗?"

许知喃顿了顿,最后还是坐下来。

她没和他挨很近,坐在垫子一脚,抱着腿坐。

窗户半开,阳光和暖风入室。

林清野打开手机,里面有一个刚录好的音频,一段背景旋律,钢琴配架子鼓,他放给许知喃听。

"新歌吗?"

"嗯,要放专辑的。"

"很好听哎,小样已经出来了吗?"

"还没,昨天玩着弄出来的一段旋律,词都还没写,不过大概也已经定了。"

"嗯?"

他将音频拉到最前,重新播放一遍,而后手在地板上有节奏地和了一遍:"大概就这样。"

许知喃对音乐了解不多,也不比他那些乐队成员在这方面还能聊几句,听完这一段只觉得厉害。

她们美术系厉害的人随便拿什么都能作画,而到林清野身上大概是很轻松地就能做出音乐来。

她正想说话,乒乓球室窗外忽然走过一个男生,那个高度正好露出肩膀以上,他在窗前停下,回头喊了声朋友。

窗户开着,声音格外清晰地传过来。

许知喃吓了一跳,下意识地迅速弯下身,将脑袋压到窗台之下。

她又侧头看了眼林清野,抬手,按着他背,把他也按下来。

两人躬着身,躲在乒乓球室的窗边。

许知喃注意着窗口,看着那两个男生走了才轻轻舒了口气,移开视线时才恍然发现自己现在和林清野挨得极近,吐息间都能感受到对方的气息。

她愣住,缓慢地眨了眨眼,黑睫忽闪。

她今天穿了件很简单的圆领白T,这个动作下领口往下坠,隐约露出内里风光,她没注意。

林清野只看一眼,很快移开视线,不敢再看,只下颌线条一瞬绷紧。

"阿喃。"他声音有点哑。

她呆呆地应一声:"啊?"

他眼底黑沉,人也静下来,后牙咬紧。过了两秒,他又倏地轻笑出声,散漫道:"算了,没什么,不吓到你。"

许知喃不明所以:"什么啊?"

"没什么。"林清野不告诉她。

可许知喃到底从前跟着他"鬼混"了三年,被荼毒不轻,过了会儿忽然反应过来他刚才那个低哑的声音,跟那种时候很像。

这个想法刚冒出来,她就开始觉得脸上又有发烫的迹象了,盯着林清野看了会儿,想从他脸上找到些许迹象,未果。

许知喃不自觉视线下移。

她顺着他下颌、喉结、锁骨持续往下,而后下巴被一双手托住,动不了了。

林清野捏着她下巴重新抬起来,直视她眼睛,笑得痞气又散漫:"你想看哪儿啊?"

许知喃这才恍然反应过来自己刚才的举动,瞬间涨红脸。

林清野恶人先告状,笑着说:"你色不色?"

第九章

你的生日礼物我赢回来了

许知喃被林清野这贼喊捉贼的话弄蒙了,可她刚才的确是差点儿就看过去了,红着脸跟他对视片刻,恼了:"你才色。"

他懒洋洋地笑:"我敢承认,你敢吗?"

许知喃哼一声,偏过头不再看他:"我才没有。"

"行。"他很爽快地点点头,"没有就没有吧。"

许知喃待不下去了:"我要回去了,我朋友还在等我呢。"

"等会儿。"林清野说,"再缓缓。"

林清野在旁边低低笑了声,有点坏。

她才恍然,林清野"缓缓"和她有什么关系,她丢下一句"那你缓吧"便直接跑出了乒乓球室。

跑出老远又想起刚才在里面的对话,她脚步更加快了些,像是想把那些羞人的话远远丢到身后。

她不过是刚才下意识往下看了眼罢了,他就突然开了黄腔。

这些天她和林清野关系虽然近了,但和从前的相处方式完全不同,有时候许知喃甚至会觉得现在的林清野跟从前都不像是同一个人。

而现在倒好,那又痞又坏的样子,又回到之前了。

许知喃一口气跑回到班级座位处。

赵茜问:"你怎么这么久,还是跑回来的啊。"

许知喃摇摇头,在赵茜旁边坐下来,没多说。

"林清野去哪儿了啊?刚才就没见到他。"

许知喃抿唇:"不知道。"

"可能回去了吧,他这才刚出现一会儿呢,网上很多人就已经知道了。"赵茜说着,手机翻出那条新闻给许知喃看。

底下已经好多评论。

【啊啊啊啊啊啊啊啊啊啊!我也想成为哥哥的学妹!!!】

【这是什么偶像剧画面!清冷学长爱上我系列!!!】

【我太羡慕平大的姐妹了呜呜呜呜呜呜!】

【想问一声清野哥哥现在还在平川大学啊!我现在赶过去还有可能偶遇到吗!】

【我歪一下啊,P3照片里有个女生好好看啊,现在的路人都已经这种颜值了吗!】

【哈哈哈哈哈哈平大学生来说一声,你说的那个女生不是路人啦,那是平大校花,已经大四了,超级漂亮!!!】

【呜呜呜呜,林清野这张照片,我真的恋爱了!!!】

【这位哥这张照片真的有种清纯男大学生的感觉!】

还清纯男大学生呢。

许知喃想到刚才在乒乓球室的那一幕,就更加看不下去这种评价了。

许知喃把手机还给赵茜,林清野便给她发消息过来了。

【林清野:回去了?】

【许知喃:嗯。】

【林清野:晚饭一块儿吃吗?】

许知喃坐在遮阳伞底下,还能听到周围几个女生在议论林清野,她手背推了推脸,然后回复。

【许知喃:不吃了。】

她又在体育场内待了会儿,终于到了结束的时间,宿舍三个人一块儿去食堂吃了顿晚饭。

后面林清野没再出现过,大概是已经回去了。

吃完晚饭,许知喃没回宿舍,而是去了刺青店,晚上预约了个女顾客。

在店里等了十来分钟,对方便到了。

许知喃从包里拿出已经画好确认过的设计图,却发现之前教授在课上叫她们画的自画像也被她一并带来了。

女顾客瞥见:"这是什么?"她拿起来看了眼画,又看了眼许知喃,笑了,"这是谁找你画的设计图啊?"

"这不是设计图啦,是我学校里的一个作业而已,让我们画眼中自己的样子。"

"你还在读书吗?"

"嗯。"

"那你读书和这店顾得过来吗？难怪你时间这么难约呢，要不是我朋友一个劲儿地跟我推荐你，我可能就去那家'刺客'文身了。"

许知喃笑了笑："以前是顾得过来的，拿了奖以后客人多了，我一个人就有点画不过来，让您久等了。"

"我倒是没什么。"女顾客摆了摆手，又问，"那你在哪儿读书啊？"

"就对面，平川大学。"

"平大的啊！"女顾客一下来了兴致，"我早上看微博有人说林清野今天去学校了哎！他不是才从平大毕业吗？"

许知喃正在做文身前的准备工作，闻言一顿，"嗯"了声。

"那你看到他没？"

"看到了，今天我们开运动会。"许知喃笑了声，"你是他的粉丝吗？"

"他还没参加节目之前我就认识他了，之前不就在旁边那家酒吧唱歌吗，我还为了他去过几次呢。"

许知喃做好准备工作，戴上口罩和手套："我们去工作床那儿吧，文小腹位置需要躺下来。"

这个女顾客这次要文的图案不大，但细节处很精致，耗时也比较久，一直做了两个小时才结束。

许知喃摘了手套丢进垃圾桶，才发现林清野刚才给她发了条消息，问她店里现在有没有人。

【许知喃：刚刚文完，现在没人了。】

没一会儿，林清野便来了，依旧是那副全副武装的模样，口罩帽子挡得严严实实。

"待会儿还有客人吗？"

"没了。"

林清野直接把卷帘门拉下来。

"你怎么过来了？"许知喃继续收拾刚才文身的用具。

林清野瞧着她，挑了下眉："没生气了？"

"啊？"

他低笑："还以为你生气了，过来哄哄你。"

不听他提及，许知喃都忘了白天时乒乓球室的事了。

两人平时能够相处的时间其实不多，林清野既要准备专辑又要忙着录制节目，而许知喃获奖后刺青店也很多事。

从前他们只要相处一般都会由林清野带着直接进入主题，交流不算多。

但他们的确共同话题不多，性格相差得也多，许知喃以前一直觉得他们不是一个世界的其实没错，即便是现在，他们共同话题也不多。

261

可现在又好像有哪里和以前不一样了。

即便话题不多，但相处着也不会再觉得别扭，反倒是很舒适。

"国庆节打算怎么过？"林清野问。

"就在店里待着了，已经好几个顾客预约了国庆节过来文身了。"

"你天天这么忙，脖子受得了吗？"

他说着便抬手，盖在了她后颈，给她按了按。

随着他的动作，许知喃的后背脊柱都绷紧了，最后还是没躲，就这么僵着任由他捏。

刚才连着低头两个小时，先前也一直在忙，的确是酸痛不已。

林清野也不知是按到了哪个穴位，酸胀感简直是像泉水般涌出来，许知喃缩起脖子，低低出了个声。

林清野指尖一顿，笑了："别勾引我啊。"

这人自从下午在乒乓球室开了封印后就越来越不要脸了。

许知喃拍掉他的手，侧过身。

"不要按了？"林清野扬眉问。

"不要。"许知喃回答得很是绝情。

林清野食指碰了碰她脸："又生气了啊。"

"什么叫'又'呀。"许知喃也是个普通女生，对带"又"的控诉都很排斥，"明明是你自己先这样的。"

他笑出声，托腔带调的，声音拉得很长，缱绻温柔，又像是撒娇："我怎么了啊？"

许知喃不高兴地瞪着他，又不知道该怎么解释，于是哼一声，扭过头连看都不看他了。

林清野自然是知道她因为什么生气的，他倒不是个爱开黄腔的人，但对象换成许知喃后就忍不住想逗逗。

"这样就生气了。"他轻轻捏着她下巴，"以前看你脾气没这么大啊。"

那不是因为以前喜欢你吗？

许知喃腹诽。

可这念头刚在脑海中一转，她便又想，难道现在她已经完全不喜欢林清野了吗？

许知喃算是个对自我很了解的人，如果她真的完全不喜欢林清野了，不会给他任何机会，他现在也不可能站在这边。

她的确偷偷地对他放宽了诸多限制。

可现在她敢跟林清野生气了。

因为如今他们之间的关系转变了，不再是她从前默默地仰望了。

这一点许知喃也能够想明白。

看许知喃不说话,林清野还以为真把她惹生气了,弯下腰,平视着她眼睛,声音放缓:"真不高兴了啊?"

许知喃抿唇,看他。

距离很近,他眸色不是纯黑,在灯光下有些像深棕色。

他碰了碰她的耳朵:"我错了,别生气了,嗯?"

他的嗓音的确是好听,这样近距离听着耳膜都有些发麻,而被他触碰的耳朵也跟着发烫。

许知喃在他肩上轻轻推了把,让他重新站直了,距离终于远了些,她侧过头:"我没生气。"

林清野笑笑,视线移到她桌上,捕捉到那张摊在桌上的画纸。

他将画纸翻了个面,便看到了许知喃的画像。

一眼就能认出来是她,漂亮又明媚的,浅浅笑着,那一双眼睛画得格外好,水盈盈的,像是隔着画纸冲他笑。

"怎么画这个了?"

"学校的作业。"

"我还以为是你画的刺青设计图。"

许知喃道:"那也要有人愿意把这样的图文身上啊。"

林清野笑了笑:"这不是很好看吗?"

"人家没事文我的画像干吗呀,太奇怪了。"

"那你把这张图留给我好了,正好背上还空了一大块呢,现在就一个名字,看着奇怪。"林清野随意道。

许知喃一顿,侧头看了他一眼,都不确定他是开玩笑还是认真的。

"这么大幅图文上去可疼了,你连个名字都觉得疼呢。"

林清野"啧"了声,似乎是对她提文名字的事不太满意。

许知喃也不知怎么,回想起那时他文完"阿喃"后红了眼眶的样子,再看他现如今的样子,忍不住笑出声。

林清野看了会儿小姑娘,等她笑完了,抬手,食指在她脑门上点了两下:"没良心。"

关于文许知喃那幅画像的事儿很快就过去了,林清野没再提,大概也只是随口一说。

第二天傍晚运动会结束,国庆假期正式开始。

学校最早的一次小型秋招会也开始了,许知喃没有找工作的烦恼,打算以后就好好经营她那个刺青店,现在也已经有些成果了。

中午从刺青店回来，许知喃和赵茜一块儿去食堂吃了顿饭便陪她去看秋招会。

美术设计专业在堰城这样的大都市内工作不算难找，很多公司都需要，刚到秋招会入口就被派发了不少宣传单。

许知喃大学四年认识的朋友不少，赵茜一走进去就各处去看了，许知喃站在一旁和同样来参加秋招会的其他同学聊天。

赵茜提前准备好了简历，效率很高，迅速投了几家公司便收工。

"你怎么这么快？"

"随便投的。"赵茜做事向来这样，不是个很会规划目标的人，"反正这才第一次招聘会嘛，来的也不是最好的那些公司，我就提前攒点经验。"

许知喃道："我刚才看到还有些我大三的朋友也过来了。"

"也太拼了吧，大三就开始攒面试经验了？"赵茜顿了顿，又说，"不过跟你比都不算早，你不是高中那会儿就开始接触文身了吗？"

"嗯，跟我师父刚开始学。"

"看你这样吧，还真是要早点开始准备，现在毕业季根本不愁，你肯定是应届毕业生里头薪资金字塔顶的，应该还是算创业那一栏的。"

许知喃笑着："哪有那么夸张。"

"我看我要是找不到工作干脆到你那儿去打工吧。"赵茜说，"对了，你现在这么忙，没想到招人吗？"

"最近在想，但是驻店刺青师比较难找，一般都得自己带徒弟，带出来时间也挺久的，还要看有没有这方面天赋。"

赵茜叹口气："还真是各行都有各行的苦恼，我看月月准备考研也累得没活力了。"

原本许知喃以为来参加招聘会应该会耗掉一整个下午，便没有约客人，这会儿结束得早，她打算先去店里把剩下的一张图给画了，没想到刚出学校南门就碰上了季烟和十四。

上回遇见季烟已经是暑假生病去医院那会儿了，而十四则是自从和林清野分开后就再也没见过了。

两人坐在一辆崭新的车里头，十四坐驾驶座，季烟坐副驾驶。

车窗摇下来，季烟大喊一声："平川之光！"

许知喃被这名号吓了一跳。

周围有其他同学寻声看过来，看了眼许知喃，窸窸窣窣地笑起来。

她小跑到车边，弯下腰："怎么了？"

"一会儿有事吗？"

"没有。"

"那一块儿去吧，我们正准备去趟队长那儿呢。"

"啊。"许知喃性子慢热,摆手拒绝,"我就不去啦,你们去吧。"

"去吧。"十四也开口了。

他从前对许知喃的确没太当回事,当初只觉得不过是自家队长一时兴起的一个女朋友罢了,可现如今风水轮流转,地位也轮流转了,怠慢不得了。他又补了一句:"队长看你过去肯定高兴!"

许知喃不擅长拒绝别人,尤其不擅长拒绝不熟悉的人。

季烟看她犹豫,直接下车,拉着她坐上车。

"这可是十四今天刚提来的车,让你坐上热乎的了。"季烟笑说。

"刚提来的啊。"许知喃实在有些尴尬,只好顺着话很刻板官方地说了句,"恭喜呀。"

十四一愣。

他实在想象不了队长追求这平川之光是个怎样的画风。

一路开到明栖公寓地下停车场。

季烟给林清野发了个语音:"队长,我和十四到楼下了,还给你带来个惊喜。"

后面半句的惊喜她说得神秘兮兮的,可惜丝毫没有引起林清野的关注,他无视得彻底:"行。"

一个字,结束了。

季烟啧啧几声。

坐电梯上楼,门铃按响,林清野很快就来开门了。

他刚剃了头发,两侧头发利落,棱角分明的那张脸越加突出,五官锋利凛冽,身上是普通家居服,踩了双拖鞋,脸上也没什么表情,直到看到了站在两人后面的许知喃。

他视线一顿,神色肉眼可见地柔和下来:"你怎么来了?"

被彻底无视的十四和季烟翻了个白眼。

许知喃回答:"路上碰到的,就一块儿过来了。"

今天季烟和十四过来不是来闲聊的,而是林清野新专辑有一首乐队风格的歌,需要大家一块儿来试一次。

没等一会儿,关池便也来了,看到坐在沙发上的许知喃也同样一愣,而后扬起笑冲她打了个招呼:"嫂子也在啊。"

许知喃一顿,想解释可关池已经迅速转向季烟他们说话去了。

他们三人凑在一块儿说话,声音挺轻的,但许知喃还是能够听清。

十四手肘拱了拱关池,调侃道:"助攻可以啊,直接把名号给按死了,下次咱们得好好宰队长一顿。"

许知喃一顿。

林清野懒洋洋地笑了声,踱到她旁边:"我们先试歌,你先坐会儿?"

"嗯。"

他抬手揉了把她头发,低低说了句"乖"。

季烟三人齐刷刷地打了个寒噤,只当没看见林清野这转性的样子。

林清野这公寓很大,客厅前就是一个巨大的落地窗,家具不多,便更显空旷。

许知喃从前来过几次,但也只去过卧室和客厅,这次才见到客厅另一侧的那个房间。

里面有很多乐器,墙上挂着各种材质不同的吉他和各种许知喃见都没见过的乐器。

中间地毯上摆着架子鼓,旁边还有电子琴和钢琴。

这间房的隔音效果也是另外做过的。

林清野把之前写好的谱子分给他们,乐队三人按从前那样分工,鼓手关池、贝斯手季烟,以及键盘十四。

这次只是和个背景,没有唱歌部分,便改成双鼓手,林清野跟关池一块儿敲鼓。

他坐在架子鼓前,鼓棒敲出一段前奏旋律后,众人纷纷接上。

自从上次他们在酒吧最后一次演出,许知喃已经许久没有看到他们四个一块儿玩乐器了。

鼓点骤雨般落下来。

玩架子鼓的林清野很吸睛,他之前在《我为歌来》有一期节目中便是自己敲架子鼓唱歌,当天晚上播出后就直接上了热搜,引得众人都化身尖叫鸡。

一个谱子,他们和了五六遍就已经很熟练。

从前配合了那么多年,这种基本的默契肯定是有的。

暂停后,他们提了意见,做了点细节处的修改又重新和了两遍,就算确定了。

"到时候要录音了我再找你们。"林清野说。

"行。"

众人应声,因为许知喃在,他们也不当电灯泡,很快就又一块儿走了。

林清野关上门,公寓里只剩下他和许知喃两人。

"饿了吗?"

已经到晚饭时间。

"还好。"

林清野拿出手机,点开常吃的一家餐厅外卖,递给她:"你先点,密码是你生日,我去洗个澡。"

许知喃一顿,看向他时他已经转身进了浴室。

打架子鼓耗体力,刚才又连着打了那么多次,他这会儿头发都是湿漉漉的,衣服也浸着汗,隐约露出肌肉线条。

许知喃拿着他的手机。

他已经给她打开了外卖页面,图片看上去都非常精致可口,就是那价格高得令人咋舌。

耳边传来浴室里的水声,水珠砸在地砖上,又像是敲在许知喃的心里。

她挑了好一会儿,点了四个菜,下单,跳出一个付款密码。

六位数的。

许知喃加上自己出生年份的后两位数,输入,付款成功。

她指尖一顿,黑睫轻颤了下。

她刚要把手机放下,忽然又振动了下,她下意识地垂眸。

备注是林冠承,她很快反应过来,这个好像是林清野的父亲。

【林冠承:现在有空吗?】

她没再多看,将手机熄屏放在一边,端端正正地坐在沙发上。

没一会儿,林清野便出来了,还顺便洗了个头,毛巾盖在头顶,没有擦得很干,有水珠顺着脖颈滑下来,领口湿漉漉的一块。

与此同时,门铃按下。

"外卖点好了?"林清野侧头问。

"嗯。"

"送来这么快。"

他将毛巾丢到茶几上,过去开门,而后玄关处安静下来。

片刻后,门口一个男声:"我给你发信息你怎么没回?"

声音有点熟悉,之前似乎也听到过,许知喃后知后觉地回味过来,刚才按门铃的不是外卖员,而是林清野的父亲,林冠承。

她瞬间紧张起来,不知道该怎么跟他解释自己会在他儿子家里,也不知该怎么自我介绍。

林清野声音依旧平静:"没看到,有事?"

"也没什么要紧事,这不国庆假了,过来看看你。"

林清野自嘲一笑。

林冠承说:"先让我进去吧。"

许知喃瞬间警铃大作,林清野已经让林冠承进来了,可他显然不打算跟林冠承多解释什么,神色自若地走到许知喃旁边,看了眼茶几上她刚才拿出来的画板,上面还有才画到一半的图稿。

"这是要画的吗?"林清野问。

"嗯。"

"先进房间画吧,一会儿外卖来了一块儿吃饭。"

他弯腰拿起画板,又拎上许知喃的包,往卧室的方向走。

许知喃跟上，经过林冠承时也只颔首示意了下。

林清野把东西给她放到卧室桌上，又给她倒了杯水，关上卧室门又出去了。

林冠承坐在沙发上，见林清野出来，示意了下房间里头："女朋友啊，上次公安局那次也是她吧。"

"找我什么事？"

"国庆了，抽空回家去吃顿饭吧，或者把你女朋友也带上，大家认识认识。"

"去跟谁认识？"林清野冷笑一声，"这么多年了，你缓和我跟她的关系累不累？"

林冠承看着他一时无话。

他这儿子就是这样，直来直去，简直是一点面子都不给人留，一下就戳穿了他的来意。

林冠承叹口气："她好歹也是你妈妈，怀胎十月生了你。"

"她是时衡的妈，不是我的。"

"哎，你——"林冠承说不出话。

林清野好笑地看着他："你不是也一直在自欺欺人吗？你的儿子不是她的儿子，时衡才是。"

林冠承眉目一敛，勃然大怒："林清野，你说话给我注意点！"

林清野没反应，食指推着烟盒，一开又一关，是在忍烟瘾。

气氛寂静，却又剑拔弩张，暗流涌动，最后还是林冠承先缓和下来了。

"清野，回去跟你妈好好聊聊吧，母子间什么仇什么怨能隔这么多年啊，你妈妈她脾气硬，跟你赌气、跟自己赌气，也是跟时衡的意外赌气，你给她开了口子，把气泄出来了也就好了。"

林清野没说话，只点燃烟，叼进嘴里，最后还是没忍住烟瘾。

无话可讲，林冠承只能起身，丢下一句"你好好想想"便直接走了。

林清野一个人靠着沙发，抽完那支烟，外卖这才来了。

他拿进屋，去卧室叫许知喃，她已经画完图稿，但刚才依旧没出来，乖乖待在卧室里。

"吃饭了。"他倚在门框上叫她。

吃完饭，林清野又点了支烟。

许知喃看他："你不是说要戒烟了吗？"

他一顿，笑了声，很快摁灭在烟灰缸里："忘了。"

他打开电视，正在放《我为歌来》上一期的重播。

林冠承来了一趟，屋子里的气氛就变了个样，许知喃看着电视机屏幕，双手放在大腿上，背板挺直。

过了一会儿，林清野抬手，攀着她肩往后拉。

许知喃几乎是倒在他怀里，闻到他身上沉郁未散的烟味。

她忍不住问："你怎么了？"

刚才她在卧室里并不是什么都没听见，断断续续也听到几个字眼，可在脑海里依旧组不出一个完整故事。

他没答。

许知喃能感受到他对他家庭那事的排斥，见他不愿说也不多问。

她想要重新坐直，刚直起背就被他重新拽回去，这回更过分，他揽着她腰靠近，将她压到沙发里。

手臂箍着她腰，她在挣扎间挺胸，可他头埋下去，贴在她颈间。

许知喃瞬间像个泄气的皮球，又含胸缩回去了。

她被压得难受，胸口沉沉的，轻蹙着眉叫他名字："林清野。"

他不为所动，刚剃过的头发很刺，扎在她脖颈处。

忽然，许知喃浑身一僵，想说的话也卡在嗓子里。

她脖颈处湿润了下，带着滚烫的触觉。

林清野在她脖子上舔了下，过了两秒，他又伸了舌头，这回不只是舔，而且咬着她的细肉，牙齿在上边来回磨了下。

他忽然哑声说了句脏话："你抹东西了吗？"

"没。"

许知喃不知道自己为什么不推开他，还要回答他的问题。

于是，林清野又舔了下，嘴唇细密地包裹上来，脖颈发烫。

他似乎是真的很好奇，直起些背，指甲还在她锁骨处抠了抠，看了好一会儿，重新趴回去，半阖上眼。

"怎么是甜的？"

许知喃不再由着他了，皱着眉使劲推："你快放开我。"

"不放。"

"林清野！"

"就不放。"他拒绝得干脆，像输了游戏耍赖的小孩。

电视还在放，与此同时主持人说："接下来，让我们欢迎下一位表演歌手——林清野！"

在如雷掌声中，林清野又往她脖颈处埋了埋，忽然闷在她怀里低声说："她对我一点都不好，凭什么我要跟她道歉。"

语气执拗痛苦，像在跟自己做斗争。

偌大的客厅，灰色的沙发，沙发上挤着两个人，上面那个的脸还和电视里的相重合。

林清野那句话落，许知喃原本正推他的动作停顿了下，不知怎么就使不上力了。

反倒是林清野低笑了声，手臂在她腰上又抱了她一下，总算是直起身来了。

许知喃也跟着迅速坐起来，扯了扯衣摆。

余光却正好看到林清野舔了下下唇，嘴角微微提着，倒也看不出来那句话中藏着的痛苦神色。

许知喃收回视线，后知后觉地用手背重重抹了两下脖颈。

林清野随着她动作扭头看过来，而后靠近，捏着她手腕拽下来，头低下去凑近了瞧。

许知喃怕他又突然做出过火的举动，刚想离他远点儿就被他钳着下巴抬起来。额前黑发像鸦羽，他仔细瞧了会儿，说："好像有点红了。"

他掌心贴着她的脖子，拇指在红痕上碰了两下："应该没事，过会儿就能消了。"

许知喃不想跟他说话了，唰地从沙发上起来，进卧室将画稿塞进书包，整理好东西出来，站在他面前："我要回去了。"

她气冲冲地板着脸，背着个双肩包，手还扯在包带上，看着简直像个小朋友，样子有些滑稽。

林清野笑了声，坐在沙发上抬头仰视她："生气了？"

她抿着唇不说话。

林清野伸手去钩她的手指，被她甩开，他又去钩，来回几次后，她才由着他，他食指钩着她的尾指，来回晃两下。

"怪我，对不起，一不小心就没忍住。"

"你有什么好忍不住的。"许知喃被他的不要脸折服了，"你就是故意的。"

"真不是，要是故意的那红没个两三天都消不下去。"他指了指她脖子。

林清野拿上车钥匙起身："走吧，送你去宿舍还是回家？"

"宿舍。"

他走到玄关处，戴上帽子和口罩。

许知喃站在他身后等他锁门，却捕捉到他垂眸时眼底一瞬间闪过的黯淡情绪，而后他抬手按了下鼻梁，压下帽檐，声音恢复到平常那样："走吧。"

许知喃若有所思地跟在林清野身后走。

她再次想起他先前那句——她对我一点都不好，凭什么我要跟她道歉。

他那时候应该是有倾诉欲的，所以才会对她展现出那一面，可又很快反悔了，所以很快就松开她装作什么都没有发生。

上车，一路无话，开到校门口。

许知喃忽然问:"你想跟我说说你父母的事吗?"她问得很生硬,连铺垫都没有。

"什么事?"

"你爸爸刚才来跟你说什么了?"

林清野问:"你听到了吗?"

"听到一点。"许知喃斟酌道,"他想让你去跟你妈妈道歉?"

他自嘲地扯了下嘴角,眉眼低垂,碎发挡住眼底难以言喻的情绪。

林清野从来没跟别人讲过他的那个家庭。

其实在很多人眼里,他的家庭并没有什么可指摘之处,父亲林冠承,岷升集团董事长,母亲傅雪茗十分美丽。夫妻感情也一直不错,作为丈夫,林冠承无疑是很不错的。

林冠承是白手起家的典范,他并不是堰城人,是后来随父母工作才到了堰城,学籍也一并转到了这儿,也是在堰城的学校里遇到的傅雪茗。

小时候的傅雪茗也同样漂亮,像公主,穿着漂亮的小裙子,身上从头发丝到指甲都整洁精致,上学放学都由家里派车来接,一辆锃亮漆黑的轿车,很气派。

林冠承是从乡下来的,但模样俊朗,成绩优异,性格也不错,在学校很受女生喜欢。

于是当时就有些学校里不读书的小混混看他很不爽,抓着他是从乡下来的这一点嘲笑讽刺。

那天放学,那些混混围着他推推搡搡,口中的话消磨他的自尊心。

傅雪茗便是在这个时候出现的。

她是学校的名人,学校没人不知道她不仅长得漂亮,而且家里还特别有钱。

她的优越是与生俱来的,那些混混也不敢对她的话有什么异议。

林冠承从那时候就开始暗恋傅雪茗。

但他并没有真正追求傅雪茗,实际上,高中三年他跟傅雪茗说过的话都不超过十句,高中毕业后,他得知傅雪茗出国读大学,他们好几年都没有再见面。

下一次遇见时,他们都长大了,林冠承已经创业,且成绩不错。

他在一次活动中见到傅雪茗,她已经嫁作人妻,挽着身边男人的手笑盈盈地步入会场。遇到林冠承,她竟还对他有些印象,主动问:"你以前是不是在堰城读的高中,叫林冠承?"

林冠承笑着说"是"。

傅雪茗又笑问:"那你对我有印象吗?"

"当然。"林冠承面不改色地说,"傅雪茗嘛,以前你可是学校的红人啊,那时候学校可有一半男生都喜欢你。"

站在她旁边的男人闻言侧头,微微俯身,在她耳边调侃道:"这么受欢迎啊。"

傅雪茗脸红害羞，在对方手臂上拍了一下，又对林冠承说："你也太夸张了。"
交流几句，傅雪茗便又挽着丈夫的手去别处跟人打招呼去了。

后面的日子，岷升集团逐步壮大，逐渐独占鳌头，林冠承就是在这时发现傅雪茗丈夫公司的财务造假。

他没有举报，尽管当时那是他最大的竞争对手。

可终究纸包不住火，财务造假的事最后还是暴露了，一时间，傅雪茗丈夫的公司股票跳水，社会影响很大。证监会各种部门也都开始着手调查傅雪茗丈夫公司财务情况，最后落下一个宣告破产的结果。

这一切都在一个月内发生。

公司旗下数以万计的员工抗议要拿回工资，每天都堵在傅雪茗家的门口，她丈夫最终不堪重负，跳楼自杀了。

所有烂摊子都丢给了傅雪茗。

傅雪茗小时候家底还算丰厚，可这些年商业发展日新月异，堰城的企业巨头换了一波又一波，傅家也同样对这债务心有余而力不足。

林冠承第一次遇到傅雪茗时，她是公主，而自己是穷小子。

第二次再遇到她，他有了实力和底气，可她却嫁作人妻。

而现在，傅雪茗失魂落魄，需要人施以援手。

林冠承这些年工作太忙也从没交过女朋友，到头来发现自己依旧是那样喜欢傅雪茗。

商圈众人都见证着，原竞争对手岷升集团出手，解决了遗留的各种债务状况，其他人对此瞠目结舌，根本不懂林冠承这一系列举措背后目的是什么，以为是商业操作可也实在想不出他有什么利可图。

他目的其实很简单，只是为了救傅雪茗远离水深火热之中。

之后，林冠承便开始追求傅雪茗。

傅雪茗对他本就有感激之情，对他的邀约不排斥，一个月来相处得也还算愉快，却在这时发现自己怀孕了。

肚子里的孩子当然不可能是林冠承的。

当时林冠承对她说："嫁给我，孩子我们一起养大，我会视如己出。"

于是，大家便看着傅雪茗在丈夫破产自杀不足四月就嫁给了另一个新起之秀，如今不知多少富家千金私下爱慕林冠承，却被她一个二婚的女人抢了去，自然流言四起。

林冠承为此勃然大怒，发过一次火，他地位也的确越来越稳固，话是有分量的，渐渐没人敢说。

几个月后，时衡出生了。

户口本上登记的名字是林时衡,但平时傅雪茗只叫他时衡,她前夫便姓时。

这些林清野也是在后面才知道的。

他是傅雪茗和林冠承结婚三年后出生的,渐渐也隐约能感受到傅雪茗对时衡比对自己关心得多,笑容也更多。

可他从没往那方面多想,只想着大概是时衡成绩优异性格温柔,更加讨母亲的喜欢罢了。

林清野从小就有个毛病,他很倔,或者说执拗。

傅雪茗既然对他疏忽,他便也不眼巴巴求着想获得她的爱。

他的成长过程随意放肆,林冠承只要他不走歪路,其他的也不多加限制。

傅雪茗不管他,林冠承也不管他,说来可笑,时衡却会管他。

时衡比他大三岁,有时会主动来问他有没有不会做的题目,可以教他。

少年时候的林清野跷着腿,拿着本作业本哗啦哗啦扇风,页面都卷起好几个角:"谁要你教,书呆子。"

他的确不喜欢时衡,因为傅雪茗的关系。

这话被傅雪茗听到了,她皱眉斥责一句:"没礼貌,怎么跟哥哥说话呢,我倒要看看你这么不爱读书以后能干些什么。"

他冷哼,头扭过去,不看他们两人。

他知道时衡的真实身世还是一次偶然间听到家里用人说的,那用人在林冠承还没结婚时就照顾他的饮食起居,包括傅雪茗那两胎都是她来照料的,关系最为密切。

只要推算一下时衡出生的时间,很多秘密便也就心知肚明了。

十二岁的林清野站在门外,听她跟家里其他的用人闲谈此事。

他顿时就明白了为什么傅雪茗对他和时衡的态度会有这么大的差距。

从前他还能自欺欺人,只是他不想努力读书而已,是他不屑于傅雪茗的爱。

傅雪茗不爱他,是他的主动选择,只要他想,稍微努力点儿,傅雪茗依旧会爱他。

到此刻终于发现,不是因为他成绩没有时衡好,也不是因为他没有时衡乖,而是从一开始就决定了,不管他成绩多好、多乖,他都不是傅雪茗喜欢的那个儿子。

他接受不了。

明明他才是林冠承的亲生儿子,凭什么那个人才是最被宠爱的那一个。

当天晚上,时衡又来找林清野,像是个主动哄着弟弟想跟弟弟缓和关系的好哥哥那样,见他难得在做作业,便凑上前看,指着一处说:"弟弟,你这里做错了。"

林清野转着笔，偏头看时衡，脑海中都是下午听到的用人说的那些话。

林清野忽然问："你知道你爸是谁吗？"

"什么？"时衡没反应过来。

他把下午听来的话全部告诉时衡，没有任何保留。

林冠承当初那句"我会视如己出"的确说到做到，对时衡很好，以至于时衡从没想过林冠承不是自己的亲生父亲。

时衡往后退一步，不愿接受："不可能。"

"知道她为什么只叫你时衡，从没叫过你林时衡吗，因为你爸叫时载远。"

林清野将对傅雪茗的不满尽数发泄到时衡身上。

时载远这个名字不算陌生，时衡偶尔听到妈妈和父亲聊天时会提及。

可时衡还是不愿接受，林清野轻嗤一声："不相信你就去问傅雪茗。"

时衡去问了，傅雪茗不知该如何解释，她无法说出时载远不是他父亲，算是默认了。

当晚，时衡离家，出了意外，车祸，对方酒后驾驶，时衡没能救回来。

许知喃听林清野平静地讲述过往，心情却没法像他那样平静。

她从来没听说过林清野还有一个哥哥，一个有那么多纠葛的、早早离世的哥哥。

时衡是他和傅雪茗这么多年来矛盾的源头。

可在他的表述中，许知喃却能够感受到他深埋于底的痛苦，并且好几次提及，他说的并不是"时衡"，而是"我哥哥"。

许知喃在他的话语中，看到了一个优秀善良的时衡，和一个阴暗难堪的林清野。

林清野在自我厌弃。

时衡的离世对傅雪茗而言是一场灾难，对林清野来说又何尝不是。

从小到大，父亲工作繁忙无暇顾及，母亲偏爱哥哥而对他冷待，那个家里对他施以善意的其实是时衡。

但他将这种善意看为施舍，不屑要，心底却依旧是把时衡当成哥哥的。

林清野生长在那样一个家庭，被母亲冷待，从小就感受到了那样明显的偏爱和差距，他根本不会表达自己的喜欢。

在他看来，表达喜欢意味着示弱。

他不要示弱。

他把自己弄得冷冰冰、不近人情，长大后虽不再棱角分明扎得所有靠近的人受伤流血，可也依旧没怎么改变。

就像许知喃跟了他三年，却也始终觉得他遥远，若即若离。

她不能确定他到底喜不喜欢自己，若是喜欢，又能有多喜欢？

所以傅雪茗可以为了时衡的死痛哭，但林清野不行，他只是将自己封闭起来，停留在那个他用恶意摧毁时衡的晚上。

他只能把每一滴眼泪都咽回自己肚子里，自己折磨自己。

"你后悔吗？"许知喃轻声问。

"我有什么可后悔的，那是傅雪茗的错，是她默认了时衡的身世，是她没拉住时衡让他晚上出门了。"林清野依旧嘴硬，执拗着不愿去看自己的真心。

许知喃静静地看了他一会儿，而后说："的确不是你的错，都是她的错。"

林清野一顿，抬起头，眼底的诧异将他对刚才那个问题的真实想法暴露无遗。

他当然后悔了。

可事发后，所有人都在责怪他，说那是他的错。

质问他为什么要对哥哥说那样的话。

质问他哥哥对他这么好，他怎么能这样恩将仇报。

质问他怎么会这样坏。

所以他固执地不愿意去承认，心底觉得是自己害死了时衡，却依旧表现得不在意、无所谓。

可现在许知喃却说这不是他的错。

林清野第一次听到有人说不是他的错，第一反应是怀疑。

"你哥哥的意外，不是你的错。"许知喃又重复了一遍。

林清野提了下嘴角，样子落寞，双手扶着方向盘，头低下去："是因为我跟他说了那些，他才会出门的。"

"他出意外是因为开车的司机酒后驾驶，不是因为他出门了。"许知喃说，"你会跟他说那些话的原因是因为傅雪茗的偏心和冷待，如果她没有那样，你不可能会跟他讲。"

他额头贴着方向盘，像是陷入了沉重痛苦的回忆。

"照你这么说，我一点错也没有了。"他语气嘲讽，显然不信。

所有人都说他错了，他硬要说自己没错。

可许知喃说他没错，他却又陷入深深的自责和厌弃之中。

许知喃看着这样的林清野，忽然不知道该说什么。

光芒万丈是他，深陷泥潭无法自拔也是他。

尽管当时的事林清野的确做得不对，可许知喃就是没法站在道德制高点，跟那些人同一阵营控诉他的冷血冷情，不顾兄弟感情。

他也不想这样的啊。

时衡在世时，他受到的冷落谁来补偿。

时衡去世后,他受到的抨击和创伤又该怎么弥补。
所有人都在批评当时的林清野怎么能做出那样的事,却没人去看已经为人母的傅雪茗怎么能这样对待两个孩子。
许知喃想起在公安局里时,傅雪茗厌恶又痛恨地说:"你就是死了也是罪有应得。"
会对自己亲生孩子说出这样话来的母亲,她难以想象从前的偏心得有多明显,多让人心寒。

车里重新安静下来,林清野低着头没动。
第一次真正剖开自己不堪的过往,他呼吸有点紧。
许知喃手伸进口袋里,意料之外地摸到一颗糖。
紫色糖纸,榛子巧克力。
她从小就很喜欢这种糖。
林清野只觉得自己袖子被拉了下,他直起背,垂眸,看到许知喃朝自己伸出手,雪白的手心上躺着一颗糖。
"我小时候不高兴或者耍小脾气的时候,我爸爸都会买这种糖哄我,每次我吃一颗心情就会变得特别好。"
林清野拿起那颗糖,放进嘴里。
甜味的巧克力和苦杏仁味一并刺激着味蕾。
他几下咬碎,咽下了。
许知喃和他对视片刻,忽然主动靠近,双臂轻轻环过他的腰,抱住了他。
林清野一顿,没反应过来,手也没回搂住,就由着她这么抱着。
"那件事情不是你的错。"她说。
其实许知喃也不确定他到底有没有错,可她没法在这件事上客观。
应该多少都有做错的地方吧。
可她依旧选择了干脆利落地说他没有错。
林清野也该得到一些没有理由的偏心,不管错没错,她都想告诉他没错。
他小时候没得到的偏心偏爱,现在许知喃想给他。
她不擅长表达,只好又重复了一遍:"不是你的错。"
林清野回抱住她,反客为主,几乎将她揉进了自己的怀抱,脖颈垂着,埋首在她肩膀。
"阿喃。"他闷声。
许知喃能感受到他现在难言的情绪,拍了拍他的背,手又往上滑,揉了把他的头发,安抚一只大犬似的。
她回他:"清野哥。"

许知喃下车回宿舍后，林清野又在车里待了会儿，而后驱车离开，没有回公寓，而是去了墓园。

时衡的墓园。

他很少去，刻意逃避。

看墓保安大爷出来："怎么这么晚了过来啊？是有什么特殊的事吗？"

"没有，过来看一趟。"林清野说。

保安大爷不再多说，登记过名字后便让他进去了。

林清野站在时衡墓碑前，静静看着墓碑上那张照片，他从前总不敢看很久这张照片，这是第一次。

照片里的时衡是标准好学生的长相，白净清秀。

年纪停留在十六岁，算起来如今林清野都要比他大七岁了。

"时衡。"他开口。

夜风忽然大了，呼呼吹，他刚洗完的头发被吹得凌乱。

他一顿，又改口："哥。"

林清野甚至都不记得自己从前有没有叫过时衡"哥"，可能很小的时候还是有的吧，那时候的他还没有意识到在傅雪茗眼里自己和时衡的不同。

但如今这一声"哥"说出口，他忽然觉得这么多年来坠在他心头的那颗总隐隐作痛的石子似乎轻了些。

许知喃重复跟他说，他没有错。

但林清野也不会因为她这一句没有错便真认为自己什么过错都没有了，否则他也不可能自我折磨这么多年。

他是那根导火线，没法推卸责任的。

林冠承说傅雪茗脾气硬，这么多年来是跟自己赌气、跟林清野赌气、跟时衡的意外赌气。

他又何尝不是在赌气。

所有人都说他错了，他偏不承认，像是执拗地要证明些什么，可到底要证明什么，他也不知道。

现在许知喃说他没错，他就忽然觉得不用再拼死坚持那些虚无的东西了。

晚上的墓园寂静无人，林清野把口罩摘了，蹲在墓碑前，静静看着照片上的那个少年。

"对不起。"他看着照片轻声说。

照片里的时衡笑容浅淡，就这么看着他。

他记忆中似乎也从来没看到过时衡生气的样子，性格好得不像话，也难怪傅雪茗会那么喜欢时衡。

"这句话迟到了七年了。"林清野说,"对不起,哥。"

国庆过得很快,许知喃总算是把先前欠着的顾客预约都完成了,10月7号下午她关了店,搭地铁回了趟家。

开学这一个月来太忙了,她都没空回家一趟。

刚走进家门就闻到菜香,许母做了满满一桌子菜,就等着她回来了。

"妈妈,你怎么做这么多菜啊。"许知喃进屋,放下书包。

"你一个人回来的啊?"许母往她身后看了眼,"明天不就是你生日了吗,我还以为你会叫你朋友也一块儿过来吃顿饭呢,明天你要上课,我都不能当面跟我们阿喃说声生日快乐了。"

许知喃笑笑:"你现在就已经当面说啦。最近我朋友都特别忙,就没叫她们来吃饭,过来地铁就要坐这么久。"

许母之前就经常听她提及宿舍几个好友。

"月月要考研我知道,茜茜怎么现在也忙了?"

"这不是大四了嘛,她参加了前几天学校的秋招会,今天就去实习了。"

"秋招会啊,那你有去吗?"

"没呀,我没时间去实习的,最近生意特别好呢。"

"你以后就打算继续经营着你那个刺青店啦?"

许知喃点点头,"嗯"一声,进厨房洗手。

许母有点犹豫,断断续续道:"妈妈不是有职业歧视那种想法啊,就只是跟你说说我的看法,你一个女孩子以后一直开着一家刺青店我总归是不太放心的。"

许母从前是老师,而许元汶是警察,两人都是世俗定义上稳定妥帖的工作,她思想上的确是希望许知喃能够找一份适合女孩子安稳的工作,自己开店要顾及的东西太多了,而且外界对文身的看法又多数不好,无理由的偏见也随处可见,她不想许知喃以后去遭受这些。

"没什么好不放心的呀,我现在拿到了比赛冠军,生意也好了,还认识了很多很好的刺青师,我之前给你提过的刺客的路大哥,他人就特别好。"许知喃说,"而且我也很喜欢这份工作,挺有意思的。"

听她这么说,许母也没什么其他可说的,于是便换了另一个话题:"那你们宿舍另一个同学呢?最近也在忙吗?"

许母说的是阮圆圆。

自从上学期期末时因为林清野的事,阮圆圆换了宿舍,她们就再没有更多的交流了。

"嗯,她好像准备出国,也在准备各种材料。"许知喃没多说。

"那你们宿舍四个还真是每个人的发展都不同。"许母拍拍她肩膀,"行了,快吃饭吧。"

吃完饭,许知喃没有在家多待,明天还有课,又坐地铁回了学校。

翌日一早,10月8号,许知喃的二十二岁生日。

昨天晚上,她就发现赵茜拉着姜月避着她偷偷说了好一会儿话,前几天更是不小心听到她们提买蛋糕的事,心知肚明,知道她们大概是准备给她一个生日惊喜。

果然,上午上课的全程她们就佯装什么都不知道的样子,像平常那样相处,半句都没提许知喃生日的事。

许知喃很配合,也没戳破她们。

依旧是老教授的那节选修课,一开课便先点评了下上回他们画的那幅自画像,点名表扬了许知喃的那一幅。

在座的没有人不认识她。

底下有人调侃道:"教授,人家是赢在了起跑线啊,我们可能不是画得不好,是本来就长得不好。"

众人大笑。

老教授推了推金属框眼镜,看他一眼,笑道:"你这小崽子。"

表扬完上次的作业名单,开始上课。

赵茜和姜月正在传字条密谈,当许知喃看不见似的,两人你来我往,传个没完。

许知喃也不想故意打破她们准备的惊喜,专心记上课笔记,尽管这门课期末压根儿都不考试。

许知喃写了会儿,手机响了,林清野发来的。

【林清野:在干吗?】

【许知喃:上课。】

【林清野:生日还上课啊?】

【许知喃:生日也要上课呀。】

林清野正坐在《我为歌来》的后台化妆室,晚上就是《我为歌来》决赛,采取直播形式,于是早早就开始准备妆发。

他基本不用化妆,就打理一下头发就可以。

他看着许知喃发来的那条"生日也要上课呀",笑了声,几乎都能想象出来她说出这句话时的语气。

妆发师打趣:"什么事笑这么开心啊?"

他淡笑着:"没什么。"

"你这个头发要不要染一个啊,时间还早,我看之前堰城音乐节你那个蓝发的反响很好啊,决赛直播,要不要再染一下?"

【许知喃:你在录节目吗?】
【林清野:晚上八点直播,还在化妆。】
【许知喃:你上台都化妆的吗,我都没看出来。】
【林清野:没怎么化,化妆师还想让我染个蓝发。】
【许知喃:上次那样的吗?我觉得很好看啊,挺适合你的。】

妆发师没得到林清野回应,以为他是不想染,也没多说。
林清野却在这时突然开口:"行。"
"啊?"
"蓝发。"
"行!"
妆发师正准备去拿染发喷雾,林清野又问:"直接染的话,时间来得及吗?"
"直接染?"妆发师没反应过来。
"嗯。"
"时间肯定是够的,染出来发色也会比喷雾的更自然更好看,但是这个之后要换发色可得再重新染了啊。"
其实许多明星都是一组照片换一个发色的,这些年发色也越来越大胆张扬,能凑个彩虹七色的,不算什么新鲜事。
妆发师是看林清野一直都是黑发,才多说了句。
林清野依旧那副漫不经心的样子:"染吧。"

到傍晚,姜月和赵茜差许知喃去食堂给她们买饭。
许知喃买了三份饭回宿舍,打开宿舍门,窗帘被拉得严严实实,灯也被关了,只走廊一点幽暗的光照进来。
姜月和赵茜哼着生日歌从暗处走出来,手上捧着一个蛋糕,上面一个"22"标志的蜡烛。
"阿喃生日快乐!"她们喊一声。
许知喃手上还拎着三份饭,忍不住笑起来:"谢谢你们啊。"
"怎么样!"赵茜一脸兴奋,"早上你是不是失望死了!以为我们忘记你生日了!惊不惊喜!"
她还以为自己这出惊喜瞒天过海。
许知喃也没拂她们的兴致,笑着"嗯"了声。
赵茜拿手指沾了点儿奶油蹭到许知喃脸上,许知喃轻轻"呀"一声,拿手去捂,又沾了一手的奶油。

赵茜哈哈大笑:"别抹别抹,过生日就得是这样的。"

许知喃这回不被她骗了:"你生日的时候也抹我脸上,也说过生日就得这样。"

她说着便也跟着拿食指沾了一坨奶油朝赵茜抹去,被赵茜眼疾手快地捏住手腕,往回用力,奶油再次抹到了她脸上。

连着被抹两块奶油,她愤愤然跺了下脚。

赵茜笑得更欢了。

姜月"劝架"道:"好了好了,你们再抹下去,这蛋糕都不用吃啦。"

许知喃把灯打开,进卫生间洗了把脸出来。姜月和赵茜又把自己准备好的礼物给她。

姜月给她画了一幅画,是照着她获得刺青设计大赛冠军时捧着奖杯站在台上的照片画的,拿木相框裱起来。

"我最近生活费买了好多教材和网课,没钱给你去商场买了,就给你画了一张像,算是对你第一次获得刺青奖的记录吧。"

而赵茜则是送出一条手链:"我在你俩面前画画也是献丑,就弄简单点儿的了,这手链可是我一个月实习工资呢。"

许知喃认真跟两人道谢。

除了蛋糕她们还买了好多吃的,都是高热量,炸鸡比萨一类。

临近毕业,三人坐在一块儿边吃边聊,畅谈会儿人生,聊到一半,顾从望打电话过来。

他自从去国外后因为时差的关系两人也已经许久没聊过天了。

许知喃起身走到阳台上,接通电话。还没出声,顾从望就喊了声:"阿喃,生日快乐啊!"

"谢谢。"她笑着说,"你那儿几点了啊?"

"中午,早上没课,我刚起床呢。"

两人闲聊片刻,临挂电话时,顾从望忽然唤她一声:"阿喃……"

许知喃把手机放回到耳边:"怎么了?"

他沉默片刻,几乎微不可闻地叹了口气:"没什么。"

"真的没事吗?"许知喃没见过他这样,不太放心,"你要是有事的话要跟我说。"

顾从望懒洋洋地笑了声:"你大哥我能有什么事。"

语气恢复到从前那样,许知喃放心了,道了再见便挂电话,一推开阳台门赵茜就喊:"快来快来!阿喃!《我为歌来》决赛开始了!"

赵茜已经开了电脑,在线观看直播的人很多,有点卡。

《我为歌来》的决赛直播声势浩大,前期积累的观众都已经在不断的路透和两次音乐节中完全变成了节目粉丝,决赛观众席的票价可是卖出了天价,关于决赛的词条早早就上了热搜榜第一,就等着直播开始了。

很快,主持人上台,一席开场白结束,第一位表演歌手上台。

下午时节目组官微已经提前发了他们在后台抽的出场顺序,赵茜去看了眼,林清野在中间出场,第五个。

镜头扫到台下,能看到观众席成片举着林清野灯牌的粉丝。

很快,轮到林清野。

他从耀眼的灯光中走出来。

他再一次染了蓝发,跟上回音乐节时有些不同,这回的蓝颜色更沉一些,在灯光下闪着斑驳的光,台下尖叫声瞬间沸腾。

白T恤外一件牛仔衫,很有少年感。

他走到麦架前,颔首靠近,贴近话筒,磁沉的嗓音透出来:"大家好,我是林清野。"

"啊啊啊啊啊啊啊啊!"赵茜举着鸡腿号了一嗓子,"为什么!这人的自我介绍都这么会啊!"

"阿喃,我太佩服你了!你居然能在林清野面前坚持这么久!"赵茜抱着许知喃喊。

许知喃任由赵茜抱着,眼睛都没有移开过屏幕。

不知道为什么,她总能在这样光芒万丈的时刻想到林清野脆弱的时候。

所有粉丝谈及他都说他潇洒张扬,有少年人的嚣张和自傲。

可许知喃却在替他心疼。

他那么骄傲,明明是在很努力地想要摆脱从前的桎梏。

她多希望,林清野真的能够像现在他表现的那样,在聚光灯下光芒万丈,站在所有视野的中心。

许知喃很少看综艺,姜月也是,宿舍三人难得一块儿看,从八点看到了十点,进入决赛的十位歌手终于全部演唱完毕。

为保证公平性,投票不单单由观众决定,相反,观众的票数占比很低,主要还是看另一侧的专业乐评人。

许知喃不自觉攥紧拳头,手心出汗。

两两PK,专业乐评人举牌表态,观众则是按投票器。

很快,十个决出五个,林清野在列。

五个决出三个,林清野依旧在列。

决赛只评冠亚季军,剩余歌手不多做排序。

三人站在舞台中央,三束聚光灯由上至下打下来,在地上投下三个光圈。

一排排的举牌投票,得分追得很近,所有观众都提心吊胆等最后结果。

最后一排投票结束。

身后背景屏幕上的柱形图再次上升,林清野超越原第二名到达第一。

冠军!

瞬间,观众席尖叫鼓掌,大家起立,举着林清野的灯牌大喊着他的名字,撕心裂肺,甚至有感性的粉丝流泪。

更耀眼的光束也追过来,落在了林清野身上。

林清野回头看身后屏幕的投票比分,懒洋洋地勾唇,露出一抹笑,近景特写也被投到了大屏幕上。

少年鲜衣怒马。

和着身侧赵茜的尖叫声,许知喃看着工作人员拿上奖杯,递到林清野手里。

舞台顶撒下金纸,有几片落在他头顶和肩上。

许知喃目光牢牢落在林清野身上。

宿舍里赵茜和姜月的声音,以及直播中粉丝们的尖叫声都像是倒退,听不真切。

她就这么看着林清野。

同时,她手机振动,林清野打来电话。

直播画面和真实情况会有几分钟的延迟,他已经下台了。

许知喃接起电话,安静两秒,很轻的一声:"喂?"

因为延迟,电脑屏幕中依旧还是几分钟前的画面。

许知喃接通了林清野的电话,却依旧看着他站在台上,举起奖杯,抬起下巴。

特写镜头下,他看着镜头中心,像是要透过镜头看到背后的那个人,而后他对着镜头笑起来。

许知喃也忍不住笑。

隔着屏幕。

又听到耳边的那个林清野说:"阿喃,生日快乐。"

"你的生日礼物我赢回来了。"他说。

挂了电话后,许知喃那颗心久久没能平静,不只是她,就连赵茜和姜月都没法平静。

她接林清野电话时赵茜和姜月也在旁边,瞬间被他那两句话怔得当场化身尖叫鸡。

林清野也听到了,许知喃不好意思,慌忙地去捂嘴,最后手忙脚乱地就把电话给挂了,都没给个回应。

283

林清野没再打电话过来,后面还有收官庆功宴,许知喃便也没多打扰。

熄灯后,三人聊了会儿天便睡了。

《我为歌来》决赛相关的各种词条都已经上了热搜,为首的便是#林清野夺冠#,许知喃点进去看了一圈。

热评第一条便是他举着奖杯对着镜头笑的动图,点赞十几万。

许知喃跟着点了个赞,又看了会儿,时间已经很晚,她关上手机睡觉。

正要睡着之际,耳边忽然"嗡"一声,手机亮了。

许知喃睡眼蒙眬地眯着眼,手伸出被子去摸索手机,看到来电显示后便又清醒了——林清野打来的。

她将被子蒙过头,藏在被子里,小声道:"喂?"

林清野听到她声音才反应过来现在已经很晚了:"睡了?"

"还没睡着,熄灯了,你怎么这么晚打过来呀。"

"难得生日,想见你。"

许知喃看了眼时间:"还有十五分钟就到明天啦,明天见吧。"

"阿喃。"

"嗯?"

"我现在在你宿舍楼下。"

话落,许知喃心脏很重地跳了一下,然后像是停了两秒,又更加急促地跳动起来。

扑通扑通,她几乎都能听到心跳声。

你不是应该在收官庆功宴吗?

许知喃问不出口,很缓慢地眨了两下眼睛:"现在吗?"

她有点犹豫。

他笑着,声音温柔:"想见你了。"

10月的夜晚没有之前那般闷热了。

许知喃轻手轻脚地爬下床,怕吵醒室友连衣服都没换,只是在浅粉睡裙外又加了件薄外套。

楼道感应灯随着她脚步一盏盏接连亮起又熄灭。

风一吹,忽然又静了些,她重新放慢脚步,往园区门口方向走。

宿管阿姨问:"这么晚出去干吗啊?"

"很快的,阿姨,有点儿事。"

"快点儿啊,小丫头片子的也不知道注意安全。"

许知喃刷卡出门,又回了一句:"就在外面阿姨。"

夜静悄悄的,许知喃这才发现,外面马路边上的那盏灯不知什么时候已经修好了。

她没看到林清野,又往侧边看去,视线一顿。

他大概是直接从录制场地赶过来的,身上还是舞台上那件衣服,深蓝色的头发被风吹得凌乱,站在暗处,口罩挡住半张脸,看不清他现在的表情。

他抬起手,招了招手,示意她过去。

许知喃缓步朝他走去,出来得急,头发也没梳,她忙用手顺了顺。

走到他面前,她仰头看着他:"你怎么这么快就过来了,不用跟大家一起吃饭庆功吗?"

"吃饭什么时候都能吃,礼物不能过了时间再送。"

还有十分钟就到第二天了。

许知喃生日的最后十分钟。

林清野右手从背后伸出来,捏着一个奖杯,正是直播时她看到的那个,金灿灿的,设计得很漂亮,奖杯底座隽秀的字体写着《我为歌来》的名字和一个麦克风图标。

比她的那个文身奖杯漂亮许多。

"给。"林清野说。

"这个给我吗?"

"嗯。"他笑了声,"不是你说的让我也拿一个冠军吗?"

虽是这么说,许知喃只是想让他拿到冠军而已,没有想过要让他把奖杯都给自己。

许知喃犹豫了下,最后还是接过,将那个奖杯抱进自己怀里,她弯着眼笑:"谢谢,我很喜欢。"

"还有个别的礼物。"

"嗯?"

林清野微微弯腰,靠近问:"你猜是什么?"

连个提示和范围都没有,许知喃哪里猜得到。

她眨眨眼:"什么?"

小姑娘里面是件浅粉睡衣,很可爱,头发也放下来,早上绑了头绳,这会儿黑发中段还有一条褶,清澈的眼眸注视着他,皮肤白皙。

林清野逗她:"我。"

"啊?"

"干净的我。"

许知喃不明所以,那话听着又实在是奇怪,总让人忍不住想歪,眼睛不由自主地上下看了他一通。

干净的林清野。

他又忍不住笑,手指在她脸上点了两下:"你脸红什么,又在想什么了?"

许知喃一下就想到他之前贼喊捉贼说她"色不色"的那次,立马拍掉了他的手:"我才没想。"

"啪"一声,林清野的手被拍掉,他便也就收回手,揣进兜里,看着她懒洋洋地解释:"送你一个干净的我练手文身。"

他说得一本正经,许知喃却是笑了:"哦。"

"就哦啊。"

"你也不算干净了。"她伸出一根手指,指了指,"你背上都已经文过了。"

"还不是你文的,现在倒来嫌弃我了。"

许知喃偏过头,哼一声,又忍不住笑:"谁要拿你来练手。"

"下回要是还要去参加比赛,就让我当你模特呗。"他说得漫不经心,"或者哪天我惹你生气了,你就扎我。"

说得她有多凶似的。

时间一分一秒地过去,即将跨过零点。

这个点的学校也格外安静,许知喃和林清野鲜有机会可以这样站在外面说话。

"挺晚的了,你快回去吧,我也要回去睡觉了。"

林清野拿出手机看了眼时间。

11点58分。

"等会儿。"林清野拉住她的手腕,"你真信了我给你的礼物是我自己啊?"

"嗯?"许知喃愣了一下,不知道他为什么这么问,呆愣道,"你不给我文吗?"

"给。"他低笑,"你想文就给你文,那我再给你第三件礼物。"

"什么?"

他又看了眼时间,而后低声数倒计时:

"五。"

他抬起手,手心握拳,递到她眼前。

"四。"

他张开五指,一条项链从他手心坠落,钩着他中指,那枚漂亮的蓝宝石在她眼前折射出耀眼光芒。

"三。"

空中突然"砰"一声响,烟花在空中绽放。

"二。"

他笑着说"生日快乐"。

时间跨入10月9号。

生日的最后几秒是和他一起度过的。

另一边,关池和十四今晚闲来无事,约着一块儿在酒吧旁边的商业街吃夜宵。吃到一半收到林清野的信息,说是请他们帮个忙。

队长发话,两人自然是帮。

于是,两人人手一把烤串,蹲在路边,看着不远处的礼炮,只有三发,已经放完了。

"你说队长这大晚上的搞这些干吗?"十四很不解。

"庆祝自己拿了冠军?"

"不至于吧,而且这儿离演播厅也很远啊,要庆祝也得到演播厅去庆祝吧。"

关池搓了搓眉毛,试探道:"可能庆祝给平川之光听?"

十四依旧很不解:"这么晚了,平川之光肯定睡了吧,他这不扰人清梦吗?"

关池一言难尽地看着他:"我算是知道你为什么这么久一个女朋友都没谈过了。"

关池咬了口烤串,站起身,朝十四屁股上踹了一脚:"快去把礼炮捡回来丢了,不然烧烤店老板都得出来骂了。"

昨晚许知喃偷偷出宿舍没有吵醒赵茜和姜月,两人早上一起床看到摆在她书桌上的那个奖杯都吓了一跳。

赵茜直接过来捧着看了眼,看到底座上"我为歌来"四个字后都震惊了,赶忙轻手轻脚地放回去,生怕弄坏了。

"这是昨天林清野的那个冠军奖杯吗?"

许知喃爬下床:"嗯。"

"怎么会在你这儿啊?我失忆了?"

"他昨天熄灯后来找我。"许知喃抿了下唇,"送我的生日礼物。"

赵茜又忍不住说了句脏话,看看许知喃,又看看那个奖杯:"这个生日礼物,也太会了吧。"

赵茜捧着脸:"呜呜呜,我在千万实时观看量的节目中拿到的奖杯送给喜欢的姑娘做生日礼物,以后我再看到谁说林清野冷我就捶他!"

姜月眼尖,很快注意到许知喃脖子上挂着的东西:"哇,阿喃,你这个项链什么时候买的,好好看啊。"

中间一个蓝色宝石,切割打磨得异常漂亮,宝石外则是一圈环形钻石,乍一看像一颗小行星。

赵茜也凑近了瞧:"这个不会也是林清野送你的吧?"

"啊。"许知喃不好意思,顿了顿,才点头,"嗯。"

"这个我好像之前在一个设计师的网络空间里看到过。"赵茜说着便翻出手机,对着屏幕一通划,终于找到了,"你看!这个设计师设计的珠宝都是独一无二的哎,听说价格也特别贵,因为买得起她设计的珠宝的群体蛮固定的,所以实际价格都从来不在这类社交软件里标出来的。"

许知喃一愣,没想到这个项链还有这样的背景。

"所以他是送了你两个生日礼物,奖杯和项链,还有吗?"

许知喃想起昨晚他说的——干净的我。

干净的林清野。

她摇了摇头:"没了。"

先前拿到刺青设计大赛冠军时,许知喃就答应了路西河和徐振凡要请他们吃饭,之前因为忙一直耽搁着,到现在才终于有空。

她问了两人想吃什么,他们异口同声说"自助餐"。

请这两个大块头一块儿吃饭应该是自助餐比较划算。

他们挑了离平川大学很近的一个商场吃饭。

一直吃到下午两点才结束,在自助餐老板异样的眼光中离开。

站在商场门口,外面是大太阳,路西河问:"阿喃妹子,这儿再往东开个五分钟的车就到我的店了,你要不要去坐坐?"

路西河在小组初赛结束时就已经朝许知喃抛出了橄榄枝,递了名片,希望她考虑一下作为驻店刺青师去他店里。

"刺客"的确是缺一位足够厉害的写实风格的刺青师。

即便许知喃之前就明确拒绝过他,但路西河实在是欣赏许知喃,没对这想法死心。

许知喃不算擅长交际,原本是想拒绝的,但路西河盛情邀请,徐振凡又在旁撺掇加怂恿,便只好答应去了。

刺客店和她那个刺青店看着简直不像是一个维度的。

很大一间,周围都打通,黑白灰系装修,墙上是各种张扬放肆的图像,风格特别鲜明。

许知喃一踏进去就有人认出她来。

"哎,这不是那个把咱们老大一把拍死在沙滩上的冠军吗?"

路西河摆摆手:"去去去,你给我滚远点儿。"

又有人问:"老大,你这是准备'我打不赢你我就把你拉进我的阵营'了?"

旁边另一个刺青师调侃道:"怎么说话呢,人家这是求贤若渴,你说是吧老大。"

顾客也跟着笑起来。

大家你一言我一语地起哄,店内气氛很好,看得出来路西河平时就没有什么架子,手下的刺青师都敢直接拿他开涮。

路西河食指点了点他们:"我懒得跟你们说。"

他回头又对许知喃说:"来,阿喃妹子,我们进来说。"

里头还有个路西河自己的办公室,说是办公室,其实更应该说是茶室。
他泡了一壶茶,倒了两杯,开始自己的"洗脑"大法。
"对了,你先看看这一本,是我们的设计图合集。"
路西河说着,从旁边书架上抽出一本厚厚的册子,里面还夹着好几张脱落的纸:"这些就是我们店的主要风格,跟你的相差挺大的,所以我们店一般都是男人来的比较多,文大面积的女孩儿很少,这也是我那么希望你能加入我们的原因。"
"说实话,文身这玩意儿虽然有专攻擅长的也足够吃饭,但想要进步肯定是各种风格都得融会贯通的,你来我们店里肯定是有好处的,咱们店的这种风格可能会给你很多新的灵感。"
路西河能把刺客做得这么大不是没有道理的,几句话就切中要害,说得的确在理。
可许知喃先前也不是没想过这些,但她后来又觉得,自己那家店发展下去,自己也能招其他刺青师,也能带徒弟,人多了,风格间的学习和融会贯通也一样能实现。
何况她为这家店已经付出了不少心血,的确是舍不得放弃。

许知喃翻开他递来的册子。
册子上记录得很清楚,标上了每一个设计图的设计者名字,按序列号排序。
正如路西河所说,刺客店的总体风格和许知喃有很大的不同,从这个册子上就能看出来。
路西河见她看得这么认真,又补充道:"刺客创办以来的图差不多都在这儿了,有些已经有些年头了,之前魏靖那事儿就是抄了好几个这里头的设计图。"
许知喃继续往后翻,翻到最后几页时视线忽地一顿,心跳也跟着骤然加速。
她看到一个熟悉的图案。
"路大哥。"她嗓音都轻颤,"这个设计图,也是你店里做的吗?"
路西河直起背:"哪个?"
许知喃指给他看。
那是一个由火焰和毒蛇相组合而成的图腾刺青。
"哦,这个啊,这个可有些年头了,那会儿我都才接触文身呢,严格来说,这个还真不能算是刺客店里做的,那时候都还没'刺客'呢。"
许知喃的心往下沉了几分,那张设计图上连署名都没有。
"那你还记得这个是谁设计的吗?"
路西河爽朗道:"这我当然记得了,这可是我恩师。"

"你师父？"

"嗯，不过他现在已经不做了，颐养天年抱孙子去了。"

许知喃这才看出来这张设计图中的许多细节处理和路西河很相似。

路西河也终于从她无比严肃的神情中发现了不对劲："怎么了？这图你之前见过？"

"嗯，路大哥，你能带我去见见你师父吗？这个图对我来说非常重要。"

路西河的师父名叫谢英。

许知喃跟着他到谢英的住处，拐进个胡同，便听路西河喊："师父！"

许知喃跟着看去，四合院样式的院子口坐着个老头，年纪已经很大，头发也花白，可身子依旧很硬朗，穿了件宽松白背心，有肌肉块，双臂都是文身，扇着个蒲扇，很是悠闲。

"哟，你怎么得空来我这儿了？"谢英坐起来。

"来看看您。"路西河将刚才顺路买的水果和糕点递过去。

谢英瞧着他身后的许知喃，旷世老神仙似的挥着蒲扇："别客套了，说吧，找我什么事儿啊？"

"其实我也不清楚。"路西河在许知喃肩上推一把，"是这妮子看了您早年的一个文身图，就非得来见您一面。"

"哦？我那些文身图放现在都快过时了吧，说的是哪幅啊？"

许知喃说了声"爷爷好"，将刚才用手机拍下来的照片给谢英看："这个。"

谢英从兜里摸出老花镜。

"这个啊，火焰和毒蛇，这可有些年头了，估计得有个十几年了吧。"

"这幅图是您给很多人文过吗，还是被一个人买断了的？"

"这不是完全由我自己的灵感画出来的，应该是那个顾客跟我说了素材，我根据他的要求画的这幅图，所以肯定是买断了的，不可能会给别人文相同的刺青。"

许知喃的心跳骤然加速，手指也不自觉用力，指甲陷进指腹里。

路西河蹲在一旁："阿喃，你问这个做什么？你是在找那个顾客吗？"

"嗯。"

"为什么？"

许知喃提了一口气："杀害我爸爸的那个凶手，他身上有这样一个文身。"

路西河和谢英皆是一静，对视一眼，谢英也认真起来，坐直了身子："小姑娘，你确定凶身上就是这幅图，没记错吧？"

"没有错，我不会忘记的，我爸爸是警察，我从其他警察叔叔那儿看过这个案宗，证据栏里就有这个图。"

许知喃从来没跟人说过，为什么父亲死后母亲重病，她会选择文身来赚钱。

对于新人来说，这绝不是一份来钱快的工作，就是去当个服务生都比学刺青快，可她当时就是想从这一点入手，希望能找到杀害父亲凶手的一点线索。

她刚开始练手时便是在人工皮上不断练这个图腾，不可能会忘。

但如今这么多年过去也没找到相同文身，她本来都已经要放弃了。

"谢爷爷，您跟他还有联系吗？"

"没有，那时候微信什么的都还不时兴呢，就算留了电话我之前丢过两次手机也早都没了。"

"那……您还记得那个人他有什么特征吗？"

"那个人啊……"

谢英陷入回忆，他对这个图腾还有记忆是因为当时修了好几次才让那人满意，而且火焰和蛇的组合的确别致鲜明。

"五官什么的我已经不记得了，应该就挺普通的，我只记得那男人是及肩发，当时估计三四十岁，现在应该也四五十了。"

谢英已经努力去回忆了，可获得的信息帮助不大。

关于年龄，之前公安局就做过犯罪侧写，预估过。

而发型，如今这么多年过去，也不知道是不是早已经换过了。

"好。"许知喃还是跟他道谢，"谢谢爷爷，麻烦了。"

"小姑娘，我看你年纪也还小，也不知道你打算怎么做，多唠叨一句，自己注意安全，交给警察。"

"嗯，我会的。"许知喃冲他笑了笑，"我爸爸也是警察，我知道怎么做。"

"时间不早了，那我们先走了。"路西河道别。

谢英送两人到门口，忽然又想起来："对了。"

许知喃回头。

谢英皱着眉说："那个人好像有口音，不像是本地人……"

许知喃回到刺青店后就给方侯宇打电话说了这件事。

旧案重提，真想要破获困难重重。

如今证据不足，又没有相关联的案件提供新证，甚至可能凶手这几年早已经不在世上，他们再也不可能找到，也再也找不到杀害许元汶的凶手。

方侯宇又叮嘱了许知喃几句平时注意安全，把查案的事交给他们来做才挂电话。

许知喃趴在桌上，头埋进去，紧紧闭上眼睛。

从看到那个文身图案到现在，她手脚都一直是冰凉的。

许知喃和父亲的感情很深。

他们一家子从前是别人眼中幸福家庭的典范,父母恩爱,不算大富大贵但也都是值得人尊敬的工作,孩子漂亮乖巧、成绩优异。

他们一家三口性格都是温和的,即便偶尔观念冲突也都心平气和的,许知喃从前从没在家里听到过争吵声。

许元汶工作忙,可他只要一有空就会带着许知喃出去玩。

她还小的时候,妈妈带毕业班工作忙,爸爸便把她带去公安局,大家都很喜欢她,总围着她玩儿。

许元汶对许知喃是富养的,要什么给什么,没有不满足的。

那时候很流行一种巧克力,但价格很高,外国进口的,包装精致,一盒巧克力各种颜色各种口味的都有。

学校里只有一个家里做房地产的小胖子有,他分给大家吃,看许知喃漂亮,还多给了她一颗。

她后来将这事告诉许元汶,许元汶很快就托朋友买来一盒。

许知喃记忆中的父亲正直善良,对她和妈妈都特别好,是家里的顶梁柱。

他查办那起绑架案的事许知喃也知道,可她当时并不算担心。

从小到大看爸爸处理太多案件了,她眼里的许元汶是英雄,他抓坏人,惩恶扬善,她没想过爸爸也会死。

英雄怎么会死呢?

可他就是死了。

在她高中都还没毕业的时候。

许知喃趴在桌上,眼睛用力压在手臂上,能感受到洇开的一片湿迹。

忽然,门被推开,许知喃抬头,看到林清野走进来。

他这些天也很忙,《我为歌来》结束后有很多节目都向他发来邀约,他都拒绝了,全心投入到新专辑制作中。

小姑娘眼底泛红,脸上倒是没泪痕,只睫毛湿漉漉的,挂着泪珠。

林清野走近后便注意到,脚步一顿,而后更快地走过去。

他走到她面前,弯腰,捧起她的脸,声音磁沉温柔:"怎么了,阿喃?"

因为这句话,她那濒临决堤的眼泪终于夺眶而出,落在他掌心。

她想忍住眼泪而咬紧牙根,少女驼着背坐在椅子上,轮廓单薄又清瘦,可最后还是没忍住,呜咽出声。

自从父亲死后她一直都很思念,可这么多年过去,思念都被深埋在心底,如今再次被翻出来,鲜活地摆在眼前,思念就再也忍受不了。

"我好想他。"因为哭腔,她嗓音很细。

"谁?"

"我爸爸。"她在委屈、愤怒、挫败中狼狈地捂住眼,头低下去,"我真的好想他。"

　　林清野安静片刻，什么都没说，只将她轻轻圈进了怀里。

　　许知喃的眼泪都渗进他肩头的衣服，咬着哭腔唤林清野的名字，仿佛是要抓住什么连她自己都说不清楚的东西。

　　林清野轻轻拍着她的背，不多问，只不厌其烦地重复："我在。"

第十章

/
我也爱你啊

许知喃十六岁那年遇到过一次火灾。

那天她独自在家,妈妈去买菜了,她做完作业后便回卧室睡午觉。

梦境中听到爸爸的声音,沙哑又声嘶力竭,伴随着咳嗽声,不断地喊着她的名字。

许知喃从梦中睁开眼睛,这才发现周围很热,一种完全超过寻常温度的热,像是置身火炉一般。

"爸爸!"她喊一声。

许知喃下床,地板也同样很烫,她忙穿上拖鞋往卧室门口跑。

"别开门阿喃!"许元汶喊一声。

与此同时,许知喃握到门把手,被烫得迅速收回手,压根儿握不住。

"怎么回事啊,爸爸?"

"外面着火了。"许元汶的声音忽远忽近,"别怕啊阿喃,爸爸马上就过来,再等爸爸一分钟。"

许知喃按照之前学校里教的遇到火灾时的自救措施,将床单扯下来浸湿水披在自己身上。

许元汶担心她会害怕,还不停地在外面喊着她名字安抚,很快他破开层层火海到她卧室门口。

他拧开门把手,同时将身上披着的湿布一并盖在许知喃头顶。

火浪卷过来,许元汶将她紧紧搂在怀里,她身上也有刚弄湿的床单,隔绝席卷而来的火舌。

许元汶紧紧护着许知喃,在层层火海中终于将她带出去。

可在里面耗得久,许知喃吸入了不少浓烟,一出来就因为缺氧脚下发软,直接晕过去了。

许母在这时终于回来了。买完菜回来的路上,她就听街坊邻居喊说她家里着火了,忙不迭往回赶,所幸看到丈夫抱着女儿已经出来了。

她从许元汶怀里抱回许知喃,焦急道:"怎么了啊这是?"

"应该没事,先让阿喃躺下来,我去要碗水过来。"

旁边邻居忙从家里盛了碗水:"快快快,我刚才已经打电话叫了消防车和救护车了,别急啊别急,没事的。"

许母给许知喃喂了碗水,没过一会儿就又听人喊:"哎呀!火烧过去了!"

客厅窗户没关,窗帘卷着火,飘进了对面相距不远的另一户人家,火渐渐蔓延开。

"陈老太现在应该一个人在家吧,这个点说不定是在睡午觉啊!这可怎么办啊!哎呀呀,消防车怎么还没来啊!"

许元汶抹抹弄脏的脸,二话没说,立马又冲进那户人家。

许知喃再次醒来是在医院,妈妈坐在她病床边,双眼都哭得红肿。

没一会儿,方侯宇便进来了,眼眶也同样泛红,站在她病床边温声问道:"阿喃,你对这次火灾是谁蓄意纵火有思路吗,最近有没有遇到过奇怪的人或事?"

许知喃一愣:"蓄意纵火?"

"没错,已经确定是人为。"

许知喃刚刚醒来,思绪不清,可思来想去也实在想不到什么其他的线索,只好摇头。

方侯宇轻轻叹了口气:"好,那你先休息吧。"

"方叔叔,我爸爸怎么没跟您一块儿来啊?"

方侯宇一顿,跟许母对视一眼,许母已经捂着嘴再次哭出来,她也不想在许知喃面前这样,可实在是忍不住。

"阿喃。"方侯宇斟酌着开口。

许知喃心头忽然涌上一种非常不好的预感。

紧接着,方侯宇很缓慢地告诉她,她爸爸去世了。

明明她只是因为呛了烟晕了一会儿,可就是这么一会儿,她醒来就得知,她再也没有爸爸了。

许元汶是在去救那个陈老太时去世的,但并不是因为救陈老太而死。

实际上那天陈老太根本不在家,她去当地的老年活动室打麻将了。

但许元汶被人发现时,他不是因火灾去世的,他腹部被刺了一把匕首,是被人杀害的。

警方最后地毯式搜查凶手的痕迹,却也只从一个破损的监控摄像头里发现了凶手身上的那一块由火焰和蛇组成的文身,在手臂上。

与之前他们调查到的那起绑架案凶手已知特征一样。

那个案子正是许元汶调查的。
当时许元汶已经调查到一些进展，他被报复杀害了。

许知喃从来没有跟别人说过这件事。
倒不是因为不愿意说，而是她根本不可能完整地再次将这个过往说出来，连细想都做不到，一想就会哭。
就像现在，她跟林清野说完，早已经泪流满面、泣不成声。
林清野也从没有见许知喃这样哭过。
更多时候，在他看来许知喃都像个小太阳，她是所有正面词汇的集合体，温暖善良、认真细心、温柔美好，他总看到她笑的样子。
第一次见到她哭成这样。
小姑娘哭得肩膀都在颤抖，脆弱又无助。
林清野第一次觉得无能为力。
在这种时候，他除了看着许知喃哭，却什么都做不了。
而他从前竟然还伤害过这样的许知喃。
林清野牙根咬紧，沉默着看着她，而后才重新张开双臂，将她再次抱进了怀里。
"阿喃。"他摸着她的头发，"乖啊。"
许知喃也不知有没有听见，依旧在哭。
林清野便任由她哭。
许久后，许知喃终于从那情绪中走出来了。她抬起头来，看到他衣服上被她眼泪弄湿了一大块，顿时不太好意思："我给你洗一下吧。"说话间还透着未散尽的浓浓哭腔。
"没事。"林清野低头去看她眼睛，"哭完了？"
"嗯……"
林清野抽了张纸巾，给她擦干净脸，丢进纸篓里。
"我去洗把脸。"许知喃起身进了卫生间。
看她那样子便知道肯定没有吃晚饭，林清野点了份外卖。

没一会儿，外卖便送来了，今晚刺青店里头没有客人，两人一块儿吃了晚饭。
许知喃心情已经重新平复，就是眼睛哭红了，一时半会儿消不了，看着像只兔子。
林清野放心不下她，可有个乐器设备放在他工作室里头要去拿。
好在距离不远，几步路就能到。
林清野重新戴上口罩帽子，回了趟工作室，再回来时发现许知喃伏在桌上睡着了，大概是刚才哭累了。
他失笑，站在桌前看了她一会儿。

有一绺发从侧脸滑下来,林清野伸手将头发重新挽到她耳后,指尖却碰到她皮肤,滚烫又干燥。

他一顿,而后抬手抚上她额头,也同样很烫。

也不知是不是骤然听见跟父亲被杀害相关的消息受到冲击才突然发烧了。

"阿喃。"他低声。

许知喃脸在手臂里蹭了蹭,眼睛依旧闭着。

"你发烧了,我带你去医院。"

她还是没反应,仿佛是被声音吵到清梦,眉心还蹙了下。

林清野从架子上拿上她的外套,严严实实地裹上,拉上拉链,而后绕过她膝弯抱起来。

自从《我为歌来》他拿到冠军后热度就再次上升,去人来人往的公立医院不现实,他直接将许知喃带去了认识的私人诊所。

"38.1℃。"医生看了眼温度计,又看向许知喃,"这温度也不是很高啊,怎么看着这么难受,我看你进来那样儿还以为都已经烧糊涂了。"

林清野道:"先打针吧。"

医生将许知喃安置在里头的单人病房里,输上液,侧头看向一旁的林清野:"你可真是几百年不会来我这儿一趟,还以为你如今成了大明星了更不会来了呢,这丫头谁啊,有这么大威力,能把你带过来。"

林清野没回答他那堆调侃的问题:"她什么时候能醒?"

"让她睡一觉吧,检查了也没其他问题,38℃的烧就能直接把人烧晕的我还是头一回见,太娇气了点儿,以后你可有的磨啊。"

"行了,让人睡觉你就出去吧。"

"哎——"

林清野直接推着人到门外,随即便关上了病房门。

没了聒噪声,病房内重新安静下来,月光透过窗帘缝隙洒进屋内。

林清野坐在床边,静静地看着许知喃的睡颜,眉间微蹙,不知在想什么。

许知喃再醒来时房间里漆黑一片,没有开灯。

再往旁边看,林清野坐着睡着了,月光在他脸上落下一道光影,切割过高挺的鼻梁,线条精致落拓。

许知喃反应不及,看着他许久,再看到自己手背上插着的针孔,意识慢慢回笼。

她慢吞吞地从床上坐起来,想上厕所。

林清野睡眠浅,一听到细微的动静就醒了。

"醒了?"他嗓音透着刚醒时的喑哑。

"嗯。"许知喃问,"我怎么了?"

"发烧了，没其他问题，这是我朋友的私人诊所，你安心休息就好。"

因为发烧，许知喃脖颈处也黏腻一片，出了层汗，她抬手抹了抹，跨下床。

"要去干吗？"

"上厕所。"

林清野起身，拿起吊瓶。

许知喃站在他面前，脚步都没挪动，就那么定定地看着他。

"怎么了？"

"你要跟我一起进厕所吗？"

林清野一顿，这才反应过来的确不合适，他睡糊涂了。

两人对视片刻，他说："我给你拿进去，背对你。"

就算看不见也不行啊。

在林清野旁边上厕所也太奇怪了。

"不要。"许知喃小脸皱着。

"我先给你拿过去。"

林清野跟她一块儿进了卫生间，将吊瓶搁到了一旁的架子缝隙，固定好："你上完厕所叫我。"

"嗯。"

从卫生间出来，许知喃重新躺回床上，出了汗，身上不舒服，也再睡不着觉。

林清野也没再睡，原本以为许知喃这一觉大概能睡到天亮，他本打算就在这儿将就一晚，如今既然醒了，半小时后挂完针便直接离开。

已经很晚了，马路上连辆车都没有。

堰城少见这么空旷的模样。

林清野看了眼时间："回宿舍还是回家？"

这个点，回宿舍肯定会把赵茜她们吵醒。

可要是回家，许知喃想着今天发生的那些事，不知道该怎么跟妈妈讲，何况她也从来没有这么晚回家过。

见她犹豫，林清野又说："或者去我那儿。"

许知喃还是摇头，摇完又觉得自己总是否定不太好，又说："我也不知道去哪儿。"

"头还晕吗？"林清野问。

"不晕了。"她摸了下自己的额头，"应该已经退烧了吧。"

林清野也摸了下，确实没再烫了。他弯下背，平视着她眼睛说："那我带你去玩？"

"这么晚了还有哪里能玩吗？"

林清野低低笑了声："只要你想去。"

十四睡到一半被吵醒,接到林清野电话。

林清野将车停在一个旧公寓楼外,十四穿着睡衣站在楼外,他下车过去。

"队长,你怎么这么晚了要去那儿啊?"十四打了个哈欠问,从兜里摸出钥匙串递过去。

"有点事。"

十四哈欠打得泪眼婆娑,余光瞥见林清野车里的许知喃。

如今林清野上街很容易被人认出来,所以这是打算大半夜的不睡觉去约会?

这两人为了约会可真是绝了啊?

十四顿时肃然起敬:"行,那你快去吧。"

林清野再次上车,这回开了没一段路就到了,是一个已经有些年头的旧广场——时代广场。

一楼没有东西,楼梯直达二楼一家店面偌大的火锅店,而火锅店旁边就是一家游戏厅,三楼则是电影院。

这是堰城最早一批娱乐场地,现如今市中心发展起来,这儿已经衰败不少。

"怎么来这儿了?"许知喃跟着下车。

"这儿有个游戏厅。"

林清野人高腿长,一步踩两节台阶,到二楼游戏厅,拿钥匙开门,打开灯。

这个广场寂静无人,游戏厅也同样安静,随着电源打开,各类游戏设备都"嘀"一声开启,亮堂起来。

"这是十四他家开的店,最近他管着。"林清野跟她解释,"想玩什么?"

许知喃小时候家旁边就开了这么一家游戏厅,爸爸没工作的时候便会带她一块儿玩,她也因此过几次这种场合。

她环顾一圈,指着篮球机。

林清野去机子里买币,安静的夜晚,游戏币碰撞的清脆声鲜明又突兀,他买了一大盒的币。

"太多了吧。"许知喃说。

林清野无所谓道:"那就剩着。"

他站在篮球机前,投了两个币,栏板打开,几个篮球滚下来,同时机器上红色数字倒计时开始。

许知喃许久没玩了,其实从前也不算会玩,多是靠爸爸帮衬着才能通过两关罢了。

果不其然,玩了两局,连第一关都没过。

林清野靠在一边看她玩,低低笑了声,不厌其烦地再次弯腰去塞硬币。

"我不玩了。"许知喃鼓了鼓腮帮,没了兴致,"你玩吧。"

两个硬币早就已经塞进去了,听她这么说,林清野也没拒绝,走到机子前,按下开始按键。

他投篮的姿势很好看。

手臂肌肉线条流畅,下颌微抬,抛出篮球时手腕微微下压,每一个都很准。

而背后是空旷无人的游戏厅,这家游戏厅已经有些年头了,设备也同样有些年头,一个风扇在头顶缓慢地转动。

像是漫画里的画面。

他一次性打到突破了原纪录,篮球机小方屏中的数字不断跳跃着,还发出了一串喜悦热闹的音乐。

许知喃还是头一回知道破纪录还会有这样的音乐。

破了纪录,林清野便没那么迅速了,时间还有最后三秒,他速度慢下来,手里一个篮球,他掂了一下,懒洋洋地抬臂,压腕。

一个倒计时的压哨球。

许知喃看呆了:"以前怎么没见你打过篮球啊?"

她都不知道他打篮球也这么厉害。

"高中打,大学以后没在学校打过,人太多。"他不喜欢那种被人围观的感觉,而且也觉得太吵,都是些女生,"就偶尔跟关池他们会去篮球馆,不常去。"

他对篮球不算热络,但在分队比赛时大家倒是都想抢他当队友。

"还玩吗?"

许知喃看着那个又被他拉高的历史最高分记录,觉得自己再玩下去简直是自取其辱,也没了兴趣,看向旁边的游戏机。

刚才在医院睡了会儿,刚刚打完针精神也很好,头不晕也不困。

许知喃跟林清野一块儿把游戏厅里大部分的游戏都玩了个遍。

尽管因为她天生没有什么游戏细胞,跟林清野玩游戏简直是被吊打,还是属于他有意放水她都赢不了的那种。

玩了一圈,游戏币还剩二十几枚。

"抓娃娃吧。"许知喃说。

每个娃娃机里头的娃娃都各不相同,许知喃转了一圈,最后挑定一个装满南瓜玩具的娃娃机。

那南瓜有点儿像是万圣节常见的,各种表情都有。

竞技类的游戏她玩不好,抓娃娃机这种倒是会些诀窍。

从前她跟赵茜就玩过,赵茜当时看她玩都震惊了,现在赵茜宿舍床上一排的小玩偶都是她抓的。

林清野原本以为许知喃对所有游戏都一窍不通,在旁边看了会儿竟发现她一抓一个准。

小姑娘神色认真,躬着身操控抓手,眼角还泛着点先前流泪留下的绯红,整个人都格外柔和。

剩下的游戏币,许知喃抓了十个南瓜。

就连娃娃机里头的玩具都肉眼可见地少了一层。

许知喃这才发现不对劲,这游戏厅可是十四家开的啊,她就花了这么点游戏币拿走这么多玩具,似乎不太好。

她仰了仰头,想看有没有方法可以把南瓜放回去。

"怎么了?"

许知喃指着娃娃机上方的锁孔:"你有这个钥匙吗?"

"没。"

"我拿太多了,想放回去,要不给他放柜台吧。"

林清野失笑:"不用,你自己夹的放回去干吗,不用给他省钱。"

"可这也太多了,我都拿不开呀。"许知喃看着旁边七零八落躺着的十个南瓜娃娃。

"我拿。"

他说着便弯腰,娃娃顶部有个绳扣,他手指一一穿过,两手各五个,提起来。

林清野长着一张桀骜的脸,如今却这么拿着十个娃娃,看着实在有些搞笑。

许知喃看着他笑出了声。

林清野先前被她哭怕了,听到笑声终于是松了口气:"走了?"

"嗯。"

游戏厅内没有窗户,只开着灯,到外面才发现天都已经亮了,她竟然真跟林清野在游戏厅玩了个通宵。

她人生中第一个通宵。

许知喃的心情从昨晚恢复过来。

昨晚上她昏昏沉沉,脑袋里跟团糨糊似的,脑海中和眼前都是那幅文身图。

时代广场通向一楼的方向朝东,往外看便是成片的草地。

最近天亮得早,太阳已经"蠢蠢欲动",将要升起,照出一片被黑暗和光明撕扯的暖光。

路上很安静,没有行人,只偶尔几声鸟啼。

"阿喃。"林清野开口唤了一声。

许知喃回头,他站在她之上的两节台阶,温柔地注视着她。

许知喃心又往下静几分,周围一切都虚化,她看着眼前的林清野。

"阿喃。"他又叫了一声她名字。

许知喃轻轻地应一声:"嗯。"

"昨天晚上看到你哭的时候我手足无措，这辈子我都没有哪一刻像昨天那样手足无措，我不知道该怎么安慰你，也不知道在这件事上能为你做什么。"

他声音静而缓，像和煦的春风飘到许知喃的耳朵里。

"我知道现在这样的情况，再让你去分神重新考虑我们俩的关系你也很难做到，但我还是想以你追求者的身份跟你说些话。

"我之前已经拿到冠军了，现在在准备做新专辑，我会努力把它快点做出来，也会让自己变得足够强大去保护你，让你不再受到伤害。

"不管这件事最后得到怎样的结局，我都会陪在你身边，我陪你走过这一段路，以后我不会再让你受一点苦。"

"你相信我。"他走下一节台阶，站在只离她高一节台阶的地方。他看着她，笑得有些嚣张，"我是林清野啊。"

我是林清野啊。

许知喃心尖震动。

从前她也无数次地想，他可是林清野啊。

她曾经仰视着林清野，到后来又得知林清野心底的创伤和自卑。

他的自尊心不断被碾碎又重塑，到现在，终于轮到他嚣张地亲口告诉她，我是林清野啊。

临近日出的太阳一跃而出，暖黄的光倾洒周身。

许知喃往后多年，都永远记得这个画面。

张扬的蓝发少年，漆黑温柔的眼眸，手上提着画风很不符的十个玩偶，日出的霞光落在他脸上，光芒耀眼，却又柔情万丈。

初晨破晓时分，林清野送许知喃回了学校。

这个时间，校园也还是宁静的，路上几乎没有人。

她跟林清野道别，回了宿舍。

姜月刚起床，见到她一愣。

赵茜还在睡觉，姜月压着声问："阿喃，你怎么这么早回来了啊，坐地铁回来的吗？"她以为昨天许知喃没回宿舍是回家了。

"没有，别人送我回来的。"

"林清野？"

"嗯。"

许知喃放下包，进卫生间洗了把脸。姜月很快也拿着洗漱杯进来了，刚才她在外面越想越不对劲，这一大清早的林清野送许知喃回来，那……昨天晚上呢？

"阿喃。"姜月斟酌着问,"你昨天晚上跟林清野在一块儿啊?"

许知喃没瞒她:"嗯。"

"哦……"她满心震惊,却又要拼命装出正常的反应,样子看着很是搞笑。

许知喃注意到她的表情,稍一顿,反应过来她误会了什么,忙又说:"不是你想的那样啦,昨天我发烧了,他陪我去医院了。打完针看已经很晚,就没再回来打扰你们睡觉。"

姜月肉眼可见地松了口气:"你怎么突然发烧了?"她甩了甩手上的水,摸她额头,"现在倒是不烫,退了吗?"

"嗯,可能最近太忙了,没什么大事。"

姜月点点头,挤上牙膏:"那你和林清野还没在一起哦?"

许知喃回想起方才迎着夕阳跟她说话的林清野,鲜衣怒马耀眼的少年,她垂眸勾唇,轻轻笑了一声:"还没。"

"还没你就笑这么甜呀。"姜月难得一脸揶揄,摆明不信她话。

许知喃一愣,抬头看镜子里的自己。

少女脸上粘着水珠,唇红齿白,听到姜月的话后下意识扯平了嘴角,但笑意依旧从眼底冒出来,清凌凌的,像是漾开波纹的清泉。

"月月。"许知喃坦诚道,"我发现我还是很喜欢他。"

"那你还不答应他?他也追你挺久的了吧?"

"我想等一些事情都处理好以后就跟他好好在一起,对他好一点,让他以后都能开开心心的。"

"什么事啊?"

许知喃摇摇头,没有多说。

姜月也没往别处想,洗漱完便马上出门去图书馆了。

许知喃昨晚打针时睡了一会儿,这会儿一回宿舍睡意袭来,她睡了个午觉,起来后才去刺青店。

今天下午有个预约的客人,是之前来她店里文过的女生,上回文了个手臂,这次想文在大腿上。

客人坐在工作床上,一边玩手机一边跟许知喃闲聊:"你现在这样一个文身要多少钱啊?"

"跟以前一样的。"

"没涨价啊,不是都拿到冠军了吗?"

"嗯,文身没涨,设计稿价格涨了。"许知喃笑了笑,"不过等过段时间可能会涨。"

"那我运气还挺好,赶上了没涨价的好时候,不过你这也应该涨的,我上回去庆丰路那家,做得也就一般,价格比你……"

她话说到一半,突然停了话茬,盯着手机骂了句脏话。

许知喃扯了下口罩,仰头看她一眼:"怎么了?"

"旁边那条街上的五星酒店,保洁打扫房间时发现里头有个小姑娘死了,好吓人啊,这肯定是谋杀案吧,居然这么近,我还去那家酒店住过,以后可再也不敢住了。"

许知喃一顿:"有说是怎么死的吗?"

"没呢,就说现在警方正在调查,酒店都已经封锁住了。"

许知喃没说话,若有所思。

客人抬手在她眼前挥了挥:"阿喃?"

她回神,说了句抱歉,又继续文。

她也觉得是自己太敏感了,可总归觉得心里没底,文身过程中也总想着这件事。

文完身,送走客人,许知喃却接到方侯宇的电话,让她去公安局一趟。

公安局里正在忙这起酒店女孩儿死亡的案件,已经被多家媒体报告,舆论带来的破案压力巨大。

方侯宇拿着一大沓文件从大厅经过,见到许知喃,脚步一顿,他把文件交给同事,冲她招手:"来,阿喃。"

许知喃跟着他走进里屋:"方叔叔,是不是我爸爸的案件有新的进展了?"

"我们也只是怀疑。"方侯宇拉开椅子,打开电脑,"你来看这段视频,是酒店给我们的走廊上的那段监控。"

画面播放十秒钟后出现一个男人,戴着帽子,低着头,穿着普通到找不到任何特色的衣服,看不清脸。

方侯宇将画面暂停,放大。

男人半截袖子底下露出了三分之一的文身。

"你看一下,是不是那个。"

许知喃瞳孔微缩,弯腰仔细看,沉默半响后说:"好像是……"

"我们比对了之前档案里的文身样式,很像,但是因为只露出了底下的部分,监控像素也不是很高,没法百分百确定。"

许知喃心跳很快,她对这个文身太熟悉了,每个线条每个细节都深深刻在脑子里。

"图腾文身和其他的文身不一样,虽然是由线条组成,但也不太可能会三分之一都是完全重合的,而且那张图设计得很精妙,火焰和蛇的组合也比较少见。"许知喃顿了顿,死死盯着屏幕,低声说,"方叔叔,我觉得这个,可能就是凶手。"

方侯宇也同样看着屏幕,没说话。

"这个视频你们是怎么发现的?"

"就是调查这次酒店死亡那姑娘时偶然发现的。"

"那个女孩儿,也是他……吗?"

"还不能确定,目前还在排除自杀还是他杀阶段,这个只是我们在排查过程中发现的,所以我才想叫你过来看一下,你昨天见到了给他文身的那个刺青师,知道他现在是在堰城还是哪儿吗?"

许知喃摇头。

方侯宇看着她,叹了口气,拍了拍她肩膀:"行,我也只是确认一下,你别想太多了。"

"嗯,谢谢方叔叔。"

许知喃没有多留,大家都在忙,她也很快就离开公安局。

夕阳西下,许知喃站在台阶上,看着对面马路上来来往往的行人,莫名觉得有点累。

手机振动,姜月发来信息。

【月月:阿喃,你在店里吗,能不能帮我顺路去书店买本书?】

【月月:我网上看没找到我要的那个版本的,明天听的网课要那本资料,我怕来不及了。】

她又发来一张图片。

【月月:这个版本的。】

许知喃看了眼,回了个"好"字。

这附近就有个书店。

许知喃步行过去,给书店工作人员看了那张照片,他领许知喃过去,拿起一本:"你看看是不是这个。"

许知喃仔细比对后,说:"是的,谢谢。"

她从前也很爱看书,还多是闲书,父母从不限制,她卧室书柜里满满一墙的书,读大学后倒不太看了。

难得来书店,许知喃又逛了一圈,自己也挑了两本。

她挑完,准备去付钱,忽地,视线一顿,目光直直地看向不远处的一个男人。

这个男人穿着灰衣灰裤,短发,普通长相,看上去四五十岁。

莫名其妙地,许知喃觉得眼前这人和酒店监控里掠过的那人的身影重合了。

她手指紧紧握着书,努力稳住脚步,朝他走过去。

走近,许知喃绕到男人的右侧,终于看清了他右臂上侧被袖子挡住大半的文身。

她在这一刻几乎不能确定自己的心跳是骤停还是狂跳,还出现了一瞬间的耳鸣,大脑一片空白却又好像镇定万分。

许知喃垂眸看男人面前的书,是一本菜谱。

她咬紧牙根,手伸过去,拿起了他面前的那本菜谱,身侧的男人也偏头看过来,他声音很柔和,看着她说:"现在像你这种小姑娘爱做饭的好像少有了,听说现在都时兴男人做饭了。"

男人带着浅淡笑意,平和又普通,难以将他跟案件联系起来。

许知喃指尖无意识地用力,陷进手心里。

想到之前路大哥师父提及的——那个人好像有口音,不像是本地人。

如今这么多年过去,许知喃不确定他是不是一直待在堰城,但能感觉到和堰城本地口音不尽相同,应该不是本地人。

"嗯,我家就是我爸爸做菜。"许知喃强装镇定,"叔叔你家也是你做饭吗?"

"是啊,这不,来买本菜谱学习一下。"他又拿起崭新的一本。

许知喃静静地看着他手臂上的那个文身:"叔叔,你这个文身,文得还挺好看的。"

"你还知道这些啊。"

"我是刺青师。"

男人诧异地扬了下眉:"刺青师啊,看你样子不像啊。"

"我能看看它完整的是什么样子吗?"

男人并未将袖子卷起来,笑道:"没什么好看的,挺久的了,当初年轻不懂事文着玩,我本来还打算去洗掉呢,又觉得年纪都这么大了没什么必要。"

即便没能看到文身的完整图案,但这样近距离观察,许知喃几乎可以确定,这就是那个火焰与蛇组合而成的图腾。

她没再坚持,怕表现得明显了就会让人怀疑,很快就抱着书率先付钱离开。

走到门口,男人还没出来,许知喃给方侯宇打电话说了这件事。

"你现在在他旁边?"方侯宇噌地从椅子上站起来,"你别靠近他阿喃,什么事情都还没明晰,你自己注意安全。"

"我已经出来了。"许知喃说,"他现在还在星诚书店。"

"行,我马上过去。"

这男人出现在酒店监控画面中,方侯宇有理由将他带去公安局问话。

公安局离星诚书店不远,出警很快,许知喃没有久留,她走进地铁站的同时,听到警车的声音……

坐上地铁,许知喃后知后觉地腿软,好在地铁上有空座,不至于太狼狈。

如果刚才那个人,真的是……

许知喃甚至难以想象,这样一个人,一个会来书店买食谱的男人,怎么会跟绑架案关联,又怎么会因为担心暴露而直接放火杀人……

她脑海中乱糟糟的,直到坐她旁边的女生拍了她一下:"姐姐,手机。"

许知喃这才发现手机已经响了好一会儿了，她没留意到。

她跟那女生低声说了句谢谢，从包里翻出手机，是林清野打来的。

"还发烧吗？"他问。

"应该没了，不难受了。"

"在店里？"

"没，刚才去了趟方叔叔那儿。"

周围人太多，她也没明确说去了公安局。

林清野一顿："怎么去那儿了？"

"一会儿见面说吧。"

林清野正在传启娱乐，《我为歌来》结束后他便全心投入到新专辑的制作中，今天被王启叫去拍专辑封面照。

字体设计也已经出来了，两个字——喃喃。

他拍了一组照片，最后选定一张，将设计的字体放上去，基本确定后只需要后续稍作调整就可以。

自从有了目标后专辑制作也快许多，一个人就是一个制作团队，王启也是头一回见一个歌手做专辑这么不用人操心的。

"对了，后面有个打歌类型的综艺，给公司发好几次邮件了，希望你能去参加。"王启说，"你有兴趣吗？"

"打歌？"

"本质还是综艺，但是是以打歌为话题的，节目里头就唱个歌、玩个游戏，后面你专辑要出来，参加这种节目挺好的。"

林清野本质并不喜欢录这类综艺，微皱了下眉，最后还是点头："行，先约时间吧，最好跟专辑出来的时间契合。"

"这我知道。"王启点了支烟，"一会儿一起去吃个饭吗？"

林清野摇了摇手里的手机："有事，我先走了。"

许知喃一出地铁站就看到对面马路上停着的林清野那辆车，斑马线前绿灯亮，她小跑着过去。

"去吃什么？"林清野问。

"都可以。"

林清野思来想去，去外面吃总不太安全，万一被人拍到又给许知喃添烦心事，可总点外卖吃似乎也不好。

"要不去我那儿吧？冰箱之前十四他们过来时刚被塞满东西。"

许知喃点头："好啊。"

这儿离他公寓不远，只是前面有一段单行道，得绕路，过五分钟便到了。

许知喃许久没来这儿了。

林清野拎过她的包,放到沙发上,给她倒了杯温水,而后自己走到冰箱前拿了瓶冰水出来灌了半瓶下去,这才问:"想吃什么?"

"都可以。"许知喃一顿,"你要做吗?"

"嗯。"他笑了声,"敢吃吗?"

许知喃看着他挑挑拣拣地从冰箱里拿出一摞食材,抱着进了厨房。

许知喃上前:"我来吧。"

林清野捏着她肩膀拉到一边:"不用,我来。"

许知喃看着他,又看这几乎没有使用过的厨房,忍不住问:"你会吗?"

"不会,试试。"他一笑,承认得很坦诚,"你饿吗?"

"还好,不是很饿。"

"那就大不了待会儿再点外卖。"

林清野头一回正儿八经做饭,以前从没做过,拿手机搜了几道食谱出来。

好在冰箱里食材丰富,乐队几人从前在这儿下过厨,该有的东西也都有。

许知喃就在一旁看着。

他那双手很漂亮,拿着刀切菜,刀面一下一下压下来。

他神色专注,修长的指尖抵着,额前碎发落下来,淡声问道:"今天怎么去公安局了?"

许知喃将今天发生的事一五一十告诉他,说得很缓,也不算情绪明显。

林清野听完,刀尖一顿,而后才落下最后一刀,将食材放入了刚刚烧热的油锅里,水没沥干,油星噼里啪啦地溅出来。

他将锅盖盖上,倚在厨台边问:"确定那个人就是吗?"

"我也不知道。"她轻摇头,看着自己鞋尖,"也有可能是文了一样的文身。"

尽管那个图腾图案是路西河师父设计的,但也有些文身师会盗用别人的图案,也有些不了解刺青的顾客会直接拿着别人文着的照片去要求文一个一模一样的。

可她就是觉得心慌。

那么多年来,她甚至连相似相近的文身都没有见过,现如今终于看到了一个一模一样的,不可能不多想。

方侯宇在这时打来电话。

许知喃走出厨房,接了电话,方侯宇刚刚结束审讯。

"阿喃,那个男人名叫苏遣。"方侯宇说,"我们已经排除他是酒店那个案子凶手的可能性了。"

"为什么?"

"法医报告刚才出来了,排除了凶杀可能性,死者是自杀。"方侯宇说,"另外我们要求看了他的文身，的确和你爸爸那个案子完全吻合。"

许知喃抿了抿唇："那，他跟那个案子有关系吗？"

"他表示不知情。我们也问了他文身的来源，和你之前说的吻合，他的确是找谢英文的。"

许知喃一愣，喉咙发紧："那难道还不能确定就是他吗？那个文身图就是谢英为他单独设计的。"

"这个还不能确定，有凶手是后面才文身的可能性，只是一个文身图案，不能因为一样就来定罪，需要其他更多的证据。"方侯宇语气又放缓些，"阿喃，我知道你现在的心情，我也很想让元汶当年的案子水落石出，但我们还是要按规矩来办案，现在苏遗还在我们局里，没有捉捕令只能暂时关押，这段时间我们会继续找其他突破的可能，你放心，我们也都希望能破案。"

许知喃闭上眼，说了句"谢谢"。

挂了电话，许知喃就这么原地站了好一会儿，才用力搓了搓眼睛，重新抬起头。

林清野就站在门口，沉默地看着她，四目相触时才淡淡笑了下："吃饭吧。"

虽然是第一次下厨，但味道竟然都出乎意料的不错。

林清野抽出两双筷子，递一双给她，又从桌子下抽出一箱酒，启开一瓶——自从决定好好唱歌后他就已经有段时间没喝了。

许知喃手托着脑袋，看着他动作，而后捏着自己的杯子递过去。

林清野抬眸，无声挑了下眉。

"就喝一点儿。"许知喃说。

"怎么，现在还会借酒消愁了啊。"林清野只给她倒了小半杯。

"没有。"她浅浅抿了一口，"就是有点渴。"

林清野问："他电话里跟你说什么了？"

许知喃挑重点跟他讲。

其实心里也知道方叔叔说得没错，怎么可能就因为一个文身定案，何况卷宗里那张文身图并不太清晰。

只是那案子从前都已经调查了这么久，除了那个文身什么线索都没发现，现在这么多年过去，又上哪儿去弄新的足够定案的线索出来。

"因为我爸爸是警察，我小时候很喜欢看刑侦片，我还记得看过的一个外国的刑侦片，讲的是明明已经基本确定凶手是谁了，就差最后的DNA化验结果了，但好不容易结果终于出来，却已经过了诉讼时效，不作数了。"

"我不知道那个人到底是不是，但我想不到到底怎样才能找到新的证据，已经快过去五年了，就算有证据也早就被销毁或者被污染了。"

"如果他真的是杀害我爸爸的凶手，明明已经离得这么近，可关押时间一到就只能把他放出来……"许知喃头低下去，"我真的不甘心，凭什么他可以逍遥法外。"

林清野坐在她对面,安静地听她讲,往她碗里夹了一筷子菜。

刚才倒的酒少,她已经喝完了,许知喃自己拿起酒瓶,又倒了半杯,林清野由着她,也没拦。

她断断续续地说了许多。

到后面就开始讲自己从前和父亲的事儿。

林清野见过许元汶,在许知喃高中前两年,他经常能看到许元汶去接许知喃放学。

公寓内其中一盏灯有点接触不良,忽闪了下。

林清野起身,关掉那一盏,屋里稍暗了些,回来时他改坐到许知喃身旁。

"来。"他张开双臂。

许知喃一顿,抬眸看他,没动:"什么?"

他声音平缓,反问:"你说什么。"

许知喃沉默两秒,然后轻轻靠进了他怀里。

林清野抱着她,顺着拍了拍她的背,然后摸着她头发一下下轻抚:"别怕阿喃,有我在。"

吃完晚饭,林清野送许知喃回学校。

许知喃喝了不少酒,脸有点儿红,但林清野拿出来那瓶酒酒精度数不高,倒也没醉。

如今这天气到晚上已经有些凉,林清野从里屋拿了件外套给她披上,又戴上口罩帽子。

车停在外面,两人步行,从小路走。

"冷吗?"林清野问。

"还好。"许知喃吸了吸鼻子,也不知是不是因为喝了酒的关系,耳朵和眼眶发烫。

他看了她一眼,捏着她手腕停下了,而后将她身上那件外套扣起来,拉链拉到顶,连带着帽子也覆到脑袋上。

再往前走了几步路,竟又见着了算卦摊儿,那个被许知喃认证骗人的老婆婆。

许知喃被宽大的帽子挡了视线,没注意,直到一个声音在旁边说:"你可好久没来了啊。"

这话是对林清野说的。

之前他来过两趟。

他扫过去一眼,老婆婆又拿着她那破旧的竹签筒晃了晃,竹签发出碰撞声,而后说:"看来你已经服下我给你的药了,怎么样,我说了,一气服下,心魔便消,药到病除,现在姻缘也就回来了,你该谢谢我。"

林清野一怔。

"来。"老婆婆伸出手,又晃了下竹签,"姑娘,你也抽支签吧。"

"不用了。"许知喃礼貌颔了下首,"谢谢阿婆。"

老婆婆笑起来时满脸的皱纹都堆到一块儿,像块沟壑纵横的老树皮:"你倒是比这小子有礼貌得多,他的确是好福气。"

许知喃刚提步要走,又听她说:"姑娘,我看你也遇到了麻烦事,不如算一卦,不贵,买个心安,也好助你枝茂重兴,枯木逢春再开花。"

许知喃停了脚步,扭头看向她,最后还是走到她的摊前。

老婆婆悠悠地笑,将竹签筒递上前:"抽吧。"

许知喃抽一支,拿出来。

签尾写着红色毛笔字——下下签。

纵使之前见过这老婆婆卖给人的粉包弄得人上吐下泻,她也不算相信算卦,可骤然看见这支下下签还是心口一跳。

许知喃指尖颤了下,签子掉落在桌面。

红字被灯泡一照,像是鲜血淋淋。

"姑娘,这可不是什么好征兆啊。"老婆婆拿起签,念上头的签文,"何文秀遇难,月照天书静处期,忽遭云雾又昏迷;宽心祈待云霞散,此时更改好施为,意为家道忧凶,人口有灾,祈福保庆。"

许知喃定定地看着,没说话。

"姑娘,还望柳暗花明又一村,化危机为转机。"老婆婆又从桌里摸出一包红纸包着的东西,"服了我这个,必可化险为夷,只消五千块,此谓破财消灾。"

林清野听她说完,冷嗤一声,模样不屑。

这老婆婆先前那粉包从五百涨价到一千,如今倒是为了卖这五千块钱就这么吓人小姑娘了。

他伸手捞起桌上那支签子,上下一抛,又握住,拇指用力一按。

断了。

他将那掰成两半的签子重新丢回到桌上:"我看还是这样破解最快。"

老婆婆对此瞠目结舌,指着他"你你你""我我我"好一阵。

林清野懒得再理会,揽过许知喃的肩就走。

老婆婆看着两人的背影,啧啧摇头:"折了签的运数,可是大不敬啊,只怕是这姑娘的危机是破了,却又转移到毁签之人上。"

因为抽到了那支下下签,许知喃总觉得心底越发不安,尽管林清野已经将那支下下签给折断了。

"清野哥。"她轻声唤。

林清野弯腰："嗯？"

她低着头说："刚才不应该把那支签子弄断的，这是大不敬。"

"阿喃，我不信这些。"他拉住许知喃，握着她手在她面前蹲下来，仰起头，下颌线条利落，"你不要怕，我就是拼命也会保护好你的，我们一起等凶手落案。"

许知喃低头看着他眼睛。

林清野有一双很好看的眼睛，她第一次见他便觉得好看，不是大众意义上的那种大眼睛，而是很特别的一双眼。

总是很淡，又透着点儿凛洌，噙起笑时便显出风流意味。

现在这双眼睛很温柔地注视着她。

许知喃心重新静下去，没那么慌了，抱住他。

黑漆漆的小路，夜静悄悄，少年蹲在地上，少女紧紧抱住他，手指在他背后缠绕。

靠近学校，路上人渐渐多了些，林清野将帽檐往下压，扎眼的蓝发全部藏在帽子里。

许知喃侧头看他一眼："你就送我到这儿吧，很近了，我自己回去就好了。"

"你走前面吧。"林清野说。

于是，两人一前一后地走。

林清野将衣领竖起来，拉链拉上去，包裹住半个下巴，又戴着口罩帽子，几乎看不到一点脸。

可到底身量高挑，远远一看身材比例就足够优越，还是引得偶尔路过的几个同学频频侧目。

林清野双手插着兜，半低头，不紧不慢地走在许知喃身后，始终保持着四五米的距离。

一直等许知喃到宿舍楼下，他才停下脚步，站在暗处。

许知喃回头看他一眼，脚步一滞，最后还是没忍住，左右看了眼周围，飞快地抬手朝林清野挥了挥，跟他道别。

他低头轻笑一声，就那么揣着兜站着，只抬了下下巴，示意她进去。

许知喃小跑着进了宿舍楼。

林清野一直看到她背影消失在楼梯尽头，又待了一分钟，才转身离开。

方侯宇已经将下午发生的事一并告诉了许母，许知喃刚一回宿舍就接到许母的电话。

她站在阳台，许母放心不下，叮嘱许久。

挂了电话，姜月在看书，赵茜还在实习公司加班。

许知喃洗完澡出来便直接爬上了床。

原以为这晚会是个难眠夜,但最后倒是睡得不错。

一开始是脑海中被各种嘈杂声音,和下午书店男人那张脸盘踞,到最后,所有都消退,只剩下林清野的"你不要怕,我就是拼命也会保护好你的"。

终于熟睡。

第二天一早,学校没有课,许知喃起床去店里。

洗漱完下楼,还很早,她往南门方向走,和大批去上课的同学反方向,没几步路,她看到一辆熟悉的车。

林清野的车。

她看了眼时间。

早上七点半。

怎么这么早?

许知喃小跑过去,坐上车。

林清野正阖眼浅寐,听到声音便醒了,侧头看去。

"你怎么来学校了?"许知喃问。

林清野抬手搓了把脸:"送你。"

"我就去趟店里,过马路就到啦。"

"我跟你一起,我今天没什么事,你给我个角落能待着就行。"

"你今天要跟我一起在店里吗?"

"嗯。"

许知喃眨了眨眼,忽然意识到,林清野也不是无动于衷的,他好像也在害怕。

几百米的路,开车过去。

大概是刺青爱好者普遍都比较随性散漫,早上这个点一般都不会有客人。

许知喃这儿有几扇屏风,因为有些顾客会文在比较私密的地方,需要挡起来时用的。

她将屏风摆在工作椅周围,还真按林清野说的给他布置出了个角落供他待着。

时间还早,许知喃收拾了下房间,又去接水烧了壶水,给林清野倒了一杯,放在桌角。

他也没闲着,拿出纸笔,上头依旧是那些不太整齐的谱子,手撑着下巴,写下几笔,看了眼水杯,道了声谢。

许知喃倒是没事干,很闲,站在他身边看他画五线谱。

她小时候学校合唱时倒是学过一点,但也只会些皮毛,更看不懂林清野这种像是学霸很省略的解题步骤般的乐谱,基本就只有他自己看得懂。

注意到她视线,林清野看了她一眼。

"你最近一直在忙新专辑吗?"

"嗯，快结束了。"

"一共几首歌啊？"

"不多，六首。"

"都是你自己写的歌吗？"

"嗯。"

"好厉害。"

林清野低笑，漫不经心一句："你这么厉害，总不能给你拖后腿。"

"我有什么厉害的。"许知喃又问，"那再过段时间，你是不是还要拍专辑封面照啦？"

"拍好了，专辑外壳的初版也已经做出来了。"

"这么快，专辑叫什么名字啊？"

林清野笑了声："秘密，以后再告诉你。"

许知喃鼓了鼓腮帮："你还这么神秘。"

"想知道啊？"他勾唇，表情有点坏。

许知喃站着，他坐着，垂眸看他。

他紧接着悠悠道："你给我亲一下，我就告诉你。"

再次听到这样直白的话，许知喃脸上的热气再次攀升。

她原本还沉浸在林清野因为担心她而陪她一块儿来店里的微妙感动中，对他这痞里痞气不要脸的话毫无招架。

"你……"说了一个字，她又停住，不知道该怎么说他，偏过头，"我才不想知道。"

他笑出声。

那点笑声像轻柔的羽毛扫过她心尖儿，许知喃在这狭小的屏风搭就的空间里待不下去，移开屏风刚要走出来，却被林清野拦腰抱着往后一拽。

她没站稳，往后跌，直接摔进了林清野的怀里，坐在他腿上。

近距离四目相触。

林清野挑了下眉。

他笑道："这么想知道啊，还投怀送抱了。"

她脸更红了，手在他手臂上拍了一巴掌，刚要骂，门口一串风铃声，有人进来了，喊："阿喃！"

"来了！"她忙不迭喊，人还坐在林清野腿上。

喊完了，她才撑着他的肩膀站起来，气恼的话因为突然进来的客人卡在喉咙里，上不去下不来。

许知喃便愤愤然瞪了林清野一眼，低声道："你别出声。"说罢便拉开一点屏风从缝隙里挤出去。

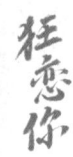

"这么早就有客人了啊。"那人说,"还要多久啊,要是慢的话我先去逛个街再过来。"

"没,已经结束了,你是文之前发给我的那个图案吗?"

"对。"

后面文身期间,林清野便一点儿声都没发出来,安静地坐在屏风里头的小空间中。

等许知喃送走客人,拉开屏风,他已经写完曲谱,懒洋洋靠在椅背上,戴着耳机玩游戏,修长的手指在屏幕上按着。

看她进来,林清野关了手机,抬头看她:"怎么了?"

"要去一趟公安局。"

"嗯?"

"那个人马上就要放出来了,我想去看一眼。"许知喃说。

堰城公安局。

林清野和她一块儿进去,方侯宇已经在外面等着了,见到许知喃身后的林清野,多看了一眼。

"方叔叔。"她打招呼。

方侯宇点头:"嗯,跟我进来吧。"

许知喃跟他往走廊里面走,又回头看了林清野一眼。

他快步走回到她身边,用力捏了一下她的手,低声说:"我就在外面等你。"

方侯宇将她带到审讯室旁的观察室,一面单向玻璃,可以直接看到审讯室内的场景,但审讯室看不过来。

"不确定他的真实身份,你还是不要再在他面前露面了。"

"嗯。"

苏遣就坐在审讯室内,样子比昨天在书店见到时更灰败了些,也许是一夜没睡,眼底黑眼圈和眼袋很重。

方侯宇重新走进审讯室,苏遣还拘谨恭敬地问了句:"方警官,我什么时候能走啊?"

样子和普通小市民没两样。

又一番审讯下来。

苏遣虽回答得有些磕绊,可普通人到了这审讯室总会有些紧张,这样反倒更在情理之中,比较合理。

没有其他证据,只能放人。

方侯宇把许知喃叫到另一边,叮嘱了几句。

她出去时林清野还站在走廊里,嘴里咬了支未点燃的烟——他从前抽烟抽得狠,戒烟也没那么容易,总得这样闻着点烟草味才舒服。

许知喃走到他旁边,林清野将烟从嘴里拿下去,问:"好了?"

"嗯,我去上个卫生间就回去。"许知喃说。

走廊上只剩下方侯宇和林清野两人。

方侯宇自上回魏靖那事见到过一次林清野,当时已经有些怀疑他和许知喃的关系,现如今便更加确定了。

他上下看了林清野一眼,知道他就是如今很多小姑娘喜欢的那个歌手,样子的确是好看,看样子对许知喃也不错。

但总觉得太过年少轻狂。

上回也是。

方侯宇想起上回魏靖头破血流的样子,头上缠了好几圈纱布,有血从里面渗出来。

他当时吓了一跳,以为许知喃遭到了很不好的事,但后来调出了监控记录,万幸没做出什么过分的事来。

可再看魏靖头顶上的伤,便更觉得触目惊心。

对许知喃好是没错,可也总叫人不太放心,太偏执也太偏激了。

"你是阿喃的同学吧?"方侯宇主动问。

林清野看他一眼,并不多话:"嗯。"

"我从前答应她爸爸会好好照顾好她,但总要上班心有余力不足,现如今又出现这样的情况,还要麻烦你多多照顾她。"

林清野又"嗯"了声,顿了顿,问:"刚才里面那个男的,是阿喃爸爸那案子的凶手吗?"

"没法确定,当年的案子留下的证据本就很少,跟阿喃父亲挂钩的线索也都在当时的火灾中被毁坏了,我们之前一直在等绑架犯再次作案,可我们再也没有接到相关的报案。"

身后响起脚步声,许知喃出来了,方侯宇没再多说。

送两人到公安局外,方侯宇又多叮嘱一句:"注意安全。"

许知喃点头:"嗯。"

他又看向林清野:"你也是。"

林清野一笑:"行。"

车就停在外面,林清野重新戴上帽子和口罩。

到车边,许知喃刚要打开车门,余光里忽然瞥到了对面一个身影,她动作一顿,抬眼望去。

苏遣正站在那儿,看着她。

许知喃心里莫名咯噔一下，不受控制地也直视过去。

苏遣却是很快就收回了视线，他随手折断一根路边的狗尾巴草，继续往前走，边咧着嘴拿草茎剔了剔牙，"呸呸"两声，然后将狗尾巴草叼在嘴里，一上一下地晃，样子忽然不像刚才在公安局里时那样，也不像是书店时的模样。

走了几步，他忽然又侧头看了眼许知喃，只一眼，重新转回去。

许知喃看到他嘴角很微妙地往上提了一下。

她的心也被牵动着往上提。

直到听到林清野的声音，许知喃才回神，坐进车里，林清野问："怎么了？"

"我刚才看到他了。"

"谁？"他侧头，"苏遣？"

"嗯。"许知喃细眉一点点皱起来，感觉他笑得很奇怪，可又不确定是不是距离隔得远，她看错了。

最后，她摇了摇头，说："没什么，可能是难得有了进展，我总胡思乱想。"

林清野捏着她的手背："那就先别想了，我看你最近也想太多了，别又弄得发烧了。"

她乖乖点头，听话地应："嗯。"

林清野问："晚上要去店里吗？"

她状态不好，早上给那个客人文身时就能感觉出来，晚上原本有个大活，很精细，她担心自己状态不对弄不好，之前已经跟客人重新约时间了。

"没有。"许知喃说。

"我带你去个地方。"

林清野去路边摊边买了一打饮料和烧烤，重新回车上，继续往前开。

车辆疾驰而过，将繁华的堰城市区丢弃在身后。

许知喃看着车窗外掠过的景色，忍不住问："我们要去哪儿？"

"你一会儿就知道了。"

一直开了二十分钟，林清野将车停在路边，许知喃往外看，这一片有点黑，有一栋烂尾楼，五层高，也不知烂尾多久，看着破破烂烂的。

许知喃跟他走到顶上天台。

天台一角有一块板，可以坐，他拿手拂去上面的灰尘泥土，又拿纸垫着，拉许知喃坐下。

启开一罐饮料，他就直接坐在她旁边，漫不经心地解释道："以前高中的时候我经常来这里，跟乐队一起。"

"这么远？"

"七中离这里近，这儿人少，不会扰民，关池那群人也不读书，他们几个天天晚自习就逃课出来到这儿玩。"

听他说起以前的事,总觉得恍如隔世。

许知喃知道他时,只见过他在酒吧唱歌,站在舞台中央,灯光、设备、听众都具备,没想过他还有这样一段时间。

"那时候你们还没拿到金曲奖吧?"

林清野道:"嗯,那是高三下学期的事了,之前都是随便玩的。"

他说着,也不顾及那块板上脏,直接躺下去,双手交叠在后脑勺。

这一片的天干净澄澈,没有过多的人工光,能看到星星,忽疏忽密地分布在头顶的天空。

许知喃也跟着抬头看天,看久了脖子疼。

她回头看了眼板,很脏,可林清野已经躺下来了,她也不再顾及,后背往后靠。退到一半,林清野托住她的背:"等会儿。"

"啊?"

林清野拂去她那块儿的灰尘,躺回去,原本贴着后脑勺的右手往外摊开:"还是有点脏,你靠我身上吧。"

许知喃看着他,看着他的手臂,犹豫几秒钟后,最后还是慢慢往后靠下去。

只不过没好意思把浑身的力都卸下来,怕压疼他,于是人就板板正正地躺下来,看着很是僵硬。

林清野低笑一声。

许知喃刚要看过去,腰上就被他捏一把。

她顿时卸了力,完全靠在他手臂上。

林清野笑着说:"你还怕把我给压坏了?"

以前也不是没有这样枕在林清野手臂上过,可那样的经历太久远了,便更加陌生和奇怪。

她抿了抿唇,不太好意思:"没。"

风轻,夜静,树森森。

周遭没其他人,许知喃和林清野就这样仰面躺在天台的旧木板上,很硬,有点硌骨头。

她安静看着星星,心也跟着渐渐静下来。

城市里少见这样清澈明朗的星星。

她正看着,旁边的林清野忽然侧过身,随即一只手横过她的腰,腿也跟着压在她腿上,呼吸间热气都打在她脖颈。

她再次僵住,觉得别扭,想把手抽出来都抽不出。

"林清野。"

他含着笑意:"嗯?"

"重。"

"我都没用力。"话虽这么说,但他还是放轻了些,虽然两人挨得依旧还是那么近。

许知喃缩了缩脖子,忍着别扭感,也没跟他继续争。

"阿喃。"他低声唤。

"怎么了?"

他没说话,过几秒,低低笑了声:"没什么。"

"到底什么呀。"

没回应。

许知喃侧头看去,发现林清野已经阖上眼,嘴角噙了点浅淡笑意。

她又扭回头,继续看头顶的星星。

夜风吹得很是舒服,到后来竟也有些昏昏欲睡了。半梦半醒间,她听到林清野温柔的声音:"爱你啊。"

后面半个月还算过得平安无事。

学校里到了期中阶段,课程不多,任务也就不重,不用考试,只需要画几幅设计图便可以。

而林清野则忙碌着专辑。

王启已经跟之前发来合作邀约的那个打歌节目联系过了,安排好档期。

终于到了两人都得空的时候,林清野约了许知喃一块儿去吃饭,公司却横插出来一件事,耽搁了。

最近刺青店不忙,许知喃闲着没事,便坐车去传启娱乐等他。

走进公司,前台看到她以为是公司哪个新签的小明星,便问:"您找谁呢?我帮您联系一下。"

"不用了,我等人。"

"哦,那您去那边的休息区等一下吧。"

许知喃坐在休息区的沙发上,给林清野发了条信息,说自己到了。

她前段时间已经把备注改回去,他过了两分钟就回复。

【清野哥:我还要一会,你先坐会儿。】

【许知喃:好,你慢慢来,不着急。】

许知喃安心等着,想喝口水才发现自己把水杯落在店里,一楼大厅来来往往的人都在忙自己的事,许知喃便也没打扰,看到对面就有一家奶茶店,她过马路去买。

"一杯芝士奶绿,谢谢。"许知喃说。

原本想给林清野也买一杯,但想起来他不爱吃甜食,便从旁边的小道进去,打算去另一边的便利店给他买瓶水。

她边走边看手机,忽然身后响起一个声音:"一杯柠檬水。"

声音有些熟悉,仔细听能听出来不是堰城本地口音。

她脚步一顿,回头看过去,男人付了钱也走到一旁等,也同样看到她了。

苏遣朝她笑了下:"巧啊。"

许知喃抿着唇没说话。

他走到许知喃面前,点了支烟,靠在墙上,低声说:"上回在书店见到你没多久,刚提了文身,然后警察就来了,还真是挺巧。"

许知喃察觉到,他和之前给人的印象不一样了。

她下意识地后退一步。

男人扬了下眉,咧嘴笑时露出被烟熏黑的牙齿,他问:"你是许元汶的女儿?"

林清野一结束便马上坐电梯下楼,休息区没人,他走到前台那儿问:"你有看到刚才坐在那儿的人吗?"

"一个很漂亮的小姑娘吗?"

"嗯。"

前台看过去:"哎?刚才还坐在那儿呢,怎么不见了,是不是去上厕所了?"

林清野给许知喃发了条信息,坐到休息区等她,可等了一会儿也没见她出来,按理说,她要是有事离开肯定会提前跟他说的。

他拨通许知喃的电话,得到已经关机的回复,这才慌了。

换以前也许还好,可现如今不一样。

他的心一点点沉下去。

在原地站了十几秒,他又快步到前台前,这回旁边另一个人告诉他:"哦,我刚才看到她好像去对面的奶茶店了。"

林清野二话不说就直接朝奶茶店跑去,公司里那人"哎"一声,还没出声劝阻,林清野早已经出了公司大门。

"哎,这怎么回事儿这么急,连挡都不挡一下,也不怕被粉丝围了。"

奶茶店的女店员看到只在电视上出现的林清野差点直接喘不过来气,指着他食指因为激动不停地抖:"你你你——"

林清野脸色很沉,打断她的话:"刚才有没有看到一个女孩儿,长得很漂亮,身高到我这儿。"他在胸前比画了下。

许知喃有一张不会让人过目就忘的脸,女店员说:"她刚买了杯芝士奶绿,还没来取呢。"

她被林清野迷得七荤八素,直接把那杯奶绿递给他:"你带给她吧。"

"你看到她去哪儿了吗?"

"啊?这我没注意,刚才还站在那儿呢。"

林清野这样没有戴任何口罩帽子就出现在公共场合,很快引起关注,周围围了一圈人,纷纷拿出手机对着他拍。

"啊啊啊啊啊啊啊!真的是林清野啊!"
"他在干吗啊?"
"不知道,但是好帅啊!"
……

林清野着急慌忙想找许知喃,奶茶店没问到任何,他转身准备去别处找,可周围围成一个圈,水泄不通。

林清野冷着脸抬眼,声音都淬着冰碴子:"让开。"

许知喃再次醒来时,苏遣就坐在她对面。

周围脏乱一片,像是个废弃钢厂,她坐在椅子上,手背在身后被绑住了。

苏遣咬着烟。

外面还是亮的,她应该并没有昏迷多久。

"你还真是跟许元汶一样难缠。"男人咬着烟说。

许知喃几乎感觉到一道电流从脚尖往上通过她脊柱直通神经,浑身像是被电了一下。

"你是不是——"她张口说话,声音尖细得几乎都不像是自己的声音,"五年前杀害我爸爸的那个人?"

苏遣笑着:"没错。"

"谁让许元汶总揪着我不放呢,我原以为杀了他毁了他手里的证据就好了,可你还要不停地往上凑,真是太烦人了。"

"你躲了这么多年,现在把我带到这里来,就不怕暴露吗?"

"你以为,我会让你再回去报警吗?"他弹了弹烟灰。

"前几天我刚跟警察说了你,如果我不见了,你是头号嫌疑人。"

"从前我能让那群警察找不到证据定罪,你觉得他们现在就能找到了?头号嫌疑人又怎么了,没证据他们照样没办法定罪。"

许知喃脑海中浮现出先前在卷宗中看到的父亲倒在血泊中的那张照片,气得浑身都在发抖。

忽然,楼下"砰"一声巨响。

许知喃刚要呼救,苏遣已经眼疾手快地捂住她的嘴,被熏黑的指尖有浓重的烟味,他抄起地上的胶带,直接封住她的嘴。

楼下的声音还在继续。

苏遣走到楼梯边,探头往下看,声音渐渐又远了些,可还是能够听到。

他缓步往下走。

许知喃周围都是空旷的,没有丝毫东西可以供她发出声响求救。

楼下声音忽重忽轻,像是鼓点落下。

落在许知喃心上,更加七上八下,她腿都是软的,只能趁此机会自救,努力带着椅子挪到窗边,她抬腿踹窗玻璃。

生怕苏遣马上会回来,她踹得很急,可玻璃哪是那么容易碎的。

到后来,锈掉的窗栓砸落,侧面锋利。

许知喃拿锋利那一面拼命割绳子。

伴随着绳子断裂脱落,是楼下苏遣的一声痛苦哀号。

许知喃现在一听到他声音就会受到惊吓,刚站起来的人又腿软跌回去,手心磨过窗栓锐利的锋面。

出血了。

她不敢多耽搁,硬撑着发软的腿走下楼梯。

许知喃从来没有想到自己会看到这一幕,以至于她再也支撑不住,跌坐在楼梯上,像是被一桶冰水从头浇下来。

画面开始倒退。

"让我再喜欢你一次吧。"

"那时候,我还挺自卑的。"

"你的生日礼物我赢回来了。"

"我在。"

"你相信我,我是林清野啊。"

"你不要怕,我就是拼命也会保护好你的。"

以及那天星空下晚风习习,他说:"爱你啊。"

各种声音交织在一起,轰炸着许知喃的大脑。

废弃楼里,灰尘在空中飞舞。

楼外种着一棵刺槐树,淡淡的槐香飘进来。

她看到——

蓝发少年,双手染血。

苏遣倒在血泊中。

夕阳西下,分不清哪一处是黄昏,哪一处是鲜血。

刺青店内。

林清野洗了手,身上还有血迹。

许知喃坐在一边,身子还在抖。

两人皆是沉默，林清野坐在沙发上，许知喃坐在木椅上，刺青店寂静，白炽灯悬在头顶，落下惨白的光。

网络上已经在热议今天林清野出现在街上被发现的照片和视频。

其中最火的一则视频是在奶茶店前，林清野冷着脸让人让开，后面还伸手推了把人，他当时压根儿没注意，将那个女生推倒在地。

【什么啊，怎么能对粉丝这样啊。】

【人家女生也没做什么呀，又没跟踪行程，居然还推人。】

【我真实心疼那个小姐姐了，林清野这样实在是不好。】

【滚出来道歉！】

当时找不到许知喃，林清野的理智压根儿不存在，行为也不受大脑控制。

他找了一圈也没找到许知喃的身影，问路人也都说没看见不知道。

大家都在惊喜居然在大马路上看到了林清野。他心急如焚，周围大家却围着拍照。

最后，林清野只好打电话给林冠承，问他能不能托人查到附近的监控。

他第一次去找林冠承帮忙，林冠承诧异地问："你要干吗？"

林清野说："你就说你能不能查到。"

林冠承下意识地察觉到，他的这个儿子现在的状态很不对劲，也不再多问了："我让人去问问。"

他蹲下来，手紧紧按着脸："快点。"

林冠承效率很高，很快就通过朋友调来了附近的监控，林清野看到许知喃，以及她身边站着的苏遣，冷汗顿时便下来了。

他寻着苏遣带走许知喃的方向过去，那附近就没有信号，找遍了才终于走进那栋破楼，故意发出声音引苏遣下来。

可又在真正看到苏遣时理智崩溃，到现如今这局面，已经不难确定苏遣就是那个杀害许元汶的凶手。

许知喃的眼泪、许知喃的痛苦，都是苏遣造成的。

他看着苏遣手臂上的那处文身，所有不安和愤怒都在这一刻达到顶峰。

他抄起地上的红砖，直直朝苏遣走去——

之前已经报过警，方侯宇打来电话，告诉许知喃，苏遣目前正在抢救，但情况不乐观。

林清野也听到，这才有了动作，抬头看向许知喃。

两人对视着。

他开口："阿喃。"

"嗯。"

323

他对自己刚才下手的轻重很清楚。

"如果之后我不在你身边了……"

许知喃打断他的话:"为什么不在?"

林清野笑了声,未多解释。这个问题他清楚,许知喃也清楚,他只接着说完了后半句:"你记得好好照顾自己,要是有了别的喜欢的人,也可以交往看看,能对你好就好,这么多人喜欢你,找个会对你好的人不难。"

"我不要别人。"许知喃声音带哭腔,可又异常坚定,"我只要你。"

林清野看着她没说话。

许知喃走到他身边坐下,握着他的手,忽然靠近,吻上他的嘴唇。

这是她第一次主动吻他。

也因此不知该如何主动亲吻,只凭借记忆学着林清野从前那样一点一点地吻他。

"清野哥。"两人距离挨得很近,她就这么看着他,缓声说,"我们在一起吧。"

"追你这么久。"他笑得妥协,"怎么就挑这种时候同意了,也不怕被骗了。"

许知喃的眼泪一颗颗地往下掉:"你说你爱我的,我听到了的,你不能耍赖。"

林清野揉着她的头发:"阿喃。"

许知喃在泪眼蒙胧中看到一个破碎的林清野,他说:"我爱你,但我可能不能再喜欢你了。"

许知喃忽然明白了他的意思。

是让她去过自己的生活,他要将自己从她的生活中完全剔除出去,在漫长的未来他都将是过去式。

"不要。"许知喃狼狈地垂眼,大颗的眼泪落下来,"不要。"

林清野轻轻揉着她头发。

"清野哥,你还记得你给我的第二个生日礼物吗?"许知喃忽然问。

"嗯。"

当时他说,一个干净的自己,给她文身练手。

"我现在要你兑现这个礼物了。"

在这样的场合聊这个着实有些奇怪。

林清野问:"你要文什么?"

许知喃起身,从抽屉里拿出了那张在课上她画的自己:"这个。"

林清野挑了下眉。

"背上。"

他并不多问,直接答应:"行。"

夜寂,那一幅图不算小,文下来很耗时间。

等结束时已经是第二天的凌晨。

324

林清野眼眶红了,他对刺青痛觉敏感,忍着没哭。

许知喃看着他后背新刻上去的这幅图,收起文身笔,看着他说:"你是我的了。"

他失笑。

后背的少女图,和许知喃的模样重合,肩胛骨位置的两个字——阿喃。

像是真正在他身上打了个标。

"这么大幅的刺青洗不干净,你得一辈子带着它。"许知喃轻声说,"你不要想把我丢掉。"

第二天一早,方侯宇打来电话。

苏遗抢救过来,但依旧昏迷不醒,可能成为植物人。

再往后的事像是走马灯,到后来许知喃甚至都已经记不太清楚了。

苏遗绑架许知喃,亲口跟她承认了当年的罪行,后来警方对比指纹也确认了苏遗就是当年杀害许元汶的凶手,沉寂五年的许元汶的案子告破。

逮捕令已经下来,但苏遗始终没醒,躺在医院。

林清野的事不知是被哪家报社走漏风声,也传出去,瞬间引起轩然大波,那段时间许知喃不管到哪儿都能听到大家谈及这件事。

从轰动到只是茶余饭后的一件唏嘘事,毁誉参半。

一个月后,林清野的判决下来。

他这件事性质特殊,不适用正当防卫,属于伤人致人重伤,原本的情况量刑更重,但方侯宇竭尽全力去提交报告说明情况,林冠承也请来了最好的律师。

最终判处三年有期徒刑。

一锤定音。

许知喃并不知道判决,在判决出来前一天她像是逃避现实将头埋进沙漠里的鸵鸟,生了一场重病,高烧一直不退。

原本这事没告诉许母,但后来实在瞒不下去,赵茜和姜月也手足无措,最后告诉了许母。

许母将许知喃接回家。

高烧下许知喃总是昏迷状态,即便醒来意识也不甚清醒。

直到某天午后,她难得恢复意识,看到许母就坐在她床边,像是一夜之间老了许多。

"醒啦。"许母声音也哑了。

"嗯。"许知喃费劲地从床上坐起来,由母亲喂了口温水。

她好久没吃东西了,人几乎瘦脱相,温热的水顺着喉咙往下,总算是舒服了些。

325

"那孩子——"

许母已经从赵茜和姜月那儿知道了所有事情的来龙去脉,震惊又心疼。

许知喃抬起眼,浑身都僵住,等她接下去说,也像是同样等待判决一般。

许母也同样说不出口,很艰难地出声:"三年。"

许知喃听懂了,眼泪瞬间决堤。

她腿蜷缩起来,手抱着腿,整个人都佝偻着低下头,眼睛隔着被子贴在膝盖上,很快就把被子都濡湿了。

窗外光线柔和下去,夕阳余晖营造出温暖假象。

那条生日时林清野送给她的项链贴着锁骨中央的皮肤,有些凉,又仿佛被体温捂热,像眼泪的触觉。

"阿喃。"许母坐在床边抱紧她,跟她一起流泪,"妈妈知道他是个好孩子,你也是。

"妈妈也知道,三年很久,一千多个日夜,但你不能就这样折磨自己一千多个日夜啊,他也不希望你这样子,生活还是要努力去过的。"

"我知道。"许知喃哭着说,手紧紧攥着项链,"但我就是很难过,我也才认识他不到四年,他却因为这样子的事要付出自己三年的青春,凭什么。"

她声音嘶哑,字字血泪:"凭什么。"

哭久了,她又浑身脱力,再次跌到床上。

这一场病许知喃生了许久,到后来高烧退了她便回了学校,她对时间都没了概念,才知晓原来已经到了期末周。

她身子弱了很多,天气又冷了,稍一受凉就容易感冒发烧头疼,很折磨人。

姜月和赵茜也没有再在她面前提及"林清野"这个名字,怕她难过。

大四上学期的期末考考完,所有大学的课程也就都结束了,到下学期便只有毕业设计和毕业实习两项任务。

意味着已经有一只脚迈出了大学的门。

考试结束,她们一块儿回宿舍。

天空开始飘雪了。

许知喃抬头望天。

周围有同专业的同学也一块儿结伴离开,闲聊时提及林清野。

他那件事虽然已经过去了两个月,但从前他也算是平川大学的风云学长,一朝入狱,还是在娱乐圈大火时候的契机下,怎么看都觉得充满了传奇色彩,如今学校论坛里也时常能看到论及他的帖子。

"真的好可惜。"

"听说监狱那种地方也很恐怖,他还是因为致人重伤的罪名,可能一块儿的犯人也都是挺吓人的那种,不知道会怎么样。"

议论声清晰地传过来。

赵茜拉紧许知喃的手,忍不住回头斥一句:"烦不烦人啊,这事情都过去多久了,还一直说说说,自己没事干吗?"

那几个女生莫名其妙:"我们说我们自己的,关你什么事啊!"

许知喃拉着赵茜的手,轻轻摇了摇头,示意她别跟她们吵。

又有一个女生说:"真是的,全校那么多人都在讨论这件事,怎么就我们还说不得了。"

回到宿舍,赵茜已经收拾好行李,很快就跟她们道别去机场了。

姜月在之前也已经考完研,还在等笔试结果,不过自己感觉不错,这次假期也终于不用继续待在学校里了,一会儿也就回去了。

许知喃家住堰城,不急着回去。

她在桌前坐下来,不知不觉就开始发呆,大脑中空荡荡的,什么都没想,却又好像什么都充斥其中,她最近常有这样的时刻。

手机响起时还是姜月戳了戳她肩膀提醒她。

王启打来的。

许知喃愣了下,很快就接起来。

"喂?"

"是阿喃吧,你最近怎么样啊?"

"挺好的,刚刚考完最后一门试。"许知喃走到阳台外,"您找我有事吗?"

"哦,你现在有空吗?"

"有,怎么了?"

王启停顿片刻后说:"清野在公司里有些东西,我想了下,还是觉得应该交给你比较适合。"

许知喃攀着阳台上的扶手,因为这句话手指往下滑,正好刮过栏杆的一处裂隙,出血了。

她用嘴抿了下,回答:"好。"

没在宿舍多留,外面变天了,许知喃加了件衣服拿了把伞便出门了。

到传启娱乐公司楼下,王启已经在门口等她了,许知喃跟他一块儿坐上电梯。

"看你瘦了点啊,学校压力大吗?"

许知喃笑了笑:"还好,大四课不多。"

不是因为课业才瘦的,这点王启自然也清楚。

到十六楼,两人进了办公室。

王启拉开一侧书柜下的抽屉,拿出一个方方正正的东西放到桌上:"这是之前清野准备做的专辑,其实歌已经做好了,封面也拍好了,之前也已经联系好打歌综艺,马上就能推出来了,没想到遇到这样的事。"

王启叹口气:"这是做好的样片,我想来想去,还是交给你最合适。"

许知喃垂眸看着桌上的专辑样片。

封面是林清野的照片,那时候他还是蓝发。

少年张扬恣意,没看镜头,微抬的下巴下颌线条流畅优越。

专辑名是:喃喃。

"专辑叫什么名字啊?"

"秘密,以后再告诉你。"

"你还这么神秘。"

"想知道啊?"

"你给我亲一下,我就告诉你。"

"我才不想知道。"

现在许知喃终于知道林清野的专辑名叫什么了。

她拿起专辑,抱在怀里:"谢谢王叔。"

王启拍拍她的肩膀:"小姑娘,开心点儿,日子还长,逆风翻盘也不是没有可能。"

她"嗯"一声,头又低下去,尾音再次染上点哽咽:"王叔,您这边卫生间在哪里?"

"出去左转,到底就是了。"

许知喃又跟他道了个别,小跑着去卫生间。

隔间门关上,许知喃靠在门板上,再也支撑不住,人慢慢滑下来坐在地上,抱膝紧紧蜷缩起来。

那张专辑被她死死攥在手心。

她最近已经没有因为林清野哭过了,可看到这张专辑后却终于是忍不住了,所有逞强在这一刻都成了伪饰。

她坐在冰凉的地面,哭得崩溃又绝望,眼泪渗进方才手指上划开的口子,酸胀刺疼。

也不知在厕所隔间待了多久,许知喃洗了把脸,离开传启娱乐公司。

那张还未面世的专辑躺在她包里。

许知喃走进一家理发店。

"美女,洗头还是剪头?"马上就有人迎上来问。

"我想染个头发。"

"行啊,什么颜色的?"

"蓝色。"

理发师有几分诧异地挑了下眉，看许知喃乖巧文静的模样，不像是会选这种发色的人。

"这颜色得先给头发褪个色颜色才能染上啊。"

"好。"

褪色染发再加固色花了几个小时的时间，结束时天色已经晚了。

她的头发有段时间没剪了，比从前还长了些，到胸前，理发师还给她吹了个卷。

蓝色显白，许知喃肤色本就白，蓝发贴着脸，再加上她精致乖巧的五官，显出些另类的乖，跟从前的样子不太一样了。

她看着镜子里的自己，想到当初音乐节站在舞台上冲她笑的林清野，又想起他拿下《我为歌来》冠军，以及当晚在最后几秒，对她说"阿喃，生日快乐"。

她手指绕过蓝色发梢，不知怎的，忽然觉得松了口气。

觉得好像终于接受这个现实了，也终于放下了。

许知喃回宿舍收拾行李，姜月刚准备去车站，一看到她就愣住。

"阿喃，你怎么……"

蓝发。

姜月明白过来，后半句也没有说出口。

"你这个发色好好看哦。"姜月说。

许知喃笑笑："你要回去了吗？"

"嗯。"姜月看了眼时间，"那我先走了，快赶不上车了。"

"好。"

许知喃独自收拾完行李，坐地铁回家。

她这蓝发的威力很大，地铁坐过没几站，就有个男生过来搭讪："那个，我能要一下你的联系方式吗？"

许知喃一顿，看向他，而后缓声说："抱歉，我有男朋友了。"

地铁一路开下去。

有人上，有人下，许知喃一路坐到了终点站。

下车，外面天色漆黑。

她推着行李箱走出地铁站，抬头望天。

厚厚的云层里隐约可见几颗星辰。

就像那天她和林清野一块儿在烂尾楼楼顶看到的那般。

风轻拂而过。

带着跨越时空的他那句温柔的"爱你啊"。

329

时光带着城市和喧嚣嘈杂绝尘而去,时间的那根线条不断被拉长,可万幸,她和林清野的距离却在不断缩小。

三年、两年,到后来便将只剩下一年。

许知喃望着天,璀璨和星河点缀在瞳孔中,她看着那颗最亮的星星,一点点翘起嘴角,声音回荡在安静的夜晚。

她轻声回应:"我也爱你啊。"